La mujer
de mi hermano

COLECCIÓN Jaime Bayly

La mujer de mi hermano

punto de lectura

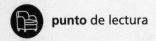
punto de lectura

© 2002, Jaime Bayly
© De esta edición:
2011, Santillana USA Publishing Company, Inc.
2023 NW 84th Avenue, Doral, FL 33122
Teléfono   (1) 305 591 9522
Fax   (1) 305 591 7473

La mujer de mi hermano
Primera edición: Junio de 2011

ISBN: 978-1-61605-709-1
Diseño de cubierta: Juan José Kanashiro

Published in The United States of America

Printed in Colombia by D'vinni S.A.

13 12 11   1 2 3 4 5 6 7 8 9 10

La mujer
de mi hermano

Un número equivocado

Dicen que hay cosas que nunca deberías contar.

Esas son precisamente las cosas que a menudo he necesitado escribir.

Es el caso de esta novela.

No estaba en mis planes escribir esta novela. Pero un día sonó el teléfono y todo cambió cuando contesté la llamada.

El celular de una mujer a la que había amado y tal vez seguía amando se había activado accidentalmente y había marcado mi número. Ella estaba lejos de la isla, a miles de kilómetros de mí, en un país lejano. Ella no había querido llamarme, lo había decidido caprichosa y temerariamente el destino. Yo contesté y escuché su voz distante y risueña: estaba hablando con uno de mis hermanos, cuya voz reconocí enseguida.

No diré todo lo que escuché porque dicen que hay cosas que nunca deberías contar.

Fueron ocho o diez minutos en los que me torturé escuchando cómo esa mujer y mi hermano se decían cosas inflamadas y de paso hacían escarnio de mí y decían que yo era un gran huevón.

No diré nunca quién era esa mujer ni quién ese hermano, y en realidad poco o nada importa ya.

Lo que importa es que esa llamada telefónica fortuita e impertinente me dejó tan rabiosamente perturbado que tuve que sentarme a escribir esta novela. Y esto es lo que salió. Y cuando salió, mis siete hermanos se sintieron aludidos y algunos me insultaron en privado o por periódico.

Mil disculpas a mis siete hermanos, incluyendo al que hablaba aquella tarde con esa mujer a la que yo había amado. Lo siento, pero no soy bueno para guardar secretos y no me interesa escribir si no es para contar las cosas que no deberían contarse.

Desde entonces, cuando suena el teléfono y veo que llama esa mujer procuro no contestar.

Pero aquella tarde en la isla contesté y el teléfono me regaló esta novela.

Key Biscayne, marzo de 2011

A uno de mis siete hermanos, ella sabe cuál.

Creo que mi mujer se está acostando con mi hermano, piensa Ignacio.

Ignacio es banquero y acaba de cumplir treinta y cinco años. Se casó hace nueve con Zoe, no tienen hijos y viven en una casa muy bonita en los suburbios. Dispone de suficiente dinero para pagar sus caprichos y los de ella. Trabaja duro: sale de casa temprano, cuando todavía Zoe duerme, y suele regresar de noche. En realidad, le gusta estar en el banco y multiplicar su dinero. Es bueno para las cosas del dinero, siempre lo fue: supone que heredó ese talento de su padre, que fundó un banco, trabajó en él toda su vida y murió de cáncer, dejándoles ese próspero negocio a él y a su hermano menor, Gonzalo, que tiene treinta años, la edad de Zoe. A Gonzalo no le interesa trabajar en el banco, porque es pintor, como su madre, que también pinta pero, a diferencia de él, nunca vendió un cuadro. Ella no visita el banco más de dos veces al año, pues confía en su hijo mayor y sabe que él hace su mejor esfuerzo para estar a la altura de la memoria de su padre.

Zoe es el gran amor de Ignacio. La conoció en la universidad y se enamoró de ella como no se había enamorado antes. Nunca le ha sido infiel con otra mujer. Le gustaría pasar más tiempo con ella, pero sus obligaciones no se lo permiten. Trabaja sin descanso para que ella tenga todo lo que quiera. Zoe no trabaja y así está bien para él.

Estudió historia del arte y literatura. Dice que algún día escribirá una novela. Ignacio la anima a que la comience, pero ella responde que aún no está preparada y que esas cosas no se pueden forzar. Por ahora se entretiene tomando clases de cocina y haciendo ejercicios en su gimnasio particular.

Ignacio tiene miedo de que Zoe se aburra con él. A veces siente que ella ya no lo quiere como antes. Los fines de semana salen al cine y a cenar con amigos, pero últimamente la nota malhumorada. Se irrita con él por nimiedades, no le tiene paciencia y las pequeñas manías de su esposo, que antes la divertían, ahora parecen molestarla. Ignacio piensa que a ella ya no le provoca estar con él tanto como antes. *Hace lo que puede para evitarme y estar conmigo el menor tiempo posible*, se dice. Cuando le pregunta si algo está mal, ella le contesta que no, pero él sabe que algo no está bien, lo sabe porque lo lee en sus ojos y porque antes las cosas no eran así. *Hubo un tiempo en que Zoe me amaba*, piensa. *Ahora solo me tolera.*

Ignacio no tiene ninguna prueba de que ella esté acostándose con su hermano. Aunque es solo una sospecha, ese presentimiento no cede, no lo abandona. Puede imaginarlos amándose a sus espaldas, burlándose de él, traicionándolo con absoluto cinismo. Ignacio piensa que su hermano es un canalla: *No tiene principios, no respeta nada y hace lo que le da la gana*. También sabe que es encantador: *Desde muy joven tuvo éxito con las mujeres, sabe seducirlas, su vida es pintar y acostarse con mujeres guapas.* Gonzalo tiene talento para las dos cosas y no le interesa nada más, porque sabe que el banco le deja suficiente plata como para darse el lujo de despreocuparse de ella. Ignacio cree que Gonzalo es un irresponsable, sin embargo, lo envidia, pues tiene la sospecha de que se divierte más que él.

Hasta donde Ignacio sabe, su mujer nunca lo ha engañado con un hombre. Antes de conocerlo, Zoe tuvo un par de novios. Con uno de ellos, ya casado y con hijos, se escribe correos electrónicos de vez en cuando. Zoe dice que no puede dejar de quererlo como amigo. Ignacio la entiende y no se opone a que se escriban. A veces, sin embargo, le dan celos y lee sus correos, aunque ahora no puede porque ella, desconfiando de él, ha cambiado su contraseña.

Yo no soy un idiota, piensa, *y sé que Gonzalo y Zoe se gustan.* Cree saberlo desde que empezó a salir con ella y Gonzalo la conoció. Ignacio piensa que su hermano no la mira con el respeto que merece por ser su cuñada: *Se permite mirarla con prescindencia de mí, como si yo no existiera.* No le sorprende ese descaro; está acostumbrado a él. Cuando a su hermano le gusta una mujer, pasa por encima de todo y se la lleva a la cama, o al menos lo intenta. Recuerda perfectamente el día en que le presentó a Zoe: estaban en su apartamento de soltero, Gonzalo llegaba de viaje, Zoe e Ignacio habían pasado la noche juntos, Gonzalo le dio un beso en la mejilla y, cuando ella fue a la cocina, le miró el trasero sin ningún disimulo ni reparo. A Ignacio le pareció increíble que su hermano le mirase el trasero a su mujer sin importarle siquiera que él estuviese a su lado. *Es un canalla*, piensa, *y se siente superior a mí porque yo solo hago dinero y él cree que pinta obras de arte.*

Ignacio sabía, que su mujer le gustaba a su hermano y que él era un descarado, pero estaba tranquilo porque confiaba en ella. Ahora ha perdido esa confianza y por eso se inquieta. *Pueden ser alucinaciones mías*, piensa, *pero Zoe mira a Gonzalo de otra manera y algo me esconde.* La otra noche, Ignacio regresó cansado del banco, con ganas de darse una ducha y echarse a leer, y encontró un cuadro de su hermano colgado en la pared de su dormitorio. Zoe le dijo que había visitado el taller de Gonzalo y no resistió la tentación de comprarlo. Ignacio pensó que el cuadro no estaba mal: no le disgustó, él también podría haberlo comprado, aunque el precio que había cobrado su hermano le pareció excesivo. Lo que le molestó fue que Zoe lo comprase sin decirle nada, lo colgase al lado de su cama y lo mirase como diciéndole *tú jamás podrás hacer algo tan bonito como ese cuadro que pintó tu hermano. Si descubro que están acostándose*, piensa, *voy a romper ese cuadro a patadas.*

Mientras cuenta las veinte uvas verdes que desayuna de pie en la cocina, Zoe piensa que su matrimonio con Ignacio es tranquilo, estable, hasta cómodo, pero carece de pasión. *Cuando lo conocí, era más alegre, tenía más energía*, se dice, demorando el sabor de la uva número trece en su boca. *Ahora es un aburrido, vive para el banco, llega cansado y solo le provoca tirarse en la cama a leer o a ver televisión. Sé que me quiere y no me engaña con nadie, pero también me aburre y eso no lo puedo evitar. Detesto que me lleve a misa los domingos a mediodía, cuando es tan rico quedarse en la cama leyendo los periódicos, haciendo el amor una vez más. Pero Ignacio ya no se excita tanto conmigo, no me desea como antes. Cuando nos casamos*, se entristece recordando Zoe, todavía en camisón y pantuflas, *Ignacio no podía terminar el día sin hacerme el amor; me decía que solo podía dormir bien si lo hacíamos todas las noches, siempre, sin falta. Yo sentía que nada lo hacía más feliz que verme desnuda a su lado. Ahora no es así. Nunca se duerme abrazándome como antes. Odio que se meta tapones en los oídos, me dé la espalda y ya esté roncando a los cinco minutos. Odio sentir que me mato en el gimnasio para estar linda, perfecta para él y, sin embargo, cuando estamos en la cama, me da la espalda y prefiere dormir. Ahora solo me desea los sábados. Qué deprimente. Lo puedo odiar cuando me recuerda que es sábado y ya nos toca hacer el amor. Porque ahora se le ha dado por hacerlo solo ese día, cuando regresamos de cenar. El otro día le pregunté de dónde ha sacado esa manía tan rara y me contestó que así es más rico porque se aguanta varios días y llega con más ganas el fin de semana. No le creo. No soy tan tonta. Me miente y se miente a sí mismo. La verdad es que ya no me ama con pasión, ya no me desea como antes. Mejor voy al gimnasio porque si no voy a llorar. Tengo un marido que solo se excita conmigo los sábados por la noche porque durante la semana está cansado. Me muero de la pena. En realidad, ya ni siquiera sé si me provoca hacer el amor con él. Es todo tan aburrido, tan predecible, más incluso que acompañarlo a misa los domingos y oír el sermón tontísimo de ese cura barrigón que, estoy segura, es gay en el clóset. Pero lo que más me irrita de Ignacio no es que me lleve a aburrirme a misa todos los domingos, sino que después me obligue a almorzar con la pesada de su mamá, que cada día está más sorda. Esa vieja tacaña nunca me ha querido. Me mira para abajo. Se cree mejor que yo porque tiene toda la plata del mundo y porque pinta unos cuadros horribles. Alguien tiene que decirle que deje de pintar esos adefesios. Pero Ignacio, por supuesto, no será quien lo haga. Ignacio vive para ella. Ojalá me quisiera a mí la mitad de lo que quiere a su madre. Es el niño perfecto de mamá. Y ella morirá pensando que yo me saqué la lotería casándome con su hijo mayor, el banquero exitoso que me hizo más feliz de lo que yo merecía. Se equivoca. No soy feliz. Ya me olvidé de lo que es sentirse feliz. Me aburro con Ignacio. Y no sé qué hacer porque no me atrevo a dejarlo pero necesito un poco de pasión en mi vida. No puedo seguir así. Tengo que hacer algo.*

Todo sería diferente si pudiéramos tener hijos, piensa Zoe, mientras viste la ropa deportiva que sudará en el gimnasio. Pero Ignacio y ella se han cansado de probar todas las técnicas posibles y no han podido tener un hijo. Han visitado las mejores clínicas, se han sometido a costosos tratamientos, han rezado con fervor pidiendo un milagro, pero nada ha dado resultado y, con una pena callada, se han resignado a la idea de que serán una pareja sin hijos. *Es un castigo injusto de Dios*, se molesta ella a veces, *porque con toda la plata que tenemos, con lo bueno que es Ignacio después de todo, podríamos hacer muy felices a nuestros hijos, llenar sus vidas de amor y cosas lindas. Pero es como si Dios, por habernos dado tantas cosas, nos hubiese castigado quitándonos a los hijos.* Ignacio alguna vez sugirió adoptar, pero Zoe se opuso tajantemente. No soporta la idea de criar niños que no sean suyos. *Mis hijos tienen que parecerse a mí, oler a mí, tener mis genes y mi sangre*, se irritó. Nunca más volvieron a hablar del tema. Zoe se consuela pensando que, al no ser madre, tiene más tiempo para aprender, educarse, mejorar como persona. Por eso en los últimos años ha tomado clases de filosofía, de yoga, de religiones comparadas y ahora se divierte mucho en las de cocina con un profesor al que encuentra guapísimo. Pero a veces, cuando sale de compras al centro comercial más elegante de la ciudad y pasa al lado de una mujer con niños bonitos, no puede evitar mirarlos con tristeza y secarse una lágrima pensando en la felicidad de ser mamá que el destino le negó.

Quizás fue un error casarme con Ignacio, piensa, pedaleando frenéticamente en la bicicleta estática del gimnasio que su marido le construyó en una esquina de la casa, más allá de la piscina y los jardines, para evitarle el disgusto de ejercitarse con otras mujeres y hombres, mujeres que sudarían donde luego ella tendría que reclinarse con asco, hombres que la mirarían de un modo vulgar, incomodándola. *Quizás el hecho de que no pueda tener hijos conmigo es una prueba clarísima de que elegí al marido equivocado*, se atormenta. *Si me hubiera casado con Patricio, tendría cuatro hijos preciosos, viviría en una casa más chica, no importa, pero me haría el amor todas las mañanas antes de irse a trabajar y yo sería feliz recogiendo a los chicos del colegio, cocinándoles, ayudándolos en las tareas, contándoles un cuento antes de dormir. Yo nací para ser madre. Es tan injusto que me castigues así, Dios. Por eso no creo en ti. Yo nunca le hice daño a nadie para que me trates tan mal. A Patricio le hice daño cuando lo dejé, pero no fue por mala, sino porque era muy niña y estaba confundida y quería vivir la vida. No me sentía preparada para irme con él. Era muy joven.* Zoe y Patricio fueron novios cuando ella comenzaba la universidad y él estaba a punto de graduarse y viajar al extranjero para estudiar una maestría. Vivieron juntos unos meses muy felices. Patricio fue su primer amante de verdad; los otros habían sido aventuras furtivas, travesuras de una noche. Zoe se enamoró por primera vez y aún ahora piensa que, a escondidas, todavía siente un cosquilleo por él. Por eso, ciertas noches, cuando Ignacio duerme, ella va a la computadora y le escribe cosas breves: «Te extraño», «Me encantaría verte», «Deberíamos encontrarnos en secreto algún día». Pero Patricio está lejos, casado, enamorado de su esposa, con hijos a los que adora y nunca dejaría. Es solo una fantasía, un juego travieso de medianoche, una manera de escapar del aburrimiento en que se ha convertido su matrimonio. Zoe sabe que no sería capaz de besar de nuevo a Patricio. Tal vez por eso cuando se encuentran en internet tarde en la noche se atreve a decirle cosas osadas y se eriza cuando él le sigue el juego y le confiesa que a veces se toca pensando en ella. *Lo dejé por cobarde*, piensa Zoe, tendida en el gimnasio, descansando entre una serie y otra de abdominales. *Debí irme con él. Ahora tendría hijos y sería feliz.* Pero ella sabe que hace trampa, porque era muy joven cuando Patricio le pidió que dejase todo para acompañarlo al país lejano donde él continuaría estudiando. *Si me quiere de verdad, regresará por mí*, pensó ella entonces, y se quedó esperándolo. Patricio no regresó. Ahora Zoe lo recuerda como un hombre dulce y apasionado, un amante insaciable. *Todo lo que no es mi marido: ¿de qué me sirve tener quinientos zapatos finísimos si Ignacio es incapaz de hacerme el amor los miércoles?*

Después de ejercitarse durante hora y media en el gimnasio, Zoe camina de regreso a su casa. Está cubierta de sudor: le gusta oler su sudor, le gusta cómo huele su sudor, le recuerda que es todavía una mujer viva, que desea, que tiene dormida la pasión. *El olor de mi sudor es el olor de la pasión, del sexo*, piensa. Pasa una toalla blanca por su frente, secándose. Se alegra cuando recuerda que esa tarde tiene clases de cocina con Jorge, su profesor, el dueño del mejor restaurante de la ciudad. *Las manos de Jorge me vuelven loca*, piensa. *Le chuparía los dedos, uno por uno, al final de la clase. Debe de ser un amante fantástico. Debe de ser muchísimo mejor en la cama que Ignacio. Y creo que me mira de una manera especial.* Son doce señoras en la clase, pero ella sabe que es su preferida. *Si esas manos tan lindas quisieran tocarme, no podría resistirme*, piensa, mientras se desviste. *Necesito unas manos que me toquen con desesperación. Necesito amor. Después de mis clases de cocina, voy a pasar por el taller de Gonzalo. Está loco, pero al menos me hace reír. Y pinta precioso. No sé de dónde ha sacado ese talento, pero seguro que no de mi suegra, que pinta unas cosas horrendas. Un domingo me voy a vengar de Ignacio*, se ríe sola Zoe. *Cuando me lleve a casa de su madre, le voy a decir a la vieja tacaña «Cristina, yo te quiero mucho, pero no puedo seguir mintiéndote, tus cuadros me parecen un espanto».*

Zoe sale de la ducha. Tras secarse, se mira en el espejo, desnuda. Le gusta su cuerpo: pechos todavía erguidos, nada de barriga, piernas largas y endurecidas por la gimnasia, un trasero que ella encuentra excesivo pero que los hombres suelen mirar con ardor. *Todavía estoy guapa*, piensa. Imagina otras manos tocándola, las manos de Patricio tan lejanas, las de Jorge, el profesor de cocina. *No soy una puta*, se arrepiente. *Soy una mujer casada. Ignacio es tan bueno. Siempre lo voy a querer.* Luego recuerda que es miércoles y debe esperar hasta el sábado para cumplir la rutina del amor con su marido. *Lo odio. Es tan cuadrado, tan aburrido. Quiero reírme un rato. Pasaré a ver a Gonzalo. Si a mi marido le molesta, mala suerte. Su hermano es un encanto. Me divierte muchísimo. Si lo hubiera conocido antes que a Ignacio, no sé qué habría pasado, porque está guapísimo...* Zoe, *mejor no pienses esas cosas*, se amonesta, mientras mira con orgullo sus nalgas sin rastros de celulitis.

Gonzalo nunca comienza a pintar antes de mediodía. Necesita dormir ocho horas por lo menos y suele acostarse tarde. Cuando descansa mal, le cuesta más trabajo pintar, se enfada con facilidad, enciende la música a un volumen alto y a veces grita mientras pinta. No es como Ignacio, su hermano mayor, que, duerma mal o bien, trabaja a un ritmo parejo, sosegado. Gonzalo pinta todas las tardes, incluso los domingos o feriados. Siente que su vida se torna gris y carece de sentido cuando deja de pintar. Necesita pintar. Descubrió eso cuando tenía veinte años y estudiaba negocios en la universidad. Empezó a pintar después de clases para olvidar un contratiempo amoroso y también, en cierto modo, la rutina de la universidad. A medida que pintaba, sintió crecer la pasión por esa manera íntima de recrear el mundo y de expresar la violencia a menudo contradictoria de sus sentimientos. Pintando comprendió que su vida estaba allí, en los lienzos y los colores, y no en el banco junto a Ignacio. Por eso, un buen día dejó de ir a la universidad. Desde entonces, solo le ha interesado pintar. Ni siquiera le interesa vender luego sus cuadros. No necesita el dinero: Ignacio le entrega trimestralmente un adelanto a cuenta de sus ganancias en el banco, y con eso tiene de sobra para vivir con comodidad. De todos modos, ha hecho algunas exposiciones en las mejores galerías de arte de la ciudad y se ha resignado a vender un pequeño número de cuadros. Porque a Gonzalo le duele vender sus cuadros: es feliz cuando los regala, pero venderlos le deja una sensación de tristeza; siente que pasarán a manos extrañas y les perderá el rastro. Curiosamente, sin embargo, acaba de venderle un cuadro a Zoe, su cuñada. Lo hizo como un juego: ella le pidió que se lo regalase y él, para no complacerla tan dócilmente, se negó y fijó un precio exagerado, desafiándola. Zoe no dudó en escribir un cheque por esa cantidad y llevarse el cuadro con una sensación de triunfo. Gonzalo también sintió que había ganado el juego. Guardó el cheque en algún cajón, sabiendo que no iría a cobrarlo. Antes observó la firma y le pareció encontrar en ella rasgos de una cierta tensión.

Gonzalo siempre ha creído que Zoe es una mujer bellísima, pero últimamente la encuentra un poco rara. *Hay algo en ella que no está bien*, piensa. *Se ríe con una ansiedad que no tenía antes, de pronto se aleja de la conversación y la veo distraída y ausente, me mira como si quisiera contarme algo pero no se atreviese y estuviera a punto de echarse a llorar. Debe de ser que está pasando por un momento complicado. Ignacio no le ha dado hijos y la tiene medio aburrida. Que se cuide. Zoe es una mujer estupenda y cualquier día se larga con otro. Aunque no creo que se atreva a dejar la vida cómoda que tiene con mi hermano. Ni siquiera se atrevería a tener un amante secreto. O quizás sí. Con Zoe nunca se sabe; nunca sabes lo que está pensando: no sé si viene al taller porque le gustan mis cuadros, porque le gusta reírse conmigo o porque yo le gusto, aunque no esté dispuesta a admitirlo. Es tan rica mi cuñada. Es una delicia. Mi hermano es un idiota. Prefiere pudrirse en el banco haciendo más plata de la que podrá gastar en toda su vida, antes que pasarla bien con su mujer. Prefiere llevarla a misa, en lugar de tirársela tres veces seguidas. Zoe está triste porque no se la tiran bien. Está clarísimo. Nadie que sepa tirar va a misa de doce los domingos. Esa es la hora en que tienes que estar montándote a tu mujer.*

Gonzalo no va a misa. Cree vagamente en Dios, y por eso a veces reza con frases deshilvanadas, pero no se siente parte de ninguna iglesia. Los domingos a mediodía, después de trotar en la faja estática y desayunar solo un jugo de naranja, se obliga, como todos los días, a pintar al menos cuatro horas seguidas, y mejor si son seis. Nadie puede interrumpirlo mientras pinta. No contesta el teléfono, ignora el timbre, no habla con nadie salvo consigo mismo, ni siquiera come. Le gusta pintar con hambre. *No es bueno pintar con la barriga llena*, piensa. *Uno se hace más lento y pesado.* Del hambre, de la idea de comer algo rico al final de la jornada, Gonzalo cree sacar energía, una cierta violencia, para pintar sin pensarlo tanto. Cuando le suena el estómago de hambre, come una manzana verde y sigue pintando. Bebe bastante agua, va al baño con frecuencia y orina. Si se siente trabado y no puede pintar, grita, maldice, insulta. A veces insulta a su hermano, piensa en él y grita *¡Maricón!, ¡mariconazo, infeliz!* Después de gritar, se siente mejor. Si todavía no puede pintar porque tiene mucha rabia dentro o hay algo que le molesta, se quita la ropa, se echa en un sillón de cuero viejo y se masturba pensando en alguna de las mujeres que han pasado por su cama o en las pocas que se han resistido y aún desea. Rara vez se toca pensando en ella. Pero lo ha hecho, y todavía lo hace, aunque después se sienta un canalla. Piensa que ella aparece inesperadamente en el taller cuando él ha terminado de pintar y ya oscurece. Ella le confiesa que está harta de su marido, que se aburre y necesita un hombre de verdad. Llora. Él la abraza, la consuela, acaricia su rostro.

Ella busca sus labios, lo besa. Él la desviste lentamente, la besa con ternura, le arranca suspiros. Ella se resiste débilmente. *Esto está mal*, dice. *No debemos. Por favor, no sigas.* Pero él sabe que ella no quiere que se detenga. Por eso sigue, porque la ha deseado secretamente desde que la conoció y supo que ella había elegido al hombre equivocado. *Para, Gonzalo, no sigas*, pide ella, pero la expresión de su rostro la traiciona y es obvio que está gozando como su marido no sabe hacerla gozar. Gonzalo la ama entonces con una violencia turbia, mientras ella pronuncia cosas inconfesables. *Tu hermano nunca me ha tirado tan rico como tú*, le dice, mientras él cabalga sobre ella. Ella es Zoe, su cuñada. Aunque la desea en secreto, Gonzalo sabe que no debe pensar en ella. Jamás cometería la bajeza de engañar a su hermano. Todo terminaría mal. Se sentiría una mierda. Como se siente cuando, a pesar de la razón, cediendo a un instinto ciego, se toca pensando en ella. No sabe bien por qué lo hace, por qué sigue haciéndolo. No se lo contaría a nadie. Le da vergüenza. Quizás simplemente lo hace porque le da mucho placer. Zoe es de su familia, su cuñada, pero también una mujer hermosa y, en cierto modo, descuidada por su marido. *Es mi amiga antes que mi cuñada. Si algún día ella dejara a Ignacio, seguiría siendo mi amiga. Me divierto con ella mucho más que con él. Me cae mejor. Y es un mujerón. Si no fuera mi cuñada, haría lo imposible por llevármela a la cama. Es normal que me guste. A cualquier hombre le gustaría. Pero yo no soy cualquier hombre; soy el hermano menor de Ignacio. Y ella es la mujer de mi hermano. Y yo puedo ser un hijo de puta pero no quiero hacerle daño a mi hermano, que será un poco tonto pero es buena gente, y menos hacerle daño a Zoe, porque, si algún día pasara algo entre ella y yo, de todas maneras sufriría y acabaría mal, y seguro que hasta se lo contaría a Ignacio. No juegues con fuego. Zoe es tu amiga y punto. Por primera vez en tu vida ten una amiga,*

quiérela como amiga y no le quites la ropa. No seas una rata.
Solo una rata se tiraría a la mujer de su hermano.

Gonzalo está saliendo con Laura, una actriz muy joven a la que conoció en una galería de arte. No está enamorado, pero le gusta tener sexo con ella. Gonzalo necesita tener buen sexo para estar tranquilo con el mundo y no enloquecer. No puede vivir mucho tiempo sin una mujer. Un día solo es perfecto cuando ha pintado bien y ha tenido dos orgasmos con una mujer hermosa. Laura lo es, pero también es muy niña, y Gonzalo a veces se aburre con ella. Eso le pasa con frecuencia: conoce a una mujer, la desea, la conquista y, a pesar de que el sexo es bueno, termina aburriéndose. Le duele reconocer que solo se ha enamorado una vez y ya tiene treinta años, y es obvio que de Laura no se va a enamorar porque es apenas un juego placentero que terminará pronto cuando ella descubra, como casi todas las demás, que él no quiere comprometerse, no quiere vivir con ella ni hablar de matrimonio ni de tener hijos. *Solo me he enamorado de Mónica*, piensa. *Esa hija de puta. Me dejó hecho mierda. Pero algún día me la voy a volver a tirar. Tengo que hacerlo. Y la voy a hacer gemir como nunca en su puta vida ha gemido de placer. Y cuando me pida que me quede con ella, la voy a dejar llorando.* Mónica fue quien dejó a Gonzalo. Se conocieron en el colegio, cuando ella tenía catorce años, y él, quince. Se amaron en secreto. Descubrieron juntos el sexo. Fueron amantes tres años. Hablaron de casarse y de tener hijos. Gonzalo no pintaba todavía. Se contentaba con la idea de continuar en el banco la tradición familiar. No imaginaba su vida sin ella. Hasta que Mónica se aburrió y se fue con un empresario acaudalado que le prometió un futuro como modelo. Gonzalo nunca le perdonó esa traición. Tiempo después ella lo buscó, pero él se negó a contestar sus cartas y sus llamadas telefónicas. Sin embargo, a veces, cuando se emborracha, se toca con violencia pensando en ella, en que algún día volverá a poseerla sin decirle palabra. Después lo invade una tristeza profunda y llora con rabia. *¡Perra!*, grita. *¡Nunca te voy a perdonar!*

No debo pensar tanto en las mujeres, se dice Gonzalo. *Ni en Zoe, ni en Mónica ni en la buena de Laura. Debo pensar en mis cuadros, concentrarme en pintar. Solo eso me salvará de ser un infeliz como mi hermano.*

Es sábado, media mañana de un día nublado, e Ignacio sale de la cama donde todavía duerme su mujer, y se viste un buzo y unas zapatillas. Pasa por la cocina, abre la refrigeradora, bebe el jugo de naranja de rigor, come de pie la ensalada de frutas que le han dejado preparada (plátano, uva, mango, manzana, nunca piña ni papaya), decide no encender todavía la computadora para leer sus correos, echa un vistazo a los titulares del periódico y sale al jardín. *Tengo suerte de vivir en esta casa tan linda*, se dice, respirando el aire puro de los suburbios. *No me pienso mover de aquí. Quiero quedarme en esta casa el resto de mi vida.*

Ignacio es alto, más que su hermano Gonzalo, delgado a pesar de que se ejercita en el gimnasio los fines de semana y quisiera tener más músculos (*la fineza de un cuerpo no radica en la masa muscular, sino en una barriga lisa*, se consuela pensando), cree que sus manos y sus pies son bonitos, se preocupa porque está perdiendo pelo, un pelo marrón que cuando está bajo el sol parece rubio y que peina hacia atrás, dejando ver las entradas de la calvicie, y su rostro es el de un hombre duro, inexpresivo, orgulloso de lo bien que ha aprendido a disimular sus sentimientos. Ignacio no se cree guapo, pero se sabe seguro y piensa que muchas mujeres prefieren a un hombre fuerte que a uno guapo pero inseguro.

De camino al gimnasio se ha detenido al borde de la piscina. Se quita los lentes por temor a que caigan al agua, se arrodilla sobre el piso de laja y, usando un colador de la cocina que ha dejado allí el otro día, rescata a los insectos que han ido a dar a la piscina pero todavía sobreviven. Se alegra cuando saca del agua a escarabajos y arañas, los devuelve al pasto golpeando el colador y los ve sacudirse del agua y escapar. *Bichos cabrones, qué harían sin mí*, piensa, sorprendido de la felicidad que siente al salvar de morir ahogados a esos insectos. *Soy un salvavidas de arañas*, piensa con una sonrisa. *No tengo hijos, las arañas son mis hijas, esto es todo lo paternal que puedo ser*, se divierte. Luego saca una cucaracha pequeñita que agoniza en el agua, la deja sobre el piso, observa cómo intenta reanimarse y, sin saber por qué, la pisa. *Para que sepas quién manda en esta casa*, dice.

Antes de comenzar su rutina de ejercicios, Ignacio mira el reloj. Falta poco para que sean las once, lo que significa que terminará a mediodía, pues le gusta sudar una hora exacta en el gimnasio: treinta minutos corriendo en la faja y la media hora final entre abdominales y pesas. Enciende el televisor, elige un canal de noticias, hace algunas flexiones rutinarias para estirar los músculos y programa la máquina para correr en ella durante treinta minutos, a la velocidad de siempre. No ha llevado el celular porque detesta que lo interrumpan cuando está corriendo y lo obliguen a bajar de la faja. Empieza. Mira sus zapatillas blancas moviéndose pesadamente sobre el cinturón negro que gira bajo sus pies. Corre sin demasiados bríos. Nunca fue un atleta. Los deportes en general le parecen una de las tantas formas de barbarie; solo se ejercita para cuidar su salud. Una locutora repite las noticias del día desde el televisor, pero él no le presta atención. Está pensando en Gonzalo, su hermano, y en Zoe, su mujer. En su mente resuenan una vez más las palabras que oyó sin querer en su celular una tarde cualquiera. Zoe lo estaba llamando y él dejó en espera una llamada de larga distancia para atender a su mujer en el celular. Hablaron brevísimamente.

—¿No te interrumpo? —preguntó ella.

—Tú nunca interrumpes.

—¿Vas a cenar en la casa?

—Sí. Supongo que estaré ahí como a las nueve.

—No me esperes, mi amor. Estoy con Isabel, iremos a las clases de cocina y de ahí, al cine. ¿No te molesta?

—Para nada. Salúdame a Isabel. Te espero en la casa.

Ignacio cortó. Todo estaba bien. Sabía que Zoe era feliz en sus clases de cocina y que le hacía bien salir con Isabel, una de sus mejores amigas. Zoe e Isabel se conocían desde el colegio de monjas al que asistieron. Como Zoe, Isabel estaba casada con un hombre rico, tenía gustos sofisticados y podía complacer sus caprichos más extravagantes. Ignacio no la quería demasiado: le parecía una mujer peligrosa. *Es una puta Isabel. No tiene escrúpulos. Cuando toma un par de copas se olvida de la clase que aparenta tener y vuelve a ser la puta de lujo que en verdad es. No creo que tenga un amante. Pero si no lo tiene, no es por falta de ganas, sino por miedo a que la pille su marido, que debe de tener tres detectives siguiéndola.* Sin embargo, Ignacio se había resignado a que Zoe considerase a Isabel una de sus mejores amigas y sabía bien que perdía el tiempo oponiéndose a que se viesen. No habían pasado cinco minutos desde que su mujer lo llamara cuando el celular volvió a sonar. Ignacio leyó en la pantalla del pequeño teléfono: era Zoe. Contestó enseguida, pensando que a lo mejor ella había cambiado de planes y cenaría con él en casa.

—¿Qué pasó, mi amor? —le dijo.

Pero ella no contestó. Zoe estaba hablando con alguien. Ignacio comprendió de inmediato que ella le había timbrado involuntariamente, que había presionado sin querer una tecla del teléfono, repitiendo así la última llamada. No dijo una palabra más. Pensó que debía cortar y no espiar una conversación ajena, pero la curiosidad prevaleció sobre su sentido de la corrección. Escuchó con atención, sin moverse, tratando de no hacer ningún ruido que pudiese delatarlo.

—Estoy harta de él —le oyó decir a Zoe.

Tuvo tiempo de pensar que Zoe estaba quejándose con Isabel. *Esa puta. Yo sabía.*

—¿Por qué dices eso? —escuchó ahora la voz de Gonzalo, su hermano.

Me mintió la cabrona. No está con Isabel. Está con Gonzalo. Y está hablándole mal de mí.

—Porque me aburre —dijo ella—. Se ha vuelto el tipo más aburrido del mundo.

—Siempre lo fue —dijo Gonzalo.

Ignacio escuchó humillado las risas de su mujer y su hermano.

—Es un huevón —dijo Zoe, riéndose.

Ignacio no aguantó más, cortó, apagó el celular y lo arrojó violentamente contra la pared.

Ya en su casa, Ignacio comió solo y en silencio. Tras ponerse ropa de dormir, se metió en la cama y trató de leer pero no pudo. Zoe llegó poco antes de la medianoche. Se acercó a la cama y le dio un beso a su esposo.

—¿Cómo te fue con Isabel? —preguntó él.

—Muy bien —contestó ella.

—¿Qué vieron en el cine?

Zoe mencionó el nombre de una película. Ignacio supo que ella mentía pero no quiso decir una palabra más. Permaneció mudo, inmóvil. La vio desnudarse, admiró la belleza de ese cuerpo que ya no era tan suyo, le dio el beso de buenas noches cuando entró en la cama y poco después la oyó respirar profundamente, señal de que estaba dormida. En cambio, esa noche él no pudo dormir. Tenía ganas de insultarla, de pegarle, de llorar. Tenía ganas de ir al taller de Gonzalo y romperle la cara por canalla. *¿Cómo puede ser tan hijo de puta de hablar mal de mí con mi propia esposa? ¿Cómo puede ella ser tan miserable de decirle a mi hermano que soy un huevón? ¿Son amantes y por eso ríen con tanta complicidad?* Ignacio tuvo que darse una ducha fría a las cuatro de la mañana para mantener la calma, para enfriar la rabia que sentía crecer. Pensó en despertar a Zoe y penetrarla con violencia, sodomizarla incluso, pero se contuvo. Desde entonces no habló de ese asunto con nadie. Fingió ante ella que todo estaba bien. Intentó no dar ninguna señal que pudiese revelar lo que sabía por accidente: que su mujer era capaz de mentirle y burlarse de él con su propio hermano. Como de costumbre, Ignacio ocultó sus sentimientos. No pudo evitar, sin embargo, que esa conversación se repitiese en su cabeza una y otra vez, atormentándolo. Como ahora, que corre en la faja y oye de nuevo la voz de Zoe diciéndole a Gonzalo *es un huevón*.

No soy un huevón, piensa. *Soy un hombre de negocios, un banquero respetado. El huevón es Gonzalo, que no trabaja y va por la vida pintando unos cuadros impresentables. No soy ningún huevón y tú lo sabes, Zoe. Si no fuera por mí, no vivirías en esta mansión, no viajarías como una princesa, no te darías todos los lujos absurdos que te permites. Si fuera huevón, el banco no dejaría tantas ganancias y el cobarde de mi hermano no recibiría todo el dinero que yo le doy. Huevones son ustedes, que se ríen de mí a mis espaldas sin saber que estoy oyéndolos porque no toman la precaución de apagar el celular. Huevona eres tú, Zoe, que mientes sin ningún talento y dejas que descubra tus mentiras en diez minutos.*

Ahora Ignacio ha aumentado la velocidad y corre más deprisa, pero una idea se apodera de su mente, regresa obsesivamente, lo tienta. De pronto, detiene la máquina. Ha corrido veinte minutos y fracción. Seca el sudor de su frente y camina resuelto hacia su casa. Al entrar procura avanzar con cuidado para no despertar a Zoe. Ya en el dormitorio, comprueba que ella sigue durmiendo. *Fantástico*, piensa. *Mejor así. Tendrás un lindo despertar.* Piensa luego que no debe ceder a sus impulsos, pero, aunque le avergüence reconocerlo, esta vez no puede controlarse. Descuelga de la pared el cuadro de su hermano que Zoe compró el otro día, se retira de la habitación cargándolo, sale hacia el jardín, se acerca a la piscina y lo arroja a esas aguas transparentes en las que solo flotan algunos bichos muertos. Ignacio piensa que deberá pedir perdón a Dios por lo que acaba de hacer, pero por el momento disfruta intensamente viendo cómo los colores del cuadro se van perdiendo. Luego regresa al gimnasio para correr los casi diez minutos que le faltan.

Zoe llora. Está sola, en su auto de lujo. No podía seguir conduciendo y detuvo el auto al borde de la pista. En el asiento de atrás está el cuadro desfigurado y húmedo que le compró a Gonzalo y que Ignacio arrojó a la piscina. Ella misma lo sacó de allí. Ignacio ya no estaba en la casa. Zoe no quiso llamarlo al celular. Se metió a la piscina en ropa de dormir, bajando lentamente la escalera, sintiendo el agua fría que trepaba por sus muslos, y rescató el cuadro con más tristeza que rabia. Luego lo metió en su auto y supo lo que debía hacer. Mientras se duchaba con agua muy caliente, pensó que Ignacio era un pobre diablo y que su matrimonio no tenía futuro. *¿Cómo se atreve a hacerme esto? Es una falta de respeto. No puedo creer que haya tirado el cuadro de Gonzalo a la piscina solo porque le molestó que yo lo comprase. No quiero estar casada con un hombre así. No puedo* *despertar una mañana y encontrar algo mío, que me gusta, que yo compré, tirado en la piscina. Eres un cretino, Ignacio. Yo jamás te habría hecho una cosa así. Es un golpe bajo a mí y a tu hermano. Ese cuadro era lindo. No merecía terminar así. Ya quisieras tú algún día poder hacer algo tan bonito con tus propias manos. En el fondo te mueres de celos. Le tienes celos a Gonzalo porque sabes que es feliz, que hace lo que le gusta, no como tú. Y me tienes celos porque sabes que admiro a tu hermano. Por eso tiraste el cuadro a la piscina, porque eres un infeliz, y yo no quiero estar casada con un infeliz. No quiero. Yo necesito amor y tú me tratas como si fuera una empleada del banco. No me interesa tu plata. Estoy harta de tu plata. Quiero sentirme viva otra vez.* Zoe lloró sin moverse mientras un chorro de agua caliente caía sobre su espalda. Al salir de la ducha, marcó el celular de su esposo. Sintió la necesidad de insultarlo, de quejarse, de mandarlo a la mierda. Quería decirle *no quiero verte más, estúpido; no solo has tirado mi cuadro al agua, también has tirado al agua nuestro matrimonio.* Quería decirle *vete a la mierda, Ignacio.* Pero él no contestó. Y ella no quiso dejarle un mensaje lleno de insultos. *Tengo que ver a Gonzalo,* pensó. No se secó el pelo, no se maquilló, se puso la ropa que encontró más a mano y salió deprisa sin comer nada, con una botella de agua. Sabía que volvería, que esa noche dormiría en su casa, en esa cama, con Ignacio al lado, y eso la hacía más infeliz, porque se sentía incapaz de hacer maletas y largarse. Sabía que Ignacio le pediría perdón, se arrepentiría del exabrupto de esa mañana, tan indigno de él, y seguramente acabarían haciendo el amor del modo previsible y apurado que a ella ya no le arrancaba el placer de antes. Sabía que estaba en un callejón sin salida, y por eso lloraba cuando entró al auto, encendió el motor y se apresuró en buscar una canción que la consolara. Manejó deprisa, sin ajustarse el cinturón de seguridad, odiando a su marido, odiando el mundo perfecto y vacío en el que se sentía atrapada. La música le recordó un tiempo en el que había sido feliz. Tuvo que apagarla, desolada. No quería llamar a Isabel ni a Valeria, sus mejores amigas. Era demasiado orgullosa para compartir con ellas su infelicidad. No le gustaba la gente débil que buscaba lástima y compasión en los demás. Despreciaba a los que iban por la vida haciendo de víctimas. Ella no era así, no quería ser así. Ella era fuerte. Si se sentía miserable y tenía que llorar, lloraba sola, como ahora, en ese auto que Ignacio le había regalado en su último cumpleaños. Zoe llora porque quiere recostarse en el hombro de alguien y decirle lo fea que encuentra su vida y oír una palabra dulce, de aliento. Zoe ha detenido el auto y llora porque sabe que esa persona es Gonzalo. Quiere llorar abrazada por él. Sabe que él la entenderá. *Solo Gonzalo es capaz de entender lo difícil que es esto para mí. Porque él conoce a su hermano.* Zoe necesita estar con Gonzalo, devolverle el cuadro estropeado, llorar con él. No quiere ser débil, pero se siente débil, necesita protección y eso la avergüenza y la hace sentirse pequeña. Por eso no pude seguir manejando y detuvo el auto, y ahora se toma el rostro con las manos y solloza. *Ayúdame, Gonzalo,* alcanza a musitar.

Gonzalo está pintando cuando suena el timbre. Pinta todos los días en ese taller que es también su casa, una vieja casona de un piso, situada en el barrio de los artistas, no muy lejos del centro, casa cuyas paredes interiores, salvo las del baño, ha derribado para dejar un amplio espacio desierto que es su lugar de trabajo y descanso a la vez. No quiere distraerse. Le irrita que lo interrumpan. Por eso no se acerca a la puerta. *Que se jodan*, piensa. Sigue pintando con expresión tensa, como si enfrentarse al lienzo y elegir los colores fuese menos un placer que una agonía.

Para su fastidio, vuelven a tocar, esta vez con cierta brusquedad. Pero él piensa que no cederá a los caprichos de esa persona impertinente. *¿Quién diablos se atreve a tocar el timbre de esa manera? ¿Qué se ha creído? ¿No sabe que a estas horas no recibo a nadie?* No puede seguir pintando. De pie con un pincel en la mano, espera. Es un hombre de apariencia descuidada pero atractivo: lleva una barba incipiente porque se afeita solo una vez por semana, no se ha abotonado la camisa, debajo viste una camiseta blanca que no se ha quitado en los últimos tres días y ya está impregnada de sus olores, no tiene reparos en usar el mismo pantalón vaquero toda la semana a pesar de que está manchado por las gotas de pintura que a veces salpican cuando pinta, lamenta que su barriga sea pequeña pero notoria, lo que atribuye a su absoluta pereza para hacer ejercicios físicos, tiene el pelo largo, un pelo negro, lacio, que peina hacia atrás y corta rara vez, él mismo o alguna amiga, pues detesta ir a la peluquería, exhibe con orgullo una contextura gruesa, sin ser gordo, que lo distingue de su hermano mayor, tan delgado, y su rostro plácido es el de alguien que sabe disfrutar de la vida, come y bebe lo que le apetece y no se somete a privaciones de ninguna clase.

—¡No jodan! —grita, irritado porque vuelven a timbrar—. ¡Estoy pintando!

—Soy yo, Zoe —escucha la voz débil de su cuñada—. Ábreme, por favor.

Además de Gonzalo, nadie tiene las llaves de esa casona, ni siquiera Laura, su más reciente amante. Sorprendido, comprende que debe de tratarse de algo importante. Se acerca al intercomunicador, presiona un botón y abre la puerta de calle. Zoe hace un esfuerzo para mantenerse serena y digna, sin llorar.

—Zoe —dice él.

Es una mujer delgada, de rasgos finos, que lleva la belleza como algo natural. El suyo es un rostro tan suave y perfecto (ojos verdes, nariz apenas respingada, labios carnosos, entre castaño y rubio el pelo que cae hasta sus hombros), que la primera vez que lo vio Gonzalo, hace ya once años, cuando ambos tenían diecinueve, pensó *Es una diosa, mi hermano no merece estar con una diosa.*

—Perdona que te interrumpa —dice ella, débilmente, y no puede evitar la expresión de tristeza.

Gonzalo advierte sin esfuerzo que ella está mal.

—Pasa —le dice.

Zoe camina lentamente y se desploma sobre el viejo sillón de cuero marrón.

—¿Quieres tomar algo? —pregunta él.

—Agua —contesta ella.

Gonzalo sirve un vaso con agua, se lo entrega y bebe un sorbo de la botella de plástico. Cuando pinta suele tener cerca, sobre el piso, varias botellas grandes de agua, de las que bebe directamente.

—¿Qué pasó? —le pregunta, pensando que se ve más linda cuando está así, triste, fatigada, mostrando que no es perfecta y que pierde el control.

—Ignacio —dice ella, refrenándose, porque no quiere ceder al instinto de contárselo todo descontroladamente—. Me hace daño.

Gonzalo está de pie. Camina nerviosamente. Le molesta que Zoe interrumpa sus horas de trabajo solo para quejarse de lo mal que le va con Ignacio, lo que tampoco es una novedad, pero prevalece la alegría de verla, el placer de admirar su belleza, el riesgo de tenerla tan cerca, herida.

—¿Qué te ha hecho? —pregunta, aunque hubiera preferido no preguntar.

Sabe que ella necesita que la escuchen.

—A mí, nada —responde Zoe, sin fijar la mirada en él—. Tiró el cuadro que te compré a la piscina sin decirme una palabra. Desperté tarde y lo encontré allí. ¿Puedes creer eso? Tu hermano se ha vuelto loco.

El cuadro se ha quedado en el auto de Zoe. No tuvo fuerzas para bajarlo.

—¿Por qué hizo eso? —pregunta Gonzalo.

Es un mariconazo, piensa. *Me tiene celos.*

—No lo sé —dice ella—. No me dijo nada. Supongo que le molestó que te lo comprase. Cuando lo vio la otra noche dijo que le parecía de mal gusto que me lo hubieses vendido.

—No creo que sea la plata —dice él, de espaldas a ella, mirando por la ventana hacia una calle tranquila, arbolada, por la que rara vez pasa un auto—. Soy yo. Si hubieras comprado el cuadro de un pintor cualquiera que él no conociera, no hubiera pasado nada.

—Puede ser —dice ella.

Se quedan en silencio un momento, mirándose.

Necesito que me abraces, piensa ella. *¿No te das cuenta?*

Es un idiota, piensa él. *No le importa herir a su mujer y despreciar el trabajo de su hermano. Se cree el rey del universo.*

—También me dijo la otra noche que debí consultarle antes de comprar el cuadro y colgarlo en la pared de mi cuarto —dice ella, enfureciéndose—. ¿Desde cuándo tengo que pedirle permiso para colgar un cuadro en mi casa?

Gonzalo sonríe, pero la suya es una sonrisa amarga.

—Soy yo —dice, las manos en los bolsillos—. El problema no eres tú. Soy yo. Ignacio no me quiere. Desprecia todo lo que hago. Le parece que mi vida es una mierda.

Zoe permanece en silencio. No quiere lastimarlo. Sabe que tiene razón: Ignacio siempre se ha sentido superior a su hermano, a quien ve con condescendencia.

—Necesito seguir pintando —dice Gonzalo, que ahora se siente furioso y sabe que la mejor manera de recuperar la tranquilidad es parándose frente al lienzo y pintando, olvidando a su hermano.

—Mejor me voy —dice Zoe, poniéndose de pie.

No puede evitar sentirse rechazada.

Necesito que me abraces, que me consueles, y prefieres pintar. No puedo quedarme aquí. Tú también me haces daño sin querer, piensa.

—Lamento haberte interrumpido por esta tontería. Tenía que contárselo a alguien.

Zoe le da la espalda y camina hacia la puerta. Se siente desgraciada. Sabe que en el auto volverá a llorar y no tendrá fuerzas para manejar.

—No te vayas —dice Gonzalo—. Estás mal. Quédate.

Zoe se detiene, suspira.

—Pero tienes que seguir pintando —dice—. Yo soy un estorbo.

—Si no me hablas, puedo pintar —dice él—. Échate un rato en la cama. Descansa. Te hará bien.

Gonzalo la ha mirado con ternura. Le provoca abrazarla, pero se controla. Sabe que está herida y no quiere abusar de ella.

—¿Seguro que no te molesta? —pregunta ella, con mirada dulce.

—Seguro —responde él—. Anda a la cama. Trata de dormir un poco.

—Gracias —dice ella, sonriendo—. No quiero volver a casa. No sé adónde iría.

Camina hacia él, le da un beso en la mejilla, siente unas ganas de abrazarlo que disimula a duras penas y se dirige a la cama, donde sabe que Gonzalo ha amado a muchas mujeres. Es un colchón muy grande, sobre una base de madera, cubierto por un edredón de plumas blanco; una cama simple y espaciosa, sin ninguna pretensión estética. Tras quitarse los botines de cuero, Zoe se echa en la cama, descansa su cabeza sobre una almohada muy suave, cubre sus pies con el edredón. Desde allí puede ver a Gonzalo pintando. Siente un placer intenso al saberse en la cama de Gonzalo y verlo pintando. Nunca antes se ha echado en esa cama. Huele la almohada. Huele a él, un olor recio, áspero pero agradable. Cierra los ojos. Imagina a Gonzalo amando en esa cama. Lo imagina amándola. Se eriza un poco. Suspira. Abre los ojos. Lo observa. Pinta de un modo violento, apasionado, como si nada más importase en el mundo, como si ella no existiera. Y a ella le gusta que sea así. No le molesta estar en su cama y verlo pintar ensimismado, indiferente a ella. *Me gusta que puedas pintar conmigo en tu cama*, piensa. *Me gusta que puedas olvidarte de que estoy mirándote. Me gusta que te entregues con pasión a esa locura que es pintar por el solo placer de pintar. Me gusta que esta cama ahora huela a mí*, piensa Zoe. *Me gustas, Gonzalo. Pero no debo pensar estas cosas.*

Cuando Gonzalo se cansa de pintar porque le duelen la espalda y los pies, Zoe duerme. Después de lavarse las manos y comer una manzana, se acerca a la cama y la observa. Ella duerme de costado, la cabeza sobre la almohada, los pies cubiertos por el edredón blanco. Respira profundamente por la nariz. Tiene la boca entreabierta. Gonzalo la contempla admirado. Pasea lentamente la mirada por su rostro, sus manos, unas manos que ella tiene cerradas, apretadas, como si estuviese soñando algo desagradable, su cuerpo hermoso. *Es una diosa*, piensa, como pensó cuando la conoció. *Está cada día más linda. No merece esto. Debería tener a un hombre que la sepa querer con pasión. Yo podría ser ese hombre. Yo podría hacerle el amor una noche entera. Conmigo podrías tener los orgasmos que nunca has tenido, Zoe. Pero eres la mujer de mi hermano. No voy a tocarte. Duerme.*

Gonzalo tiene una erección, pero sabe controlarse. No haría nada que pudiera lastimarla. Le gusta que ella duerma en su cama. Se echa cuidadosamente a su lado para no despertarla, cierra los ojos y no tarda en dormirse a pesar de que aún no ha oscurecido.

Zoe despierta poco después. Descubre que Gonzalo duerme a su lado. Está tendido con la boca abierta, los brazos cruzados sobre el pecho, la cabeza apoyada sobre una almohada y ligeramente ladeada hacia ella. Zoe sonríe. Le gusta verlo durmiendo. Siente ganas de despertarlo a besos, de abrazarlo, de quedarse con él toda la noche. Sabe que es imposible. Se atreve, sin embargo, a darle un beso furtivo en la mejilla. Siente esa barba de cinco días en sus labios. Lo desea. Gonzalo no despierta a pesar del beso. Zoe lo recorre con la mirada. Mira el bulto donde adivina su sexo dormido. Siente ganas de acariciarlo. *No seas traviesa*, se dice. *No pienses estas cosas. Déjalo dormir y ándate de una vez antes de que esto termine mal.* Zoe se pone de pie, recoge sus zapatos y sale caminando descalza. Abre la puerta. Antes de salir, mira de nuevo a Gonzalo y comprueba que duerme plácidamente. *En esa cama yo podría ser feliz*, piensa.

Tienes que pedirle perdón, piensa Ignacio, arrepentido de haber sucumbido al instinto violento de destruir el cuadro de su hermano y ofender a su esposa. *No te rebajes a ser un hombre salvaje, que no sabe dominar sus impulsos. Si ella ha sido una cabrona contigo, no le pagues con la misma moneda. Vuela más alto que ella. Dale una lección. Demuéstrale que tienes un corazón noble y sabes reconocer un error y pedir perdón. No debiste hacer eso. El cuadro era suyo. Fue una canallada echarlo a la piscina. Tienes que pedirle perdón. Ojalá que Gonzalo no se entere de esto.*

Ignacio salió de su casa sin saber adónde ir. Estaba avergonzado del acto de barbarie al que se había rebajado y no quería ver a su mujer ni hablar con ella. Apagó el celular, subió a su camioneta y manejó una hora por la autopista. Le hacía bien manejar despacio por la autopista sin rumbo fijo. Se relajaba, podía pensar, ordenar el caos que eran a veces sus sentimientos, recuperar el control. El solo hecho de conducir lentamente esa flamante camioneta de doble tracción, respetando las reglas de tránsito, entregándose a la contemplación perezosa del paisaje, alejándose del barullo de la ciudad, le daba la sensación de armonía y control. Ignacio necesitaba sentirse en control. Cuando lo perdía, se avergonzaba de sí mismo. Ahora, al timón de la camioneta, volvía a ser el hombre racional e imperturbable que quería ser siempre. Ya lejos de la ciudad, se desvió en una bifurcación, manejó por un camino angosto y se detuvo a tomar un refresco en un puesto al paso. De regreso en la camioneta, reclinó el asiento hacia atrás y se echó a meditar sobre lo que debía hacer para reparar el daño que había provocado con su explosión de ira. *Debo pedirle perdón a Zoe. Si Gonzalo se ha enterado, también debo disculparme con él. No me creerá, pero no tengo nada contra él como pintor. Me parece bien que sea feliz pintando. Sería complicado tenerlo a mi lado en el banco. No se sometería a mi autoridad, cuestionaría mis decisiones y, sobre todo, sería infeliz, porque su vida es pintar y yo sería un cretino si no pudiera entender eso. Le compraré un cuadro más bonito y más caro. Se lo regalaré a Zoe. Lo colgaré yo mismo en la pared de nuestro cuarto. Y le daré una sorpresa a Zoe. Le haré un regalo que no se espere. O la sorprenderé con un viaje de fin de semana. No será fácil que me perdone. No entenderá por qué me puse tan violento. Pero no debo contarle que escuché de casualidad la conversación entre ella y Gonzalo. Si le cuento, todo será peor. Sabrá que yo sospecho que hay algo raro entre los dos. Prefiero callarme, estar atento y ser bueno con ella. Lo mejor que puedo hacer es pedirle perdón y darle todo mi amor. Tampoco me conviene hablar con Gonzalo, decirle que escuché la conversación con Zoe, que es un canalla, un miserable por hablarle mal de mí a mi propia esposa. ¿Qué ganaría? Nada. Sería un momento muy desagradable para los dos. Perdería el control. Le gritaría, lo insultaría, tendría ganas de pegarle, quizás terminaríamos golpeándonos. No quiero humillarme así. No quiero. Siempre es más fácil entregarse a la violencia, odiar al otro. Yo prefiero perdonarlos, olvidar, hacerme el tonto y darles mi cariño. Por eso fue una bajeza y una estupidez tirar el cuadro al agua. Debo recuperar la dignidad. Dos errores no hacen un acierto. Si al error del cuadro sumo el error de contarlo todo y hacer un escándalo familiar, la cosa se va a complicar. Trataré de olvidar lo que oí, perdonarlos y seguir queriéndolos. No podría perder a Zoe. No podría estar bien sin ella. Tengo que pedirle perdón.*

Ignacio maneja un poco más rápido de regreso a casa, pero siempre dentro del límite de velocidad que establece la ley. Desprecia en silencio a quienes corren a toda prisa por la autopista, violando las reglas de tránsito. *Bárbaros,* piensa. *Pásenme, corran, pero no llegarán muy lejos. Los que rompen la ley nunca llegan muy lejos. Yo voy despacio, pero del lado de la ley. Al final del partido, veremos a quién le fue mejor.* Ignacio enciende el celular. Escucha sus mensajes. Teme oír la voz crispada de su mujer, diciéndole alguna grosería. No tiene ningún mensaje. *Mejor,* piensa. Llama a Zoe. No contesta. Prefiere no dejarle un mensaje. Llama a Cristina, su madre, y le confirma que almorzará con ella al día siguiente, domingo.

—No vengas tan tarde, que el domingo pasado se aparecieron pasadas las dos y me moría de hambre —le pide su madre.

—Estaré allí a la una en punto, mamá —promete.

—Eso espero —dice ella—. Siempre me dices que estarás a la una y llegas a las dos. Acuérdate de que yo madrugo y a la una no puedo más del hambre.

—No te preocupes. Ojalá pueda ir con Zoe, porque no se siente muy bien.

—¿Qué tiene? ¿Otra vez se ha resfriado? Dile que tome bastante jugo de naranja y que se bañe en agua fría, que eso limpia los gérmenes.

Ignacio sonríe.

—No está resfriada —dice—. Está un poco molesta conmigo. Pero ya se le va a pasar.

—Más le vale, hijito, porque no sabe la suerte que tiene de estar casada contigo. Que abra los ojos esa niña. Se ha ganado la lotería y todavía no se da cuenta.

—Nos vemos mañana, mamá —se ríe Ignacio—. Te mando un beso.

Cuando llega a su casa, busca a Zoe pero no la encuentra. Camina hacia la piscina y comprueba que el cuadro ya no está allí. *¿Cómo pudiste hacer eso?*, se reprocha. Entra a su cuarto, a su escritorio y a la cocina pensando que tal vez Zoe le ha dejado una nota. No hay nada. *No está, no me ha llamado, no me ha insultado, no ha perdido el control. Me está dando una lección. Ella, que puede ser una mujer explosiva, no se ha rebajado a decirme una grosería. Seguramente está con Gonzalo. Podría apostar que ha ido a verlo, a enseñarle el cuadro deshecho, a quejarse de mí. Puedo verte, cabrona, llorando en su pecho. Puedo oír lo que dices de mí, traidora. Puedo oír que dices «Ignacio es un imbécil, un huevón, un aburrido. Te tiene celos, Gonzalo. Es un pobre diablo. Jamás podrá pintar un cuadro así de lindo y por eso lo destruye». Cabrona ignorante. No sabes que te he oído por teléfono riéndote de mí con mi hermano. No sabes que eso es lo que me da tanta rabia. Yo jamás hubiera sido capaz de esa bajeza. Jamás. Si* *tuvieras una hermana, no iría corriendo donde ella a llorarle mis penas y a hablar mal de ti. No sería tan mezquino. Pero tú sí corres donde Gonzalo. Sé que ahora estás con él. Debería ir ahora mismo, a decirles que sé toda la verdad, que sé que están tirando a mis espaldas, desgraciados, y a romperle la cara al acomplejado de mi hermano. Como no puede ser un ganador como yo, como se siente un perdedor, no le queda otra que robarse a mi mujer. Pobre diablo. Nunca me llegarás ni a los tobillos, Gonzalo.*

Ignacio arde de ira. Imagina a su mujer y a su hermano, cómplices, riéndose otra vez de él. *Iré al taller y haré mierda sus cuadros.* Sale de su casa, sube a la camioneta y maneja deprisa rumbo a la casa de Gonzalo. Acelera, conduce por encima del límite de velocidad. *Al diablo el control*, piensa. *Yo también soy un bárbaro. Ahora verán estos dos imbéciles de lo que soy capaz. ¿Creen que soy un pelotudo? Ahora veremos si soy un pelotudo.* Ignacio pasa frente a la iglesia del barrio, allí donde oye misa los domingos. Se persigna por costumbre. Recuerda a Dios. *Señor, ayúdame*, piensa. Desacelera la camioneta, respira hondo, trata de recuperar el control. *Señor, ayúdame a ser bueno, a no caer en la violencia*, piensa. *No vayas, Ignacio*, se dice. *Regresa a casa. No te humilles. Si vas furioso a verlos, solo pueden pasar cosas malas. Te arrepentirás. Cálmate. Regresa.*

A pesar de que tiene ganas de romperle la cara a su hermano, de encontrar a su mujer en la cama con él, de confirmar así sus peores augurios, Ignacio se sorprende a sí mismo, cambia de planes y regresa lentamente a casa. Después de darse una ducha caliente, viste su ropa de dormir, come algo ligero, se mete a la cama y prende el televisor. Espera a Zoe. *Espérala tranquilo, pídele perdón, trátala con cariño, no le preguntes adónde fue ni de dónde viene.*

Es tarde cuando Zoe regresa por fin. Ignacio sigue en su cama, aburrido de esperarla, leyendo, el televisor encendido en las noticias. Ella entra al cuarto, no lo mira, se dirige al baño. Tiene una expresión compungida. Ignacio ve en su rostro dolor, pena, abatimiento, no rabia contra él. *Es una mujer infeliz*, piensa. *Yo la estoy haciendo infeliz.*

Ignacio sale de la cama y se acerca al baño. Ella está sentada, orinando.

—Hola —dice él.

—Hola —dice ella, sin mirarlo.

—¿Adónde fuiste? —pregunta él, sabiendo que no debería.

—Por ahí —dice ella, con voz apagada, la mirada perdida en algún punto del piso de mármol.

Ignacio mide sus palabras, recuerda que no debe enojarse ni decir nada de lo que luego se arrepienta.

—Perdóname, Zoe —dice, mientras ella se lava las manos—. Me porté como un idiota. Lo siento.

Ella no dice nada, ni siquiera lo mira en el espejo, sigue lavándose las manos con un jabón blanco. Luego moja una bolita de algodón con agua purificadora y la pasa por su rostro, ignorando a Ignacio.

—No entiendo por qué hiciste eso —dice—. Era un cuadro que me encantaba. ¿Por qué tenías que tirarlo a la piscina? ¿Solo porque se lo compré a tu hermano? ¿Porque no me lo regaló y me cobró una plata? No te entiendo, Ignacio. Haces cosas que me duelen y que no tienen sentido. Te portas como un niño caprichoso. Y no estoy dispuesta a seguir aguantando tus caprichos. Que te los aguante la pesada de tu mamá.

No metas a mi madre en esto, por favor, piensa él, pero no lo dice porque no quiere pelear, quiere reconciliarse con su mujer y dejar atrás el penoso incidente del cuadro.

—Yo tampoco sé por qué lo hice —miente—. Solo puedo pedirte perdón. Me da vergüenza lo que hice.

—A mí también me da vergüenza lo que hiciste —dice ella, pasando cuidadosamente por su rostro un algodón más—. Y lo peor es que no lo entiendo. Si hubiera comprado un cuadro de cualquier pintor, no te habrías molestado así. Lo que te molestó fue que se lo comprase a tu hermano. El problema es Gonzalo. No sé qué tienes contra él.

Lo que tengo contra él es que tú le gustas y creo que estás tirando con él, piensa Ignacio, controlando la ira que siente crecer.

—No tengo nada contra Gonzalo —miente—. Solo me indignó que te cobrase por un cuadro, cuando él vive de la plata que yo le doy del banco.

—Esa plata no se la das porque seas muy generoso, Ignacio —ella lo mira por fin, con cierto disgusto—. Se la das porque le corresponde. Gonzalo también es dueño del banco.

—Sí, claro, pero no trabaja, no va nunca, se queda en su casa pintando —se defiende Ignacio—. Yo trabajo doce horas diarias para que el banco sea un gran negocio y toda la familia pueda vivir bien, incluyendo a Gonzalo.

Ella lo mira con más tristeza que enfado, mueve la cabeza contrariada y dice:

—¿Cuándo vas a dejar de compararte con tu hermano?

Luego camina hacia su cuarto, se pone un camisón de dormir y va hasta la cocina para comer algo. Es obvio que esa noche no saldrán a cenar. Ignacio ya está en ropa de domir y las cosas no podrían ir peor entre los dos. *Que no tenga la osadía de pedirme sexo esta noche*, piensa Zoe, mientras mira la refrigeradora y duda entre comer una fruta o un yogur. *Hoy es sábado y le toca hacerme el amor, pero tendrá que aguantarse por idiota. Tan rápido no lo voy a perdonar.*

Zoe regresa al cuarto después de comer la manzana y el yogur. Se lava los dientes, cubre su rostro con unas cremas humectantes (*mejor así, para que no me bese*, piensa, sabiendo que a Ignacio le disgusta besarla cuando está con la cara cremosa, porque, según dice, luego le queda un sabor amargo en la boca), se mira en el espejo, todavía joven y hermosa, y piensa que esa noche solo le provocaría estar acostada al lado de Gonzalo, y no de Ignacio, tan pesado y predecible. *Otra noche más con el aburrido de mi marido*, piensa, cuando se mete en la cama, donde él la espera con mirada culposa, como pidiéndole que lo perdone, que no siga molesta con él.

—Perdóname, mi amor —le dice él, y la abraza, cuando ella entra en la cama.

Zoe se deja abrazar como si estuviera muerta. Le reconforta saber que su marido todavía la quiere, pero hay algo en él, esa búsqueda de la corrección absoluta, del matrimonio perfecto según las reglas de su madre, que antes podía parecerle tierno pero ahora le inspira cierta repugnancia. *Me gustas más cuando rompes las reglas que cuando vuelves a ser el niño bueno de tu mamá*, piensa ella, mientras lo oye:

—No estés molesta. Perdóname. Le voy a comprar a Gonzalo un cuadro más lindo para ti. Te voy a llevar de viaje adonde tú quieras.

—No estoy molesta —dice ella apenas—. Estoy triste.

Ignacio la besa en las mejillas, en la frente.

—No estés triste, mi amor —susurra—. Cuando tú estás triste, yo también.

¿Cuántas veces me habrás dicho eso?, piensa ella. Ignacio tiene una erección, intenta besarla en la boca.

—Te quiero, ardillita —le dice.

—Hoy no —dice Zoe, apartándolo.

—¿Qué te pasa? —pregunta él, besándole el cuello, acercando su erección para que ella la sienta, tentándola.

—No me provoca, estoy cansada —dice ella.

—Pero es sábado —dice él—. No me castigues así. No seas mala.

—Hoy no, Ignacio —se resiste ella.

—Comprendo —dice él, dulcemente, sin molestarse, y deja de besarla y acariciarla.

Luego se quedan en silencio. Ella lee una novela de amor pero no se concentra porque piensa en Gonzalo. Él lee la biografía de un hombre poderoso a quien admira. Cuando se aburre, cierra el libro, se persigna y reza echado en la cama. *Gracias, Señor, por estar conmigo*, piensa. *Gracias por darme esta mujer, esta casa, la salud, tantas cosas buenas. Perdóname por lo que le hice a Zoe. Ayúdame a ser bueno, a hacerla feliz, a darle todo mi amor. Por favor, cuida a mi madre. Que no le pase nada malo. Que no sufra. Si decides llevártela, que muera en paz, sin dolor. Gracias por todo. Por favor, quédate conmigo y dame paz.*

Ignacio apaga la luz, cierra los ojos, intenta dormir. Zoe sigue leyendo un rato más, pero luego apaga la lámpara y se acomoda para dormir porque sabe que a él le molesta que ella tenga la luz de su velador encendida cuando quiere dormir.

Cuando se duerma, me voy a masturbar en el baño, piensa Ignacio.

Cuando se duerma, voy a buscar a Patricio en internet, piensa Zoe.

Ha sido un sueño extraño, piensa Gonzalo, cuando despierta de esa larga siesta y descubre que Zoe ya se ha marchado. Ha soñado con cocaína. Gonzalo lleva años sin probarla. No quiere saber nada de ella. La dejó gracias a un tratamiento de desintoxicación en una clínica lejana. Es feliz sin metérsela por la nariz. Pero a veces sueña con cocaína. Como ahora, que recuerda ese sueño tan intenso y perturbador del que acaba de sacudirse, despertando con brusquedad. Estaba en un aeropuerto. El oficial de aduanas le abría la maleta y le preguntaba qué llevaba en ella. *Solo ropa*, contestaba Gonzalo. En efecto, el oficial encontraba algunas prendas. De pronto, cogía una casaca celeste, muy gruesa, como para esquiar, la cortaba con una pequeña navaja y al hacerlo descubría, escondido en sus pliegues interiores, un polvo blanco que caía sobre la maleta. *No puede ser*, pensaba Gonzalo. *Yo no he puesto cocaína dentro de mi casaca*. El oficial tocaba el polvo con un dedo, se lo llevaba a la boca y, con un gesto adusto, sentenciaba que eso era cocaína y que Gonzalo quedaba arrestado. *Me han tendido una trampa*, pensaba Gonzalo, mientras sentía, avergonzado, las miradas de reproche y desprecio que le lanzaban algunos viajeros detrás de él. Luego el oficial se marchaba en busca de algún superior. Increíblemente, Gonzalo quedaba solo, sin vigilancia, y aprovechaba para meterse en una tienda de artículos turísticos. Una vez en ella, detrás de gruesos abrigos de pieles, encontraba, como un milagro, una pequeña puerta de salida a la calle. La angustia de saberse arrestado por la policía se transformaba entonces en la euforia de sentirse de nuevo un hombre libre. Corría, subía a un taxi y le pedía que lo llevase a un hotel. *No me encontrarán*, pensaba. *Yo sé esconderme. Viviré escondido el resto de mi vida. Alguien quiere joderme. Porque esa coca no era mía*. Entonces Gonzalo despertó sobresaltado y volteó a mirar si Zoe seguía durmiendo a su lado, pero ahora ella no estaba.

Tenía hambre. Llamó a Laura y la invitó a cenar en un restaurante de comida oriental. Acordaron verse en lo que tardasen en llegar. Luego se lavó la cara y las manos, se puso una chaqueta de cuero negra, sacó algo de dinero de una caja de zapatos escondida en su ropero (detestaba ir al banco y por eso guardaba el dinero en diversos escondrijos de su casa), disparó hacia sus mejillas y su cuello una colonia con vaporizador, guardó su teléfono celular en el bolsillo de la chaqueta, si bien trataba de usarlo lo menos posible, pues temía que ese aparato emitiese radiaciones dañinas para el cerebro, se sentía más seguro cuando lo llevaba consigo, y salió. Caminó un par de cuadras dirigiéndose hacia una calle más transitada, se detuvo y esperó un taxi. Contaba con suficiente dinero para comprar el auto que quisiera, pero prefería no conducir. Le molestaba perder tiempo en todos los asuntos odiosos que acarreaba la posesión de un vehículo, como echarle gasolina, llevarlo al taller, pagar el seguro y buscar estacionamiento. Prefería caminar, tomar un taxi, desentenderse del estrés de conducir y de buscar parqueo, relajarse mientras otro manejaba y, cuando se sentía con ganas, conversar con el taxista sobre cualquier asunto trivial, como la política o los deportes. *Es rico ser peatón*, pensó. *Es un lujo andar siempre en taxi. Manejar un auto es una fuente de tensión y estrés: yo prefiero ser el pasajero distraído y que otro maneje por mí. No necesito manejar una camioneta enorme, de lujo, carísima, para sentirme importante, como el huevón de mi hermano. Yo he nacido para caminar y tomar taxis. Que manejen los importantes, yo quiero ser un hombre de a pie.*

En el restaurante, Gonzalo escogió la mesa más discreta, pidió una copa de vino y esperó a Laura. Ella llegó poco después, agitada y sonriente, vistiendo una ropa ajustada que ponía en evidencia la belleza de su cuerpo jovencísimo. Acababa de cumplir veintiún años, no le avergonzaba decir que era feliz, admiraba a Gonzalo más de lo que él hubiera querido y solía sonreír con esa levedad despreocupada de las personas que no piensan demasiado en sí mismas y tampoco desean cambiar la historia. Al verla, Gonzalo se sorprendió de lo hermosa que era. *Soy un tipo con suerte*, pensó. *Si no fuese pintor, no podría acostarme con una mujer como ella. No está enamorada de mí sino de mis cuadros. Y sueña con que yo la pinte. Pero por ahora no me interesa hacerlo. Solo quiero tirármela esta noche. Está demasiado buena y es demasiado feliz. Necesita emputecerse un poco y. ser menos feliz. Yo me ocuparé de eso.* Mientras Laura le cuenta su día, las últimas novedades de su vida, los progresos que siente como actriz en los ensayos de una obra de teatro que estrenará pronto, la ilusión de que él vaya a verla al estreno, Gonzalo la mira con una sonrisa medida, sin prestarle demasiada atención, abrumado por la felicidad excesiva que ella irradia y por las cosas atropelladas que dice. *Me aburre la gente feliz*, piensa. *No me interesa que me cuentes lo feliz que eres, lo buena actriz que serás. Quiero mirarte en silencio. Cállate. No le tengas miedo al silencio. Serías mucho más linda si supieras estar callada. Y con seguridad serías también una mejor actriz.* Pero Gonzalo sabe también que él es, en buena medida, el culpable de esa felicidad que Laura no sabe disimular. Sabe que ella muestra su alegría porque es una manera de halagarlo, de decirle que luce así de contenta porque está con él y no olvida que más tarde la amará en su cama como probablemente nadie ha sabido amarla hasta ahora. Gonzalo no ignora que Laura era bastante inexperta en las cosas del sexo cuando la conoció, la sedujo y la llevó a su cama. Ahora, gracias a él, a su astucia como amante, Laura goza de su cuerpo como nunca imaginó. Eso, saberse deseada por un hombre que ella admira y que sabe arrancarle gemidos de placer, y sentir que está cerca de ser lo que soñó desde niña, una actriz, le basta para ser feliz. Gonzalo también es todo lo que siempre quiso ser, un pintor, un hombre libre, pero no es capaz de inventarse tanta felicidad porque cree que sentirse muy feliz aturde, idiotiza, y empobrece la experiencia humana. Gonzalo no quiere ser feliz si eso le impide jugar con el riesgo, vivir al límite, pintar mejor. Laura habla, sonríe, bebe un vaso de agua, mientras él piensa que logrará callarla cuando le haga el amor más tarde. Laura habla y él recuerda a Zoe. Piensa en Zoe tendida en su cama, durmiendo. Piensa que tal vez debió abrazarla, besarla, no seguir ocultándole la verdad: que la desea como a ninguna otra mujer. *Laura es solo una amante deliciosa porque es joven, preciosa y con ganas de aprender, pero no estoy enamorado de ella ni lo estaré*, piensa. *El día en que no pueda aguantarme más y le haga el amor a Zoe, estaré jodido para siempre. Porque me voy a enamorar. De ella sí podría enamorarme.*

—¿En qué piensas? —le pregunta Laura, cuando advierte que Gonzalo está distraído, escuchándola sin demasiado interés.

—En nada —dice él, pero está pensando en la mujer de su hermano—. En las ganas que tengo de ir al teatro a verte actuar —miente.

Laura sonríe halagada y Gonzalo se considera un manipulador. Sabe bien lo que tiene que decirle para que ella se sienta importante, amada. Como en la cama, está en control y la domina a su antojo. Mientras disfrutan de la cena, él hace preguntas para que ella siga contándole cosas sobre su vida. No tiene ganas de hablar y sabe que a ella le encanta hablar de sí misma. Aburrido de escucharla pero animado ante la proximidad del sexo, Gonzalo se sorprende de imaginar el rostro que tendrá Laura cuando le arranque un orgasmo más, los gestos de placer que ella no podrá reprimir. Sin pedir postres, porque han comido en abundancia, Gonzalo paga la cuenta. Luego suben al auto de Laura y se dirigen hacia el taller, como suele llamar a su casa Gonzalo. Le gusta decir que vive en un taller. *Soy un obrero y vivo en un taller*, se burla de sí mismo.

Ya en la cama, mientras se aman desnudos, con cierta violencia, Gonzalo no puede evitar cerrar los ojos y pensar en Zoe. *Quiero tenerte así, abierta para mí*, se abandona.

Ignacio y Zoe están sentados en una banca de la iglesia a la que asisten todos los domingos, escuchando los Evangelios que lee, desde el púlpito, un sacerdote de corta estatura, vestido con una túnica verde y blanca. Se han sentado más adelante de lo que Zoe hubiera querido. Ella prefiere sentarse en la última fila. Le disgusta estar apretujada en una dura banca de madera, escuchando las palabras previsibles que dice el religioso y rodeada de tanta gente. Soporta en silencio el aburrimiento de estar con su marido en misa, un domingo más. Sabe que debe cumplir esa rutina odiosa porque Ignacio se lo ha pedido con un énfasis que ella encuentra inexplicable. *La gente como nosotros no viene a misa*, piensa. *Vienen las viejitas, el pueblo, pero no la gente como yo.* Zoe preferiría seguir durmiendo en su cama y no estar allí, tolerando los olores avinagrados que despide a su lado una señora de edad avanzada, que reza con los ojos cerrados, apretando un rosario. Zoe cree en Dios porque así fue educada, pero ante todo cree en la elegancia, el buen gusto y la felicidad, y por eso, a pesar de que ha tratado, no puede pasarla bien los domingos en misa, porque le incomoda confundirse en ese tumulto que repite a ciegas lo que debe y obedece con sumisión al sacerdote. *En la misa todos somos iguales, un rebaño de ovejas que sigue al pastor, y yo no quiero ser igual a toda esta gente, no quiero sentirme una oveja*, piensa, observando con bien disimulado desdén a las personas que la rodean en el templo. Para aburrirse menos y abstraerse de las palabras del religioso, palabras que no comprende y la aturden, pues aluden a cosas del pasado que ella encuentra absurdas,

Zoe pasea su mirada buscando a los pocos niños que han acudido a la iglesia en compañía de sus padres. Es el único pasatiempo que se inventa para soportar mejor la misa de doce: el de observar a los niños, sonreírles cuando puede, hacerles algún guiño cómplice, seguir sus juegos, acompañarlos en su aburrimiento, celebrar algún grito o chillido que ellos emiten, rompiendo la pesada formalidad de la ceremonia y provocando algunas miradas adustas. Mirando a esos niños, vestidos en su opinión con excesivo rigor, Zoe se entretiene, escapa a ratos del tedio de la ceremonia, aunque a menudo también recuerda aquello de lo que carece, una familia, tener hijos, ser madre, y entonces se pregunta *¿qué diablos hago yo acá?, ¿por qué sigo jugando a ser una ejemplar esposa católica cuando ni siquiera estoy segura de que Dios exista?, porque si existiera y fuera tan infinitamente bueno como dice este cura afeminado, entonces, ¿por qué diablos me ha negado tener hijos?, ¿por qué me ha castigado con tanta maldad cuando yo además no lo merecía porque siempre he tratado de ser una buena persona?* Los niños, el recuerdo de la maternidad que le ha sido negada, acaban entristeciéndola, minando su fe en el futuro, cuestionando su presencia al lado de Ignacio, que, como todos los domingos, sigue la misa con una seriedad que ella encuentra exagerada. *Ojalá me escucharas a mí con tanta atención como escuchas las palabras de este padre al que ya no aguanto porque siempre dice las mismas cuatro cosas bobas*, piensa Zoe, mirando de soslayo, con poco cariño, a su marido. *Quizás cuando mueras irás al cielo, Ignacio, pero espero no acompañarte, porque me seguiría aburriendo de todas maneras*, piensa. *En mi próxima vida, preferiría pasar más tiempo con Gonzalo. Perdóname, Dios, por pensar estas cosas acá en la iglesia. Pero el marido que me has dado me aburre más que el cura. Quisiera amar más a Ignacio, disfrutar de la misa como él, estremecerme con cada palabra que dice el padrecito, pero no puedo, sinceramente no* *puedo. Me siento más cerca de Dios cuando miro un cuadro de Gonzalo que cuando vengo a misa con el pesado de Ignacio.*

Ignacio también se aburre un poco, pero se esfuerza por escuchar atentamente al sacerdote y encontrarle sentido a la misa. No ha dejado de ir ningún domingo desde que se casó. Incluso cuando está de viaje pregunta si hay alguna iglesia cerca del hotel donde se aloja y se las ingenia para cumplir con lo que considera su obligación de católico practicante. Ignacio cree que debe ir a misa, aunque se aburra más de lo que esté dispuesto a reconocer ante su mujer, porque se considera un hombre afortunado y siente el deber de expresarle a Dios su gratitud, dedicándole una hora semanal en el templo, rodeado de desconocidos, dejando de ser un hombre importante y mezclándose con todos. *No la paso bien en misa*, piensa, cuando advierte sin esfuerzo el gesto de fastidio que no oculta su esposa. *También me aburro a veces. Pero trato de no aburrirme. No me abandono fácilmente al aburrimiento. Hablo con Dios, le doy las gracias por tantas bendiciones que me ha dado. No pienso, como tú, Zoe, en los hijos que no nos dio, prefiero pensar en todas las cosas maravillosas que sí nos ha dado y resignarme a aceptar que, por alguna razón que no alcanzaremos jamás a comprender, el Señor ha creído mejor negarnos la experiencia de la paternidad. No me torturo pensando que es un castigo de Dios. Pienso que es una prueba, una lección, una oportunidad para ser mejores personas. Y ante todo, recuerdo la vida increíblemente privilegiada que nos ha tocado, las comodidades que nos han sido dadas, la buena salud y los momentos felices. Por eso vengo a misa. Para decir simplemente gracias. Para agradecerle a la vida, que es Dios, todo lo que somos. No tendría ningún mérito venir los domingos si fuese un espectáculo divertidísimo y emocionante. Si así fuera, uno vendría a pasarla bien, a encontrar cierto placer, y entonces sería un acto de egoísmo porque lo haría por mí y no por Dios. Venir a misa a oír la palabra de*

Dios, piensa Ignacio con humildad, *es como aburrirte escuchando a tus padres: lo haces porque los quieres, te aburres con gusto porque es una manera de quererlos.*

De rodillas, los ojos cerrados, los codos apoyados sobre la banca de adelante, el mentón descansando sobre sus manos entrelazadas, Ignacio reza, le pide perdón a Dios por haber estropeado el cuadro de su hermano, le pide perdón por masturbarse de madrugada mientras Zoe dormía, le pide perdón por hacer llorar a su esposa, por hacerla infeliz, perdón por ser tan mezquino y egoísta, y le pide luego que le dé fuerzas para olvidar la conversación telefónica entre Gonzalo y Zoe que nunca debió escuchar. *Ayúdame a perdonarlos y a seguir queriéndolos como si nada hubiera pasado,* piensa. *Ayúdalos a no hacerse daño. Si están haciendo algo indebido que los envilece y te ofende, te ruego que los ayudes para que dejen de actuar así. Estoy sufriendo por eso, Señor. Porque no puedo dejar de pensar que mi hermano y mi mujer tienen una relación extraña, a mis espaldas. Y tú has querido que yo lo sepa, tú hiciste que escuchara esa conversación. Ahora no sé bien qué debo hacer. Creo que lo mejor es perdonar, olvidar, amarlos a los dos. Pero te pido que no me hagas sufrir más con esto. Que Zoe vuelva a ser la mujer con la que me casé. Que seamos felices juntos. Tú sabes que yo la amo y haré todo lo que pueda para no perderla y hacerla feliz.*

Al lado de su esposo, Zoe permanece sentada, prefiere no arrodillarse. *Me duelen las rodillas,* piensa. *No es justo que me obliguen a arrodillarme en esta madera tan dura. Ni siquiera le han puesto una tela acolchada, algo que haga más suave estar de rodillas tanto rato. Yo no tengo por qué arrodillarme cuando los demás lo hacen. Tampoco veo por qué tengo que estar pidiendo perdón cada diez minutos. Yo quiero ser feliz, gozar de la vida y no me provoca pedir perdón por eso. Que Ignacio se arrodille y pida perdón por ser tan tonto, por aburrirme y por hacerme infeliz. Yo no me arrodillo.* Zoe cruza las piernas, observa sus manos bien cuidadas, siente un cosquilleo cuando recuerda el beso que le dio en la mejilla con la barba crecida a su cuñado la noche anterior. *Tú reza por mí*, le dice mentalmente a Ignacio, al verlo tan ensimismado, hincado de rodillas, con los ojos cerrados. *Yo voy a rezar por tu hermano*, piensa, sonriendo para adentro. *Dios, si me has negado los hijos, no me niegues también el amor*, dice para sí misma, con menos arrogancia que tristeza. *Si no puedo ser mamá, déjame ser una mujer feliz, dame el amor que necesito. Y si mi marido no puede dármelo, déjame encontrarlo en otro hombre. Lo haré en secreto. Nadie se enterará. Ignacio no sufrirá. No abandonaré a mi marido. Pero no es justo que me tengas así. No me quites también la ilusión del amor. Ayúdame a ser valiente para decirle a Gonzalo que no puedo dejar de pensar en él.*

Zoe se sorprende de que Ignacio se ponga de pie, le dirija una mirada sosa de ternura (*no me mires como si fueras mi papá, quiero que me mires como un hombre que me desea incluso en la misa*, piensa ella, algo molesta) y camine, siguiendo lentamente una fila, por el pasillo central, a recibir la comunión de manos del sacerdote. Zoe no va a comulgar. No lo ha hecho en mucho tiempo. No quiere confesarse, declarar sus culpas ante un hombre agazapado detrás de una rejilla, revestido de una autoridad que ella no reconoce. Zoe permanece sentada, levanta la barbilla en señal de amor a sí misma, ninguna culpa la abruma. *No me miren con mala cara porque mi esposo comulga y yo no*, piensa, cuando una pareja de ancianos que se ha levantado para ir a recibir la comunión la mira como rezongándola. *Yo no voy a comulgar porque necesito estar un ratito separada de mi esposo*, piensa, defendiéndose. *Si no me atrevo a dejarlo, por lo menos déjenme separarme de él los dos minutos que demora en ir a sentirse el hombre más bueno del mundo. Yo no soy tan buena y no quiero serlo. Yo soy una pecadora y así la paso mejor. Yo quiero vivir el cielo acá y no después; el cielo eterno será para ustedes, pero yo quiero ser feliz ahora, no después.* Zoe se siente una pecadora porque desea al hermano de su esposo, pero no se arrepiente por ello. *No quiero ser una santa*, se dice. *Quiero ser feliz y las santas nunca han sido felices.* Mientras Ignacio camina de regreso con la hostia en la boca, Zoe piensa que ella no quiere tener en su boca una hostia, sino la lengua de Gonzalo despertándola del letargo en que se halla sumida.

Como todos los domingos después de misa, Ignacio, su madre y Zoe, sentados a una mesa redonda, saborean sin prisa la comida estupenda que les ha sido enviada desde un restaurante cercano. Doña Cristina es una mujer rolliza, querendona, de sonrisa fácil. No hace mucho ha cumplido sesenta y dos años y atribuye su buena salud al hábito de pintar por las tardes, a los juegos de cartas con sus amigas (dos veces por semana, sin falta, apostando pequeñísimas sumas de dinero) y al vaso de whisky que bebe todas las noches, antes de cenar. Durante la semana recibe la visita diaria de una mujer que se ocupa de limpiar la casa, cocinar y hacer toda clase de faenas domésticas, pero los domingos se queda sola, sin la ayuda de su empleada, y por eso ordena la comida a un restaurante italiano con servicio a domicilio. Vive en una casa de dos pisos, con todas las comodidades, en un barrio antiguo, sin grandes aspiraciones, no muy lejos del taller de Gonzalo. Podría vivir en una zona más acomodada, pero aborrece las mudanzas y quiere morir en esa casa donde ha vivido los últimos años y cree haber pintado sus mejores cuadros. Como su hijo Ignacio, también asiste a misa los domingos, aunque ella lo hace más temprano, al servicio de las ocho de la mañana en una iglesia a la que acude caminando. Después se ocupa de regar el jardín, mira la televisión, habla por teléfono con sus amigas, hojea apenas y sin mucho interés la prensa del día, pues sostiene que la lectura de los periódicos suele deprimirla, y espera con ilusión la llegada de Zoe e Ignacio, sabiendo, ya resignada, que Gonzalo solo aparecerá cuando le apetezca, lo que ocurre muy rara vez.

Ya en los postres, Ignacio, que después lavará toda la vajilla y la dejará seca y ordenada, una actividad de la que disfruta intensamente, casi más que de conversar con su madre y su esposa, decide tomar la iniciativa y ejecuta el plan que ha concebido en algún momento de sus cavilaciones en la iglesia:

—Mamá, quiero regalarle un cuadro tuyo a Zoe —dice, sin ignorar que hará feliz a su madre y sorprenderá a su esposa.

No se equivoca: doña Cristina sonríe halagada y Zoe, tras fruncir levemente el ceño, sorprendida, mira a su marido y encuentra una sonrisa beatífica, mansa, que conoce de sobra y le recuerda todo aquello que comienza a aborrecer en secreto.

—Pero encantada, con el mayor gusto —se alegra doña Cristina—. ¿Y a qué debo este honor? —pregunta enseguida.

—A que nos gustan mucho tus cuadros —se apresura a responder Ignacio.

—Por supuesto —acompaña sin demasiado entusiasmo Zoe.

Luego piensa *colgaré tu cuadro en el cuarto de las escobas, vieja tacaña*. A Zoe le irrita que su esposo pague siempre la cuenta de esos almuerzos dominicales, pero aún más que su suegra se empeñe en guardar las sobras, los restos más insignificantes de comida, con la determinación de comérselos al día siguiente. Zoe prefiere no abrir la refrigeradora en casa de doña Cristina, pues suele ponerse furiosa al ver tantos envases de plástico que guardan restos de comidas, costumbre que le parece desagradable y ruin. *Si Ignacio se pone así de tacaño, lo mato*, piensa.

—Vamos a mi estudio a ver qué cuadro escogen —se pone de pie doña Cristina.

Suben por una escalera de madera que Zoe encuentra polvorienta. Al ver las viejas fotografías en blanco y negro colgadas en la pared, retratos de Ignacio y Gonzalo cuando eran niños, odia estar allí, detrás de su suegra y su esposo, fingiendo que le hace ilusión llevarse un cuadro a casa. *Estoy cansada de actuar en esta película tan mala*, piensa. *He elegido la película equivocada y me quiero salir. Pero no puedo. No sé cómo.*

—Elijan uno, el que quieran —dice doña Cristina, nada más entrar en su estudio, una habitación muy amplia con vista al jardín, donde ha reunido los veinte o treinta cuadros que ha pintado desde que murió su esposo, algunos colgados en las paredes, otros tirados en el piso.

Son cuadros muy parecidos entre sí: paisajes coloridos de la campiña, escenas bucólicas, imágenes que carecen de figuras humanas y evocan la paz de estar a solas con la naturaleza.

—No me canso de admirar tus cuadros, mamá —dice Ignacio—. Deberías hacerme caso y presentarlos en una exposición.

—Yo no pinto para lucirme —discrepa ella, con una sonrisa—. No me interesa que otros vean mis cuadros. Yo pinto para no extrañar tanto a tu papá.

Zoe no mira los cuadros, observa con disgusto la gordura de doña Cristina. *Cada día estás más gorda*, piensa. *En vez de pintar tanto, deberías hacer gimnasia. Uno de estos días vas a rodar por la escalera como una llanta de camión, suegrita.*

—Tú elige el cuadro, mamá —le pide Ignacio.

—Claro, tú regálanos el que quieras, Cristina —dice Zoe.

—Qué difícil. Todos son como mis hijos —se lamenta doña Cristina, mirándolos con cariño.

No te preocupes, que a mí me da igual; todos son bastante mediocres, piensa Zoe. *Es un milagro que Gonzalo tenga genio como pintor, siendo tu hijo.*

—Este me encanta —dice doña Cristina, mostrándoles un cuadro donde predominan los azules y los verdes, un riachuelo que serpentea entre campos floreados—. Me trae a la memoria un paseo al río que hicimos cuando eran chicos. Son recuerdos felices. Fui muy feliz pintándolo.

—Es precioso —celebra Ignacio.

—Fantástico —miente Zoe—. Me encanta.

Me encantaría remojarlo en el agua bien cargada de cloro de nuestra piscina, se divierte pensando. *Ganaría en carácter. Perdería ese aire tan soso que tienen todos tus cuadros, Cristina.*

—Muy bien, aquí lo tienen, es suyo —dice doña Cristina, entregándole el cuadro a su hijo.

—¿Cuánto cuesta? —pregunta Zoe, con deliberado propósito de inquietar a su suegra.

Doña Cristina no advierte la malicia que encierra esa pregunta y se ríe.

—No tengo idea, pero no creo que mucho —responde con cariño—. Nunca he vendido un cuadro.

—Pero si quisieras venderlos, te aseguro que se venderían muy bien y pagarían precios altos por ellos, mamá —opina Ignacio.

Sí, claro, piensa Zoe. *¿Eres tonto o te haces?*

—Deberíamos pagarle por el cuadro, Ignacio —sugiere, sabiendo que su marido se opondrá.

Doña Cristina se ríe de buena gana. Lo toma como un cumplido, no como la provocación que pretende ser.

—De ninguna manera —zanja el asunto Ignacio, dirigiéndole a su esposa una mirada de reproche.

—¿No te parece que sería más justo si te lo compráramos, Cristina? —insiste Zoe.

Ignacio se enfurece pero calla.

—Bueno, si tú te sientes más cómoda dándome algo de plata, yo no la voy a rechazar —dice doña Cristina—. La tomaré como una donación y la entregaré en la parroquia para los niños huérfanos.

—Mucho mejor así —aprueba la idea Zoe—. Este es un cuadro muy valioso y no me parece justo que nos lo regales. ¿Por qué no le pones un precio?

—Zoe, no insistas, no veo qué tiene de malo que mi madre nos regale un cuadro —dice Ignacio, y la mira con ternura, como pidiéndole que renuncie a ese capricho que encuentra absurdo.

—Muy bien, nos lo llevamos de regalo —dice ella, contenta de haber creado esa pequeña tensión, rompiendo la perfecta armonía familiar que le parece falsa y odiosa.

—Pero si quieres mandarme un dinerillo, lo que tú quieras, yo lo donaré a la parroquia —le dice doña Cristina.

—De acuerdo. Te haré llegar una sorpresa —sonríe Zoe.

Eres tan increíblemente tacaña, piensa. *Eres capaz de guardar la plata en un envase de plástico en la refrigeradora.*

Zoe contempla el cuadro una vez más.

—Es tan lindo —dice—. Pintas precioso, Cristina.

Has pintado mi matrimonio, piensa. *Es tan perfectamente soso y aburrido. Lo colgaré en mi casa para recordar que debo huir de ese lugar al que Ignacio y tú me han llevado.*

Sentado frente a un escritorio moderno donde destacan los retratos enmarcados en plata de su mujer y sus padres, Ignacio se distrae un momento de las múltiples ocupaciones que atiende en esa oficina reservada al dueño del banco más importante de la ciudad, y mira con expresión sombría, desde ese piso tan elevado, las pequeñísimas siluetas humanas que se adivinan en las oficinas de los edificios vecinos y, al hacerlo, recuerda la fragilidad y la pequeñez de su existencia. *No te engañes*, piensa. *Serás un hombre rico, pero si no tienes paz en tu corazón, eres un infeliz más. Debes llamarlo y reconciliarte con él.*

El asunto que lo inquieta es su relación con Gonzalo, cargada de desconfianza, animosidad y recelo. No siempre fue así. Cuando eran niños, se querían y jugaban durante horas sin pelearse. A pesar de que Ignacio es cinco años mayor, se mantuvieron cerca en los años turbulentos de la adolescencia y vivieron juntos algunas aventuras que ambos recuerdan con cariño. *Todo se jodió cuando me enamoré de Zoe*, piensa Ignacio. *Mi hermano no me perdona que haya tenido tanta suerte con ella. En el fondo, siente que no merezco estar con Zoe. Cree que ella no es feliz conmigo. Lo sé. Me culpa del aburrimiento que ella se permite como un lujo de millonaria. Todo se jodió con Gonzalo cuando me casé con Zoe y él se fue enamorando de ella. No soy tonto. Quizás sea un poco paranoico, pero sé perfectamente que Gonzalo tiene una debilidad por mi mujer, que ella le gusta más de lo que él puede disimular. Nunca fuiste bueno para mentir, Gonzalo. Se te nota demasiado. No sabes disimular que Zoe te gusta. Cuántas veces te he pillado mirándola con una intensidad sospechosa, sonriéndole como si quisieras seducirla pero no te atrevieras del todo. Cabrón, sé que te gusta mi mujer y que me odias por eso, porque tú no has encontrado ni encontrarás a una mujer como ella. Pero yo no tengo la culpa de eso. Es muy injusto que me odies solo porque he tenido mejor suerte que tú en el amor. Tú has tenido todas las mujeres que has querido pero no has podido enamorarte porque yo creo que estás enamorado de Zoe y comparas a todas tus amantes con ella, y por supuesto salen mal paradas porque Zoe es única, insuperable. Pero no quiero seguir viviendo con*

62

esta pena en el corazón. Me jode sentir que ahora no nos que-
ramos, cuando hemos sido tan buenos amigos toda la vida. No
me llamas nunca. Me evitas. Me desprecias. Ni siquiera me
invitaste a tu última exposición. Me enteré leyendo el periódico.
Es una vergüenza que nos llevemos así de mal. Papá se moriría
de pena. Siempre trató de que, más que hermanos, fuésemos
amigos. Tengo que hacer algo para arreglar las cosas. No puedo
seguir peleado con Gonzalo. Si le gusta Zoe, que lo admita, que
me lo confiese y que entienda que esa batalla la tiene perdida y
más le vale aceptarlo como un hombre. Yo no me molestaría si
me dijera que Zoe le gusta, que le gustó desde que la conoció.
Lo entendería. Es una mujer demasiado fantástica como para
pasar inadvertida a los ojos de un mujeriego profesional como
Gonzalo. Cómo no entendería yo eso. Pero es mi mujer, yo soy su
hermano y tenemos que aprender a llevar la fiesta en paz. No
puedo estar tranquilo sintiendo que somos enemigos, Gonzalo.

Ignacio marca el número telefónico de su hermano.
Lo sabe de memoria. A pesar de que no lo ha llamado en
los últimos meses, lo recuerda sin dificultad. No ha querido pedirle a su secretaria que haga la llamada porque sabe
que eso molestaría a Gonzalo. Después de apenas dos timbrazos, escucha la voz de su hermano en el contestador:
Hola, soy Gonzalo. Ya sabes lo que tienes que hacer.

Luego suena el pito de rigor, que anuncia el comienzo de la grabación. Ignacio no se apresura en hablar, ca-
rraspea y dice:

—Si estás por ahí, por favor, levanta el teléfono. Soy
Ignacio. Quiero hablar contigo.

No hay respuesta.

—Gonzalo, ¿estás ahí? —insiste.

Sabe que su hermano está allí, en el taller, pintando,
tratando de pintar, desparramado en un sillón, hablando
solo, bebiendo, mirando por la ventana, agonizando un
poco para renacer en sus cuadros, haciendo todas esas co-

sas o ninguna, pero Ignacio sabe que su hermano está allí, sabe que Gonzalo cumple un horario estricto en el que, aunque no pinte, trata de pintar, y por eso le advierte:

—Si no contestas, voy a tener que ir a buscarte.

Ignacio no se equivoca porque Gonzalo está de pie, al lado del teléfono, escuchando cada palabra, midiendo los silencios, dudando si levantar o no el maldito aparato que ha interrumpido un momento inspirado. *Tengo que desconectar el teléfono cuando pinto*, piensa Gonzalo. *No basta no contestar y oír los mensajes. No quiero que ciertas voces se metan en mi casa sin permiso, no quiero escuchar voces indeseables cuando estoy pintando, no quiero hablar contigo, cabrón.*

—Contesta, Gonzalo. Tenemos que hablar —escucha la voz serena pero firme de su hermano mayor.

Aunque hubiera preferido mantenerse imperturbable, Gonzalo se irrita, pierde la calma y coge el teléfono con brusquedad:

—¿No sabes que me jode que me interrumpan cuando estoy pintando?

Al sentir la voz áspera de su hermano, Ignacio suaviza el tono y se repliega cautelosamente:

—Lo lamento. Si prefieres, te llamo más tarde.

—No, dime —se apresura Gonzalo, como si quisiera cortar pronto—. ¿En qué te puedo ayudar? —añade, con cierta ironía.

Gonzalo piensa que no hay nada en lo que pueda ayudar a su hermano. *Ignacio no necesita ayuda*, piensa. *Tampoco se deja ayudar. Su vida es triste pero nunca lo admitiría y menos pediría ayuda porque es condenadamente orgulloso. No hay nada en lo que te pueda ayudar, Ignacio, lo sé de sobra. Y tampoco quiero que me ayudes. Porque la única ayuda que podrías darme es dejar de joderme, y a lo mejor prestarme una noche a tu mujer para que compare quién es más hombre, quién la hace más feliz.*

—Quiero hablar contigo —dice Ignacio, con voz tranquila.

—Ya estamos hablando —casi lo interrumpe Gonzalo.

—Personalmente. Me gustaría verte. Hace tiempo que no nos vemos. Meses. La última vez que te vi fue hace como tres meses, un domingo en casa de mamá. Siento que algo está mal entre los dos, Gonzalo. Tenemos que hablar.

—Algo está mal contigo, dirás —dice Gonzalo, en tono ligeramente burlón.

—¿Por qué dices eso? —pierde un poco la calma Ignacio.

—Porque le vendo un cuadro a tu mujer y lo tiras a la piscina, huevón —se enfurece Gonzalo—. Porque desprecias mi trabajo y malogras un cuadro que tenía mucho valor para mí.

No me llames «huevón», piensa Ignacio. *No comiences con tus modales de camionero. Estás hablando con tu hermano mayor. Aprende a respetarme. No te creas tan listo. Si tú estuvieras sentado acá, con la responsabilidad de dirigir el banco sobre tus hombros, te echarías a llorar como una niña, saltarías por la ventana. Así que no me llames «huevón», insolente.*

—Lo siento —se contiene Ignacio—. Tuve una pelea con Zoe y perdí el control. Te pido disculpas. No quise ofenderte. No fue nada personal. Pude haber tirado otra cosa a la piscina.

—No te creo —dice Gonzalo.

Podrías tratar de ser más simpático, imbécil, piensa Ignacio.

—¿Cuándo nos vemos? —insiste, de la manera más cordial que puede—. Tenemos que hablar. Papá no merece que nos llevemos así de mal.

No metas a papá en esto, piensa Gonzalo. *No me hables con ese tono de superioridad moral que me calienta la sangre. Tú no eres mi papá. No me hables como si fueras papá.*

—No sé —dice Gonzalo—. Yo te llamo. Estos días ando muy ocupado pintando.

—¿Me vas a llamar o me estás tonteando? —pregunta Ignacio.

—Yo te llamo uno de estos días —dice Gonzalo.

El próximo siglo te voy a llamar, piensa. *No voy a perdonar la canallada que me has hecho, mariconazo.*

—¿Por qué mejor no quedamos en cenar mañana o pasado? —insiste Ignacio, sabiendo que Gonzalo no llamará.

Gonzalo calla un momento, medita su respuesta.

—No tengo ganas de verte por ahora —dice con franqueza y piensa que él es capaz de decir la verdad, a diferencia de su hermano, a quien considera un mentiroso profesional, un experto en decir medias verdades, en disimular y fingir—. Si cambio de opinión, te llamo.

—Como quieras —dice Ignacio, tratando de disimular que las palabras de su hermano le han dolido—. Espero tu llamada, entonces.

—Espérala sentado —dice Gonzalo, y cuelga.

¡Jódete, cabronazo!, grita y sus palabras resuenan con estruendo en ese ambiente espacioso, de techos altos.

Eres un perdedor, piensa Ignacio, en la soledad de su oficina. Muy a su pesar, marca nuevamente el teléfono de su hermano, oye el saludo de rigor (*ya sabes lo que tienes que hacer*; *hay que ser muy cretino para grabar ese saludo*, piensa) y, después de oír la señal, dice algo de lo que se arrepentirá diez minutos más tarde:

—No me llames. No hay nada de qué hablar. Eres un pobre infeliz. Me alegro de haber jodido tu cuadro. Mi casa se veía espantosa con ese cuadro en la pared. Y una cosa más: deja tranquila a Zoe. Si le vendes otro cuadro, voy a mear encima de él.

Ignacio corta. En medio de la euforia que le produce abandonarse al descontrol y la agresividad, se siente bien de haberle dicho a Gonzalo sus verdades. *Si se permite faltarme el respeto, que se joda*, piensa. *Yo traté de hacer las paces, pero él pateó el tablero.*

Gonzalo levanta el teléfono y llama al celular de Zoe.

—¿Qué haces? —le pregunta.

—Qué milagro que me llames —dice Zoe.

—Me gustaría verte —dice.

—¿Cuándo? —pregunta ella, sorprendida. *Gonzalo nunca ha llamado a decirme esto*, piensa.

—Al final de la tarde, cuando termine de pintar.

—Será un placer —dice Zoe—. Allí estaré.

Ya te jodiste, cabrón, piensa Gonzalo, con una sonrisa.

Hace tiempo que no me alegraba tanto una llamada, piensa Zoe, arreglándose el pelo, sonriendo.

Zoe siente miedo cuando toca la puerta. Sabe que está a punto de ingresar en un territorio peligroso, donde puede perder el control y quedar a merced de sus deseos y emociones, que a menudo la traicionan. No ignora que su marido, si se enterase de que ella está allí, se enfurecería. *No se va a enterar*, piensa. *No podía dejar de venir. Si Gonzalo me ha llamado, por algo será. Yo vendré siempre que él quiera verme, incluso si eso pone en riesgo mi matrimonio. Los momentos más intensos de mi vida son ahora los que paso al lado de Gonzalo. Su sola presencia me llena de felicidad. Verlo, estar con él, me devuelve a la vida. No estoy dispuesta a perderme esta alegría por miedo a Ignacio, por miedo a enamorarme de su hermano.*

Está especialmente guapa, vestida con ropas apretadas, maquillada con elegancia, como si la ilusión de visitar a Gonzalo despertase en ella el instinto femenino de arreglarse, para sentirse bella, para encender el deseo del hombre que sin mucho esfuerzo la perturba. Está guapa, se siente guapa y lo disfruta con una sonrisa altiva. *Con Ignacio ya nunca me siento así*, ha pensando en el auto, mientras conducía. *Cuando me besa, cuando hacemos el amor, me siento vieja y fea. Ya no me interesa arreglarme para él. No puedo sentirme sexy cuando estoy con él.*

Gonzalo abre la puerta. Sonríe. Como de costumbre, luce desarreglado, con vaqueros viejos, camiseta blanca y, sobre ella, una camisa desabotonada, las mangas recogidas hasta los codos.

—Hola —dice, y no besa a Zoe en la mejilla, como ella esperaba—. Pasa. Qué bueno que pudiste venir.

—Hola —dice Zoe y, al pasar al lado de él, no puede contenerse y le da un beso fugaz en la mejilla sin afeitar, como tentándolo, como recordándole que ella no puede evitar el deseo de aproximarse a él.

—Qué bueno que viniste —dice Gonzalo, caminando hacia unos sillones de cuero marrones, muy viejos, con rayaduras—. Necesitaba verte. Siéntate.

—Gracias —dice Zoe, con una sonrisa, y siente los nervios y la ansiedad que la asaltaban cuando era una adolescente y salía con un chico guapo al que deseaba en secreto, pues su orgullo no le permitía confesar esas cosas a nadie, y menos revelarlas en público; no ha cambiado demasiado, porque ahora, aunque encuentra fascinante al hermano de su esposo, hace lo posible por comportarse con la corrección y la elegancia que se esperan de ella, sin ceder a la turbulencia de los sentimientos—. Tú sabes que me encanta venir a verte —añade, cuando en realidad habría querido decir *yo también necesitaba verte.*

Gonzalo permanece de pie, sirve dos vasos de vino y le entrega uno a Zoe sin haberle preguntado qué deseaba tomar, pues sabe bien que ella no cambia un buen vino tinto. Gonzalo solo bebe al final de la tarde, cuando ha terminado de pintar. Si no ha podido pintar, no bebe:

se castiga privándose de unos tragos, se condena a tomar agua o limonada por no haber sido capaz de cumplir con decoro el oficio para el que siente haber nacido. Nunca bebe mientras pinta, solo después de pintar, porque siente que el alcohol lo debilita, lo hace más vulnerable, y él necesita sentirse fuerte, en control, cuando está pintando. Bebe en vasos y no en copas porque todas las copas que tenía se han roto y no le apetece comprar otras. Encuentra que beber en copas es un refinamiento excesivo; tomar vino en un vaso cualquiera le resulta más sencillo, va mejor con su estilo de vida, que prefiere siempre la comodidad a la elegancia.

—Salud —dice, de pie frente a su cuñada, y ambos levantan los vasos—. Por el placer de verte.

—Salud —dice Zoe, y demora la mirada en los ojos maliciosos, inquietos de Gonzalo, y esos segundos en que ambos se miran más tiempo del debido son como un desafío, como si tratasen de medir quién es más débil, quién se asusta primero y desvía la mirada; pero ella la mantiene, sabiendo que juega con fuego, y él acaba por ceder y mira hacia la tarde luminosa que se despide con pereza más allá de la ventana.

Gonzalo está de espaldas a ella, observando la calle apacible. Zoe quisiera tenerlo a su lado. Piensa que él prefiere quedarse parado, lejos de ella, porque tiene miedo a la proximidad física, a la violencia del deseo. *No me mira porque sabe que en sus ojos lo veo todo*, piensa. *Me da la espalda y se aleja porque está peleando con sus sentimientos. Te entiendo, Gonzalo. Me pasa lo mismo que a ti. Pero no quiero seguir luchando contra mí misma, contra mis instintos. Por eso estoy aquí. Para ver hasta dónde nos atrevemos a llegar, cuánto de verdad hay en este juego peligroso que venimos jugando hace tiempo.*

—¿Por qué necesitabas verme? —pregunta Zoe, arriesgándose.

Gonzalo voltea, la mira con seriedad.

—Tú sabes por qué —dice.

Zoe baja la mirada y siente en ella el pudor, la vergüenza y, creciendo, el deseo. Pero no se atreve a ir más allá. Espera.

—Llamó Ignacio —cuenta Gonzalo, y bebe un buen trago de vino, y Zoe percibe que, al hacerlo, le tiembla un poco la mano—. Dijo que quería verme. Lo mandé a la mierda. Se molestó, volvió a llamar y me mandó a la mierda él también.

—¿Qué te dijo? —pregunta Zoe.

—Que si te vuelvo a vender un cuadro, va a mear encima de él.

Zoe ahoga un gesto de contrariedad.

—Ignacio no tiene arreglo —dice—. Es un tonto.

—No es un tonto —la corrige él—. Es un infeliz. Y le molesta que otros sean felices. Ese es el problema.

—Tienes razón —dice ella, las piernas cruzadas, el vaso en una mano, la cabeza reclinada hacia atrás, apoyada en el sillón, en una actitud relajada, como si quisiera echarse—. Pero no hablemos de Ignacio. No vale la pena que nos molestemos por él. No va a cambiar. Tendría que nacer de nuevo.

—No sé cómo haces para aguantarlo —dice él, y se sienta en la parte superior de uno de los sillones, donde suele apoyar los brazos.

—Te veo secretamente —contesta ella, con una sonrisa dulce—. Me escapo a ver al hermano entretenido.

Gonzalo no sonríe, se atreve a mirarla con una seriedad que ella encuentra inquietante, y le dice:

—No puedo dejar de pensar en ti.

Zoe se levanta, evita mirarlo, siente un estremecimiento interior, algo que no la sacudía desde hacía tiempo, y camina hacia el cuadro que Gonzalo ha dejado a medias, sobre un caballete, cerca de la ventana por donde se filtran débiles rayos de luz, pues la tarde languidece. Intentando soslayar la emoción que la desborda, mira el cuadro con fingido aire de serenidad y pregunta:

—¿Qué estás tratando de pintar?

Gonzalo se acerca a ella. Al sentir sus pasos detrás, Zoe no se atreve a voltear para mirarlo. Puede sentir cada paso como si fuera una caricia prohibida que baja por su espalda y la sacude íntimamente. La proximidad de ese hombre al que desea y no debería desear le produce una mezcla de sentimientos, que van desde el placer a la culpa, sin excluir, por supuesto, el miedo.

—La rabia —dice Gonzalo, que se ha detenido un paso detrás de ella y mira el cuadro.

—¿Rabia de qué? —pregunta Zoe, sin moverse.

—Rabia de que seas la mujer de mi hermano.

Entonces Zoe voltea, lo mira y puede ver en sus ojos exactamente lo que ocurrirá luego y ella espera, sobreponiéndose al miedo. Con una violencia que ella ya no recordaba, Gonzalo se acerca, la toma por la cintura y la besa. Es un beso maldito, el beso que no debió ocurrir pero que ninguno ha podido seguir postergando. Es una claudicación, una venganza y una promesa. Zoe se deja devorar, saborea sin apuro cada instante de ese beso prohibido, corresponde a la pasión que él revela, prolonga el beso, se enciende y, al hacerlo, nota que Gonzalo también se ha excitado y no tiene intenciones de darle tregua, pues ahora la abraza con más fuerza, besándola de un modo apasionado que le arranca suspiros.

—Para —dice ella de pronto—. No sigas, Gonzalo.

Él la mira a los ojos y la besa de nuevo, pero ella se separa suavemente.

—No puedo parar —dice él—. Hace años he pensado en este momento.

—Yo también —dice ella, acariciándolo con una mano en el rostro—. Pero está mal. No puedo seguir.

Luego camina hacia el sillón donde estuvo sentada y coge su cartera.

—No te vayas, Zoe.

—No puedo quedarme —dice ella, sorprendida de sí misma—. No puedo.

Quiere volver donde él, abrazarlo, besarlo, dejarse amar como hace tanto tiempo ha soñado, pero algo en ella, el recobrado sentido del honor, evita que ceda al deseo, la infunde de una calma helada y le hace decir unas palabras que luego le sonarán extrañas:

—No puedo hacerle esto a mi marido. No me arrepiento de nada, pero debo irme.

Zoe sale del taller, cierra la puerta y camina erguida, orgullosa de sí misma, hasta el auto. Es como si estuviera actuando en una película, ceñida al libreto, conservando el aplomo, sin perder el paso. Sin embargo, una vez al timón de su auto de lujo, se confunde y llora. No entiende por qué se marchó cuando en realidad quería quedarse con él. Pero ya es tarde para volver.

Ignacio y Zoe están en la cama viendo las noticias. Zoe conoce el momento exacto en que él apagará el televisor: poco después, a las once de la noche, cuando concluya el informativo. Cerca de su mano derecha, Ignacio tiene el control remoto, lo más lejos que puede de ella. Minutos antes, durante una interrupción comercial, ha llamado a su madre para desearle buenas noches. Zoe cambia de canal, aprovechando la publicidad, aunque no puede hacerlo sin pedirle el mando a distancia a su esposo. Antes le irritaba que él se aferrara a mantener bajo su dominio el pequeño aparato negro para cambiar los canales de televisión, pero ahora se ha resignado a ser una espectadora pasiva. Cuando se aburre de las noticias, sale de la cama y camina hacia una habitación contigua, donde enciende la computadora y se conecta a internet para leer sus correos electrónicos, contestar solo algunos, reírse con las bromas tontas que le envían sus amigas y, sabiendo que su marido duerme, buscar a Patricio y escribirle mensajes subidos de tono o, si no está, coquetear con extraños, protegida por un seudónimo, en algún foro de conversación amorosa. A diferencia de Ignacio, que llama a su madre casi todas las noches, Zoe habla muy rara vez con sus padres. No se lleva mal con ellos, pero viven en una ciudad lejana y, antes que hablarles por teléfono, prefiere ir a visitarlos cada cierto tiempo. Sus padres están retirados, disfrutan de cierta comodidad económica y tienen una relación distante pero afectuosa con ella. *Creen que soy feliz*, piensa Zoe. *Yo les doy esa imagen. Prefiero que no sepan nada, que sigan creyendo eso.* Cuando Zoe los visita, lo que ocurre generalmente cada medio año, va colmada de regalos, sola, porque Ignacio no puede dejar de trabajar, y finge ante ellos que todo marcha estupendamente y que su matrimonio fue la mejor decisión de su vida. A Zoe le gusta que sus padres no se preocupen por ella y en cierto modo la admiren por ser una mujer feliz, por tener un estilo de vida lujoso al que ellos no tuvieron acceso. Por eso prefiere mostrarles con elegancia el dinero del que dispone y esconderles la infelicidad que, en una noche cualquiera como esta, en la cama con su esposo, la asalta de un modo callado.

—¿Cómo estuvo tu día? —le pregunta a Ignacio.

—Muy bien, todo tranquilo —responde él.

No le ha contado el pleito telefónico con Gonzalo, el mensaje vengativo que le dejó. Tampoco se lo dirá. Prefiere no inquietarla, al final del día, con esos asuntos turbios. *Además, me haría reproches*, piensa. *Tomaría partido por Gon-*

zalo. Me criticaría. Es mejor que no sepa nada. Ignacio tiene la política de solo contarle a su esposa las cosas bonitas, las buenas noticias. *Si no puede ayudarme a resolver un problema, mejor no se lo cuento,* piensa. Le gusta arreglar los problemas a su manera, sin quejarse, sin que ella se entere. En general, es un hombre de pocas palabras, reservado. Cuando ve las noticias, mantiene una leve expresión de perplejidad, como si le repugnase íntimamente que la especie humana sea capaz de producir tantas miserias, estupideces y barbaridades. *La gente inteligente no sale en el noticiero,* piensa; *la gente feliz, muy rara vez. En el noticiero salen los enfermos del alma, los que persiguen el espejismo de la notoriedad.* Ignacio se enorgullece, siendo el presidente del banco más poderoso de la ciudad, teniendo acceso a los canales de televisión si lo quisiera, de no haber salido nunca en ese noticiero que ve todas las noches. Evita la exposición pública como si se tratase de una plaga, de una abyección. Gonzalo, en cambio, suele aparecer en los periódicos cuando organiza una exposición de sus cuadros, fotografiado con personas allegadas al mundo de la cultura, entrevistado sobre la evolución de su arte. Ignacio lee y analiza esos recortes con minuciosidad y termina pensando que su hermano es un espíritu débil, que no se quiere a sí mismo lo suficiente y necesita el aplauso de los demás. Por eso, Ignacio ve el noticiero todas las noches: no tanto para mantenerse informado, sino para recordar que allí no debe aparecer, que cada día sin salir en las noticias es un triunfo personal.

—¿Tú qué hiciste? —le pregunta a su esposa, sin demasiado interés, casi como cumpliendo una rutina.

—Nada espectacular —dice ella—. Lo de siempre. Mi gimnasia por la mañana y mi clase de yoga por la tarde.

—¿No tuviste clase de cocina hoy?

—No. Me toca mañana.

—¿Y qué tal el yoga? ¿Sirve de algo?

A Zoe le molesta el tono ligeramente condescendiente que él ha usado.

—Claro que sirve —contesta, y piensa: *ojalá tuvieras la humildad de venir un día al yoga conmigo, ojalá aprendieras a estar en contacto con tus sentimientos; eres un arrogante y me ves para abajo solo porque hago yoga*—. Me da mucha paz. Me hace muchísimo bien. Boto todo el estrés, la energía mala, y salgo como purificada.

—Qué bueno, mi amor —dice Ignacio—. Me alegro por ti. ¿Quién es el profesor?

—Un chico hindú increíblemente bueno. Uno de esos tipos mágicos. Parece como si flotara.

—¿Es guapo?

—No sé, no me he fijado —parece irritarse Zoe.

—¿Lo encuentras atractivo?

—No —dice ella—. Físicamente, no. Pero me atrae su aura.

Ignacio ríe de un modo burlón.

—¿De qué te ríes? —pregunta ella.

—De que te atraiga su aura —dice él, mirándola con cariño—. ¿Qué es exactamente su aura?

—No sé —dice ella, arrepentida de haber usado esa palabra—. Su energía, su actitud, lo que irradia.

—Ajá —dice Ignacio—. ¿Y yo tengo aura?

—No —contesta su esposa, secamente—. Nunca la tuviste.

Ignacio no se molesta, se ríe, y eso irrita más a Zoe.

—¿O sea que no soy un tipo mágico? —insiste en fastidiarla.

—No. No lo eres —responde ella, seria.

—Una pena —dice él, aunque es evidente que no está para nada afligido—. ¿Y mi hermano tiene aura? —pregunta, sabiendo que arriesga más de lo que debería a esa hora de la noche.

—Yo diría que sí —se arriesga Zoe todavía más—. Gonzalo tiene aura. Tú, no.

Ignacio se ríe y finge que no le ha dolido; se ríe con la absoluta seguridad en sí mismo que le gusta mostrarle a su esposa y al mundo en general.

—Tendré que pedirle a Gonzalo que me regale un poquito de su aura —comenta, sarcástico.

Luego se acerca a Zoe, le da un beso en los labios, como todas las noches, y dice:

—Hasta mañana, mi amor. Que duermas bien. Me encanta tu aura.

Huevón, piensa ella. *Siempre burlándote de mí. Y ese beso que me has dado no podía ser más desabrido, más horrible. Deberías aprender a besar como tu hermano. Gonzalo no solo tiene un aura que tú jamás tendrás, sino que además besa riquísimo. Nunca en tu puta vida me has besado tan rico como me besó tu hermano esta tarde. Fui una idiota. Debí quedarme con él, irme a su cama, dejar que hiciera conmigo lo que quisiera. Debí tirar delicioso con tu hermano en vez de salir corriendo asustada para proteger este matrimonio que es una farsa, una comedia patética. No sé qué sigo haciendo acá todas las noches, a tu lado, viendo tu estúpido noticiero que me tiene harta, esperando tu besito de buenas noches como si fuera tu hija, sabiendo que no te apetece para nada sacarte ese buzo apestoso que solo mandas a lavar una vez por semana y amarme como un hombre de verdad. Verte en ese buzo que usas como pijama es el espectáculo menos sexy del mundo. Ser besada por ti como me has besado ahora es sentir que estoy muerta, que esta cama es mi tumba. Esta cama es mi tumba,* piensa, y se levanta, sabiendo que Ignacio ya está dormido. Camina hacia su escritorio, levanta el teléfono y marca el número de Gonzalo. Nadie contesta. Escucha su voz en la grabadora. No deja ningún mensaje. Cuelga. Pero en su cabeza bailan inquietas las palabras que hubiera querido decirle furtivamente, susurrando apenas: *Quiero que me beses otra vez. No aguanto más los besos de Ignacio. Solo quiero besarte a ti.*

Luego enciende la computadora, busca a Patricio pero no lo encuentra y, escudada por un seudónimo, entra a un foro romántico en internet para hablar con extraños. Elige un seudónimo que seguramente molestaría a su marido: Miss Yoga. Sonríe. *En realidad, mi profesor de yoga no está nada mal*, piensa. Recuerda las manos de su instructor tomándola por la cintura, ayudándola a flexionarse, y se eriza un poco. *Me estoy volviendo loca*, se lamenta. *Necesito a un hombre. Pero tú duermes, Ignacio. Y es mejor así. No despiertes. Sigue durmiendo. Déjame sentirme libre al menos unos minutos a esta hora de la noche.*

—Qué sorpresa —dice doña Cristina, al oír la voz de Zoe en el intercomunicador. Aprieta un botón y abre la puerta de calle automáticamente. Es una mujer sola y necesita tomar esas precauciones—. Pasa, por favor —añade.

Zoe ha decidido visitar a su suegra antes de ir a las clases de cocina. Se siente fuerte y de buen ánimo porque esa mañana se ha ejercitado en el gimnasio con más intensidad de la habitual y, después de ducharse, se ha sorprendido de ver cuán lisa, endurecida y exenta de grasa luce su barriga. Nada deprime más a Zoe que verse con una ligerísima barriga. Nada la contenta más que saberse en forma. *Tengo mejor cuerpo que el que tenía a los veinte años*, ha pensado, mirándose desnuda en el baño, sintiéndose hermosa a pesar de todo.

—Hola, Cristina —dice, y besa a su suegra en la mejilla, tras cerrar la puerta tras de sí.

Esta casa huele a muerto, piensa. *Deben de estar cocinando uno de esos guisos incomibles que le encantan a la vieja.*

Ruego a Dios que no me invite a almorzar. Engordaría como una vaca. Mi suegra no sabe lo que es comer una fruta. Harías bien en abrir las ventanas y ventilar un poco tu casa, Cristina. Ahora entiendo por qué a mi marido no le gusta lavar su pijama. Parece que ha salido a ti. Es como si le gustase oler sus olores. Juraría que no te has bañado hace dos días.

—Qué gusto verte —añade Zoe, con una sonrisa—. Te ves estupenda.

Doña Cristina luce algo obesa pero feliz, con unos pantalones holgados, chompón de lana y zapatillas gastadas. Le gusta vestirse así, con ropa vieja y cómoda, con zapatos deportivos. *Eres tan ordinaria para vestirte*, piensa Zoe, que luce un traje sastre, unos zapatos muy finos y una cartera de marca. Están de pie en una sala decorada a la antigua, donde destacan los retratos en óleo de su difunto esposo, de ella y de sus hijos.

—La cocinera está preparando el almuerzo —dice doña Cristina.

—Sí, huele a comida —no puede evitar Zoe el comentario.

—¿No quieres quedarte a almorzar?

—No, mil gracias, estoy corriendo, tengo clases de cocina y allí comemos al final los platos que nos enseñan.

—Qué suerte, hija. Cuando puedas, tráeme algún platito si te sobra, que deben de estar deliciosos.

No puedes con tu genio, piensa Zoe. *Tú siempre buscando las sobras, guardando los restos de comida, incluso si la comida no es tuya. Eres un espanto de tacaña, Cristina. En alguna de tus vidas anteriores debes de haber pasado hambre.*

—Seguro, cuando hagamos algún plato especial, te lo voy a traer después de clases. Pero ahora te he traído una sorpresita mejor.

—¿Qué me has traído? —le brillan los ojos a doña Cristina.

Es como una niña, piensa Zoe. *Cree que se merece regalitos, sorpresitas, cosas bonitas.*

—Plata —dice, con una sequedad deliberada, tratando de incomodarla.

—¿Pero por qué plata? —se sorprende su suegra.

—Lo prometido es deuda. El otro día nos diste un cuadro muy lindo y te dije que te lo compraría. Me parece lo justo, Cristina. Es tu trabajo y me provoca pagártelo.

—No me atrevo a rechazar tu colaboración, porque ya sabes que irá directamente al fondo de la parroquia para los niños huérfanos —dice doña Cristina, con un mohín compungido—. ¿No quieres subir a mi estudio y tomarte algo?

—No, gracias. Estoy corriendo.

—Es que tú no paras, hija. No sé de dónde tienes tanta energía.

—Debe de ser que me contagio de Ignacio —ironiza Zoe, pero doña Cristina no advierte el sarcasmo.

—Sí, pues Ignacio vive para el trabajo; es increíble cómo trabaja ese muchacho.

A Zoe le irrita que su suegra siga llamando «muchacho» a Ignacio, cuando es ya un hombre de treinta y cinco años. También le disgusta sentir una vez más que tiene una mal disimulada preferencia por su hijo mayor, a pesar de que Gonzalo es quien heredó de ella la pasión por la pintura.

—Esto es para ti, con mucho cariño —dice Zoe, y le entrega un sobre blanco, que ha sacado de su cartera.

—Muchas gracias —se emociona doña Cristina, llevándose una mano al pecho—. Es la primera vez que me pagan por un cuadro. Qué alegría me has dado, Zoe. Tú siempre tienes estos detalles tan finos.

Es la primera y la última vez que alguien paga por esos cuadros tuyos tan horrendos, piensa Zoe, mientras sonríe

79

con una expresión mansa y beatífica, como la nuera ejemplar que ella quiere parecer. *Espérate a que abras el sobre y veas el cheque. Tú seguro estás pensando que te he pagado un buen dinerillo. Pues te equivocas, tacañuela. Menuda sorpresa te vas a llevar.*

—Hubiera querido darte más plata, Cristina. Lo que te he dado no es nada. Tu cuadro vale mucho más.

—Gracias, eres un encanto —dice su suegra, y la abraza, y Zoe piensa *este olor lo conozco, es el olor de Ignacio cuando suda en las noches con esa pijama que un día voy a tirar a la chimenea de lo inmunda que está.*

—¿No quieres abrir el sobrecito? —sugiere, con voz dulce.

—Si tú quieres —se resigna doña Cristina—. Pero ya sabes que la plata no es para mí.

—Pero de repente me he quedado un poco corta —finge preocuparse Zoe.

Cuando la conoció, hace ya diez años, le decía *señora Cristina*, pero una vez que se casó con Ignacio, prescindió de tantas formalidades y pasó a tratarla de *tú*. Sin embargo, todavía recuerda cuando su suegra le dijo, sorprendida de que ella la tuteara, que prefería mantener el *usted*, el *señora Cristina*, a lo que Zoe, sin dejarse intimidar, le respondió con una gran sonrisa que en ese caso ella también tendría que llamarla «señora Zoe», porque no le parecía justo que ella estuviese obligada a tratarla de *usted* y que doña Cristina sí pudiese en cambio tratarla de *tú*. Desde entonces, comenzaron a tratarse de *tú* y Zoe sintió que había ganado una batalla muy importante para hacerse respetar en esa familia, donde la palabra de doña Cristina era ley sagrada que nadie se atrevía a objetar.

—No creo —dice su suegra, abriendo el sobre con delicadeza—. Tú en cosas de plata nunca te quedas corta, hija.

Zoe no sabe si ese comentario es una ironía, una crítica velada o un elogio, y por eso prefiere mantenerse callada, a la expectativa, disfrutando ese momento de un modo morboso, pues no ignora que el cheque es por una cantidad que ella encontraría ridícula y hasta insultante. *Si me pagaran ese dinerillo por un cuadro, rompería el cheque en el acto y echaría de mi casa a esa persona. Si a Gonzalo le ofreciera esa plata por uno de sus cuadros, se reiría en mi cara. Pero esta vieja es tan tacaña que seguro le parecerá una fortuna.*

—Qué barbaridad, cómo has podido pensar que un cuadro mío costaría tanto dinero —se asombra doña Cristina, al leer los números que Zoe, con malicia, ha escrito en el cheque.

Bingo, acerté, piensa Zoe, y sonríe encantada.

—Hubiera querido darte algo más —dice—. Creo que me he quedado corta.

—¡Qué ocurrencia! —se escandaliza doña Cristina—. Esto es mucho dinero para un cuadro. Los niños huérfanos te van a agradecer que tengas tan buen corazón —la toma de las manos con cariño, y le dirige una mirada bondadosa—. Gracias, Zoe. Hemos tenido tanta suerte contigo. Es un regalo de Dios tenerte en la familia.

Yo tampoco me cambiaría de familia, piensa ella, traviesa, mirando un retrato de Gonzalo que le encanta, donde él aparece abrazado con Ignacio en los tiempos en que ambos eran estudiantes de la universidad. Están en la nieve, con ropas de esquiar, tostados por el sol, y Gonzalo sonríe con un punto de malicia y coquetería que ella encuentra delicioso y del que, por supuesto, cree incapaz a su esposo, que, como de costumbre, aparece muy serio en la foto, guardando la debida compostura.

—¿Te puedo pedir un favor? —le dice a su suegra.

—El que quieras.

81

—¿Me regalarías esa foto? —y señala el retrato de los hermanos en la nieve, listos para esquiar.

—¿No es preciosa? —se alegra doña Cristina—. Mis dos principitos. Tan buenos, tan lindos. Y se nota cuánto se quieren —añade, acercándose a la mesa donde ha reunido muchos retratos de la familia, entre ellos el que ahora le pide Zoe—. No te la regalo, te la presto —dice, y le entrega la foto, enmarcada en plata, como todas las demás.

Tú no regalas ni un calcetín viejo y con huecos, piensa Zoe. *No importa, me la llevo prestada.*

—Quiero ponerla en mi escritorio un tiempo —miente—. Luego te la devuelvo.

—Quédate con ella el tiempo que quieras —se resigna doña Cristina—. Pero no me la vayas a perder, que me muero.

—No te preocupes, Cristina. Te dejo, que se me hace tarde.

—Hasta el domingo, si Dios quiere. Gracias por la visita y por el detalle tan fino del chequecito.

Ojalá se lo des a los niños huérfanos y no lo escondas bajo tu cama, piensa Zoe. Besa a su suegra en la mejilla, mete la foto en su cartera y sale presurosa de esa casa cuyos olores recios la incomodan tanto, aunque, siendo la dama que es, sabe ocultar bien esos disgustos y sonreír como se espera de ella. Antes de entrar en su auto, dirige una mirada fugaz hacia la puerta de calle y le hace adiós a doña Cristina, que permanece de pie, sonriente. *Yo sé cuánto te jode que me lleve la foto, gorda*, piensa, y le hace adiós. *Pero vas a tener que aguantarte, porque me moría de ganas de tener conmigo esta foto de Gonzalo. Sale regio. Está irresistible. Hace tiempo he querido tener esta foto conmigo. Lo siento por ti, Cristina. Pero si no puedo acostarme con tu hijo menor, que tanto me gusta, al menos préstame esta foto suya para consolarme.* Zoe enciende el motor, maneja un par de cuadras, se detiene al lado de un parque, saca la foto de su cartera, extrae cuidadosamente el retrato de ese marco que el tiempo ha opacado y se avergüenza de suspirar al tener en sus manos esa imagen que le recuerda la dulce agonía en que se halla entrampada, la de desear al hermano guapo que no debería mirar con esos ojos y aburrirse con el hermano serio con quien se casó cuando era muy joven. Se sorprende todavía más cuando rompe la foto por la mitad, separando a los hermanos, y hace pedazos la cara de su marido, quedándose con el rostro invicto y seductor de Gonzalo en la nieve. *Cómo no te conocí entonces*, piensa. *Ahora serías mío*. Cierra los ojos, piensa en el beso que le dio Gonzalo, besa la foto de su cuñado. Luego la guarda en su cartera y sonríe porque lo siente más cerca, más suyo.

Ignacio acaba de ganar mucho dinero en una rápida transacción bursátil. Está solo, en su oficina. Almorzará allí en un par de horas. No le gusta salir a almorzar a la calle. Piensa que es una pérdida de tiempo. Prefiere que le envíen, de un restaurante cercano, un pollo con ensalada y un jugo de papaya con naranja, su almuerzo de todos los días. Come en una mesa circular de su oficina, hojeando papeles. No tarda más de diez minutos en almorzar, cepillarse los dientes en su baño privado y volver a los asuntos del trabajo. En cambio, salir a almorzar con amigos o clientes supone perder un par de horas. Cuando tiene algún almuerzo de negocios, prefiere organizarlo en el salón de directorio del banco. Solo si es inevitable sale a la calle. Ahora está contento porque ha ganado dinero vendiendo unas acciones que compró muy bajas medio año atrás. Pocas cosas le producen una sensación de bienestar tan agradable como ganar dinero así, en una operación limpia, sin agitarse, desde su escritorio, anticipándose a los altibajos de la bolsa. *Soy feliz cuando gano dinero*, piensa. *Soy feliz acá, en mi oficina, solo, multiplicando lo que me dejó papá. Soy un hombre con suerte. Debería dar gracias a Dios. Tengo más dinero del que jamás soñé. Tengo toda la plata que necesito para vivir como me dé la gana hasta el último día que Dios me conceda. Hacía tiempo que no me sentía tan bien como ahora. Es curioso, pero a veces soy más feliz acá, en el banco, que en casa con Zoe. Acá no me aburro nunca, y cuando gano dinero, soy extremadamente feliz. He salido a ti, papá. Ahora comprendo bien por qué casi no te veíamos en casa cuando éramos chicos, por qué te apasionaba tu trabajo, las cosas del banco. Este dinero que he ganado hoy, yo lo sé, me lo has regalado tú desde allá. Fuiste el mejor padre del mundo. Iré a darte las gracias.*

Calza los zapatos negros que se ha sacado al entrar en su oficina, pues prefiere caminar en calcetines cuando está a solas en su despacho alfombrado, se pone un sobretodo, deja la computadora conectada a internet, se asegura de tener consigo el celular, informa a su secretaria de que irá a dar un paseo a pie y no desea que le pasen llamadas a menos que sean urgentes, y sube a su ascensor privado, que lo conduce directamente, con una velocidad que siente en la boca del estómago, al primer piso del edificio. Tras saludar al portero y a los vigilantes, sale a la calle y camina lentamente, disfrutando del perfil bajo que se ha esmerado en cultivar con suma prudencia. *Nadie me reconoce*, piensa. *Soy un peatón más. Puedo caminar por la calle sin sufrir las molestias inevitables de la fama. Odiaría ser un hombre famoso. Me privaría del placer de caminar un día cualquiera por la calle, como ahora. Esto no tiene precio. El verdadero éxito consiste en hacer lo que te guste, ganar todo el dinero que necesites para sentirte libre y poder salir a caminar por la calle sin que nadie te moleste. Podría decir que soy un hombre de éxito. Te lo debo a ti, papá.* Ignacio camina sin apuro, las manos en los bolsillos, hasta que, unas cuadras más allá, llega a la iglesia. Le gusta visitarla cuando ha ganado dinero. Sube unos peldaños, se persigna al entrar, advierte con agrado que el templo se halla desierto y se sienta en una banca de atrás, alejado del altar. Impecable en traje negro y corbata guinda, cierra los ojos y le habla a su padre. *Vengo a decirte que estoy contento porque una vez más acertamos juntos en la bolsa, papá. Tú me enseñaste a jugar. Gracias a ti, me va tan bien en el banco y en mis negocios. Espero que estés tan contento como yo. No sabes el orgullo que siento de ser tu hijo, la felicidad que me da saber que estoy cumpliendo con decoro el encargo que me dejaste. Solo te pido que me perdones por la pelea que tuve el otro día con Gonzalo. No sé qué hacer con él. Quiero que volvamos a ser amigos. Tú no mereces otra cosa. Te pido perdón por haberle dejado ese mensaje mezquino, insultante. Me da vergüenza recordar lo que le dije. Jamás mearía un cuadro suyo. Sería mear encima de la familia que tú dejaste, mear en tu memoria. Sabes que eres mi héroe; lo sigues siendo. Yo hago dinero no para gastarlo sino para estar a la altura de tu memoria. Cada buen negocio que hago, como el que cerré hoy en la bolsa, es un homenaje a ti. Pero en mi vida personal las cosas no van tan bien como en el banco. Necesito que me ayudes. Quiero arreglar las cosas con Gonzalo. Quizás sea imposible volver a ser los buenos amigos que fuimos cuando éramos más jóvenes, pero tiene que ser posible que nos llevemos razonablemente bien. El problema, tú sabes, es Zoe. Tampoco sé qué hacer con ella. Ayúdame, viejo. Ayúdame a ser menos egoísta, más generoso. Ayúdame a no ser vengativo, a darles todo mi cariño, aunque a veces me provoque mandarlos a la mierda a los dos. Tú siempre me dijiste que la gente grande sabe volar alto y no pierde el tiempo odiando a nadie. Yo no quiero odiar a Gonzalo. Quiero que mi hermano sea mi amigo, como en los viejos tiempos, y que mi mujer esté feliz conmigo. Ayúdame, papá. Dame una mano en eso, que la necesito.*

Ahora Ignacio saca su celular, marca el número de su hermano y espera con resignación el mensaje de la grabadora. Todavía no es mediodía, *debe de estar durmiendo*, piensa. No se equivoca. Gonzalo duerme hasta tarde, el timbre del teléfono apagado, y escucha sus mensajes al despertar. Ignacio advierte que una señora mayor, al pasar caminando por el pasillo central de la iglesia, rumbo a las bancas más cercanas al altar, le ha dirigido una mirada adusta, como reprochándole que se permita la insolencia de hablar por teléfono dentro de la iglesia. *Lo siento*, intenta decirle con la mirada, y sonríe. Luego oye la voz grabada de su hermano y espera la señal para hablar:

—Despierta, dormilón. Soy Ignacio. Tengo un dinero para ti que te ha mandado de regalo papá. Quiero dártelo. Y quiero darte un abrazo. Perdona el mensaje que te dejé el otro día. Sabes que te quiero mucho y que no puedo sentirme bien si estamos peleados. Llámame al celular. Quiero verte y darte el regalo de papá.

Está bien, piensa, nada más apretar el botón del celular que interrumpe la llamada. *Le voy a dar una parte del dinero que he ganado esta mañana. Papá se sentiría bien. Y a Gonzalo le encantará saber que papá y yo estamos juntos en el banco ganando dinero para que él pueda pintar con libertad, sin apuros económicos. Me llamará. Iremos a cenar juntos. Nos reiremos como antes. Bien por eso.*

Luego llama a su casa. Zoe contesta con la ilusión de que sea Gonzalo. Estaba en la cocina haciéndose un jugo de frutas y ha corrido al teléfono pensando *ojalá seas tú, ojalá seas tú*. Pero no es él. Es su marido, una voz que no esperaba oír a esa hora de la mañana.

—Hola, mi amor —dice Ignacio—. ¿Te interrumpo?

—Qué sorpresa —dice ella, tratando de ser dulce—. ¿A qué debo este honor?

—¿Qué estabas haciendo? ¿Ya fuiste al gimnasio?

—No, todavía no. Estaba en la cocina, licuando frutas para hacerme un jugo delicioso. Luego voy al gimnasio.

—¿Ya estás en buzo?

—Sí, lista para sudar. Tú sabes que no funciono si no hago gimnasia todas las mañanas.

—Muy bien. Me encanta que te mantengas preciosa.

¿Para qué, si te aburres en la cama conmigo?, piensa ella, pero no dice nada, porque no quiere preocuparlo, prefiere que piense que todo está bien.

—Tengo buenas noticias —dice él.

—Dime. Sorpréndeme.

—Acabo de ganar un buen pedazo de dinero en la bolsa.

—¿Cuánto?

Ignacio menciona la cantidad, más de lo que ella esperaba.

—Fantástico —se alegra Zoe—. Te felicito. Eres un tigre de la bolsa.

Ojalá fueras un tigre también conmigo, se lamenta en silencio.

—Tú también has ganado. La mitad de lo que he ganado es tuya. La voy a transferir hoy mismo a una de tus cuentas personales, para que la gastes en lo que tú quieras, en lo que te haga más feliz.

—Te adoro, Ignacio. Te amo. Eres el hombre más generoso del mundo.

Zoe dice eso y lo piensa de veras. No deja de sorprenderle la generosidad de su marido, los gestos inesperados de nobleza que tiene con ella.

—Anda pensando en qué vas a gastarte la plata —sugiere él.

—Lo pensaré en el gimnasio. Me has hecho muy feliz. Gracias, mi principito.

Cuando Zoe está contenta, lo llama así, «mi príncipe», «mi principito». A Ignacio le encanta que ella le diga esas cosas. Corta el teléfono y se siente un hombre feliz. *Gracias, Señor, por estar en mi corazón y darme amor para que yo pueda hacer felices a los que más quiero*, piensa. Lejos de esa iglesia, Zoe camina por los jardines de su casa, rumbo al gimnasio. Es una mañana despejada. En esa zona apacible de la ciudad, apenas si se oye el motor de un auto, el paso raudo de algún avión quebrando el silencio que ella atesora. Piensa que su marido es, después de todo, un hombre bueno. Piensa que ese dinero, ya en camino a una de sus cuentas personales, es un regalo estupendo. Se pregunta cómo quisiera gastarlo. *Mejor no te cuento cómo me gustaría gastarme tu regalo, Ignacio. Te daría un infarto. Me quitarías la plata. Porque lo único que se me ocurre es invitar a Gonzalo a una playa exótica, muy lejos de acá, y gozar con él como no gocé contigo en nuestra luna de miel.*

Creo que estoy borracho, piensa Gonzalo, al entrar en su taller. Mira el reloj, son pasadas las nueve de la noche. Viene de uno de sus bares favoritos, en el corazón del barrio bohemio, donde ha bebido vino sin medida, se ha reunido con Laura, ha discutido acaloradamente con ella y se ha marchado con brusquedad. Sabe que no debe tomar más de tres copas, porque entonces pierde el control y se torna irascible, en ocasiones violento, pero esa noche ha ignorado los límites que le conoce a su cuerpo, bebiendo más alcohol del que la prudencia aconsejaba, y por eso ha peleado con Laura. Como siempre cuando bebe en exceso, Gonzalo ha actuado de un modo tosco y precipitado, irritándose con ella por tonterías y tratándola con una violencia de la que ahora, a solas en su casa, se arrepiente, pero no al punto de llamarla para pedirle disculpas. De todos modos, sigue pareciéndole absurdo que Laura insistiera en que deben vivir juntos y pensar en casarse más adelante, como le resulta inexplicable su terquedad en enrostrarle que si no está dispuesto a casarse con ella en una ceremonia religiosa, según manda la tradición, entonces no deberían seguir juntos como amantes, pues la relación carece de futuro.

—Yo no puedo vivir con alguien —le ha dicho Gonzalo—. Yo necesito vivir solo.

—Entonces no me quieres —ha dicho Laura en el bar, más furiosa que apenada.

—Sí te quiero y tú lo sabes, no digas tonterías. Pero también quiero seguir pintando, necesito pintar para estar bien, y cuando alguien invade mi casa y rompe mi rutina, dejo de pintar.

—¿Me estás diciendo que no podrías pintar si yo viviera contigo?

—Te estoy diciendo que, hasta ahora, solo he podido pintar cuando he estado solo.

—Si me quisieras de verdad, tratarías de vivir conmigo y seguir pintando. No creo que sea imposible.

—No. Yo tampoco creo que sea imposible. Pero no me provoca. Quiero pintar tranquilo durante el día, sin los problemas domésticos que trae la convivencia con una mujer, y verte todas las noches, estar juntos. ¿Cuál es el problema?

—El problema es que no me quieres lo suficiente, Gonzalo —ha dicho Laura, la voz quebrada, esforzándose para no llorar.

—No. El problema es que tú quieres que seamos una pareja perfecta, según las jodidas reglas de la sociedad. Que estemos casaditos por la religión, viviendo juntos, con un gato y un perro, y tu cepillo de dientes en un vasito rosado y el mío en uno celeste. ¡Son idioteces, Laura! Me importan tres carajos las formalidades. Yo puedo querer mucho a una mujer y, sin embargo, seguir viviendo solo. Si no puedes entender eso, ¡no entiendes nada!

—Lo entiendo perfectamente, Gonzalo —se replie-ga ella—. Entiendo que nunca te vas a casar conmigo y que no me quieres todo lo que yo necesito para estar bien. Me quieres a tu manera, sin comprometerte, dejando siempre la puerta abierta por si te aburres, por si te provo-ca escapar. Y así no puedo ser feliz. Yo pienso en nuestro futuro como pareja, en formar una familia. Tú, no.

Si bien hablan con virulencia, no alcanzan a gritar; discuten de un modo que pretende ser civilizado, acer-cando sus rostros para hacerse oír, moviendo las manos con cierta crispación. Nadie parece prestarles atención en medio del barullo que reina en ese bar pequeño, ates-tado de gente, animado por el estruendo de una música de moda.

—No me jodas con el futuro. El futuro es una mier-da. El futuro es una abstracción. No existe. Todo lo que existe es hoy, ahora, este momento. Y tú estás jodiendo este momento porque te empeñas en construir tu peque-ño mundo feliz del futuro. ¡Al carajo el futuro!

—Eres un irresponsable —dice Laura con cierto desdén en la mirada—. Un irresponsable y un egoísta. Solo piensas en ti.

Gonzalo ha creído oír a su hermano mayor. Le due-len las palabras de Laura porque las ha escuchado antes. Advierte en el rostro de ella una expresión circunspecta, de superioridad moral, que evoca, muy a su pesar, el aire arrogante de Ignacio cuando le ha dado sermones. Por eso golpea la mesa y levanta la voz:

—¿Por qué soy un irresponsable? ¿Porque quiero se-guir pintando? ¿Porque me gusta vivir solo? ¿Porque no quiero casarme ni tener hijos? ¿Porque me da miedo tener una familla, dejar de pintar y ser un hombre miserable? ¿Por eso soy un irresponsable y un egoísta?

—Sí, por eso —se atreve a desafiarlo Laura—. Porque solo piensas en ti. Porque no me quieres ni la mitad de lo que te quieres a ti.

—Eres una necia. No puedo creer que seas tan necia.

—No me insultes. Si me vas a insultar, mejor vete.

—Yo quería tirar contigo esta noche. Eso es el futuro para mí: ¡esta noche! Pero tú prefieres pelear, discutir, mandar todo a la mierda, porque mi visión del futuro no coincide con la tuya.

—¡Yo no quiero seguir tirando contigo! ¡Yo quiero hacer el amor contigo! ¡Yo quiero acostarme con un hombre que me ama y quiere vivir conmigo el resto de su vida!

Ahora Laura se cubre el rostro con las manos y solloza, pero él no la consuela y se abochorna de protagonizar esa escena desbordada en medio de aquel bar donde tanta gente los conoce.

—Si quieres a un hombre perfecto, búscalo en internet —dice Gonzalo, y luego se pone de pie, se dirige a la caja, paga la cuenta y se marcha sin despedirse de ella, dejándola sola en una esquina de ese bar.

Esa frase ha resonado en su cabeza los veinte o treinta minutos que le ha demorado volver caminando a su casa, todavía ofuscado. No ha querido tomar un taxi porque pensó que le haría bien caminar, respirando aire fresco y recobrando la calma. *Puedo ser un canalla cuando estoy medio borracho*, ha pensado. *He sido cruel con Laura. En el fondo, tiene razón. No la quiero lo suficiente. Me gusta, me excita, pero es una aventura más y ella, que no es tonta, lo sospecha. No quiero vivir con ella porque sé que me aburriré, que luego tendré que sacarla de mi casa, y no quiero pasar por ese trance tan desagradable. Debería dejar de verla. Es una buena chica. No merece sufrir por mí. Estoy haciéndole daño.*

Soy un cabrón. Pero no puedo dejar de ser quien soy. Ella me gusta, está buenísima y es normal que quiera seguir llevándomela a la cama. En todo caso, no le he mentido. Si Laura solo está dispuesta a tirar conmigo a cambio de que le prometa que nos casaremos, entonces que se busque otro amante, porque yo no estoy dispuesto a mentirle. Y yo no quiero una mujer que haga el amor conmigo. Quiero una mujer que tire conmigo, que tire salvajemente, que tire como un animalito en celo, que tire por el solo placer de estar tirando, y no por el futuro y la familia feliz. Jódete, Laura. Yo no voy a cambiar. Quiero seguir siendo un pintor, un hombre libre. Si me caso contigo y tenemos hijos, mi vida como pintor habrá acabado. Seré el hombre más miserable de esta ciudad, una ciudad que solo soporto porque me permite pintar. Y me volvería loco, te culparía de mi desgracia, cualquier día te estrangularía. Si no puedes entender que yo enloquecería si dejara de pintar, entonces búscate un amante en internet. Que te mande su foto desnudo, que seguramente será trucada, y, si te gusta, buena suerte. A mí no me jodas más.

Gonzalo entra en su casa, enciende las luces, orina en el baño, se mira en el espejo y sabe que está borracho, lo ve en sus ojos, que brillan con desusada intensidad, y en su sonrisa torcida, en la que se adivina cierto egoísmo, un escondido talento para la mezquindad. *Me jode que me digan que soy irresponsable y egoísta porque en el fondo sé que hay algo de verdad en esa acusación*, piensa, saliendo del baño. *Uno solo se enoja cuando le dicen cosas ciertas; si te acusan de una completa estupidez, nunca te molestarías. Pues sí, es verdad, soy irresponsable y egoísta*, se dice, en voz alta, caminando como un energúmeno por su taller. *¿Pero acaso no tengo que ser un poco irresponsable y egoísta para ser pintor, para seguir pintando, para inventarme un mundo donde me sienta bien y pueda sobrevivir con cierta dignidad? ¿No es una gigantesca irresponsabilidad tratar de ser un artista, cuando sería tanto más fácil tener la vida cómoda de mi hermano? Sí, soy un egoísta, pero de ese egoísmo* *salen mis cuadros, y mis cuadros son la mejor manera que tengo de querer al mundo, de darle algo valioso y perdurable. Soy un egoísta porque, si no lo fuera, dejaría de pintar. Y si dejase de pintar, mi vida sería una mierda, no tendría sentido. Soy un irresponsable, un egoísta, un pintor y un hombre solo. Y al que no le guste, que se vaya a la puta que lo parió.*

Se acerca al teléfono y llama a Zoe.

—Ven —le dice, cuando ella contesta.

—No puedo —susurra ella—. Ahorita llega Ignacio.

—Ven después. Quiero verte.

—Yo también. Pero ahora es imposible. No puedo escaparme.

—Invéntate algo. Ignacio te creerá.

—Gonzalo, no seas tan loco.

Menos mal que no me ha dicho no seas tan irresponsable, piensa él.

—Estoy loco por ti —dice.

Zoe goza ese momento, pero sufre también, porque no sabe qué diablos hacer. Quiere ir a verlo, pero no se atreve, su marido está por llegar.

—Si puedo, me escapo. Pero no me esperes.

—Ven. Quiero besarte.

—No sé, Gonzalo.

—Yo sí sé. Y tú también. No tengas miedo.

—Me muero de miedo.

—Ven.

—Trataré de ir.

—Te espero.

—No me esperes. No hoy.

—Ven cuando quieras. Te estaré esperando.

Gonzalo enciende el equipo de música, elige un disco que le encanta, baila perezosamente en la penumbra de esa vieja casona. Le gusta bailar solo cuando está borracho. Detesta bailar en lugares públicos, tumultuosos, donde a uno lo empujan y le dan pisotones. Baila pensando en que Zoe vendrá y bailará con él y se dejará besar y, con miedo, resistiéndose levemente, llevar a la cama. Baila cuando cree oír el timbre.

—¿Zoe? —dice por el intercomunicador, feliz de pensar que ha llegado tan deprisa.

Pero hay un silencio apenas rasgado por el ruido lejano de la calle.

—¿Zoe? ¿Eres tú?

Hasta que ella se anima a contestar, desolada:

—No, soy Laura. Ya me voy. Perdón.

—¡Mierda! —grita él, tras cortar el intercomunicador, pero no sale a la calle a buscarla.

Luego llama por teléfono a Zoe. Escucha la voz de su hermano:

—¿Sí?

Cuelga. *Zoe no vendrá*, piensa. *Soy un imbécil. Laura vino y la perdí. Ahora sabe que no la esperaba.* Vuelve al teléfono y marca el celular de Laura. Ella no contesta. Lo tiene apagado. No le deja un mensaje. No sabría qué decirle. No quiere mentirle. La verdad es que quiere besar a Zoe, no a Laura, y si besara a Laura solo para hacerla feliz, pensaría en Zoe. Esa es la verdad, aunque duela. Y duele. Por eso Gonzalo tira un portazo y regresa caminando al bar.

Ignacio y Zoe se animan a ir al cine en la última función del sábado. No han querido perderse una película que ha ganado premios, recomendada por la crítica más exigente, una historia de amor conmovedora, según el periódico. No ha sido fácil para ella convencerlo. Zoe ama el buen cine. Podría ir al cine todos los días de su vida. No le molesta ir sola, aunque prefiere ir con una amiga o, lo que es muy infrecuente, con su esposo. A Ignacio le gusta ver películas, pero en casa. Cuando Zoe le sugiere ir al cine un fin de semana, suele contestarle que es mucho más cómodo arrendar películas en la tienda de videos cercana, pues así evitan varias molestias a la vez: el fastidio de encontrar parqueo en el cine, el disgusto de confundirse entre mucha gente, la incomodidad de apretujarse en una butaca rodeados de personas que no necesariamente practican rigurosas normas de higiene y la impotencia de tener que soportar la película íntegramente en caso de que sea mala. Ignacio no tiene inconveniente en detener en casa la cinta de una película aburrida y meter otra en su lugar, con la esperanza de que sea mejor, pero cuando va al cine se rehúsa a salir a mitad de la función, obligándose, aunque la película le resulte insufrible, a permanecer hasta el final, una costumbre que llega a desesperar a Zoe. Aunque no encuentra argumentos para defenderse, Ignacio dice la verdad cuando afirma que odia salirse del cine a mitad de una película y que no tolera seguir viendo en casa una cinta que le aburre. Por eso encuentra más seguro ver películas en casa, no una sino varias, de manera que si alguna falla, siempre hay un remplazo a mano, y mira con recelo a su mujer cuando ella insiste en ir al cine porque, según dice, la experiencia es más intensa y completa. Ahora, buscando un lugar donde aparcar en medio de un enjambre de vehículos estacionados en varios pisos subterráneos de ese complejo comercial, Ignacio se arrepiente de haber cedido a las presiones de su esposa para ir al cine esa noche. *Es un mal día*, piensa. *Los sábados por la noche todo el mundo viene al cine. Me pone de mal humor dar vueltas y vueltas en busca de un jodido parqueo. Es tanto más cómodo ir a la tienda de videos, sacar cuatro películas y echarnos a verlas en la cama. No sé por qué Zoe insiste tanto en traerme al cine cuando sabe que me incomoda. Ella cree que uno se hace más culto viniendo al cine. No estoy tan seguro de eso. ¿Dónde hay un maldito parqueo, coño?*

—Sigue a esa pareja que está caminando —sugiere ella, señalando a un hombre y una mujer que, al parecer, se dirigen a uno de los tantos autos aparcados en ese nivel—. Seguro van a salir.

—No me digas lo que tengo que hacer —se enoja repentinamente él—. Cuando estoy manejando, no me des órdenes. Yo estoy al timón. Sé lo que tengo que hacer.

—Está bien, pero no te molestes —dice ella, sorprendida por la violencia con que él ha reaccionado.

Odio que me des instrucciones cuando estoy manejando, piensa él. *Detesto que presumas de lista y creas ver un parqueo libre antes que yo. Siempre es igual. Tú me tienes que decir dónde debo cuadrar porque yo soy un idiota incapaz de encontrar un estacionamiento solo.*

No sé por qué te irritas y me ladras por cualquier cosa, piensa ella. *Si no querías venir al cine, podrías habérmelo dicho. Es tan desagradable venir al cine contigo de malhumor, como si me estuvieras haciendo un favor. Soy una tonta. No aprendo. No volveré a decirte que me acompañes al cine. Cuando vengo sola, la paso mucho mejor.*

Después de aparcar, suben al ascensor, llegan al nivel de la boletería y hacen una larga fila para comprar las entradas.

—Ya sabía que tendríamos que hacer esta cola interminable —se queja él, en voz baja.

—No me regañes, Ignacio. Estamos bien de tiempo. No hay apuro.

—Voy a construir una sala de cine en la casa.

Irás tú solo, porque yo necesito salir y ver gente, piensa ella. Ve a una pareja tomada de la mano, diciéndose algo presumiblemente dulce al oído, y la envidia. *No les molesta hacer cola porque son felices si están juntos*, se dice. *A Ignacio le molesta cualquier cosa que hace conmigo, no por el mero hecho de hacerla, sino porque está conmigo. No sé por qué, cuando sali-*

*mos juntos está siempre crispado, tenso, apurado, de malhumor,
como si lo que más le importara fuese volver a casa.*

Ya en la sala de cine, Ignacio elige, como de costumbre, la última fila, el asiento de la esquina que le permite estirar las piernas. Zoe no ignora que a él le fastidia sentarse en cualquier fila que no sea la última, como tampoco ha olvidado que su esposo no tolera a las personas que se atragantan de palomitas de maíz durante la película, una costumbre que él encuentra irritante, pues le disgusta el crujido de las palomitas al ser masticadas por los espectadores vecinos. Por eso Zoe se resigna a sentarse en la última fila y se queda con las ganas de darse un atracón de palomitas con mantequilla. Cuando va al cine sola, se venga de Ignacio y se deleita comiendo tantas palomitas que luego, con los labios salados y la barriga hinchada, se arrepiente. Ahora, mientras espera que comience la función, mira de soslayo a su esposo y advierte en ese rostro todavía apuesto una expresión de extrema quietud que la asusta. *Estás muerto, Ignacio*, piensa. *Cuando estás conmigo, siento que mueres. No sonríes. No haces un comentario travieso. Llevas la vida con una solemnidad que me da miedo. Parece como si estuvieras castigado. Estamos juntos en el cine. Es un sábado por la noche. Podríamos ser felices. Algún día fuimos felices. ¿Te acuerdas? ¿O solo recuerdas el valor de tus acciones en la bolsa, los dineros que tienes en el banco? Despierta, Ignacio. Tómame de la mano y bésame de pronto cuando se apaguen las luces, como hacías cuando nos conocimos y salíamos. Pero sé que no me besarás. Porque ahora dices que besarse en público o tomarse de la mano es cosa de mal gusto.*

—Voy al baño —dice Zoe, y se pone de pie.

No va al baño, sin embargo. Rápidamente, pues no quiere perderse el principio de la película, compra unas palomitas de maíz y, ante la perplejidad de la vendedora, que la mira sorprendida, las echa dentro de su bolso de cuero, para que Ignacio no se dé cuenta de que ella es una de las tantas personas ordinarias que comen palomitas en el cine. Antes de volver a la sala, come deprisa todas las que puede para saciar su capricho.

—¿Todo bien? —pregunta Ignacio cuando Zoe se sienta a su lado, ya las luces apagadas.

—Todo bien —dice ella.

Sacar una palomita de la lujosa cartera que tiene entre las piernas, llevársela a la boca, dejarla inmóvil sobre su lengua, dejar que se deshaga lentamente, pasarla sin masticarla, evitar cualquier ruido delator, disfrutar sin apuro de ese sabor salado, es una operación que Zoe lleva a cabo secretamente, sin que su marido la descubra, cada cinco o diez minutos, cuidándose de no repetirla con una frecuencia que resulte sospechosa y de no hacer ningún movimiento que ponga en evidencia esa pequeñísima traición. *Nunca he gozado tanto comiendo palomitas*, piensa.

Más tarde, se deja arrastrar por esa historia de amor y termina disimulando, además de las palomitas en su boca, las lágrimas que corren por su mejilla. Llora porque la película le recuerda, con una crudeza que no esperaba, el amor. Llora porque está harta de disimular. Ahora mastica la palomita, la hace crujir sin temor a que la pille su marido y la traga rápidamente. *No puedo seguir escondiendo la verdad*, piensa.

Al volver a casa, Ignacio insiste en hacer el amor como todos los sábados. Resignada, Zoe se entrega a esa mecánica sucesión de furores, bríos y embates, finge un orgasmo y siente un profundo alivio cuando concluye aquella ceremonia íntima que ahora encuentra tan predecible como agobiante. *No puedo seguir escondiendo la verdad*, repite en silencio, al borde de las lágrimas.

Gonzalo está de pie frente al lienzo y se desespera porque no puede pintar. No ha podido pintar desde que besó a la mujer de su hermano. Quiere volver a verla. Quiere entrar en su boca otra vez. Trata de alejarla de sus pensamientos pero no lo consigue. Sufre por eso. Bebe agua, camina como un demente alrededor del taller, se echa en el piso de madera, grita para expulsar la tensión que siente crecer dentro de sí, la idea empecinada y violenta de poseer a esa mujer. Le duele que Zoe le sea esquiva, que no pasara a verlo de nuevo y ni siquiera lo haya llamado. No sabe qué diablos hacer. Se arrepiente de haberla llamado la otra noche, borracho. No quiere pensar en Ignacio. Le avergüenza recordar que su hermano le ha ofrecido un dinero de regalo sin saber que él desea con rabia a Zoe y, en las noches insomnes, se enardece pensando en ella. No ha querido llamarlo. No sabría qué decirle. Tampoco desea perder el dinero que Ignacio generosamente le ha prometido. *Mi hermano me mantiene para que yo pueda ser pintor*, piensa. *Ignacio trabaja para que yo sea feliz pintando. Pero yo no puedo pintar. No puedo porque el recuerdo de Zoe me está volviendo loco. No hago sino pensar en ella, imaginarla conmigo. Me estoy obsesionando. Nunca he deseado tanto a una mujer, ni siquiera a Mónica cuando la cabrona me dejó. Soy un hijo de puta. Mi hermano está pensando en hacer plata para que yo pueda pintar tranquilo y yo estoy pensando en tirarme a su mujer. Tú ganas, Ignacio. Eres mejor persona que yo. Eres más noble, más generoso. Por eso has llamado para decirme que me darás plata. Para decirme que me perdonas y también para recordarme que eres un mejor tipo que yo. Me jodiste. No te puedo ganar. Recibiré la plata y me la gastaré con absoluto egoísmo en las cosas que me hacen feliz. Yo solo te puedo ganar en una cosa: en tener pasión, en perder el control por algo o alguien, en vivir un poco más al borde del abismo. Por eso estoy jodido. Porque me apasiona tu mujer, la idea de despertarla del estado*

*de coma en que la tienes dormida. Me enloquece pensar en ella,
en amarla como tú no sabes o no puedes, como estoy seguro que
nunca pudiste. No es mi culpa que ella me desee y que yo pueda
ver en sus ojos toda la infelicidad que lleva dentro y de la que,
es obvio, te hace responsable. Me siento un cerdo, Ignacio, pero
quiero tu dinero y también a tu mujer.*

Aunque sabe que no debe hacer esa llamada, Gonzalo se pone de pie, camina hacia el teléfono y marca el número de la casa de su hermano. *Es lunes, Ignacio debe de estar en el banco*, piensa. *Contesta, por favor, Zoe. Necesito oír tu voz, saber que tú también piensas en mí.*

—¿Sí?, ¿diga? —escucha Gonzalo una voz de mujer mayor.

Debo de haberme equivocado, piensa. Vuelve a marcar. Contesta la misma voz.

—¿Quién habla? —pregunta él.

—¿Quién es usted? —pregunta, desconfiada, la mujer.

—Soy el hermano de Ignacio —dice Gonzalo, sin pensarlo—. ¿Y usted?

—Yo soy la señora de la limpieza.

—¿Está Zoe?

—Sí, la señora está en su escritorio.

—Páseme con ella, por favor.

—Voy a ver si puede acercarse —dice la mujer con frialdad.

Gonzalo se queda pensando en lo que ha dicho hace un instante: *Soy el hermano de Ignacio*. Le duele reconocer que, bajo presión, se define de esa manera, como hermano de Ignacio. *Nunca seré yo mismo*, piensa. *Siempre seré el hermano de Ignacio. No conseguiré que Ignacio sea conocido como el hermano de Gonzalo. Yo siempre seré su hermanito menor, el pintor bohemio, el que se gasta la plata del banquero respetado y exitoso que es su hermano mayor. Solo soy eso, carajo: el hermano de Ignacio. Soy un pobre diablo. Ignacio tiene razón cuando me dice que soy un perdedor. Solo un perdedor llamaría un lunes a las dos de la tarde a casa de su hermano con intenciones de seducir a su cuñada. Pero está en mi naturaleza: me acepto como un perdedor, como el hermano de Ignacio, como el hermano de Ignacio que quiere tirarse a su cuñada.*

—Gonzalo —dice Zoe, en voz baja, cuando se pone al teléfono, y al decir el nombre de su cuñado ha sentido un oscuro placer—. Qué sorpresa. Te hacía pintando a estas horas.

—No puedo —dice él, aliviado de sentir esa voz cálida y saber así que Zoe no está molesta por la llamada que le hizo la otra noche, borracho—. Solo quería saludarte y disculparme.

—¿Disculparte de qué? —se sorprende ella.

—De la llamada que te hice. Había tomado mucho. Se me fue la mano.

—No seas tontito —dice Zoe, y disfruta diciéndole esa palabra, *tontito*, porque se la ha dicho con un cariño que le sorprende—. ¿Y por qué no puedes pintar?

—No sé, estoy muy tenso —responde Gonzalo, mientras camina lentamente, el teléfono inalámbrico en el oído derecho.

—¿Por qué? —pregunta Zoe, sentada en una silla negra, giratoria, frente a la pantalla de la computadora, en su escritorio.

—Tú sabes por qué.

Zoe se eriza un poco al oír esas palabras, pierde el control un instante y por eso calla.

—No podemos —alcanza a decir.

Se pone de pie y camina hacia su dormitorio.

—Yo sé —dice Gonzalo y, derrotado, se tiende en el piso, sobre una alfombra de paja—. Pero no puedo dejar de pensar en ti.

—Eres tan lindo —dice Zoe, y se sorprende de haberlo dicho, y piensa que a su esposo no le ha dicho eso en años—. Pero no podemos, Gonzalo.

No podemos porque no te atreves, cobarde, se dice a sí misma. *No podemos pero queremos. ¿Y cuál es la diferencia entre querer hacerlo y atreverse a hacerlo? La diferencia está en tener coraje. Pero yo no tengo coraje para irme a la cama contigo, Gonzalo. Me muero de miedo. Si Ignacio me descubriera algún día, mi vida sería una mierda.*

—¿Qué estabas haciendo? —pregunta él.

—Estaba en la computadora, escribiéndole a una amiga —dice ella, y se echa en su cama sobre un edredón de flores, el teléfono sujeto entre su hombro derecho y su boca, las manos libres—. ¿Tú?

—Nada. Tratando de pintar. Pensando en ti como un lunático. ¿Dónde estás ahora?

—En mi cuarto.

—¿En tu cama?

—Sí. ¿Y tú?

—Tirado en el piso. Así me tienes, Zoe: tirado en el piso.

Zoe se ríe.

—Eres un loco —dice.

Ya me había olvidado de lo que es reírse con un hombre, piensa. *Con Ignacio nunca nos reímos. Nunca.*

—¿Qué tienes puesto? —pregunta él.

Zoe se ruboriza un poco, pero no le desagrada la pregunta.

—Un pantalón marrón y una chompita gris. Hace frío por acá.

—Toda una señora —se burla él.

—Una señora aburrida —sonríe ella—. ¿Y tú?

—¿Yo, qué?

—¿Qué tienes puesto?

No podemos pero te gusta jugar, piensa él, animado.

—Vaqueros negros ajustados y una camiseta negra viejísima que seguro apesta, pero yo no me doy cuenta porque huele a mí.

—Me gustaría olerla —se atreve ella—. No creo que apeste.

Hay un silencio breve que ninguno se anima a romper. Es el momento en que o retroceden o siguen el juego.

—¿De qué color es el calzón que llevas puesto?

—Blanco. Solo uso blanco, salvo cuando estoy con la regla, que me pongo calzones negros.

—Te arrancaría el calzón con la boca.

—Gonzalo —dice ella, como un reproche débil, sin convicción, y siente un cosquilleo cálido, un estremecimiento—. No podemos.

Pero sí podemos jugar por teléfono, piensa, y pregunta:

—¿Estás excitado?

—Claro. ¿Y tú?

—Un poquito. ¿Se te ha parado?

—Sí. La tengo dura.

—Me gustaría verla.

—Cuando quieras. Ven ahora. Hacemos lo que tú quieras.

—No puedo. No me atrevo.

—No seas cobarde. No va a pasar nada.

—No podemos, Gonzalo.

—¿Estás mojada?

—Un poquito.

Estoy mojada como nunca me mojo con tu hermano, piensa. *Estoy mojadísima pensando en ti.*

—Tócate —dice él—. Quiero que te toques.

—Mejor no.

—Tócate.

—No me gusta tocarme.

—Ábrete el pantalón.

—Espera, voy a cerrar la puerta.

Zoe se levanta, cierra la puerta del dormitorio, regresa a la cama y mira el teléfono esperándola. *¿Qué estás haciendo?*, piensa. *Cuelga. Cuelga ahora mismo. No sigas este juego, que va a terminar mal.*

—Acá estoy —dice, y se echa en la cama.

No ha podido darle la espalda a Gonzalo. *Es solo su voz. Es solo un juego*, piensa.

—Bájate el pantalón —dice él.

—Ya —obedece ella—. Tú también.

—Ahora chúpate un dedo y tócate.

—No, Gonzalo. No puedo.

—Piensa que soy yo. Piensa que es mi mano.

—¿Te estás tocando? —pregunta ella.

—Todavía no. ¿Quieres?

—Sí, tócate.

—Ya.

—¿La tienes dura?

—Sí.

—¿En qué piensas?

—En ti. En que estás acá, en mi cama, y estamos tirando delicioso. Ahora tócate tú.

—Me estoy tocando. Háblame. Dime qué piensas.

—Estoy adentro tuyo. Veo tu cara. Estás gozando. Hace tiempo que no tiras tan rico.

—¿Me gusta?

—Te encanta.

—¿Y a ti te gusta?

—No sabes cómo, Zoe. Quiero tirar contigo. Quiero comerte con mi boca. Quiero que grites cuando te vengas.

—Sigue, Gonzalo. Sigue.

Después de un largo día de trabajo, ya de noche, Ignacio regresa a su casa conduciendo la camioneta de doble tracción, aprieta el control automático y abre la puerta corrediza de la cochera. Ha manejado casi cuarenta minutos desde el banco, ubicado en el centro de la ciudad, hasta esa zona privilegiada de los suburbios donde ha elegido vivir con su mujer. Echa de menos, al bajar de la camioneta, a un perro que lo saludase moviendo la cola, pero Zoe fue muy clara en decirle, antes de que se casaran, que no quería animales en su casa, y él prometió que así sería. Nada más entrar en su casa, se quita los zapatos, busca a su mujer, que está escribiendo en la pantalla de la computadora, le da un beso en la frente y, como si tuviera prisa, lava sus manos con minuciosidad, se desviste, tirando sobre la cama el traje negro, la camisa blanca y la corbata a rayas, y se pone encima un buzo azul y unas zapatillas con rayas fosforescentes, listo para ir al gimnasio a cumplir su rutina diaria. Sabe que Zoe no lo acompañará porque ella va al gimnasio por las mañanas, cuando él está en el banco, y en cierto modo prefiere que así sea, pues le gusta ejercitarse a solas, atento a las noticias, sin hablar con nadie, a diferencia de su mujer, que, cuando va al gimnasio con él ciertos fines de semana, conversa sobre cualquier cosa mientras suda en las máquinas que la señora de la limpieza ha dejado impecables. En la cocina, Ignacio bebe una limonada helada, come dos plátanos, cuatro granadillas y un melocotón con miel de abejas. Se enfada con su esposa al ver que ha olvidado comprar la mermelada de higos que le encanta pero no dice nada porque quiere llegar relajado y de buen humor al gimnasio (aunque piensa *tu única responsabilidad es llevar los asuntos de la casa y no eres capaz de cumplirla bien, ¿o acaso es tan difícil recordar que no deben faltar en la refrigeradora mi mermelada de higos y de saúco, que sabes que me hacen muy feliz?*) y sale al jardín diciéndose que el hecho de que Zoe se olvide de esas cosas, de esos pequeños caprichos suyos, no es casual, pues revela que ya no se preocupa, como antes, de hacerlo feliz, de sorprenderlo con detalles mínimos pero significativos, algo que, considera, tampoco debería alarmarlo, pues es normal que un matrimonio se desgaste con el tiempo y cada uno se concentre más en sus cosas que en las del otro. Ya en el jardín, con una botella de agua en la mano, Ignacio recoge del césped una manguera verde, abre el caño y riega las plantas. *Me hace tanto bien regar el jardín*, piensa, relajado, echando agua sobre las plantas, gozando en silencio de ese instante de absoluta calma. Ignacio es un hombre de rutina y regar las plantas de noche, al llegar del banco, es un momento infaltable en sus actividades diarias. No le toma más de quince minutos, pero es una fracción de su día que disfruta mucho y no está dispuesto a sacrificar. Incluso cuando llega tarde y cansado, se da un tiempo para salir al jardín y echarles agua. Ahora, enfundado en ropa deportiva, cerca de la piscina iluminada, se distrae disparando un débil chorro hacia las palmeras que crecen en las esquinas, y sigue con la mirada una luz distante en el cielo, la trayectoria de un avión que desciende. *Es una suerte estar acá, regando mi jardín, y no metido en ese avión*, piensa. *Cada día me interesa menos viajar. Es tan rico estar en casa, gozar de estos pequeños momentos de paz en los que no suena ningún teléfono, nadie me interrumpe y puedo hacer lo que me da la gana.* No muy lejos, desde la ventana del dormitorio, Zoe lo observa. Ve a un hombre aburrido, esclavo de su propia rutina, incapaz de salirse un momento del guion que ha trazado para sí mismo. Ve a un señor ensimismado, encerrado en sus asuntos menudos. *Es feliz cuando está solo*, piensa. *Es feliz cuando no está conmigo. Trata de estar conmigo el menor tiempo posible. Llega a casa con ilusión de regar las plantas, no de besarme y llevarme a la cama. Les habla a sus flores con más cariño que a mí. Mi esposo se ha convertido en un zombi. Deambula. No tiene iniciativa, no es capaz de salirse de la rutina. Sé perfectamente lo que hará desde ahora hasta el momento en que cierre los ojos y se quede dormido. No se puede vivir así. Esto no es vida. Lo peor es que yo también disfruto mucho más estando sola que con él. Cuando recién nos casamos me encantaba sentir que Ignacio llegaba del banco, estábamos juntos todo lo que podíamos. Ahora no me provoca salir al jardín a conversarle. Prefiero dejarlo solo. Que sea feliz.*

Una vez que termina de regar el jardín, Ignacio entra al gimnasio, enciende las luces y el televisor y, tras estirarse un poco, flexionándose hasta tocar las puntas de sus zapatillas con las manos, sube a la máquina para correr, programa media hora a la velocidad de siempre y empieza a moverse sobre esa faja que se desliza bajo sus pies. Procura no pensar en nada que pueda ensombrecer su ánimo, romper la armonía de oír su respiración pareja, saludable. Mantiene la mente en blanco, ni siquiera sigue las noticias del televisor, solo se concentra en sus movimientos y en su respiración, no piensa en nada, goza de su propio cuerpo, de sentirse joven, con energía, en buena forma. *La mejor revancha contra los envidiosos es mantenerse joven y saludable*, recuerda. *Esta hora en el jardín y el gimnasio no se la doy a nadie. Es mía. Es mi hora de absoluto egoísmo. Me hace tanto bien.* Mientras tanto, en la cocina, Zoe alista la cena que, como todas las tardes, ha comprado en una tienda exclusiva cerca de casa. Zoe no cocina. Le aburre cocinar y, además, desde joven se ha sabido sin ningún talento para esos quehaceres. Podría contratar a una cocinera, pero le molestaría la presencia de una intrusa en su casa. Ya bastante le disgusta tener, a ciertas horas del día, a la señora de la limpieza. Zoe goza estando sola en su casa y por eso se ha acostumbrado a comprar la comida preparada en un lugar exquisito donde ya conocen sus gustos y los de su marido.

Aunque ella no comerá más que una ensalada verde y una fruta de postre, sabe que Ignacio es feliz sentándose a una mesa bien puesta, con mantel fino y cubiertos de plata, y cenando con la compostura en que fue educado. Por eso, resignada, se ocupa de tener todo en orden para la cena. No es más complicado que poner la mesa, encender unas velas y calentar la comida en el horno microondas, pero Zoe cumple esa tarea con cierta pesadumbre, pensando en que, por una sola vez en la vida, sería divertido que Ignacio pusiera la mesa o, mejor aún, cenaran en la cama viendo televisión. *¿Qué estará haciendo Gonzalo?*, piensa ella, mientras abre la refrigeradora y saca la comida de su esposo. *Estará en la calle, comiendo en algún bar animado. Son tan diferentes cuando comen. Gonzalo se mete la comida como si tuviera un hambre de tres días. Come con pasión. Es un placer verlo comer. Ignacio, en cambio, come con una lentitud que me exaspera. Parece como si midiera las calorías de cada bocado. Se demora siglos en masticar. Es tan absolutamente atildado y perfecto para cenar. Se preocupa más de tener buenos modales que de disfrutar de la comida. Estoy harta de los buenos modales. Quiero cenar con un hombre tosco, con malos modales, que se chupe los dedos y eructe, que se apure pensando que después me comerá a mí, no como Ignacio, que se demora tanto en la cena que esta noche debería sentarme a la mesa con una almohada. Dios, es todo tan lento con Ignacio. Yo acabo mi ensalada en tres minutos y luego hay que mirar comer al señorito de los modales perfectos. Un día le voy a dejar en la mesa un pan con queso y un plátano pelado, a ver qué pasa, cómo reacciona. No todo en la vida tiene que ser perfecto, Ignacio*, piensa Zoe, y extiende bien el mantel a cuadros para que no queden arrugas.

Después de darse una ducha rápida en agua tibia tirando a fría, pues le disgusta bañarse en agua caliente y sentirse luego como adormecido, Ignacio se abriga con su ropa de dormir, un buzo y un polo de algodón, viste encima una bata gruesa, cubre sus pies con dos pares de calcetines (una costumbre que su mujer encuentra muy desagradable, porque ella, incluso cuando hace frío, prefiere no usar medias) y se dirige al comedor, una mesa alargada de caoba, con un candelabro al centro, y ocho sillas, seis en los lados y dos en las cabeceras. Antes de sentarse en la cabecera más cercana a la cocina, enciende una estufa para calentarse los pies. Ignacio suele quejarse de que el frío se le mete por los pies y por eso duerme con doble media y cena al lado de una estufa. Zoe piensa que son caprichos de viejo y que nada le pasaría si se sacara esas medias de lana y apagase la estufa. Pero ya no da la batalla. Se ha cansado de decirle que ponerse doble media es una costumbre poco higiénica y desagradable. Sabe que su marido no le hará caso y seguirá pensando que debe mantener calientes sus pies para protegerse de los resfríos que, a pesar de todos sus cuidados, lo asaltan con frecuencia. *Yo me resfrío más fácilmente que tú,* suele defenderse Ignacio cuando su esposa le dice que eso de cenar con dos pares de calcetines y estufa le parece una payasada. *No tenemos la misma temperatura,* dice él. *Yo aguanto el frío mucho peor que tú. Todo el día llevo los pies congelados. Si no me abrigara los pies, viviría resfriado. Igual vives resfriado,* piensa Zoe, pero no se lo dice, calla, porque sabe que no podrá cambiar esas manías de su esposo. Sabe también que debe cenar ahora soportando esa música gregoriana que ha puesto Ignacio y que ella encuentra absolutamente deprimente. *Esta casa parece un monasterio,* piensa, comiendo su ensalada verde, procurando inútilmente hacer oídos sordos para no hundirse en la solemnidad religiosa de esa música que su marido ama y ella abomina. *Quiero escaparme de este convento,* piensa. *Mi marido es un monje.* Ignacio, entretanto, le hace algunas preguntas más o menos previsibles (*¿qué tal tu día?, ¿qué sabes de tus padres?, cuéntame novedades de tus amigas,*

¿adónde quieres viajar en mis vacaciones?, ¿en qué has pensado gastar la plata que te regalé?) y ella las contesta de la manera amable y sumisa que él espera. Pero mientras habla como la esposa atenta que aborrece ser, su cabeza está en otra parte. Piensa en lo que hará cuando Ignacio se levante, le dé un beso agradeciéndole por esa cena tan rica y se dirija a la cama. Tolera el tedio de esa rutina conyugal porque se enardece secretamente tramando su pequeña venganza. La ejecuta, en efecto, con placer: cuando Ignacio se retira del comedor, Zoe camina hacia el equipo de música, saca el disco gregoriano que ha odiado la última media hora, lo lleva a la cocina, lo introduce en el horno microondas, cierra la pequeña puerta y aprieta el botón de un minuto. Ve las chispas que saltan del disco y su sonrisa reflejada en la puerta del horno.

Aunque sabe que no está enamorado de ella, quisiera verla. Le tiene cariño, la extraña como amante, sabe que la ha lastimado y le gustaría pedirle disculpas. Gonzalo bebe una copa en la barra de un bar cercano a su casa. Se ha prometido beber solo esa copa. No quiere volver a perder el control. Recuerda que cuando se pasa de tragos se pone mal y al día siguiente agoniza. Está satisfecho porque ha pintado toda la tarde. El bar todavía no se ha llenado de gente, es temprano y mejor así, porque puede beber tranquilo y conversar con el muchacho que le sirve los tragos al otro lado de la barra, que sueña con hacer música y grabar un disco. Gonzalo no la ha llamado porque, si bien desea verla y pedirle perdón por la otra noche, tiene miedo de seguir haciéndole daño. Ella quiere un compromiso formal y él no se atreve a mentirle en ese punto porque prefiere preservar su libertad. Pero está triste. La echa de menos. La imagina a ella más triste todavía, y eso lo pone mal. Se siente culpable. *La cagué*, piensa. *Soy un huevón. No debí tratarla tan mal. Después de todo, es una niña y está enamorada. Si se preocupa por tener una relación más formal conmigo es porque me quiere. Necesito saber que está bien. No quiero hacerle daño a una mujer más.*

Gonzalo suele ponerse melancólico cuando bebe una copa y esta noche no es la excepción. Detrás de su apariencia de hombre duro y solitario, esconde cierta ternura que ahora lo asalta en esa barra que ha elegido porque sabe que ella no aparecerá allí. Le pide el teléfono a su amigo, el chico que quiere ser músico y sirve los tragos, y la llama, tragándose el orgullo, humillándose un poco porque le gustaría ser más fuerte, saber llevar mejor la soledad, pero no puede, y en eso también se siente disminuido cuando recuerda a Ignacio, pues no ignora que su hermano resiste la soledad y el infortunio con más firmeza que él. *Si no fuera así, yo no sería pintor*, piensa. *Soy jodidamente débil y sensible en las cosas del corazón. Me gustaría ser más cínico pero no puedo. Necesito hablar con ella y decirle que, a pesar de todo, la extraño.*

Laura contesta al segundo timbrazo. Más que una voz triste, la suya parece apurada.

—Soy Gonzalo —dice él—. ¿Puedes hablar?

—Sí —dice ella—. Estoy saliendo del ensayo.

—¿Cómo te fue?

—Muy bien.

Gonzalo advierte que ella mide sus palabras, que trata de mantener distancia, pero también que no parece guardarle rencor. *No está molesta; quiere verme, pero se hace la molesta*, piensa. *Es normal. La cagué.*

—No me puedo perder el estreno —dice—. Iré de todas maneras.

Sabe que es la mejor manera de disculparse y decirle que, a su manera, la sigue queriendo y no desea perderla de vista. Sabe que Laura se emociona cuando la toman en serio como actriz. *No hay manera más segura de hacerla feliz que diciéndole que es una gran actriz,* piensa Gonzalo.

—Ojalá puedas venir. Me encantaría —dice Laura, con voz más animada.

—¿Cómo se te ocurre que me perdería tu estreno? —trata de sonar risueño Gonzalo—. Iré aunque no me invites.

—Qué bueno —dice ella, y guarda silencio, como alejándose un poco.

—Me gustaría verte —dice él, y hace señas al chico del bar para que le sirva otra copa, y mueve la pierna derecha con una especie de temblor nervioso, como un tic.

—No sé si me hace bien seguir viéndote, Gonzalo. Yo también quiero verte, pero estoy tratando de olvidarte.

Gonzalo no tolera bien la idea de que una mujer que lo ha amado consiga olvidarlo. Le recuerda demasiado a Mónica, que lo dejó cuando menos se lo esperaba, y le duele. Pase lo que pase con Laura, no quiere que ella lo olvide.

—La cagué la otra noche —dice, y lo siente de veras—. Me porté como un patán. Lo siento.

—Pero me dijiste la verdad y tengo que aceptarla aunque me duela —dice ella, con una resignación que él encuentra digna—. Quizás deberíamos tratar de ser amigos.

—Me gustaría verte, Laura.

—A mí también me gustaría hablar contigo. No quiero que estemos peleados. Todo se me hace más difícil. Tú sabes lo importante que eres para mí.

—Necesito verte. Te extraño. Quiero verte ahora mismo. ¿Puedes?

—Estoy camino a mi casa. Quiero ducharme y cambiarme. Si quieres, nos vemos luego.

Acuerdan encontrarse en el bar donde Gonzalo acaba de romper su promesa, probando la segunda copa y haciéndole un guiño de agradecimiento al chico de la barra. Laura prefiere no ir al taller (*tiene miedo de que la lleve a la cama sin decirle una palabra y que no pueda resistirse*, piensa Gonzalo, cuando ella le dice que mejor se encuentran en la calle) y para él no es una opción visitarla, porque ella vive con sus padres y en esa casa no tendrían privacidad. Gonzalo devuelve el teléfono al chico del bar y le pregunta cuánto le debe por la llamada, pero su amigo se rehúsa a cobrarle y dice incluso que la segunda copa va por cuenta suya, para celebrar la reconciliación con Laura.

—No sé qué hacer con ella —le confiesa Gonzalo—. La quiero, no me gustaría perderla, pero tampoco me atrevo a comprometerme formalmente y decirle que nos vamos a casar, y ella se molesta por eso. No sé qué hacer.

—Miéntele un poco —dice el chico del bar, con sonrisa maliciosa. Es un muchacho delgado, de pelo oscuro y nariz afilada, y está vestido todo de negro porque considera que un músico verdadero solo debería vestirse de negro—. Dile lo que quiere oír.

—Eres un cabrón —se ríe Gonzalo—. Ustedes, los chicos de ahora, son todos unos cínicos hijos de puta. Yo no sé mentir tan bien. No soy tan caradura para mentir.

—Ensaya conmigo —se ríe el chico de la barra—. Dile que es el amor de tu vida, que no puedes vivir sin ella y que en un año, si todo va bien, se casan. Con eso ganas tiempo y apagas el incendio. ¿Porque eso es lo que quieres, no? Seguir tirando con ella y no amarrarte.

—Sí. No sé estar solo. Por ahora, la extraño. Me gusta el sexo con ella. Es fantástica. Pero de matrimonio, no quiero ni hablar.

—Dile que en un año se casan, si todo va bien. Hazme caso. Miéntele un poquito.

—Eres un canalla —ríe Gonzalo, y piensa que no es mala idea ganar tiempo con esa mentira.

—Dímelo a mí. Ensaya. Hazlo con convicción. Que no se note que es una mentira para salir del paso y llevártela a la cama.

—En un año nos casamos, mi amor —dice Gonzalo, falseando la voz, haciéndola cursi y afeminada, y ambos ríen.

—Si todo va bien —añade el chico del bar—. Te faltó decir eso: *Si todo va bien*. Ese es tu seguro de vida. Cuando le digas que no te casarás con ella, tienes que recordarle esas palabras.

—Eres un pájaro de mal agüero —dice Gonzalo, y mira a ese chico con cariño, porque le recuerda a sí mismo. *Yo, a tu edad, estaba tan perdido como tú*, piensa, *pero en el fondo sabía que solo la pintura me salvaría del caos que era mi vida, y por eso me gusta que sueñes con ser músico*—. Deberías tener un programa de consejos sentimentales en la televisión. Ganarías dinero.

—Yo no quiero ganar dinero —dice el chico de la barra, con una seriedad que sorprende a Gonzalo—. Yo quiero grabar mi disco.

—Lo vas a conseguir, no te rindas, sigue tratando —dice Gonzalo, y al decir esas palabras piensa que tal vez el chico de la barra no se ha enamorado nunca, porque suele ser muy cínico al hablar de mujeres, y piensa luego que tal vez ni siquiera le gusten demasiado las mujeres.

Media hora más tarde, cuando Gonzalo ha bebido ya tres copas y no se enorgullece de esa debilidad de su carácter, pues sabe que después de la segunda copa corre el riesgo de ponerse un poco violento, Laura llega al bar y él, desde la barra, la mira y se queda asombrado de ver lo guapa que está con esos pantalones ajustados y esa casaca de cuero negra que era suya y él le regaló. *Si se ha puesto mi casaca de cuero es porque sabe que esta noche nos vamos a acos-tar*, piensa, sonriéndole. *Si lleva esa casaca es porque todavía me quiere y necesita tirar conmigo. Laura solo se pone cuero encima cuando está caliente. Me alegro. Por eso estamos juntos, después de todo. Porque nos encanta tirar.*

—Qué bueno que hayas venido—dice Gonzalo, y la abraza.

—Sí, qué bueno verte —dice ella, y se lo dice al oído, con dulzura, demorando el abrazo, y él siente que no será necesario pedirle muchas disculpas, porque ella está con-tenta y lo ha perdonado.

Se sientan en la barra. Laura saluda al chico del bar con un beso en la mejilla y pide una copa, mira a Gonzalo a los ojos y él intenta decirle con los ojos que la desea más que nunca y que eso, por ahora, debería bastar para seguir juntos.

—¿Has tomado mucho? —pregunta ella.

—Solo una copa —miente él—. Esta es la segunda. Pero si quieres tómala tú y yo me pido una limonada. No quiero beber más.

—Mejor —dice ella—. Si no, te pones medio loqui-to, como la otra noche.

—Me pongo loquito por ti —susurra él en su oído, acercándose, poniendo una mano sobre las piernas cruza-das de ella.

—Ay, Gonzalo —suspira ella, como sufriendo un poco—. No sé qué hacer contigo.

—Tengo algo importante que decirte —se pone se-rio él.

—Dime —dice ella, y parece asustarse un poco.

—He estado pensando en lo que hablamos la otra noche. Te entiendo. Creo que tienes razón. Podemos pen-sar en casarnos en un año, si todo va bien. Tú eres la mujer que más he querido. No quiero perderte.

Laura sonríe, como si no pudiera creer lo que acaba de oír, lo abraza emocionada y luego busca sus labios y lo besa. Gonzalo no cierra los ojos al besarla. El chico del bar sonríe con su habitual malicia.

—Te quiero tanto, Gonzalo. No sé qué haría sin ti. No voy a encontrar a nadie como tú.

Laura ha dicho esas palabras abrazada al hombre que ama como nunca ha querido a nadie, y Gonzalo las escucha con cierto sentimiento de culpa, pues sabe que ella dice la verdad y él, en cambio, miente.

—Pero hay algo que necesito saber —dice Laura.

—Dime —se aparta Gonzalo, la mira a los ojos y recuerda que no debe decir toda la verdad sino solo aquella que le convenga más.

—La otra noche toqué el timbre y dijiste *Zoe*. ¿Quién es Zoe? ¿Por qué la esperabas a esa hora? Te ruego que no me mientas, Gonzalo. Necesito saber la verdad.

Ahora Laura se ha puesto seria y a él le enternece recordar, al ver esa mirada al mismo tiempo dulce e ingenua, que es solo una niña enamorada.

—Zoe es mi cuñada —se ríe, y la suya es una risa sobreactuada que, sin embargo, logra calmar a Laura—. Zoe es la esposa de Ignacio, mi hermano.

—Qué tonta soy —dice Laura.

—No tenías por qué recordarlo. No los conoces.

—Pensé que era una amiga tuya que me habías escondido.

—¿Cómo se te ocurre pensar esas cosas, Laurita? Zoe es mi cuñada. La esperaba porque tenía que darme un regalo que me mandaba Ignacio.

—Qué alivio —dice ella, feliz porque él le ha dicho Laurita, y solo la llama así cuando está contento. Luego lo toma de las manos—. ¿De verdad estás pensando que podemos casarnos cuando llegue el momento? —pregunta, ilusionada.

—En un año —sonríe Gonzalo, y la besa—. Si todo va bien —agrega, y se siente un canalla.

Más tarde, en la cama, mientras hacen el amor con la pasión de los amantes que acaban de reconciliarse, Gonzalo le dice al oído:

—Eres tan rica. Te amo. No puedo vivir sin ti.

Pero tampoco puedo vivir sin Zoe, piensa, cerrando los ojos, recordándola.

Doña Cristina cumple años y ha querido celebrarlos cenando con sus hijos en su restaurante favorito. A pesar de que ya son las diez de la noche y la invitación era a las nueve, Gonzalo todavía no ha llegado. Su madre no parece sorprendida, pues conoce bien que la puntualidad no es una de sus virtudes. Ignacio y Zoe han pasado a recogerla minutos antes de las nueve y ella, sabiendo que Ignacio nunca llega tarde, ya los esperaba, muy elegante, con un vestido oscuro y un pañuelo de seda. Sentada a esa mesa del restaurante, que ella considera el mejor de la ciudad, doña Cristina bebe un trago, se entretiene comiendo panes con mantequilla y les cuenta, con una sonrisa, que ha tenido un día espléndido, tal como había planeado: asistió a misa por la mañana para dar gracias por la buena salud, luego visitó la tumba de su marido en el cementerio y le dejó flores, pudo pintar por la tarde un par de horas y recibió llamadas, tarjetas y regalos de sus mejores amigas, pero no quiso organizar un encuentro con ellas porque prefería regalarse unas horas para pintar y guardarse el apetito para la cena con sus hijos.

—No he comido nada en toda la tarde para llegar muerta de hambre a la cena con ustedes —dice, siempre sonriendo, y se lleva a la boca otro trozo de pan con mantequilla.

Se nota, piensa Zoe, y sufre porque se muere de ganas de comer un pan, siquiera un pedacito, pero resiste la tentación, recuerda que tiene que mantenerse delgada y que no debe tocar ni un pan porque luego uno se convierte en varios y varios son una garantía de que mañana amanecerá barrigona y se sentirá fatal, y odia por eso a su suegra, la odia porque la ve feliz, gorda, comiéndose todos los panes con mantequilla que le da la gana, y piensa *eres una cerda, Cristina, ¿cómo no tienes vergüenza de pedirle al mozo que te traiga otra canasta de panes porque tú solita ya arrasaste con la primera?*

Doña Cristina les cuenta los regalos que ha recibido de sus amigas (flores, libros, algún cuadro, un disco, una agenda) y añade que el mejor regalo se lo ha hecho ella misma: retirarse unas horas por la tarde a su estudio y gozar pintando. Ignacio se cansa de esperar a Gonzalo, llama al mozo y pide la carta. *Sigues siendo el mismo irresponsable de siempre*, piensa de su hermano, al advertir que son pasadas las diez y no aparece. *No puedes ser puntual ni para el cumpleaños de mamá. Eres capaz de haberte olvidado. Lo peor es que ni siquiera tienes algo importante que hacer. Si fueras presidente del banco, quebraríamos en tres meses.*

—Esto es para ti, mamá —dice, y saca de su bolsillo un regalo envuelto en papel de flores—. Feliz cumpleaños.

Se acerca a su madre y la besa en la mejilla.

—Feliz día, Cristina —añade Zoe, con una sonrisa—. Ojalá te guste.

Ojalá te guste más que el pan con mantequilla, piensa, y acerca una mano a la canasta de panes, dispuesta a violar su juramento de que no probará siquiera un pedacito de pan, pero luego se contiene y la retira, una secreta agonía que su esposo y su suegra no advierten, pues están atentos al regalo que doña Cristina abre con ilusión, rompiendo el papel de colores que lo envuelve.

—Qué belleza —se sorprende doña Cristina, al abrir la cajita aterciopelada que esconde un collar de perlas que ahora reluce ante sus ojos—. Es una maravilla de collar. Está divino —añade con emoción.

—Pensé que te gustaría —dice Ignacio, sonriendo.

Está vestido con un traje oscuro y una corbata gris, la ropa con la que ha trabajado en el banco ese día, y su esposa piensa que se ve aburridísimo con su uniforme de banquero y que al menos podría quitarse la corbata, pero no lo dice, por supuesto, porque sabe que él no le haría caso. *Hay hombres que necesitan sentirse seguros con una corbata*, piensa ella. *Mi marido, por desgracia, es uno de ellos. A mí últimamente me interesan más los hombres que se atreven a trabajar sin corbata, que no necesitan ponerse una para sentir que tienen éxito.* Zoe ha pensado muy bien qué ponerse esa noche. Quería verse muy guapa porque sabía que estaría con Gonzalo. En la soledad de su dormitorio, se ha probado hasta tres vestidos, demorándose frente al espejo, dándose vueltas, sintiéndose deseable. Al hacerlo solo ha pensado en Gonzalo, en el vestido que más le gustaría a él, y por eso ha elegido uno muy ceñido que marca con nitidez el contorno de su cuerpo y se atreve a insinuar un escote que, ya sabía ella, le parecería demasiado osado a su marido, quien, nada más verla, le ha dicho:

—Estás demasiado sexy para el cumpleaños de mamá.

—Me he puesto sexy para ti —ha dicho Zoe, mintiendo con placer, pensando en que ella se ha vestido no para su suegra ni para su marido, sino con el propósito de perturbar todo lo posible a Gonzalo.

Ahora doña Cristina se prueba el collar de perlas, Ignacio se siente orgulloso porque cree que ha acertado con el regalo y Zoe está nerviosa y malhumorada pensando en que Gonzalo no aparece. *Si no vienes, eres un cobarde,* piensa. *Yo también tenía miedo. Pero acá estoy, muriéndome de ganas de verte para que me salves de este aburrimiento atroz. Si no vienes, lo tomaré como un desaire. Sabes perfectamente que esta noche, sin ti, será un sufrimiento. No me dejes plantada, Gonzalo. Me he puesto linda para ti.*

—¿Seguro que le avisaste a Gonzalito que la cena era en este restaurante? —pregunta doña Cristina a su hijo mayor.

—Seguro, mamá —responde con cierto fastidio Ignacio—. Le dejé tres mensajes en su casa. Ya sabes que Gonzalo no contesta el teléfono y tampoco lleva celular. ¿Tú no has hablado con él en todo el día? ¿No te ha llamado?

—No. Ya sabes cómo es Gonzalito de distraído para estas cosas.

Ignacio se irrita porque piensa que su madre es demasiado complaciente con Gonzalo y sigue tratándolo como si fuera un niño.

—Gonzalito es ya bastante grande como para recordar tu cumpleaños, mamá, sin necesidad de que yo tenga que dejarle tres mensajes.

—Es que es un artista, un bohemio —dice doña Cristina, con aire bondadoso—. Ya sabes cómo es tu hermano. No va a cambiar. Hay que quererlo como es.

—Va a venir —dice Zoe—. Impuntual como siempre, pero va a venir.

Más le vale, piensa. *Si no llegas, Gonzalo, me voy a comer una canasta entera de panes. Porque si me pongo así de guapa por ti y tú no te dignas venir, al diablo, me abandono y trago como una cerda.*

Cuando están pidiendo las entradas, Gonzalo aparece con una gran sonrisa.

—Feliz día, mamá —dice, con una voz que Ignacio encuentra demasiado alta, y abraza a su madre, que se ha puesto de pie para saludarlo.

—Qué bueno que llegaste, Gonzalito —dice doña Cristina, feliz de verlo.

—Perdonen la demora —dice Gonzalo, y estrecha la mano de Ignacio, con cierta tensión—. Estaba distraído y me quedé pintando hasta ahora.

Se nota, piensa Ignacio. *Podrías haberte duchado y cambiado. Estás hecho un asco. Pareces un pordiosero.* Gonzalo viste unos vaqueros viejos, camisa celeste y saco negro.

—Hola, Zoe —dice, y besa a su cuñada en la mejilla.

—Hola —dice ella, y no se pone de pie, y se alegra de llevar ese vestido escotado, pensando que tal vez Gonzalo ha podido admirar con placer el nacimiento de esos pechos que ella se enorgullece de mantener erguidos.

—Bueno, ahora sí, a comer —dice Ignacio, como si llevara prisa.

Tú siempre apurado, corriendo para meterte a la cama y dormir temprano, piensa Zoe. *No tienes arreglo.*

—Mira lo que me ha regalado tu hermano —le enseña doña Cristina el collar de perlas a Gonzalo.

—Está lindo —dice él, sin demasiado entusiasmo.

Ignacio solo sabe regalar joyas, piensa. *Es una manera de mostrar su dinero, de recordarme que puede hacer regalos costosos, de humillarme. Es tan vulgar eso de regalar joyas.*

—¿Qué le vas a regalar a mamá? —pregunta Ignacio, sabiendo que seguramente su hermano ha olvidado comprar un regalo.

Gonzalo le dirige una mirada poco amigable y luego mira a su madre con cariño.

—Nada —dice, sonriendo, tomándola de la mano—. Mamá no necesita que le haga regalos para saber que la quiero, ¿no es cierto?

—Por supuesto, Gonzalito —dice ella, encantada, y se deja besar en la mejilla por su hijo—. Yo ya sé que tú eres un bohemio y que siempre te olvidas de los cumpleaños.

Ignacio se enfurece pensando que su hermano es un patán y un manipulador. *Podrías haberte dado el trabajo de comprarle algún detalle, alguna tontería, al menos un ramo de flores,* piensa. *Pero no, eres un egoísta, no pierdes tu tiempo pensando en los demás y vienes acá a tragar porque sabes que yo pagaré. Eres un perdedor. Y tú, mamá, lo tratas con un cariño que él no merece. Debería molestarte que Gonzalo llegue una hora tarde y no te regale nada. Pero igual lo consientes y le dices Gonzalito y le recuerdas que es un artista y por eso puede hacer lo que le venga en gana.*

—Voy al baño a lavarme las manos —dice Gonzalo, y se pone de pie.

Zoe lo sigue con la mirada. *Estás guapísimo,* piensa. *Me gustas así, sucio y desarreglado. Me provoca comerte a besos. Quiero comerme un pan con mantequilla. Quiero besarte, Gonzalo.*

—Yo también voy al baño un segundo —dice Zoe, muy seria, y se levanta.

Caminan hacia los baños, Zoe detrás de él, mientras Ignacio le dice a su madre:

—¿Cómo puede venir sin un regalo para ti?

—No le des importancia a esas cosas, Ignacio —dice doña Cristina, y toma un trago—. Lo único que importa es que estamos los cuatro acá y yo estoy feliz. No necesito más regalos que verlos contentos a ustedes.

Ignacio piensa que no debe ser tan severo con su hermano y que debe acostumbrarse a quererlo con sus caprichos, descuidos e imperfecciones. *Es un buen chico, después de todo. Sigue siendo un niño. Tengo que acostumbrarme a pensar que es solo el niño Gonzalito que se resiste a crecer.*

En un pasillo interior que se dirige hacia los baños, a salvo de las miradas de los comensales, Gonzalo y Zoe se detienen al abrir las puertas, se miran un instante y sienten el vértigo del deseo. Están solos, Gonzalo en la puerta del baño de hombres, que a primera vista parece vacío, y Zoe en el umbral del baño de mujeres. Apenas se miran dos segundos, pero es suficiente para saber que sus cuerpos se han encendido y que, a pesar del riesgo, debe ocurrir lo que Gonzalo no teme hacer: coge a Zoe de la mano, la jala fuertemente, la mete al baño de hombres, donde no hay nadie más, y le da un beso furioso, agónico, como si fuera el último que se darán. Enseguida se separan, pero él la jala de nuevo, la besa apretándola contra su cuerpo, y luego le dice mirándola a los ojos:

—Ven a verme. Te estoy esperando.

—Iré pronto —dice ella, y sale del baño deprisa, entra al de mujeres, se mira en el espejo y siente que su corazón va a estallar.

Ignacio se ha levantado muy temprano, cuando todavía no amanecía, se ha dado una ducha rápida, ha preparado el maletín de mano con la seguridad de quien ha viajado muchas veces y, tras besar a su esposa en la frente con delicadeza para no despertarla, ha tomado un jugo de naranja en la cocina y partido deprisa rumbo al aeropuerto, dándose tiempo, sin embargo, para detenerse un instante y dejarle, sobre la mesa del comedor, una nota a Zoe:

«Cuídate. Regreso pasado mañana. Te voy a extrañar».

Ella finge dormir mientras su esposo se alista en el baño, la besa en la frente, desayuna de pie en la cocina y sale con apuro, pero en realidad está despierta, esperando el momento que ahora le produce una extraña sensación de alivio y felicidad: el ruido de la puerta de la casa y del motor del taxi que se aleja con Ignacio. *Estoy soltera*, piensa

Zoe, dándose una vuelta en la cama, estirando el brazo hacia el lado de la sábana donde ha dormido Ignacio. *Estoy soltera dos días. Qué rico sentirme libre. Ojalá tengas mucho trabajo y te quedes por allá unos días más, Ignacio. Me viene del cielo este descanso.* Luego cierra los ojos, piensa en Gonzalo durmiendo a su lado con la espalda desnuda, piensa en ella acariciándole la espalda, besándosela. Me encantaría que vinieras a dormir conmigo, piensa, los ojos cerrados, y luego se tiende de costado, la cabeza sobre la almohada arrugada, mirando hacia ese espacio vacío de la cama donde ella imagina al hermano de su esposo, y se queda dormida con la libertad de saber que puede despertar a la hora que le dé la gana. Despierta muy tarde, casi a mediodía, y se levanta de la cama con una sonrisa. Ha soñado con Gonzalo. Estaban juntos en un auto recorriendo la ciudad de noche. Gonzalo manejaba. Se miraban, sonreían, sentían la llamada del deseo, él la tocaba entre las piernas, por encima del pantalón blanco, mientras conducía con lentitud, y ella se dejaba tocar y gozaba. Desde el beso de la otra noche en el restaurante, Zoe ha quedado muy perturbada. No lo ha llamado ni se ha atrevido a visitarlo, pero tampoco ha podido sacárselo de la cabeza y por eso se ha alegrado secretamente cuando Ignacio le ha dicho que debía salir de la ciudad un par de días en viaje de negocios. Cuando él le sugirió que lo acompañase, ella declinó con una sonrisa, diciéndole que era mejor que viajase solo y atendiese sus asuntos con absoluta libertad.

—Los viajes me provocan cada vez menos —mintió.

—A mí también, pero tengo que ir —dijo Ignacio.

Ahora Zoe camina por su casa descalza, con un calzón blanco y una camiseta gris muy gastada, la ropa que ha usado para dormir. Prepara un café con leche en la cocina y, al observar sus pies sobre el piso de cerámica, recuerda que a su esposo le irrita verla así, caminando por la casa descalza, y puede oír las palabras que él seguramente le diría si estuvieran juntos: *Ponte unas pantuflas, Zoe. Es de mal gusto caminar con los pies al aire. Es poco higiénico ir pisando la suciedad del suelo. ¿Qué te cuesta levantarte y ponerte unas pantuflas? No me pondré las aburridas pantuflas de señora asquienta que no puede pisar el suelo*, piensa Zoe, sonriendo, agradeciendo que su marido esté lejos. Recuerda a Ignacio siempre protegido por unas pantuflas de cuero marrón, forradas con lana por dentro, ya viejas y gastadas, pero que no está dispuesto a cambiar por otras más nuevas. *No hay nada menos sexy que ver a un hombre con medias y pantuflas*, piensa Zoe, y se estira en la cocina, con los brazos hacia arriba, dejando ver su ombligo, su barriga lisa, cero grasa. *Quiero a un hombre que no tenga asco de ensuciarse los pies. Quiero a un hombre que no tenga asco de ensuciarse conmigo en la cama.*

En el gimnasio, Zoe detiene de pronto su rutina de trescientas abdominales en series de cien, se levanta sudorosa, coge el celular y aprieta un número que activa la memoria. Escucha con un sobresalto la voz de su cuñado en la grabadora y deja un mensaje:

—Soy Zoe. Ignacio ha salido de viaje. Te invito a cenar en mi casa esta noche. Llámame para decirme sí o no. Ojalá te animes —y luego de una pausa, se atreve a añadir—: Me encantó verte la otra noche. Me hiciste la noche. Llámame.

Ha pronunciado estas últimas palabras con una voz más sensual. Ha querido decirle *me encantó besarte la otra noche*. En eso ha pensado cuando le ha dicho *me encantó verte la otra noche. Soy una puta*, piensa Zoe, cuando corta la llamada, deja el celular y se echa sobre la colchoneta para seguir con la tercera serie de abdominales. *No, no soy una puta*, se corrige. *Soy una mujer, necesito a un hombre que me quiera, que sepa hacerme feliz, y ese hombre no está, ese hombre no es mi marido. Y si mi marido no sabe hacerme feliz, tengo que buscarlo secretamente. Porque no me voy a quedar llorando en mi casa como una idiota. No voy a perder mi tiempo con un psiquiatra aburrido. Ignacio no tiene la culpa de nada. Ignacio es así, cuadrado, el señor de las pantuflas que odia ver a su esposa caminando descalza, y ni yo ni nadie lo va a cambiar. Yo no estoy enamorada de él. Si lo estuviera, aunque fuera un poquito, no me alegraría tanto cuando sale de viaje. La felicidad que he sentido esta mañana en la cama cuando he oído que se alejaba en el taxi es una señal clarísima de que mi marido me aburre a morir. Y yo tampoco tengo la culpa de que Ignacio tenga un hermano guapísimo, mucho más interesante que él, y que ese hermano me tenga unas ganas locas. ¿Qué culpa tengo yo? Ninguna. Es mi destino. Y no me voy a correr de mi destino. Yo necesito un hombre que me haga sentir de nuevo, que me saque de este letargo atroz, y si ese hombre es Gonzalo, mi cuñado, y él es feliz coqueteando conmigo, y el bueno de Ignacio no se entera de todo esto, pues así será. No soy una puta*, se corrige Zoe, *soy una señora abandonada que necesita un poquito de amor y no tiene pudor en confesar que se siente sexualmente descuidada y quiere tirar rico. Y para eso tengo que verme estupenda*, añade, y comienza una cuarta serie de abdominales, flexionándose con dolor porque ya siente la fatiga en los músculos de la barriga, pero quiere lucir perfecta para él.

Después de ducharse y vestirse, Zoe advierte que tiene un mensaje en el teléfono. Aprieta el botón con algún desasosiego. Tiene miedo de que Gonzalo le diga que no puede cenar con ella porque ya ha hecho otros planes para esa noche. No ignora que él sale con Laura y suele conocer mujeres a las que seduce sin esfuerzo. *Si me dices que no puedes venir, me voy a sentir como una cucaracha*, piensa, cuando aprieta el botón y se dispone a oír el mensaje:

—Hey —escucha la voz de Gonzalo, y se alegra, y encuentra sexy esa voz adormecida, somnolienta.

Qué mala suerte que me llamase cuando estaba bañándo-me, piensa. *Eso me pasa por quedarme media hora en la ducha.* A Zoe le encanta ducharse largamente con agua caliente. Se relaja, se mima, se acaricia como le gustaría que otro la tocase. No comprende cómo Ignacio puede detestar bañarse con agua caliente. Le parece absurdo que él prefiera darse un baño rápido, en agua fría, incluso cuando madruga y el clima está helado como esa mañana. Zoe no cambia su ducha con agua caliente por nada en el mundo. Cuando era niña, tenía que darse un baño muy rápido, no más de tres minutos, porque el agua caliente debía alcanzar para sus padres y, como el calentador era muy pequeño, se acababa pronto y luego su padre se quejaba de que no le habían dejado agua caliente. Por eso Zoe, cuando su marido construyó la casa en la que ahora viven, puso énfasis en que el calentador de agua debía ser lo suficientemente grande como para que ella pudiese darse duchas de una hora en agua hirviendo, capricho que, por supuesto, le fue complacido.

—Qué rico despertar y oír tu voz —continúa el mensaje de Gonzalo—. Gracias por la invitación a cenar. Hace tanto tiempo que no voy a tu casa. Será un placer, por supuesto.

Menos mal, piensa Zoe y sonríe. *Te adoro, Gonzalo. No podías fallarme. No podías dejarme sola. Eres el mejor cuñado del mundo.*

—Llámame cuando puedas y dime a qué hora quieres que vaya y si quieres que te lleve algo —añade él—. De repente quieres que te cocine el postre —bromea. Luego deja pasar un par de segundos y agrega—: *Tengo un par de ideas buenísimas para el postre.*

Lo dice con voz traviesa, como jugando, y Zoe se ríe al pie del teléfono y piensa *eres un cabrón, Gonzalo, cómo te gusta jugar conmigo.*

—Voy a estar acá pintando —termina él—. Llámame. Sorpréndeme otra vez.

Lo ha dicho con un tono cómplice y cariñoso que le arranca una sonrisa a Zoe. Ella no puede evitar coger el teléfono y llamarlo de inmediato.

—Soy Zoe. ¿Estás ahí?

—Hey —se apresura en contestar Gonzalo.

—¿No interrumpo? ¿Ya estás pintando?

—Estaba desayunando.

—Ya es hora de almorzar, dormilón —se ríe ella—. ¿Qué estás comiendo?

—Un plátano y una manzana.

—¿Solo frutas de desayuno?

—Solo frutas.

—¿Ni una tostadita con mantequilla y mermelada?

—Ni una.

—¿Te encantan las frutas, ah?

—Me encantan.

—Entonces a la noche cenaremos plátanos y manzanas.

Ríen. *Con Ignacio no puedo reírme así*, piensa ella. *Si le hago una broma como esa, se enfada, me regaña.*

—Suena divertido —dice Gonzalo—. Pero no tienes que cocinar nada. Podemos pedir algo. Más fácil.

—No —dice ella—. Me apetece cocinar.

No se atreve a decir *me apetece cocinar para ti*. Pero eso es lo que piensa.

—Genial —dice él—. ¿Quieres que lleve algo?

—Nada. Tú me bastas. Yo me ocupo de la comida.

—¿No quieres que te lleve un postre?

—No, no te preocupes.

—¿Segura?

—Segura. Yo, feliz de cocinar —luego se sorprende de decirle esto a su cuñado—: Tú solo ponte guapo y ven puntual.

—¿A qué hora quieres que vaya? —se ríe él.

—No muy temprano. No quiero correr. ¿A las diez está bien?

—Perfecto. Nos vemos a las diez.

—¿Vas a venir en taxi?

—Sí, claro. ¿Quieres que vaya corriendo?

—No —ríe ella—. Pero si quieres, paso a recogerte.

—No, gracias. Prefiero ir en taxi.

—¿Vas a saber llegar?

—Claro. Perfectamente. Tan tonto no soy.

—Es que no vienes hace siglos.

Y yo tampoco me vengo hace siglos, piensa Zoe.

—No te preocupes. A las diez en punto estaré allí. Tú también ponte guapa.

—Trataré —sonríe ella.

—Oye, Zoe.

—Dime.

—¿Cuándo vuelve Ignacio?

—Pasado mañana.

—¿Segura?

—Segurísima.

—No quiero sorpresas. ¿No es muy arriesgado vernos en tu casa?

—No. No te preocupes. No pasa nada. Además, eres mi cuñado. Es normal que te invite a cenar.

—Sí, claro —se ríe Ignacio, y a ella le gusta que se ría así, con cierto cinismo.

—A las diez, entonces.

—Ahí estaré.

—Pinta bonito.

—Pintaré pensando en ti.

Zoe cuelga el teléfono, corre a su dormitorio, se tira en la cama y grita felicísima:

—¡Te adoro, Gonzalo!

Luego se preocupa, mirando hacia su clóset:

—¿Qué me pongo para la noche? ¿Qué voy a cocinar?

Hacía tiempo que no me alegraba tanto, piensa, echada en su cama, sintiéndose de nuevo una adolescente.

Suena el timbre. Zoe siente un sobresalto, una excitación que había olvidado. Mira el reloj. Son las diez y cuarto de la noche. *Casi puntual*, piensa, y corre a abrir la puerta. Antes se detiene a mirarse en el espejo de la sala. Se ha puesto un vestido negro, muy ceñido, que termina en los muslos, encima de las rodillas, y deja ver sus piernas bien trabajadas en el gimnasio. Lo ha elegido porque se siente sexy con ese vestido y porque su esposo le ha rogado que no lo vista nunca, alegando que es demasiado atrevido y que parece una copetinera. Esa fue la palabra que usó Ignacio meses atrás y que ella no ha olvidado: *Quítate ese vestido de copetinera, ponte algo decente*. Ahora Zoe se mira en el espejo y sonríe con coquetería. *Me gusta verme como una copetinera*, piensa. *Tengo alma de copetinera. Quiero ser tu copetinera esta noche, Gonzalo. Quiero que me mires las piernas mientras comemos, que te excites mirándome como ya no se excita mi marido.*

Zoe ha pasado la tarde entera en la cocina, preparando la cena con ilusión. No ha querido comprar la comida preparada, como acostumbra hacer para su esposo, en la tienda cercana, donde ya le conocen sus gustos y caprichos. Pensando en Gonzalo, en complacerlo, le ha provocado cocinar. Camino al supermercado, conduciendo su auto, se ha sorprendido al oírse cantar, como una quinceañera, alguna canción de la radio. Ha comprado la comida y las bebidas preguntándose qué le gustará más a Gonzalo, cómo disfrutará mejor la cena, qué cosas lo harán feliz al comer. *Hacía mucho tiempo que no la pasaba tan bien en el supermercado*, ha pensado, eligiendo los quesos, las galletas, el jamón serrano. Al volver a casa, ha encendido la música a un volumen alto para sentirse inspirada, y no ha querido poner un disco, pues ha preferido una estación de la radio donde suelen programar canciones de moda, se ha puesto un mandil que no vestía hacía mucho tiempo, tanto, que ya no recuerda la última vez que lo usó, y se ha encerrado en la cocina para preparar la cena. Al tiempo que cocinaba, ha bailado, ha cantado, se ha sentido levemente feliz y despreocupada, el cosquilleo de la ilusión en el estómago, la promesa del amor pellizcándola. Cocinando para el hombre que desea en secreto, ha vuelto a ser la mujer alegre que alguna vez fue, antes de perderse en la tediosa rutina matrimonial. Cocinando, bailoteando, canturreando, Zoe ha recordado lo que hacía tanto tiempo no sentía: la felicidad de sentirse enamorada. Pero, por momentos, ha intentado reprimirse, recordando que el hombre para el que cocina es un hombre prohibido, su cuñado, el hermano de Ignacio. *No seas tonta*, se ha dicho. *Piensa. No te enamores. Es un amor imposible. Es tu cuñado. Nunca te atreverás a dejar a Ignacio por él. Nunca te atreverás a decirle a nadie que te has enamorado de Gonzalo. Se te caería la cara de vergüenza. Te sentirías un asco. Es un amor imposible, Zoe. Piensa. No te acuestes con él esta noche, que las consecuencias serían graves. Coquetea, juega, déjate besar, pero no permitas que pase nada más. Gonzalo querrá llegar hasta el final. Pero tú debes mantener el control, no pasarte del límite. Disfruta la cena, permítete una aventurilla, bésalo todo lo que quieras, pero no hagas el amor con él. No seas tan loca, Zoe. No seas tan puta. Si te acuestas con él, te vas a arrepentir.*

Al vestirse, solo ha pensado en Gonzalo, en elegir las prendas que la embellezcan ante sus ojos, en tentarlo y despertar el deseo de poseerla, aunque sea una locura. Cuando se ha puesto ese calzón diminuto, ha imaginado el momento en que él, enardecido, se lo arrancará de un tirón y la comerá a besos. Sabe que esa fantasía es peligrosa y le costaría caro, pero no puede evitarla. Se ha vestido despacio, probándose diferentes combinaciones, tratando de lucir sexy, joven, arriesgada. No quiere ser una señora esa noche, quiere volver a ser una mujer libre y coqueta, que se sabe hermosa y, en busca de una noche de placer, exhibe su cuerpo sin remordimientos. *Quiero sentir que todavía soy capaz de hacer perder la cabeza a un hombre*, ha pensado, dándose vuelta frente al espejo, admirando sus nalgas espléndidas que el calzón deja al descubierto. Zoe recuerda que compró ese calzón siguiendo el consejo de una amiga, con la esperanza de sorprender a su marido, de halagarlo y excitarlo, pero la noche en que, estando ya Ignacio en la cama, ella se quitó el camisón y le mostró esa prenda tan osada, él reaccionó con una expresión de disgusto y, burlándose de ella, dijo con una mueca cínica: *¿Te has disfrazado de puta, mi amor?* Esa noche, cuando su marido dormía, Zoe lloró en silencio, furiosa porque su sorpresa había terminado siendo un fiasco, apenada de que la hubiese llamado «puta» solo por ponerse un calzón atrevido, por tratar de animar un poco esas noches matrimoniales tan lánguidas y tediosas. Ahora, vistiéndose para Gonzalo, Zoe quiere emputecerse un poco, quiere disfrazarse de puta, y por eso no duda en ponerse el vestido y el calzón que su marido aborrece. *No quiero que me desvistas, Gonzalo*, piensa. *No quiero que me veas este calzón de puta. Pero quiero sentirme un poquito puta. Quiero sentirme tu putita. Quiero ponerme mi calzón de puta para ti. Aunque no lo veas, yo lo sentiré toda la noche y pensaré que me lo he puesto para ti. Yo sé que a ti te encantaría. Nada de lo que pueda ponerme logrará excitar nunca al aburrido de Ignacio. Es un caso perdido. Prefiere ver la cotización de sus acciones en la bolsa antes que verme desnuda. Pero yo sé que tú sí te alocas por mí. Sé que este calzoncito de puta te haría sufrir, sé que te derretirías al ver el lindo poto que todavía tengo gracias a que me mato en el gimnasio para mantenerme así. Me pongo este calzón para* *ti pero me hago el juramento de que no lo verás. Sé que soy una señora y no una puta, pero quiero sentirme una puta esta noche y soy feliz sintiéndome así. Soy una puta y soy feliz. Simplemente soy una puta. Tú sacas la puta que llevo dentro, Gonzalo. Tú me has presentado a la puta que llevaba escondida y que el pavo de tu hermano no conoce ni conocerá jamás. Por eso tengo miedo. Me da miedo tenerte acá en la casa, solos los dos. Sé que no debo llegar hasta el final contigo, pero también que cuando despiertas a esta putita que tengo adentro, cualquier cosa puede pasar. No me importa. Después de tantos años de serle fiel a tu hermano, esta noche quiero jugar a ser una puta y divertirme a morir. Siento que lo merezco. Esta noche quiero ser una puta. Y lo peor es que me encanta. Si me vieras, Ignacio, te daría un infarto. Tú no conoces a esta mujer. Tú conoces a una señora muy seria, muy correcta, muy perfecta, de la que, francamente, ya estoy harta. Yo soy la puta del calzón chiquito que necesita vestirse ilusionada por el hombre que se lo arrancará más tarde. Yo soy la puta del calzón chiquito,* piensa, y se ríe sola mirándose en el espejo.

Ha sonado el timbre y Zoe corre a abrir la puerta. La mesa está puesta con el mejor mantel y las servilletas más finas, las velas encendidas, la cena lista en el horno, los bocaditos bien dispuestos, la música que ya no proviene de la radio de moda sino de un disco de piano clásico que a ella le encanta, el postre en la refrigeradora, abiertas las botellas de vino y champán, a medias ya la de champán porque Zoe ha bebido tres copas para calmar la ansiedad y relajarse un poco. *Más vale que seas tú,* piensa, cuando se acerca al intercomunicador, para asegurarse de que sea Gonzalo quien espera detrás de la puerta. *Si es mi suegra que viene a visitarme para jugar cartas, no le abro, juro que no le abro.*

—¿Quién es? —pregunta.

—Soy Ignacio —escucha y da un respingo, pero enseguida reconoce la voz de Gonzalo—. Ábreme, mi amor. Regresé de viaje antes de lo previsto.

Eres un canalla, piensa riéndose. *¿Cómo puedes ser tan caradura y burlarte así de tu hermano? Pero me ha encantado que me digas «mi amor». Ha sonado tan lindo.*

—Eres un imbécil —dice, en tono risueño—. Casi me has matado de un infarto. Pasa.

Aprieta un botón y abre automáticamente la puerta de calle, la misma por la que su esposo entra todas las noches al volver del banco, mientras ella lo espera con resignación. Pero ahora es Gonzalo quien entra caminando, una botella en la mano, vestido con una chaqueta de cuero negra y un pantalón del mismo color, y Zoe lo espera de pie en la puerta de la casa, un viejo portón de madera que fue del abuelo de Ignacio y que ella quisiera cambiar pero no puede porque su esposo le haría un escándalo, y, al ver a su cuñado acercándose con paso seguro en la penumbra de la noche mientras la puerta de calle se cierra a sus espaldas, siente miedo, miedo porque Gonzalo es tan guapo, miedo porque tiene ganas de saltar sobre él y decirle *haz conmigo lo que quieras esta noche*, miedo de perder el control y ser más atrevida de lo que debería. *No seas tan loca*, alcanza a pensar. *No te acuestes con él. Coquetea, pero no pierdas la cabeza.*

—¿Llegaste bien? —pregunta y trata de parecer serena, relajada.

—Perfecto —dice él, acercándose.

Tiene el pelo mojado, no se ha afeitado hace un par de días, lleva la camisa negra fuera del pantalón, luce desarreglado y, sin embargo, guapo. *Al menos te has tomado el trabajo de bañarte para mí*, piensa ella, con una sonrisa que reprime.

—Hola —le dice, y besa a su cuñado en la mejilla, para darle una señal de que las cosas no deben desbordarse esa noche—. Tanto tiempo que no venías a la casa.

Gonzalo se contiene, no la abraza, se deja besar fugazmente y sonríe porque sabe que ella hace un esfuerzo por parecer una dignísima cuñada, todo lo que, en el fondo, no quiere ser esa noche. La mira. La mira con descaro. La mira porque le apetece mirarla y también porque no ignora que ella se ha vestido así, tan provocativa, para tentarlo.

—Hola, Zoe —dice—. Estás espectacular. No sé cómo haces para verte tan guapa.

—Debe de ser la soltería, que me sienta bien —dice ella, con mirada coqueta, y se arrepiente enseguida de sus palabras.

—Debe de ser —se ríe Gonzalo, y pasan a la casa y Zoe cierra la puerta.

—Traje un vino, por si acaso —dice él.

—No has debido molestarte —dice ella—. Tengo todo listo. Me he pasado la tarde cocinando.

Hablan mientras caminan hacia la sala. No se miran. Más allá, en el comedor, la mesa está puesta y las velas, encendidas.

—Yo me he pasado la tarde pensando en ti —dice Gonzalo, y la mira a los ojos.

—Gonzalo, no comiences —dice ella, y retira la mirada—. Tenemos que portarnos bien. No podemos hacer locuras. Es la casa de tu hermano —añade, y se odia porque siente que está interpretando un papel, el de la señora casada, del que ya está harta.

Pero no se va a la cocina, se queda allí de pie. Advierte que él la mira con intensidad, que disfruta viéndola tan bella, y eso la halaga, se siente recompensada por todas las horas que suda en el gimnasio y por el esmero con que se ha vestido para que él la encuentre preciosa, irresistible, aunque eso sea jugar con fuego.

—Eres tan linda —dice él, como si estuviera hablando consigo mismo.

—Gonzalo, mejor no —dice ella, erizándose, sintiendo crecer entre los dos el deseo que guardan en secreto y que a veces la avergüenza.

—Zoe —dice él, y la toma de la cintura, todavía con la botella en la mano derecha—. Estoy loco por ti.

—No debemos, Gonzalo.

—Solo esta noche —dice él, y la besa con pasión en medio de la sala, y ella se deja besar, se entrega, goza del momento, apenas piensa que está bien besarlo, que puede besarlo todo lo que quiera siempre que no terminen en la cama haciendo el amor.

—Yo también estoy loca por ti —susurra ella en su oído, y lo besa de nuevo con un ardor que había olvidado, que creyó dormido para siempre.

De pronto suena el teléfono.

—No contestes —dice Gonzalo, y sigue besándola.

—Puede ser Ignacio —dice Zoe, y se aparta y camina hacia el teléfono.

Gonzalo deja la botella sobre la mesa del comedor, coge una tostada con caviar y la lleva a su boca. Zoe levanta el teléfono y no puede evitar mirar de soslayo el bulto entre las piernas de su cuñado, un bulto que ha sentido crecer y endurecerse mientras se besaban. *Eres un ángel*, piensa, mirando a su cuñado. *Me has caído del cielo. Te voy a besar entero esta noche. Pero nada más que besarte.*

—¿Sí? —contesta.

—Hola, mi amor. ¿Cómo estás?

Es Ignacio. Zoe se queda helada. *No me digas que estás en el taxi camino a la casa*, piensa.

—Hola, mi amor —dice, tratando de mantener la calma—. Qué sorpresa. ¿Dónde estás?

Cuando su marido menciona la ciudad a la que ha viajado para cerrar unos negocios, ella recupera el aliento. Mira a Gonzalo, quien, desde la mesa del comedor, sonríe con absoluto cinismo. *Es un canalla*, piensa. *No le tiene miedo a Ignacio.*

—¿Qué tal por allá? —pregunta Zoe.

—Muy bien, todo bien. Mucho trabajo, como siempre. Ya estoy en el hotel. Me voy a meter a la cama porque mañana comienzo tempranito y quiero dormir mis ocho horas. Tú sabes que si no duermo bien, no funciono.

Conmigo no funcionas aunque duermas doce horas, piensa Zoe.

—Claro, acuéstate temprano —dice—. ¿Cuándo vuelves?

—Si puedo, tomo el último avión mañana en la noche.

—Ojalá puedas —miente ella, porque ha pensado *ojalá puedas quedarte dos días más allá*.

—¿Todo bien contigo? —pregunta él.

—Todo bien, no te preocupes, mi amor. Extrañándote siempre.

—Yo también a ti. ¿Qué planes tienes para esta noche? ¿Vas a ir al cine con una de tus amigas?

—Ningún plan. Me voy a quedar tranquila en casa. No me provoca salir.

—Fíjate si dan alguna buena película en el cable.

—Buena idea. Tengo ganas de acostarme temprano hoy.

Con tu hermano, piensa, y se ríe, y se siente desleal, una mala mujer, y se recuerda que eso no debe ocurrir.

—Bueno, mi amor, solo quería saludarte. Te mando un besito. Hablamos mañana.

—Duerme rico, Ignacio. Gracias por llamar. Te extraño.

Zoe cuelga. Mira a Gonzalo, que le devuelve una mirada cínica, tentadora. La mira como diciéndole *aquí estoy, he venido para hacer lo que tú quieras, a que no te atreves a besarme*. Gonzalo no dice nada. Evita hacer una broma fácil sobre la llamada de su hermano. Zoe camina hacia él, segura de lo que quiere: lo abraza, lo mira a los ojos y lo besa largamente. Luego le dice:

—Solo debemos besarnos. Nada más.

Gonzalo sonríe con ternura y dice:

—Lo que tú quieras, Zoe.

—¿Vamos a comer?

—Vamos a comer.

Zoe y Gonzalo están sentados a la mesa del comedor. Han cenado sin apuro, a la luz de unas velas, y ahora beben un té de melocotón, sin cafeína, que ella ha servido. Gonzalo ha tomado tres copas de vino y no está dispuesto a medirse esa noche; Zoe prefiere no tomar más porque ya se siente un poco desinhibida gracias al alcohol y no quiere incumplir el juramento íntimo que se ha formulado: que no acabará haciendo el amor con su cuñado. *No más vino*, piensa. *De aquí en adelante, solo té sin cafeína. Si tomo dos copas más, me arrebato y le bajo el pantalón y mañana me voy a arrepentir.*

—¿Por qué no dejas a Ignacio? —le pregunta Gonzalo.

Durante la cena, ha sido Zoe quien hablara más, quejándose de las pequeñas miserias de su vida matrimonial, burlándose de las manías y extravagancias de su marido, revelando entre risas algunos episodios íntimos que dejan en ridículo a Ignacio, lamentándose del futuro tan previsible y aburrido que le aguarda con él. Gonzalo la ha escuchado con una sonrisa cómplice y ahora ha formulado la pregunta obvia que ella hubiera preferido no escuchar.

—Porque no me atrevo. Porque soy una cobarde.

Zoe ha dicho la verdad y siente que esa es una de las razones por las que disfruta tanto de la compañía de Gonzalo: que le puede decir toda la verdad, puede ser ella misma, sin imposturas ni sonrisas fingidas.

—Pero es obvio que no estás enamorada de él. Deberías decírselo y separarte un tiempo, a ver cómo te sientes.

138

No tiene sentido que te calles, que te lo guardes todo y que sigas pasándola mal. No le tengas miedo. Dile que necesitas un descanso. Sepárate un tiempo.

—No estoy enamorada de él, pero lo sigo queriendo y me daría mucha pena hacerlo sufrir.

—¿Y no te da pena quedarte en un matrimonio que te hace infeliz? ¿No sería mejor hablar con Ignacio?

—¿Qué le voy a decir? ¿Que me aburro con él? ¿Que ya no me provoca sexualmente? ¿Que me gustas tú?

—Yo no tengo ningún problema en que le digas todo lo que quieras.

—¡Estás loco, Gonzalo! ¿Cómo se te ocurre que le podría decir esas cosas a Ignacio? Él está enamorado de mí. Ni siquiera sospecha que yo estoy harta de nuestro matrimonio, que tú me gustas. Le rompería el corazón. Destrozaría su mundo perfecto. No sería justo que le hiciera tanto daño. Ignacio no es malo conmigo. Me quiere a su manera. El problema no es que no me quiera, es que no sabe hacerme feliz.

—¿No sabe o no puede?

—Da igual. Quizás tampoco trata, pero el hecho es que yo me aburro con él.

—Entonces, déjalo. Sé valiente, acepta la verdad, cuéntasela sin muchos rodeos y déjalo.

—No quiero. No me atrevo.

—Si te da miedo hablarle de mí, no le digas nada. Puedo entender eso. Podemos vernos en secreto, sin que él se entere. Ignacio es un tonto y nunca se dará cuenta de que hay algo entre nosotros. Pero no tienes que hablarle de mí para separarte. Simplemente dile que estás descontenta y que necesitas estar sola un tiempo.

—Sería peor.

—¿Por qué?

—Porque yo no quiero estar sola. Quiero estar contigo.

Gonzalo se acerca y la besa.

—Puedes estar conmigo todo lo que quieras.

—No debemos. Es peligroso. Ignacio no debe enterarse. Y yo me siento mal.

—¿Por qué te sientes mal? No le estamos haciendo daño a nadie.

—Me siento mal porque solo una loca se podría enamorar de su cuñado. Tú eres el hermano de mi marido, Gonzalo. No sé cómo puedo estar acá contigo, besándonos. Jamás pensé que mi matrimonio terminaría así.

—No exageres. Tómalo con calma. No eres una loca. Es normal que pasen estas cosas.

—No es normal. Lo normal es que una mujer sea feliz con su marido y no que esté coqueteando a escondidas con el hermano de su marido.

—Bueno, pero tú no eres feliz con Ignacio, admítelo.

—Pero tampoco puedo estar contigo. Me gustaría estar contigo. Tú sabes cuánto me gustas. No lo puedo evitar. Me muero de ganas de llevarte a mi cama y pasar la noche contigo.

—Entonces, hazlo.

—No, no lo voy a hacer. Porque no me lo perdonaría.

—¿Por qué? Si es lo que te provoca. Si sabes que la pasaríamos bien. ¿Qué te asusta? ¿Que Ignacio se entere? ¿O lo que de verdad te asusta es que terminemos juntos tú y yo?

Zoe se queda en silencio, pensativa.

—Ignacio no se va a enterar. Está demasiado enamorado de mí. Confía en mí. Yo sé mentirle. Ni sospecha esto.

—No te equivocas. Conozco a mi hermano. Si hacemos las cosas con cuidado, no se va a enterar nunca.

—Lo que más me asusta es enamorarme de ti. No quiero enamorarme, Gonzalo. Sé que todo terminaría mal.

—¿Por qué dices eso? ¿Por qué eres tan pesimista?

—Lo sé. Estoy segura. Tú solo quieres una aventura conmigo. Tú vas a seguir viviendo solo. Tú eres un mujeriego incorregible y no vas a cambiar. Reconócelo, Gonzalo. Yo no soy la mujer de tu vida. Solo me ves como una aventura más, una aventura prohibida porque soy la mujer de tu hermano, el hermano con el que nunca te has llevado bien.

—No. Te equivocas. No te veo como la mujer de mi hermano. Te veo como una mujer. Una mujer que me vuelve loco.

—Gonzalo —suspira Zoe, y lo besa y tiene ganas de callarse, no enredarse más en palabras y decirle con su cuerpo, con sus caricias, cuánto lo necesita, cuánto lo desea.

—No te compliques tanto, Zoe. No pienses tanto estas cosas. Déjate llevar por tu corazón. Haz lo que te haga feliz. No le des tantas vueltas, que te mareas.

—Tienes razón. Estoy hablando mucho. Pero tengo miedo, Gonzalo. Y contigo sí puedo hablar. Por eso me gusta estar a tu lado. Con Ignacio no puedo hablar estas cosas. Tú me escuchas. Tú me entiendes.

—Claro que te entiendo. Y me da pena que la estés pasando mal. Yo solo quiero ayudarte. No quiero ser un problema más para ti, Zoe.

—Me ayudas escuchándome. Me ayudas al estar acá conmigo.

—Yo, encantado de verte donde quieras, cuando quieras. Me importa un carajo si Ignacio se entera. Tú eres mi amiga, no mi cuñada. Si algún día dejaras a Ignacio, seguirías siendo mi amiga.

—Yo no soy tu amiga, Gonzalo. No quiero ser solo tu amiga.

—¿Qué eres, entonces? ¿Qué quieres ser?

—Quiero que me beses.

Sentado al lado de ella, Gonzalo la besa, acaricia su pelo, la mira con ternura, vuelve a besarla, desliza una mano por esos muslos que el vestido no alcanza a cubrir.

—No, Gonzalo —lo detiene ella, y retira la mano de su cuñado—. No me tientes. No podemos.

—¿Solo podemos besarnos?

—Sí. No quiero que esto termine mal.

Gonzalo se aleja un poco, bebe un trago, cruza las manos detrás de su cabeza, se estira.

—Como quieras —dice—. No haré nada que te incomode. Pero no te entiendo.

—Yo tampoco me entiendo. Nunca me he entendido. Solo te pido que no te molestes conmigo.

—¿Cómo se te ocurre que me molestaría contigo? Solo me da pena verte tan confundida. Yo creo que deberías atreverte a dejar un tiempo a Ignacio y a hacer conmigo lo que te provoque, sin tantas culpas en la cabeza. Soy un hombre, soy tu amigo. Si te gusto, si crees que puedes ser feliz conmigo, ¿por qué privarte de eso? No soy tu cuñado, esas son tonterías. Mírame como un hombre. Yo te miro así. Eres una mujer, mi amiga Zoe. Me gustas. Quiero llevarte a mi cama. Quiero hacerte el amor. Quiero dormir contigo.

—No sigas, Gonzalo. No me hagas sufrir. Tú sabes que yo también quiero todo eso.

—¿Entonces por qué te reprimes? ¿Por qué te castigas de esa manera? ¿Solo para no engañar al tonto de Ignacio? ¿Cómo sabes que ahora mismo no está tirando con alguien en ese viaje de negocios?

—No digas eso. Ignacio es incapaz de sacarme la vuelta. No le interesa el sexo. Puede pasarse semanas sin hacer nada. Es un témpano. A veces siento que el sexo no le provoca. Punto. Es como si tener sexo conmigo fuese una obligación, algo que tiene que cumplir para sentirse un buen marido. ¿Puedes creer que ahora solo hacemos el amor los sábados por la noche?

—¡Es un imbécil! —dice Gonzalo y suelta una carcajada.

—No, no es un imbécil. Es solo un tipo aburrido.

—¿Cómo puede estar con una mujer como tú y no querer hacerte el amor todas las noches? No lo puedo entender. Yo no dormiría contigo. Te haría el amor tres veces cada noche. No te dejaría dormir.

Zoe se excita al oír esas palabras. *Me gusta que me hablen así*, piensa. *Necesito que me digan esas cosas. Me haces sentir la mujer más sexy del mundo, Gonzalo.*

—Yo tampoco podría dormir contigo. Me perturbas demasiado.

—¿Te has tocado pensando en mí?

Zoe se ruboriza.

—No te lo voy a decir.

—Eso es un *sí.*

—No sé. No insistas. No me gusta hablar de esas cosas.

—Me gusta cuando te pones tímida, cuando te da pudor. Me excitas más. Yo sí me he tocado pensando en ti.

—Estás loco, Gonzalo. ¿Qué pensabas?

—Que hacíamos el amor. Que nos volvíamos locos. Que te hacía feliz.

—No sigas, por favor. No me atrevo.

—Sí te atreves. Claro que te atreves. No te subestimes. Yo no soy Ignacio. Yo conozco a la verdadera Zoe, que él no conocerá jamás. El problema no es que seas cobarde. El problema es que tienes miedo de enamorarte.

—¡Claro que tengo miedo de enamorarme! ¡Eres el hermano de mi marido, Gonzalo!

—Pero te deseo como nunca he deseado a nadie y creo que juntos podemos ser muy felices.

—Cállate. Cállate. No digas una palabra más.

Zoe rompe a llorar, cubriéndose el rostro con las manos. Gonzalo la abraza.

—Lo siento, Zoe. No hablemos más. No puedo verte llorar. Me parte el corazón verte así.

—Cállate. Bésame.

Gonzalo la besa, lame sus lágrimas, la abraza.

—Me estoy enamorando de ti y me da pánico —dice ella.

—No pienses tanto. No tengas miedo. Todo va a estar bien. Yo solo quiero hacerte feliz —dice él, pero piensa *quiero hacerte feliz en la cama*.

—Vamos a ver televisión —sugiere ella.

—Vamos —dice él—. Lo que tú quieras, muñeca.

Adoro que me digas «muñeca», piensa ella, y lo besa.

Estoy en la cama de mi hermano y siento como si fuera mía, piensa Gonzalo, echado junto a Zoe, que lo abraza, viendo una vieja película en la televisión. Se han quitado los zapatos pero no se han metido en la cama. Zoe ha dejado, en su mesa de noche, un té de melocotón ya frío; Gonzalo no ha querido seguir bebiendo vino y ha puesto sobre la alfombra, al lado de la cama, una pequeña botella de agua mineral. *Me da tanta paz estar con él*, piensa Zoe. *Me siento completa, acompañada, en armonía con el mundo. No debo forzar las cosas*, piensa él. *Está sensible, necesita un poco de cariño, nada de sexo esta noche y quizás nunca, pero está bien así. No importa. Sé que mi compañía la hace feliz y eso me basta.* Zoe descansa su cabeza sobre el hombro de su cuñado y él la rodea con un brazo, acogiéndola. Ella bosteza, se encoge y se hace un ovillo, como una niña desamparada, y él siente lástima y la besa en la frente.

—Te mueres de sueño —dice—. Es hora de irme.

Zoe lo mira a los ojos y le da un beso fugaz en los labios.

—No te vayas —le pide—. Quédate. Quédate a dormir.

Si no quiere hacer el amor conmigo, ¿por qué me tienta de esta manera?, piensa él. *¿Por qué se tienta a sí misma? Será difícil dormir con ella y no terminar revolcándonos.*

—No sé si es una buena idea —dice, con una sonrisa.

—¿Por qué? ¿No te provoca dormir acá?

—Me parece peligroso.

—¿Tienes miedo a que Ignacio aparezca mañana temprano? Es imposible. Vendrá tarde, por la noche. Confía en mí. Yo no correría riesgos absurdos.

—No me da miedo Ignacio. Me doy miedo yo.

—¿Qué te da miedo? —pregunta ella, y le acaricia el pelo negro, largo, tirado hacia atrás, y piensa *es rico estar con un hombre que lleve el pelo desordenado, que no se corte el pelo religiosamente cada dos semanas como el cuadrado de mi marido.*

—Me da miedo no poder controlarme.

—¿Por qué?

—Tú sabes por qué. Tú sabes que me perturbas.

—Pero no debemos, mi niño.

Zoe se ha sorprendido de decirle *mi niño*. No lo ha pensado, le ha salido del fondo del corazón. A su marido nunca le ha dicho eso. En realidad, nunca se lo había dicho a nadie.

—Yo sé, yo sé. Pero no me tientes. No soy de piedra. Va a ser una agonía dormir contigo y no poder tocarte. Yo me conozco.

Es tan rico sentirse así, deseada, piensa ella, y lo besa en esa mejilla sin afeitar. *Este es un hombre de verdad. Este es un hombre. Mi marido es un monigote. Gonzalo me quiere bien, es mi amigo, pero también es un hombre y tiene la boca seca de solo pensar en hacerme el amor. Eso es lo que yo necesito para ser feliz: un hombre que no pueda dormir de las puras ganas de tirar conmigo. Un hombre que no necesite tapones en los oídos para dormir.*

—No me dejes, Gonzalo, por favor. Duerme conmigo esta noche.

Gonzalo se ha puesto de pie y, al contemplar a su cuñada, tendida en esa cama tan ancha, el vestido algo arrugado, se asombra de verla tan hermosa y a la vez vulnerable.

—Está bien. Me quedo.

No me importa si no duermo, piensa. *Será una delicia verla dormir, tenerla a mi lado, oírla respirar. No hay nada más hermoso que ver dormir a la persona que más deseas.*

—Gracias, mi niño. Te adoro. Eres tan bueno conmigo. Ven acá, metámonos a la cama.

Gonzalo se quita la camisa y el pantalón, ambos negros, y queda en unos calzoncillos blancos y una camiseta del mismo color. Ella lo mira desde la cama. *Es un bombón*, piensa. *Me lo comería a besos.*

—Qué frío —se queja él, y se mete en la cama con calcetines.

Una vez dentro de la cama, se saca las medias y las tira.

—Esta cama es una delicia —dice, tocando las sábanas de seda, acurrucándose en una almohada muy suave—. Ven, métete, no te quedes ahí afuera.

—¿No tienes frío? ¿No quieres ponerte un piyama de Ignacio?

—No —ríe Gonzalo—. Deben de ser piyamas de viejo. Así estoy bien. Yo no duermo con piyama. Duermo con la ropa que llevo encima: una camiseta y mis calzoncillos y ya.

Zoe se pone de pie, bosteza, bebe un trago del té frío y, de espaldas a él, se quita el vestido a la luz vacilante del televisor, mientras Gonzalo la mira con intensidad. *Eres*

una belleza, piensa, al verla en calzón. *Tienes un cuerpo es-*
pectacular. Qué calzoncito tan rico. Me estás torturando, Zoe.
Ella disfruta sabiendo que él, desde la cama, está mirándole el trasero del que se siente orgullosa, gozando con ese
calzón atrevido, y por eso se demora un poco al quitarse
el vestido y doblarlo para ponerlo sobre una silla. *Mírame,*
Gonzalo. Mírame y deséame. No puedes tocarme pero me excita
saber que me miras como nunca me ha mirado tu hermano.
Mírame todo lo que quieras. Luego camina hacia un armario
de madera, saca una camiseta de manga larga, se despoja
del sostén dándole la espalda (*yo sé que me estás mirando el*
poto, yo sé que te ha sorprendido verme con este calzón de puta,
pero tengo un poto precioso y quiero sentirme tu puta esta noche,
quiero sentir que enloqueces por mí) y se pone la camiseta.

—Eres una diosa, Zoe —dice él desde la cama, y se
incorpora y bebe un trago de agua—. Eres preciosa.

—Ojalá Ignacio me dijera esas cosas —sonríe ella y
camina hacia la cama.

—Ignacio es un idiota. ¿Cómo puede desperdiciarte?
No puedo creer que solo quiera hacerte el amor una vez
por semana. Me parece increíble. Me da vergüenza que
sea mi hermano.

—Él es así y no lo podemos cambiar —dice ella, al
otro lado de la cama, y da un último sorbo al té frío, y se
mete en la cama.

Gonzalo no se mueve, no busca el cuerpo de su cuñada, sabe que debe portarse como un amigo y nada más.

—Ven, abrázame —susurra ella.

Gonzalo la abraza de lado y se enciende al sentirla
apretada contra él; suspira en su cuello, pero recuerda que
debe contenerse. Solo la abraza, aunque no puede evitar
que su sexo se endurezca y por eso se aleja ligeramente,
para que ella no sienta su erección. Zoe, sin embargo, la
ha sentido, y se acerca más a él.

—Ay, Gonzalo —suspira, y besa su cuello—. Me hace tan feliz estar así contigo.

—A mí también me hace feliz —dice él, pero no la besa, se esfuerza por cumplir con dignidad el papel de amigo.

—Bésame —dice ella.

—Mejor no.

—Bésame.

—Si te beso, no voy a poder parar.

—Solo bésame, por favor.

Gonzalo la mira unos segundos a los ojos, se pierde en ella, siente que ha soñado ese momento y la besa primero con suavidad y luego con cierta violencia. Luego le levanta la camiseta, admira esos pechos que ha imaginado tanto tiempo y hace lo que, agitando el recuerdo de esa mujer que ahora tiene a su lado, ha hecho con frecuencia en las noches insomnes, afiebradas: los besa, los besa admirándolos, agradecido.

—Para, para —ruega ella—. No sigas.

Pero Gonzalo no le hace caso y ella se deja besar y goza con los ojos cerrados. Cuando él, besándola, comienza a descender, juega con el ombligo, ella se incorpora y lo detiene.

—No, no sigas. Para, por favor. Esto no debe ocurrir.

Gonzalo obedece, se aleja, no pierde la sonrisa.

—Como quieras —dice—. No quiero incomodarte. Mejor veamos la tele.

—Lo siento, mi niño —dice ella, cubriéndose con el edredón, acercándose a él—. Yo también me muero de ganas, tú lo sabes. Pero sé que después me voy a arrepentir.

—Comprendo —dice él, resignado—. Como quieras. Duérmete. Voy a ver un poco de televisión para que me venga el sueño.

—¿Estás molesto?

—Para nada. ¿Cómo se te ocurre? Estoy feliz de estar acá contigo.

—Yo también estoy feliz, Gonzalo. Te adoro. Eres tan lindo. Me muero por ti.

Se ha sorprendido de esas palabras, que decía en su adolescencia, cuando se enamoraba de algún jovencito apuesto: *Me muero por ti. No se lo he dicho en años a Ignacio*, piensa.

Ahora Gonzalo intenta ver televisión, sube un poco el volumen, cambia de canales, mientras Zoe se acurruca y acomoda su cabeza sobre el pecho levemente velludo de su cuñado. *En este minuto, soy feliz*, piensa. *Es así como me gustaría dormir todas las noches. Este es un hombre que me quiere de verdad, que no me da la espalda con tapones en los oídos, al que no le incomoda que me eche en su pecho. Este es un hombre. Pobrecito. Lo tengo ardiendo por mí.*

—Duerme —dice él, y le da un beso en la frente y acaricia su cabeza con ternura—. Hasta mañana. No te preocupes, que me voy a portar bien.

—Hasta mañana, Gonzalo. No sabes cuánto te quiero.

Zoe intenta dormir. No puede. No quiere. Le apena interrumpir ese momento de placer. *Todo está bien cuando puedo abrazarlo*, piensa. *Nada me importa más. Ignacio es solo un recuerdo pequeño, débil, incapaz de arruinar este instante de felicidad. No quiero dormir. Quiero estar despierta para seguir gozando de este hombre al que no debo tocar pero que necesito sentir mío. Debo ser una señora. Debo ser solo su amiga. Pero qué ganas tengo de tocarlo más abajo, de besarlo entero. Debes ser una señora, Zoe. Duerme. Déjalo tranquilo. No lo tortures más. Pero no te engañes: esta noche no eres una señora. Esta noche eres una mujer caliente. Esta noche necesitas sentirte un poco puta. Acéptalo. Asúmelo. A la mierda la señora. Sé todo lo puta que quieras ser. No te vas a arrepentir. Después tendrás la vida entera para seguir jugando a ser una señora. Pero hoy te toca ser una puta.*

Zoe desliza una mano lentamente y acaricia el sexo todavía erguido de su cuñado. *Esto es lo que quiero*, piensa. *Esto es lo que necesito esta noche. Soy una puta por ti, mi niño. Me hace feliz ser tu putita.*

—No me hagas sufrir más —susurra Gonzalo—. No juegues conmigo, por favor.

Zoe no dice una palabra. No se atreve. Las palabras que quisiera decir le dan vergüenza. En silencio, ardiendo, besa a Gonzalo mientras acaricia su sexo. Luego besa su pecho, sus tetillas y va bajando sin apuro, besando, lamiendo, olisqueando, maravillándose de estar allí, con ese hombre al que tanto ha deseado en secreto, sintiendo cómo se eriza con sus besos. Después, a la luz tenue del televisor, le baja el calzoncillo y admira la belleza de su sexo. Lo besa con cierta reverencia, mientras piensa *ya quisiera Ignacio tener un sexo tan lindo, es el más lindo que he visto en mi vida.* Cuando lo tiene en su boca, no se arrepiente un segundo y se entrega a disfrutar de ese momento que cree haber vivido antes. *Es tan rico ser una puta contigo*, piensa. *No puedo ser una señora. No quiero. Quiero comerte a besos.*

—Para, Zoe —dice Gonzalo—. Para. Me voy a venir. No quiero venirme así.

Zoe lo besa en la boca.

—No puedo ser tu amiga —confiesa—. Me gustas demasiado. He soñado con este momento desde hace mucho tiempo.

—Yo también —dice Gonzalo—. ¿Qué quieres hacer? ¿Quieres que paremos?

Es un amor, piensa ella. *Está muerto de ganas, pero se preocupa por mí, me cuida. Me quiere de verdad.*

—No —dice ella, y se baja el calzón, Gonzalo mirándola ahí abajo, fascinado—. Ven, hazme el amor.

Cuando la besa allí abajo, con una seguridad y una destreza que ella no conocía, pues Ignacio en general prefiere no besarla allí, ella intenta detenerlo, asustada porque se siente perder el control. Pero él continúa besándola, dándole un placer que ella descubre, a los treinta años, en los labios de su cuñado. *Nunca nadie me ha dado tanto placer*, piensa, y se entrega por completo.

—Cómeme, Gonzalo. Cómeme. Soy toda tuya.

Un momento después, Gonzalo se acomoda sobre ella y la mira a los ojos, deteniéndose antes de entrar:

—He soñado este momento —dice.

—Hazme el amor —dice ella.

—No tengo un condón.

—No importa. Hoy no hay peligro.

Cuando ya cabalga con desenfreno sobre el cuerpo tan largamente deseado de la mujer de su hermano, Gonzalo alcanza a decir:

—Te amo, Zoe.

—Te amo, mi niño —dice ella, y luego añade algo que le sale del alma—: Soy tu mujer. Soy tu putita.

Gonzalo duerme. Zoe llora a su lado. Llora de felicidad porque ama a ese hombre que, luego de poseerla, ronca en su cama. Llora porque ha gozado con él como nunca con su marido. Llora porque sabe que ese hombre es un amor imposible, el hermano de su esposo. Llora porque quisiera tener más agallas para dejarlo todo y largarse con él a algún lugar distante donde nadie los conociera, pero no ignora que carece de ese coraje y no se atreverá a abandonar su matrimonio. Solloza con una extraña quietud, como si estuviera encontrándose con una parte de sí misma que había extraviado, mientras contempla la belleza de ese rostro, esas manos, ese cuerpo que serán siempre, en secreto, suyos. No se arrepiente de haber roto su juramento y amado a Gonzalo hasta el final en esa noche que jamás olvidará, porque la plenitud del placer que ha sentido con él le ha confirmado, por si hacía falta, que Ignacio es solo un hombre a medias para ella, incapaz de llevarla a ese punto de vértigo y descontrol, de arrebato y violencia, de deseo animal, que ha sentido, en esa cama que no fue pensada para él, con su cuñado. *No soy una señora pero tampoco puedo ser una puta*, se lamenta. *Una señora jamás se acostaría con su cuñado. Pero una puta no lloraría después de hacerlo. Lloro porque no puedo ser más puta. Lloro porque me duele recordar que mi matrimonio es una farsa, un fracaso. Lloro porque ahora sé que este hombre, que pudo ser el amor de mi vida, es el hermano del que yo creí que sería el amor de mi vida, y ahora ya es muy tarde para cambiarlo. No me atrevo. No puedo dejar a mi marido y mudarme contigo a tu taller, Gonzalo. No tengo valor para eso. No podría salir a la calle. ¿Qué dirían de mí? Quedaría como una víbora, una mujerzuela, una cualquiera. Tampoco creo que tú quieras vivir conmigo. Ya conseguiste lo que querías: seducirme, hacerme el amor, tenerme a tus pies. Estoy a tus pies. Pero sé que ahora viene lo peor. Porque tendremos que ocultar esta pasión, fingir que no existe, mentir. Mi vida será una suma de mentiras: las que debo decirle a Ignacio para que crea que todo está bien y las que debo decir para que nadie se entere de que te amo en secreto. He terminado viviendo la doble vida hipócrita que siempre desprecié en los demás. Y no veo la salida. Tampoco quiero escapar como una loca contigo a un país lejano donde nadie nos conozca, y menos creo que lo quieras tú. Estoy condenada a quedarme en esta cama, en esta casa, en esta ciudad, con este marido que no sabe darme un orgasmo. Estoy condenada a disimular, a sonreír sin ganas, a avergonzarme del amor que siento por ti. Estoy condenada a vivir en secreto este amor del que no podría hablar en público porque me daría una vergüenza atroz. Nunca pensé que el amor me haría sufrir tanto, Gonzalo. Pero no puedo escapar de mi destino. Sufriría más si dejara de verte, si supiera que no me deseas con el desenfreno con que has tirado conmigo esta noche que no olvidaré. Las putas no lloran, Zoe. No llores más. No le has hecho daño a nadie, solo a ti misma. Era inevitable que terminara pasando esto. No te arrepientas. Trata de ver el lado bueno de las cosas: no pierdas la estabilidad y la protección que te da Ignacio, pero tampoco renuncies a la pasión escondida que encuentras en Gonzalo. Es un acto de justicia que Gonzalo te dé el placer que su hermano no sabe o no puede. Eres una mujer y necesitas la violencia del amor físico, que habías olvidado. No eres una puta. No podrás serlo jamás. Eres la esposa de Ignacio y la amante de Gonzalo. No cambiarás eso llorando. Pero no importa: llora tranquila. Estas lágrimas que derramo por ti, Gonzalo; mientras tú duermes donde debería estar durmiendo tu hermano, son lágrimas de amor de las que no me avergonzaré jamás, lágrimas que demuestran que no estoy seca, que no estoy muerta. Duerme, mi niño. Déjame llorar. Quisiera ser más puta, tu puta, pero solo soy una mujer asustada y confundida, una mujer que se ha enamorado del hombre al que nunca debió mirar. Esta noche, Gonzalo, quedará en mi corazón como una de las más hermosas y tristes de mi vida, y tú serás la única persona en el mundo a la que podré confesarle ese secreto que me duele. Por eso lloro. Por eso lloro y te miro dormir y te amo como siempre sospeché aterrada que podía amarte. Te amo, Gonzalo. Pero júrame que el nuestro será siempre un amor secreto. No toleraría el escándalo, la vergüenza pública. Me destruiría. Te amo y me avergüenzo un poco de mí misma. Duerme. Ronca. Esta cama es más tuya que de Ignacio porque él nunca me supo amar como tú ya sabías antes de besarme. Duerme y déjame llorar de felicidad porque sé que esta noche no se repetirá, y cuando sea vieja lloraré recordándola.*

Zoe se levanta suavemente de la cama para no despertar a Gonzalo. Está desnuda. A pesar de que tiene frío, le apetece quedarse desnuda. La envuelve un cariño por su cuerpo que no había sentido en todos estos años casada con Ignacio. Se mira en el espejo y ve en sus ojos una resignada quietud de la que se creía incapaz. Camina desnuda hacia una habitación contigua, enciende la computadora y se sienta en una silla negra, giratoria, frente a la pantalla. Se queda mirándola con ojos vacíos, ausentes. Necesita escribir algo. No le salen las palabras. Sabe de un modo intuitivo lo que quiere expresar, pero algo en ella, quizás el sentido del pudor que tanto detesta de sí misma, se lo impide. Se lleva ambas manos a la cara y pierde por un momento la calma, se desespera porque siente que ha caído en una trampa de la que solo podrá salir malherida. Solloza, por eso, del modo más silencioso que puede, para no despertar a Gonzalo. Por fin, sin pensarlo más, escribe en la pantalla:

«Estoy enamorada de ti, Gonzalo. Soy una puta. Seré tuya todo lo que tú quieras. Pero seguiré casada con tu hermano. Perdóname, Dios mío. Sé que esto terminará mal. No me juzgues, te ruego. No puedo vivir sin amor. Gonzalo me da el amor que Ignacio me ha negado. Te amo, mi niño. Te amo, Gonzalo. Te amaré siempre y será nuestro secreto hasta el final».

Luego borra esas líneas, apaga la computadora, se levanta del escritorio, camina hacia el baño, abre el caño de la ducha y cierra los ojos bajo ese chorro de agua caliente que es como una caricia que ella se inventa para no seguir llorando porque ama al hombre a quien no debería.

A pesar de que ha tenido un día largo y está fatigado, Ignacio no logra conciliar el sueño. Mira el reloj, es tarde, en pocas horas tendrá que estar de pie para cumplir, con la minuciosidad que espera de sí mismo, una agenda recargada. Da una vuelta más en la cama. Se tiende boca abajo, una almohada sobre su cabeza, e intenta en vano dormir. Irritado porque el descanso le es esquivo, pide a Dios unas horas de sueño: *Señor, no me castigues así, te ruego que me hagas dormir un poco; mañana me espera un día pesado.* Sus deseos no son complacidos. Los ojos cerrados, el cuerpo inmóvil, los oídos tapados con unas gomas verdes, cubiertos los dientes por un protector bucal para evitar que los haga chirriar mientras duerme, vestido con la ropa que habitualmente usa en la cama, un buzo y dos pares de medias, Ignacio viaja mentalmente por unas imágenes que, sumadas, reiteradas, le provocan ansiedad, fastidio, rabia callada, que le roban el sueño: imagina a su mujer contenta porque él está de viaje trabajando como un perro para que ella siga disfrutando de la vida lujosa que se permite; piensa que Gonzalo no ha tenido la mínima cortesía de llamarlo por teléfono para agradecerle el dinero que ha depositado de regalo en su cuenta bancaria (*perdedor, envidioso, cabrón, ¿qué te cuesta llamar a decir «gracias» y quedar como un tipo decente?*); revive el diálogo que escuchó sin querer aquella tarde por el celular y es como si pudiera ver a Zoe diciéndole a Gonzalo: *Estoy harta de mi marido, es un huevón, un pelmazo, el hombre más aburrido del mundo,* y luego a su hermano menor riéndose con desprecio y mirando a Zoe con una lujuria que no trata de disimular, seguramente pensando *me la voy a tirar, ya te jodiste, me voy a tirar a tu mujer, que está tan rica, mientras tú trabajas en el banco como el huevón que eres;* supone que ella probablemente ha gastado parte del dinero que acaba de regalarle en comprar algún obsequio secreto para Gonzalo, a quien sin duda desea y se permite coquetear con descaro a sus espaldas (*¿qué le habrás comprado, cabrona: algún libro para fingir la cultura que no tienes y que él tampoco va a leer, un disco que escucharán juntos y los hará cómplices, un repugnante* *calzoncillo apretadito para insinuarle que te mojas por él?*) y se arrepiente por eso de haber sido tan generoso cuando, piensa, ambos merecen en realidad su indiferencia o su desprecio; se pregunta qué estará haciendo en este preciso momento ella, Zoe, su esposa (*¿estarás flirteando por internet con algún extraño libidinoso o hablando por teléfono con tu cuñado que tanto te entiende y a quien le puedes contar todas tus desgracias de señora rica e incomprendida, o tomando una copa con él en su taller maloliente mientras miras embobada sus cuadros como si fuera un genio de la pintura y él te mira con ganas de llevarte a su cama pero no se atreve porque siempre fue un cobarde y un perdedor?*); y se enardece pensando con absoluta certeza que, en cualquier caso, ella estará feliz, o cuando menos aliviada, de que él esté ausente y lejos; le abruma, en fin, la idea de que su matrimonio es una penosa obra de teatro en la que ambos se obligan a representar una felicidad inexistente cuando, en realidad, están llenos de pequeños odios, inquinas y mezquindades uno contra el otro; imagina a su esposa, la que le juró amor hasta el final y cuyos más extravagantes deseos se ha encargado de complacer con diligencia, tocándose, en la soledad de su cama, mientras piensa, caliente, vil, traidora, en Gonzalo, su cuñado (*el hombre perfecto, el artista admirable, el amante magnífico, no como yo, el aburrido de su marido que solo vive para el trabajo*); se atormenta pensando que Zoe, su esposa, podría, a su vez, estar pensando *mi vida sería mucho más agradable si el pesado de Ignacio viajase más a menudo y pasara más tiempo fuera de casa*; cree ver a su mujer y a su hermano haciendo el amor mientras ella gime emputecida y le dice al oído *el huevón de mi marido nunca me ha tirado tan rico como tú*. Es demasiado. Ignacio da vuelta en la cama, se quita los tapones de los oídos, apoya la cabeza sobre la almohada, cruza las manos en el pecho y pide: *Señor, ayúdame a no pensar estas cosas que me llenan de rabia y me hacen* *infeliz. Saca esa película de mi cabeza. No quiero odiar a mi mujer ni a mi hermano. Los puedo ver traicionándome, pero no quiero odiarlos. Dame paz, por favor. Dame unas horas de sueño.* Luego se saca el protector de los dientes, lo deja sobre la mesa de noche, enciende la luz y marca el número de su casa. *Seguro que nadie va a contestar,* piensa. *Seguro que ha desconectado el teléfono para que no pueda dejarle siquiera un mensaje. Contesta, cabrona.*

—¿Sí? —dice Zoe, y sabe que solo puede ser Ignacio quien llama a esa hora tan inapropiada.

—¿Te desperté, mi amor? —pregunta él, sorprendido de hablarle con una voz tan dulce.

—No te preocupes —dice ella, pero miente, porque estaba despierta mirando dormir a su cuñado, que sigue roncando a su lado—. ¿Todo bien, algún problema? —pregunta, con cariño, al tiempo que se aleja de la cama, temerosa de que Ignacio pueda oír los ronquidos de Gonzalo.

—Todo bien, todo bien —dice él—. No puedo dormir. Solo quería decirte que te extraño. Cómo me gustaría que estuvieras acá conmigo.

—Lo siento, mi amor —dice ella, y no le cuesta trabajo decirle *mi amor* al hombre a quien ya no cree amar, lo dice con absoluta naturalidad, sin pensarlo siquiera, como si obedeciera unas reglas de conducta que se esperan de ella—. A mí también me gustaría estar allá contigo, pero tú sabes que soy floja para tus viajes de trabajo.

—Yo sé, no te preocupes. ¿Me extrañas, de verdad?

—Claro que te extraño.

—¿Todavía me quieres, mi amor?

—Claro que te quiero. Siempre te voy a querer.

Zoe no siente haber mentido del todo. *Siempre te voy a querer,* piensa. *Pero será un cariño tranquilo, casi rutinario. No será la pasión que ahora conozco y necesito. Te voy a querer como a mi hermano mayor. No te voy a querer como a mi hombre. Pero tampoco podría odiarte, Ignacio. Te comprendo. No puedes dejar de ser quien eres. Hay muchas formas de amor, y mi amor por ti es un amor resignado, aburrido, el amor de dos personas que necesitan entenderse de alguna manera porque comprenden, sin decírselo, que odiándose y declarándose la guerra la pasarían mucho peor.*

—No te quito más tiempo. Sigue durmiendo. Solo quería darte un besito.

—Gracias, Ignacio. Trata de dormir. Tómate una pastilla.

—Tú sabes que odio las pastillas. Me dejan zombi.

Odias demasiadas cosas, piensa Zoe. *Todo te irrita, te molesta, te da alergia, te debilita, te resfría, te enferma, te deja zombi. Todo te hace daño y si te lo sugiero yo, más aún. No seas tan engreído, Ignacio. Si no puedes dormir, trágate una pastilla y duerme como un niño y déjame dormir a mí.*

—Te entiendo, mi amor. Pero quizás te convenga tomar aunque sea media pastilla. Si no, mañana en tus reuniones vas a estar arrastrándote de sueño.

—Conozco una técnica más rica y saludable para relajarme —dice él, con voz coqueta.

—Te deseo suerte, pero yo no te acompaño porque estoy muerta de sueño —dice ella, aterrada de que él sugiera comenzar una conversación erótica por teléfono.

—Duerme rico, mi amor. Te quiero. Pensaré en ti.

—Un besito, Ignacio. ¿Cuándo vuelves?

—Con suerte, mañana en la noche.

—Cuídate. Ojalá puedas dormir. Te extraño.

Zoe corta el teléfono y vuelve a la cama, donde duerme Gonzalo. *No sé por qué le digo que lo extraño,* piensa. *Pero me sale natural decírselo. Es como si estuviera haciendo un papel y esos fueran los libretos que alguien ha escrito para mí. No me sale decirle otra cosa. No podría decirle lo que de verdad pienso: ¿por qué no te quedas una semana por allá, pues estoy*

pasando una de las noches más felices de mi vida? No: con Ignacio vuelvo a ser, aunque no quiera, la señora con quien se casó, la
señora que él espera de mí. Zoe se mete en la cama, tirita de
frío y observa con placer al hombre que duerme a su lado.
Es tan guapo, piensa. *Por hoy, por esta noche, es mío. Si pudiera tener una noche así todos los meses, sería inmensamente feliz,
aguantaría la rutina de mi matrimonio con Ignacio. Dame
una noche así de vez en cuando, por favor, Gonzalo*, piensa,
mientras levanta apenas la sábana y mira el sexo dormido de su cuñado. *Lo tiene tan grande, tan lindo*, se deleita
pensando. *Y después dicen que el tamaño no importa*, sonríe.

Aunque prefiere no masturbarse porque cree que, en
cierto modo, al hacerlo ofende a Dios (*el sexo debería ser,
idealmente, una expresión del amor entre dos personas y no un
acto de satisfacción egoísta*, piensa), Ignacio necesita tocarse
para restituir en su cuerpo una armonía que ha perdido,
para espantar los fantasmas que lo acosan, para relajarse y hacer la paz consigo mismo. Por eso se despoja del
pantalón del buzo, apaga la luz, humedece la palma de su
mano derecha con saliva y se toca lentamente, pensando
en alguien que no es su esposa.

Al amanecer, Gonzalo despierta y, al verse en la cama
de su hermano, con la mujer de su hermano, que duerme
plácidamente, siente miedo. *Debo irme*, piensa. *No vaya a
ser que Ignacio regrese antes de lo previsto y nos encuentre juntos en su cama. Sería capaz de pegarse un tiro, de tirarse por la
ventana de su oficina. Ha sido una noche maravillosa. No me
arrepiento un segundo. Ha sido mejor de lo que imaginé. Pero
ahora tengo que largarme cuanto antes de acá.*

Sin despertar a Zoe, que duerme en un camisón
transparente, y sobreponiéndose al deseo de interrumpir
su sueño a besos y poseerla de nuevo, Gonzalo sale de la

cama, busca su ropa tirada en la alfombra, se viste deprisa y evita darle un beso de despedida, porque teme que ella le pida quedarse unas horas más y él sucumba fácilmente a la tentación. *Es demasiado peligroso estar acá*, piensa. *No debemos vernos en esta casa. Es la última vez que vengo. En adelante, que me visite ella.*

Gonzalo se detiene un momento en el umbral de la puerta del dormitorio y mira hacia la cama, donde reposa la mujer de su hermano. *Sabía que algún día serías mía*, piensa. *Te he deseado en secreto todos estos años. He amado a otras mujeres pensando que eras tú la que se abría para mí. Ahora has sido mía. Me basta con esta noche para sentirme feliz. Pero quiero que me busques, que me necesites con desesperación, que me pidas que vuelva a hacerte el amor. Quiero que odies cada noche que pasas con el idiota de tu marido y que sientas náuseas cuando él te haga el amor y que cierres los ojos y pienses en mí cuando esté moviéndose encima de ti. Eres hermosa, Zoe. Te veo allí dormida, en tu cama matrimonial, y no puedo creer que me hayas entregado tu cuerpo, ese cuerpo que tantas veces hice mío en mis noches insomnes, tocándome como un adolescente. Tengo suerte, no hay duda. No pensé que te atreverías a llegar hasta el final. Pero Ignacio ha hecho el trabajo por mí. Te tiene abandonada. Juraría que ni siquiera sabe hacerte venir en la cama. Debe de ser un amante patético. Es obvio que ardes por un hombre de verdad, Zoe. El destino eligió que fuera yo. No me corro. Tampoco sé si quiero seguir siendo tu amante mucho tiempo. No quiero perder la cabeza, enamorarme de ti, meterme en un lío del carajo. Prefiero que esto termine acá mismo. Ya sé lo que es hacerte mía, ver tu cara tensa antes de tener un orgasmo. Ya sé lo que me dijiste al oído y nunca olvidaré: que el huevón de tu esposo nunca te tiró tan rico como tiramos anoche. No olvidaré esas palabras. Aunque no volvamos a acostarnos, me bastan para ser feliz y recordar esta noche como una de las mejores de mi vida. Pero si quieres más, tendrás más. Te amaré con una violencia salvaje que no conoces.*

Te haré descubrir a la mujer que llevas dentro. Pero todo será en secreto y nunca más acá. No quiero problemas con Ignacio. Debo irme. Ya sabes dónde encontrarme. Yo no llamaré. Llámame tú. Qué ganas de despertarte ahora mismo y cabalgar contigo otra vez. Pero no. Contrólate. No pierdas la cabeza. Vete ya.

Gonzalo sale caminando en puntillas para no hacer ruido, pasa por la cocina, saca una manzana de un cesto de frutas que está encima de la refrigeradora y sale hacia el jardín, cerrando la puerta con cuidado. Muerde la manzana mientras contempla con admiración ese jardín cuidado minuciosamente, la piscina impecable, el gimnasio con las mejores máquinas. Siente ganas de orinar. *Debe de ser rico vivir en esta casa,* piensa. *Debería mudarme acá con Zoe,* se dice, con sonrisa cínica. *Ignacio podría dormir en un hotel cerca del banco, con su calculadora y sus libros de contabilidad, haciendo sus numeritos hasta tarde en la cama, mientras yo me ocupo de cuidar su casa y a su mujer. Todos seríamos más felices. Zoe no pondría ninguna objeción, de eso estoy seguro. ¿De qué te sirve tener esta casa tan linda si tu mujer se aburre en ella, Ignacio? ¿Para qué quieres tener esta piscina espectacular si apostaría que nunca te has tirado allí a tu mujer y ni siquiera te bañas porque tienes miedo de resfriarte? ¿Qué sentido tiene que te mates en el gimnasio todos los días si no eres capaz de tirar bien y tienes a tu mujer desesperada para que alguien se la tire como se debe? Se puede tener mucha plata y seguir siendo un grandísimo huevón, Ignacio. Se puede tener éxito en los negocios y seguir siendo un ganso triste. Eso eres tú para mí: un ganso triste. Solo un ganso triste descuida a un mujerón como Zoe. Yo, como buen hermano, tengo que venir acá a hacer trabajos de emergencia para que tu mujer no se vuelva loca y te dé un martillazo en la cabeza. Ahora solo quiero orinar, tomar un taxi y recordar esta casa tan linda como la casa donde tiré delicioso con tu mujer.*

Gonzalo no quiere entrar al baño de la casa porque prefiere irse cuanto antes de allí, caminar por esos suburbios tan apacibles donde el silencio es apenas quebrado por el arrullo de los pájaros a esa hora temprana y tomar un taxi que lo lleve de regreso al único lugar en el mundo donde se siente seguro y feliz: su taller de pintura. Pero antes necesita orinar. Camina por un sendero empedrado, rodeado de flores y se detiene al borde de la piscina, cuyas aguas oscilan levemente al ritmo de un chorro interior que las hace recircular y mantenerse limpias, y ve su silueta desaliñada y deforme en esas aguas que se mueven de un modo casi imperceptible. *Soy un hijo de puta*, piensa. *Me he tirado a la mujer de mi hermano y no tengo el menor remordimiento. Me siento feliz. Me la tiraría de nuevo. Me la tiraría cuantas veces pudiera. Siento que es más mía que tuya, Ignacio. Siento que tengo derecho a tirarme a tu mujer, que ni siquiera es tu mujer porque la tienes abandonada. Me has hecho demasiadas canalladas en la vida. Siento que esta no es una revancha, sino más bien un acto de justicia. Ya hubiera sido suficiente premio hacer el amor con una mujer tan increíble como Zoe, pero que además sea tu mujer, tu esposa, lo hace todavía más rico. Tengo que ser muy canalla para sentirme feliz después de haberme tirado a mi cuñada en su casa mientras mi hermano está de viaje. Muy bien: soy un canalla. Siempre lo supe. No soy un ángel ni pretendo serlo. Me asumo como un canalla. Sé que puedo ser un hijo de puta, que no sé perdonar, que me gusta vengarme cuando alguien me hace daño. Y también sé que cuando una mujer hermosa me tienta, encuentra batalla en mí. Nunca he sabido controlarme con las mujeres y no me provoca cambiar. Mi idea de la felicidad es muy distinta de la tuya, Ignacio. Tú crees que ser feliz es no tener problemas y guardar mucha plata en el banco. Yo creo que ser feliz es tirar rico y pintar. En ese orden: tirar rico y pintar. Yo, si no tiro rico, no puedo pintar, me quedo sin energía. El sexo es el motor de mi vida. El día en que no pueda tener una erección, dejaré de pintar. Estoy seguro de ello. Por eso, mi próximo cuadro te lo voy a dedicar a ti, Igna-*

162

cio. Porque tu mujer me ha llenado de energías creativas en tu cama. Y me la voy a seguir tirando hasta que me aburra porque ella, te advierto, no se va a aburrir de mí. La vas a ver más feliz que nunca porque ahora sabe que la felicidad es tirar conmigo mientras tú viajas con tu maletín de cuero para hacer negocios. Es un buen negocio para los tres: tú haces dinero, yo me divierto y tu mujer te quiere más porque no estás.

Gonzalo se baja la bragueta, sacude ligeramente su sexo y lo dirige hacia la piscina, cuyas aguas inquietas le devuelven esa imagen borrosa. Ahora orina y sonríe con una plenitud que le sorprende. *Estoy meando en tu piscina, Ignacio. Y me siento estupendamente bien. Si pudiera, me tomaría una foto y, con ella, pintaría un cuadro, una de las imágenes más plenas de mi vida: la mañana, muy temprano, en absoluto silencio, en que meé en tu piscina luego de tirarme a tu mujer. Perdóname por ser tan sinvergüenza, hermanito mayor, pero el destino se ha encargado de repartir los papeles y a ti te tocó hacer de chico bueno. Cuando éramos niños, tú salías de la piscina para ir a orinar al baño. Yo, no. Yo me meaba en la piscina y era riquísimo sentir ese calorcito ahí abajo y ver la mancha amarilla que salía de mi ropa de baño, y me importaba un carajo si me pillaban. Como ahora, cuando disfruto de este momento delicioso que no olvidaré.*

De pronto, sin pensarlo dos veces, nada más terminar, Gonzalo se desviste, queda desnudo, levanta los brazos todo lo que puede y salta, entrando de cabeza en la piscina en cuyas aguas acaba de orinar. Abre los ojos dentro del agua, da un par de brazadas, bucea un poco y luego sube, saca la cabeza, respira y evita dar un grito eufórico de frío y felicidad porque no quiere despertar a Zoe. *Mierda, qué frío,* piensa. *Debo de estar loco para tirarme a esta piscina a las siete de la mañana. Al carajo. Es una locura más en una noche enloquecida.* Gonzalo nada hasta la escalera, sale deprisa, siente el frío de la mañana en su piel húmeda y velluda, se seca con la camiseta blanca que ha usado para dormir y se viste tan rápido como puede con la ropa negra que eligió para visitar a su cuñada y que en adelante le recordará siempre esa noche tan largamente deseada. Una vez vestido, exprime la camiseta con la que se ha secado, la lleva en una mano, recoge el periódico que han arrojado por encima de la puerta, echa un vistazo a los titulares del día, lo deja caer en el suelo, abre el portón de calle y se va caminando, el pelo mojado, una sonrisa inescrutable dibujada en su rostro. *Esta puede ser una de las mejores mañanas de mi vida*, piensa, y al recordar a Zoe desnuda en la cama, siente un cosquilleo, una sensación de triunfo, la certeza de que es un hombre con suerte.

Cuando, tras caminar unos diez minutos y llegar a una calle más ancha y concurrida, Gonzalo detiene un taxi y sube, el conductor, un hombre ya mayor, el pelo canoso, los dedos amarillentos de tanto fumar, le pregunta a manera de saludo, luego de escuchar la dirección a la que deberá llevarlo:

—¿Cómo lo trata la vida, caballero?

—Demasiado bien —responde Gonzalo, con una sonrisa maliciosa—. Mejor de lo que usted se imagina, mi amigo.

El conductor lo mira por el espejo con una sonrisa taimada y comprende que su pasajero ha pasado una noche pródiga en placeres.

—Nada como una buena mujer, ¿verdad? —comenta, haciendo un guiño de complicidad.

—Nada como una buena mujer —lo secunda Gonzalo. Y luego añade—: Nada como una mujer con el marido de viaje.

El conductor se ríe tanto que termina tosiendo.

Zoe se sorprende y entristece cuando despierta y ve que Gonzalo se ha marchado sin despedirse ni dejarle una nota. *No me quiere*, piensa. *Fue solo una aventura, una noche de placer. Sale corriendo como un conejo. Es un cobarde como su hermano.*

Luego se estira en la cama y busca en las sábanas el olor áspero de ese hombre que ahora echa de menos. *Huelen a él*, piensa. *Tengo que cambiar estas sábanas antes de que llegue mi marido.*

Tendida de lado, la cabeza sobre la almohada en la que ha dormido su amante, Zoe medita perezosamente sobre el engaño que ha consumado: *Por primera vez en mi vida de casada, he sido infiel, me he acostado con otro hombre. Pude haberlo hecho antes. Tuve varias oportunidades para acostarme con otros hombres sin que Ignacio se enterase. Pero me faltó valor. O no estaba tan desesperada como ahora. Todavía tenía fe en que Ignacio podía cambiar y volver a ser el hombre del que me enamoré. Ahora creo que ese hombre nunca existió y yo me lo inventé para hacer más perfecto el amor que sentía por él. Llevo casi diez años con Ignacio y es la primera vez que me entrego a otro hombre. Debería sentirme mal, pero no me siento mal. Es mejor que ese hombre sea su hermano. Todo queda en familia. Es la misma sangre. Gonzalo sabrá guardar el secreto.*

Zoe recuerda a los hombres que, ya estando casada, la tentaron, y en cierto modo se arrepiente de haber sido tan estricta en rechazarlos para guardar las formas que se esperan de una mujer casada. Fueron cinco y no los puede olvidar porque no fue fácil para ella negarse a los placeres furtivos que, en diferentes circunstancias, cada uno le propuso de una manera más o menos solapada. Recuerda con cariño al instructor del gimnasio al que acudía antes de que construyeran uno en su casa, un hombre joven y fornido que la miraba con una desfachatez que ella encontraba de mal gusto y ahora, en el recuerdo, le parece romántica, un muchacho llamado Felipe que solía producirle cierta tensión erótica cuando se echaba encima de ella para flexionarle las piernas, y no perdía ocasión de tocarla, y estaba siempre al acecho, acosándola de un modo enternecedor con sus miradas ardientes y sus posturas gimnásticas, que servían como pretexto para tocarla una vez más, y que se atrevió, luego de tantos rodeos, a decirle una mañana, terminando la rutina de ejercicios, que le gustaría invitarla a su departamento *para tomar un jugo*, a lo que Zoe respondió con una risa franca, pues encontró cómico que la invitase a tomar un jugo, y, acariciándole el brazo musculoso, contestó: *Me encantaría, Felipe, te encuentro guapísimo, pero soy una mujer casada y estoy muy contenta con mi marido. ¿Estaba de verdad contenta*, se pregunta ahora, echada en la cama, *o tenía pánico de ir al departamento de Felipe, los dos sudorosos en ropas de gimnasia, y verlo batir las frutas en la licuadora, y tomar un jugo en su cocina y reírnos como tontos, porque en el fondo sabía que me gustaba y que, si me presionaba un poquito más, podía hacerme caer en la tentación? No estabas contenta, Zoe. Ya te aburrías con Ignacio. Pero tampoco querías serle infiel con un muchachito del gimnasio. Hubiera sido una vulgar aventurilla. No había romance, no había sentimientos, y por eso no te animaste a tomar un jugo con Felipe.* Zoe recuerda al amigo de la universidad que encontró una tarde en la librería. Se llamaba Sergio y habían tenido un par de revolcones amorosos cuando estudiaban juntos en la facultad. Aunque no lo veía desde hacía mucho tiempo, seguía teniendo el mismo aspecto de intelectual desaliñado que lucía con orgullo en la universidad. Se sentaron a tomar un café, conversaron largamente. Zoe sintió que Sergio la escuchaba con un interés que nunca había sido capaz de despertar en su esposo. Intercambiaron números de teléfono y, desde aquella tarde, Sergio comenzó a llamar con insistencia, tanta que Zoe se asustó y decidió no contestarle más. *Me asusté*, admite para sí misma, recordándolo. *Había química entre los dos. Siempre la hubo. No quise verlo más porque sabía que podía enrollarme con él. Claro que no era ni la mitad de guapo que Gonzalo. Pero tenía su encanto. ¿Qué habrá sido de su vida?* Zoe recuerda también al hombre que intentó seducirla en la cabina de primera clase de un avión en el que ella viajaba sola para visitar a sus padres. *Estuve a punto de caer. Tuve que hacer un esfuerzo para retirar su mano de mis piernas. Había que ser muy descarado para tocarme así, por debajo de las frazadas. Pero él se sabía guapo, y lo era, y yo sufrí para mantener la compostura de señora casada. Cuando me dijo al oído «te espero en el baño», fingí que no había escuchado nada, me hice la dormida, pero no pude conciliar el sueño en todo el vuelo pensando en las cosas que podría haber hecho en el baño de primera con ese hombre cuyo nombre nunca supe. Fue mi única oportunidad de tener sexo en un avión, porque con el aburrido de Ignacio es imposible, nunca me ha tentado ni lo hará. Pero no me arrepiento de haberla dejado pasar, me hubiera sentido una puta teniendo sexo con un tipo anónimo sentado a mi lado en el avión.* Zoe recuerda a Jorge, el cocinero, su profesor, que, aunque también está casado, no pierde oportunidad de piropearla, decirle lo guapa que está, mirarla con ojos hambrientos y sugerirle, después de clases, que se quede un ratito con él en la cocina para enseñarle algunos secretos que no ha querido compartir con los otros estudiantes. *Qué ingenua fui cuando acepté y me metí a la cocina de su restaurante con él. No imaginé que vendría directamente a besarme. Hice bien en dejar que me besara tres segundos, los suficientes para que recuerde el sabor de mis labios, y luego, recuperada la dignidad, alejarlo de mí. Me hice la sorprendida, incluso exageré un poco, pero la verdad es que estaba sorprendida. Eres un bandido, Jorge. A pesar de que me negué, sigues tratando de seducirme y por eso me encanta ir a tus clases, porque sé que no pasará nada en tu cocina pero también disfruto al sentir que te excitas conmigo en la clase y te derrites por agarrarme entre las ollas y los platos. Más de una vez, dejándome amar por mi marido, me he imaginado en esa cocina contigo, Jorge. Pero, lo lamento por ti, no volveré a entrar allí, porque sé que eres un mañoso de cuidado y yo no quiero meterme con un hombre casado. Me sale la mujer conservadora que, aunque me pese, llevo dentro. Nunca he querido tener amores con un hombre casado. Lo siento por ti. Eso sí, cocinas delicioso, guapo.* Zoe recuerda, por último, al político famoso, amigo de Ignacio, que, algo pasado de copas en una recepción diplomática, le dijo groserías al oído (*qué buen par de tetas tienes, eres la mejor hembra que he visto en mucho tiempo*), le tocó una nalga furtivamente sin que ella atinara a reaccionar (*tienes un culo que me tiene enfermo*) y, sin importarle que Ignacio estuviera conversando un poco más allá, le propuso llevarla a uno de los baños de la embajada para tener sexo rápido (*¿no te gustaría darme una buena mamada?*), obscenidades que ella, perpleja, solo se atrevió a responder con sonrisas bobas y distraídas, como si lo hubiera oído mal, pero en el fondo la halagó secretamente que ese político poderoso perdiera la cabeza por ella y le hablase con una crudeza que, aunque le resultase bochornoso admitirlo, logró perturbarla. Echada en la cama donde se ha dejado amar por un hombre que no es su esposo, Zoe se ríe recordando a ese político osado. *Nunca nadie me ha hablado tan sucio al oído*, piensa. *Mi marido es incapaz de decir una grosería. Jamás imaginé que ese señorón importante, político famoso, tendría el cuajo de venir a hablarme tal cantidad de cochinadas en plena recepción diplomática, delante de un montón de ministros y embajadores. Seguro que lo mismo les dice a muchas. ¿Habrá quienes le harán caso? ¿Las llevará a los baños de las embajadas y se bajará el pantalón y se la mamarán apuradas mientras sus esposos conversan asuntos graves de política? Solo me arrepiento de no haber sido más* *puta y no habérsela mamado porque no me sorprendería que ese orador de plazuela, tamaño descarado, terminase siendo presidente. Sería cómico verlo de presidente y pensar «yo pude chupársela en el baño de la embajada». Dios mío, Zoe, qué cosas piensas. Ubícate. Regresa a la realidad. Eres una mujer casada y tu marido regresa esta noche. Basta de puteríos.*

Zoe salta de la cama, siente un cariño por su cuerpo que le evoca los placeres de la noche con Gonzalo, saca las sábanas y las fundas de las almohadas, camina con ellas hasta la lavandería, las mete en la máquina automática y, antes de echar el detergente, saca una sábana, la huele, encuentra en ella el olor de su cuñado y, vestida como está, con un calzón blanco y un camisón de seda transparente, se envuelve en esa sábana y piensa *no me dejes, Gonzalo, quiero olerte, quiero oler a ti.* De pronto, sorprendiéndose a sí misma, pasa la sábana por su sexo, la frota apenas con delicadeza, y piensa *tu olor y el mío juntos, por última vez.* Cierra los ojos, la huele y se excita. Luego tira la sábana a la lavadora, echa el detergente, cierra la portezuela y enciende el artefacto. *Voy a extrañar tu olor,* piensa, caminando hacia la cocina para hacerse un café.

Dolida porque Gonzalo se ha marchado sin despedirse y no ha tenido la cortesía de llamarla en todo el día, Zoe despierta de una larga siesta, revisa sus mensajes en el teléfono y la computadora, llama al aeropuerto para verificar la hora de llegada del vuelo de Ignacio, come exactamente veinte uvas verdes, contándolas una por una, y, aunque hubiera preferido no caer en esa debilidad, coge el teléfono inalámbrico y marca el número del taller de su cuñado.

—Soy Zoe —se identifica, después de oír el timbre del contestador—. Si estás ahí, contesta, por favor.

Espera, se impacienta, se irrita con ese hombre que la ha hecho gozar en la cama y ahora desaparece como un fantasma.

—Gonzalo, contesta, no te escondas, sé que estás ahí.

Pero él no dice nada y ella lo imagina pintando con una sonrisa cínica, pensando *no voy a contestar, ya logré lo que quería, tirar contigo, y ahora no me jodas y déjame pintar en paz.*

—Si no contestas, voy a ir a tocarte la puerta y, si no me abres, te voy a esperar sentada en la calle —le advierte, crispándose más de lo que le hubiera parecido conveniente—. Necesito hablar contigo, Gonzalo.

—¿Qué te pasa? ¿Por qué tienes esa voz? —escucha la voz de su cuñado, risueña, coqueta, despreocupada, y eso la irrita todavía más, porque ella quisiera imaginarlo ansioso por verla otra vez y él parece muy feliz sin ella.

—Hola —trata de calmarse Zoe—. ¿Por qué te demoras tanto en contestar? Es una tortura hablar con tu bendito teléfono.

—Relájate, tontita. Estaba pintando y sabes que no me gusta distraerme y coger el teléfono. Pero, tratándose de ti, hago una excepción con mucho gusto. ¿Qué te pasa? ¿Estás molesta?

—No, no estoy molesta.

—Suenas molesta.

—No estoy molesta.

—Suenas tensa.

—No estoy tensa.

—¿Qué tienes entonces?

—Nada. No tengo nada. Solo quería hablar contigo.

—Estamos hablando.

—¿Te molesta que estemos hablando? ¿Ya no quieres hablar más conmigo?

—No digas tonterías. ¿Por qué dices eso?

—¿Prefieres que no te llame?

—No. Llámame cuando quieras.

—Siento que me estás evitando.

—¿Por qué sientes eso?

—Porque te fuiste sin despedirte. Porque no me has llamado en todo el día. Porque te demoras un siglo antes de contestar el teléfono cuando te llamo. Siento que te escondes de mí, Gonzalo.

—No me escondo, Zoe. Estoy pintando. Cuando pinto, no hablo con nadie. No es nada personal contra ti.

—Después de todo lo que pasó anoche, podrías haberte despedido, ¿no? Es feo despertar y descubrir que la otra persona ya no está.

—No quise despertarte. Dormías como una bebita. Me dio pena despertarte.

—Sí, claro.

—¿No me crees?

—No. Creo que te dio miedo y saliste corriendo como un conejo.

—¿Miedo? ¿Miedo a qué, a quién?

—Miedo a que llegase Ignacio. Te dije que no llegará hasta esta noche.

—Nunca le he tenido miedo a Ignacio. Me da pena, pero no miedo. Yo diría que es él quien me tiene miedo a mí.

—¿No te vas a disculpar, entonces?

—Estás demasiado sensible, Zoe. ¿Por qué debería disculparme?

—Por irte de esa manera tan fea.

—Lo siento. Debí dejarte una nota.

—No. Debiste quedarte conmigo en la cama. Debiste desayunar conmigo. Era una noche mágica y la cagaste.

—Lo siento, Zoe. No volverá a ocurrir.

—¡Claro que no volverá a ocurrir! ¡No seré tan idiota de dejarme seducir de nuevo por ti! ¡Ya sé que solo querías tirar conmigo y punto!

Zoe se ha enfurecido, respira de un modo agitado, camina deprisa con el teléfono.

—No digas eso. Cálmate. Estás exagerando.

—No estoy exagerando. Eres un patán, Gonzalo.

—¿Solo porque me fui sin despedirme?

—Sí. Y porque hoy no has tenido la delicadeza de llamarme en todo el día.

—Zoe, te estás portando como una quinceañera histérica. ¿De qué me estás hablando? Yo pinto durante el día, no me gusta hablar por teléfono, tampoco quiero llamar a tu casa porque podría contestar Ignacio.

—Te dije que vendría en la noche. No me escuchas. No me prestas atención.

—¡Cálmate, carajo! ¡Me estás hablando como si fuera tu marido! ¡No soy tu marido!

—No, no eres mi marido, pero eres tan cobarde como él.

—¡No digas tonterías, por favor! Estoy pintando tranquilo y llamas a estropearme el día. Cálmate. No sé qué te pasa. ¿Estás arrepentida por lo de anoche y por eso me tratas mal?

—¡Claro que estoy arrepentida! ¡Es la primera vez que engaño a mi marido con otro hombre! ¡Y me haces sentir que te importo un carajo, que solo fue un buen polvo y no quieres que te joda más!

—Yo no he dicho eso, Zoe. Me encantaría verte otra vez. ¿Por qué no vienes un rato y nos tomamos una copa y conversamos?

—Olvídalo.

—Ven un rato. Estás actuando como una mujer despechada, como una loca histérica.

—No soy una loca ni una despechada, Gonzalo. Soy una mujer sensible y no me gusta que me traten como si fuera un objeto sexual.

—Pero anoche me pareció que te gustaba ser un objeto sexual —dice Gonzalo en tono de broma.

—No seas cretino. No me sigas ofendiendo.

—En serio. Ha sido una de las noches más increíbles de mi vida. No la voy a olvidar.

Ahora Gonzalo habla con una voz cariñosa y Zoe se conmueve un poco.

—Cállate. No sigas. Me haces daño.

—¿Por qué te hago daño?

—Porque sé que no me quieres. Porque sé que solo soy una aventura más para ti.

Ahora Zoe solloza, no puede evitarlo.

—No digas eso, tontita. No eres una aventura más. Eres la mujer más alucinante. Hemos pasado una noche mágica. Tú sabes que me tienes de rodillas.

—Eres un mentiroso, Gonzalo. Si estuvieras a mis pies, llamarías para ver cómo me siento después de serle infiel a mi marido nada menos que con su hermano.

—Que no te llame no significa que no piense en ti. Estás exagerando, muñeca. ¿Por qué no vienes un rato a verme?

—Ya te dije que no voy a ir. No iré a verte más.

—¿Por qué dices eso? ¿Por qué estás tan tremendista?

—Lo nuestro fue una noche y se acabó, Gonzalo. No ha pasado nada. Ha sido un sueño, una ilusión. La noche de ayer no existió.

—La que tiene miedo ahora eres tú.

—Quizás. Tengo miedo a que me sigas usando para sentirte un gran conquistador. Tengo miedo a que me uses para tirar y luego te aburras de mí y me dejes botada como a un artículo descartable. Sí, pues, tengo miedo.

—Ven. Ven a verme. Quiero verte.

—Ya te dije que no.

—Entonces ven más tarde, o mañana.

—No iré más, Gonzalo. Lo nuestro se terminó. Nunca pasó nada. Bórralo de tu cabeza.

—Imposible.

—Me voy. Te dejo.

—¿Adónde te vas?

—Al aeropuerto, a recoger a Ignacio.

—Mándale saludos.

—No seas cínico. ¿No te da vergüenza ser tan canalla?

—No. No me da vergüenza haberme acostado contigo porque sé que eres infeliz con él y que yo puedo hacerte gozar como él no podrá nunca.

—No sigas. Me lastimas.

—Yo no te voy a llamar ni te iré a visitar y tú sabes por qué. Pero te estaré esperando.

—Espérame sentado. No iré.

—Sí vendrás.

—No iré. No quiero verte más.

—Ven mañana cuando puedas. Quiero hacerte el amor. Quiero verte molesta y callarte la boca a besos.

—Eres un grosero.

—Pero me excitas como nadie me ha excitado.

—Vete a la mierda.

—Ven mañana. Sabes que vendrás.

—Te odio, Gonzalo.

Zoe cuelga, saca un pañuelo, se seca las lágrimas y grita: *¡Hijo de puta! ¡No me quieres!* Luego se dice *cálmate, cálmate, cálmate*, sube al auto y sale a recoger a Ignacio del aeropuerto.

Es de noche. Apenas un puñado de personas aguarda, en hileras de butacas idénticas, la llegada de los últimos vuelos del día. El aeropuerto se ha calmado luego de los trajines de la hora punta. Empleados de limpieza, uniformados con mandiles azules, recorren la alfombra con grandes aspiradoras que succionan el polvo de miles de pisadas presurosas y anónimas que habrán llegado ya a su destino. Es un aeropuerto moderno que no ha ahorrado en comodidades para los visitantes, pero, a pesar de eso, Zoe se siente incómoda, porque los aeropuertos, como los hospitales, le recuerdan que está de paso, que sus días están contados por algún designio superior y que la muerte es una de las pocas certezas de la existencia. Aunque la deprimen los aeropuertos, ha querido ir a recoger a su marido. No suele hacerlo. Pero esa noche, quizás porque se siente culpable de haberlo engañado, quiere darle una sorpresa, abrazarlo tan pronto como descienda del avión que lo trae de sus citas de negocios. Sentada en un asiento de plástico verde que imita malamente al cuero, Zoe hojea una revista de modas que ha comprado en una tienda al paso, mira su reloj, echa un vistazo a la pantalla que anuncia la llegada del vuelo de su marido y espera impaciente. Se ha vestido sin demasiado cuidado: un pantalón oscuro, blusa blanca y chaquetón de cuero marrón. A lo largo del día ha hecho gimnasia con un rigor desusado, como si quisiera castigarse por los excesos de la noche, y se ha bañado hasta tres veces, tratando de borrar de su cuerpo, con jabones muy finos, todos los olores que la pudieran delatar ante su marido. Bosteza. Está cansada. Solo quiere abrazar a Ignacio y dormir con él. Solo quiere una noche aburrida más, una de las tantas que ha aborrecido en secreto últimamente, para sentir así que todo está bajo control, que nada se ha dañado de un modo irreparable. Piensa en Gonzalo mientras hojea la revista y observa esos modelos guapos y se le agolpa, en el nudo de la garganta, una mezcla explosiva de sentimientos: quiere abofetearlo, ignorarlo, herirlo, vengarse de él, porque siente que la ha usado de la manera más vil para tener una noche de sexo, pero también, y se avergüenza por eso, quiere volver a besarlo con una violencia turbia que ningún otro hombre ha despertado en ella. *Debo olvidarlo*, se dice. *No debo verlo más.*

Cuando Ignacio aparece con traje y corbata, caminando deprisa y jalando un maletín de mano, Zoe se sorprende de verlo tan apuesto. En los pocos segundos que él tarda en descubrir que ella lo está esperando, Zoe lo mira con cariño y piensa que su marido es un hombre con una energía extraordinaria, alguien que trabaja con pasión y nunca se queja, un tipo de buen corazón, un caballero a la antigua que viste con indudable buen gusto, un alma noble. *No me equivoqué*, piensa. *Después de todo, no me equivoqué. Es un hombre bueno, a diferencia de su hermano. Jamás me engañaría. No merecía que le hiciera eso.* Viendo a su esposo caminando con apuro, como si quisiera tomar cuanto antes el taxi que lo lleve de regreso a casa, Zoe se enternece, siente ganas de llorar pero se contiene. *Me extraña*, piensa. *Está pensando en mí. Camina tan rápido porque quiere llegar lo más pronto que pueda a casa para estar conmigo.*

—¡Ignacio! —dice, y se pone de pie, haciéndole adiós con una mano.

Procurando evitar una escena demasiado efusiva, pues le avergüenza mostrar en público sus sentimientos, Ignacio sonríe sorprendido, le da un beso fugaz en los labios y la abraza el poco tiempo que demora en decirle:

—¿Qué he hecho yo para merecer esta sorpresa tan agradable, mi amor?

—Portarte bien —susurra Zoe, y prolonga el abrazo un poco más.

—Yo siempre me porto bien —dice Ignacio.

—Yo sé, mi amor. Por eso te quiero tanto. Porque eres un hombre bueno.

Tomados de la mano, caminan hacia el estacionamiento. Ignacio no ha enviado equipaje en la bodega del avión, pues, como ahora, suele viajar con un maletín de mano que arrastra sobre dos ruedas pequeñas, así no pierde tiempo esperando que sus maletas aparezcan en la faja circular. Es uno de esos viajeros impacientes que gozan cuando salen antes que nadie del avión y caminan por los aeropuertos con una prisa salvaje, con el único objetivo de llegar pronto a su destino.

—¿Qué tal el viaje? —pregunta Zoe.

—Bien, todo bien.

—¿Mucho trabajo?

—Lo de siempre. Ya estoy acostumbrado.

—¿Dormiste bien?

—No.

—¿Por qué?

—Porque no estabas tú.

Zoe lo besa en la mejilla mientras caminan por el parqueo en busca de su auto y, aunque sabe que su esposo exagera, le agrada oír esas palabras dulces, reconfortantes, que reafirman la solidez de ese matrimonio que ahora, curiosamente, le produce, a falta de una sensación de felicidad, el consuelo de saberse querida por un hombre bueno. *No me importa que me mientas*, piensa. *Mentir con cariño es también una forma de amar. Me gusta que me digas esas mentiras de galán antiguo. Me gusta que nos mientas a los dos para seguir estando juntos. Sé que no me extrañaste en el hotel, que dormiste mucho mejor sin mí, pero también que mientes porque me quieres. Y sé que estás feliz de verme aquí, en el aeropuerto, esperándote.*

Ahora están en el auto. Ignacio conduce lentamente, paga la tarifa del estacionamiento, se despide con ama-

bilidad de la señora que le ha cobrado desde una pequeña caseta. Acelera al llegar a la autopista, aunque siempre
dentro del límite de velocidad que establece la ley, y mira
a su esposa, que va callada, limándose las uñas. *Está rara*,
piensa. *Es muy raro que venga a recogerme al aeropuerto. La
siento triste, golpeada. Algo le ha pasado. Está demasiado sensible. No creo que me haya extrañado. Estoy seguro de que la ha
pasado muy bien sin mí. No dudo de que hubiera preferido que
yo volviese en un par de días más. Pero algo me esconde, algo
la atormenta, algo la aleja de mí, y precisamente por eso, para
ocultarlo y ocultárselo a sí misma, finge que estamos cerca, más
que nunca. No me lo creo. Pero me apena. No me gusta verte
así, Zoe. Sé que estás dolida y me entristece que no compartas
esa pena conmigo. No importa. Yo te quiero más de lo que nunca
has sospechado. Es bueno saber que estás de vuelta, aunque solo
sea por esta noche.*

—¿Te molesta si bajo un poco la calefacción? —pregunta Ignacio.

Nunca coinciden con la temperatura que desean preservar en el auto. Zoe suele quejarse de que Ignacio exagera con el frío. A ella le gusta prender el aire acondicionado
y helar el auto en verano, como disfruta, en esta noche de
invierno, encendiendo la calefacción al tope y dejándose
abrigar por ese vapor cálido que se filtra por las rendi-
jas del tablero y el piso. Ignacio se incomoda con el aire
acondicionado y la calefacción. Teme los cambios súbitos
de temperatura, pues alega que lo resfrían con facilidad.
Por eso ahora, aunque sabe que puede irritar a su mujer,
ha sugerido no calentar tanto el interior del automóvil,
que conduce con menos parsimonia de la habitual, porque
quiere llegar a casa, darse una ducha, leer sus correos y
meterse a la cama en su viejo buzo que huele a él.

—No, no me molesta —dice Zoe—. Apágala, si
quieres.

Es la eterna discusión, piensa ella, resignada. *Pero hoy no estoy dispuesta a molestarme por esta tontería. ¡Cuántas veces hemos peleado porque quieres apagar el aire, subirlo un poco o bajar la calefacción, y yo me opongo sintiendo que lo haces solo para fastidiarme, para joderme! Pero ahora no me molesta, Ignacio, porque sé que me amas todo lo que puedes, que es menos de lo que yo quisiera, pero lo suficiente para dormir tranquila esta noche a tu lado.*

—¿Estás bien, mi amor? —pregunta Ignacio, y la acaricia en una pierna.

—Sí —dice Zoe.

No me mientas, tontita, piensa él. *Algo no está bien.*

—Un poco cansada —añade ella—. Necesito dormir bastante.

—¿Dormiste mal anoche?

—Fatal. Tuve insomnio. Me quedé despierta la noche entera.

—¿Por qué? ¿Qué pasó?

—No sé. No pasó nada especial. Me vino uno de esos insomnios terribles.

—Pobre. Lo siento, amor. Hoy vamos a dormir rico. Llegando a la casa, nos metemos en la cama y dormimos como dos bebés.

Eso quiero esta noche: dormir como un bebé, piensa Zoe. *No quiero sexo, no quiero pasión, no quiero engaños ni traiciones, no quiero a un hombre haciéndome el amor para que luego escape en la madrugada aprovechando que estoy dormida. Solo quiero a un hombre que me abrace y me consuele. Estoy hecha mierda y no puedo decírtelo, Ignacio. Estoy destrozada porque creo que amo a tu hermano y estoy segura de que el canalla no me quiere, salvo para llevarme a la cama. No llores, Zoe. Contrólate. No llores, que se va a dar cuenta de que algo está mal contigo.*

A pesar de que intenta ahogar esa tristeza, Zoe se abandona a un llanto silencioso, apenas dos lágrimas que caen por sus mejillas. Ignacio la mira de soslayo, advierte que está llorando pero no le dice nada, no hace preguntas, sabe que ella prefiere mantenerse callada, impenetrable, y solo la toma de la mano, estrechándola con fuerza, y le dice:

—Tranquila, ardillita. Todo va a estar bien.

Zoe no dice nada. Se seca las lágrimas con un pañuelo que ha sacado de la cartera y dice con voz triste:

—Te adoro, Ignacio.

—Yo también, mi amor.

Llora porque ya no me quiere y no se atreve a decírmelo, piensa él.

Soy una puta y además una loca, cómo se me ocurre acostarme con Gonzalo y no cuidarme, piensa ella.

Gonzalo termina de pintar, muerde una manzana, se mira en el espejo, que le recuerda su aspecto desaliñado y algo barbudo, bebe un buen trago de agua mineral y se acerca al teléfono. *Alguien tiene que ceder,* piensa. *Si ella no me llama, la llamaré yo. Seguro que se muere de ganas de verme, pero, como es orgullosa y está despechada, no va a llamar. Te conozco, Zoe. No sabes jugar este juego mejor que yo. Olvídalo.*

Cuando marca el número de la casa de su hermano, Gonzalo piensa que, siendo las seis de la tarde, casi con seguridad Ignacio estará en el banco y Zoe, aburriéndose en casa. Nadie contesta. Luego de varios timbres, escucha la voz grabada de ella pidiendo que dejen un mensaje. No dice nada. Cuelga. *Es la voz de una mujer insatisfecha,* piensa.

Enseguida abre su agenda, busca los números de Zoe y la llama al celular. *Contéstame, muñeca. No te hagas la difícil conmigo. No seas rencorosa. No puedes haber olvidado tan rápidamente lo bien que la pasamos la otra noche. Contéstame.*

—Mi amor, lo siento, se cortó —escucha la voz de Zoe.

—¿Qué se cortó? —pregunta él, sorprendido.

—¿Ignacio?

—No, soy Gonzalo. Pero no me molesta que me digas *mi amor*.

—No es gracioso. Estaba hablando con Ignacio hace un minuto y se cortó.

—¿Dónde estás?

—En la calle.

—¿Qué haces?

—Salgo de mi clase de yoga.

Gonzalo la siente tensa, a la defensiva, pero se hace el tonto y mantiene el tono cariñoso. Si bien Zoe está contenta de oír su voz, quiere mostrarse distante y por eso hace un esfuerzo para no dejarse desbordar por el afecto que él le inspira.

—Me está entrando una llamada de Ignacio en la otra línea —dice ella, aunque en realidad no sabe si quiere colgarle a Gonzalo para seguir hablando con su esposo, que está en el banco y venía diciéndole, antes de que se cortase la comunicación, que llegará tarde a casa porque tiene una cena en el club ejecutivo con unos banqueros que han llegado de visita.

—Háblale. Te espero.

—¿No estás apurado?

—No. Si quieres, habla con él y luego me llamas.

—No. Espérame en la línea un minuto. Hablo con Ignacio y regreso enseguida.

Zoe no quiere llamarlo. No quiere ceder en su orgullo. Se siente en cierto modo reivindicada cuando es Gonzalo quien la llama, como ahora. *No puede vivir sin mí*, piensa. *Se hace el duro, el machazo, pero bien que me extraña. Que sufra. Yo no lo voy a llamar.*

—Mándale saludos —alcanza a decir, en tono cínico, Gonzalo.

—No te queda bien hacer de payaso —dice Zoe—. Espérame. Ya vuelvo.

Me haces reír, muñeca, piensa él, y se tira en la cama, el teléfono inalámbrico al oído. *No pretendas engañarme. No te hagas la que no me extrañas. No finjas que no te importo más. Bien que te mueres de ganas de volver a tirar conmigo. Aunque te avergüence admitirlo y quieras hacerte ahora la señora muy digna, tú y yo sabemos la verdad. Y la verdad es que tu esposo es un plomazo y tú te mueres por volver a hacer una trampita conmigo. Ya verás que vas a ceder. Tu orgullo será muy fuerte, pero más fuerte es el deseo, muñeca. Ya verás. En una hora estarás acá, en esta cama, y te sacaré la ropa y te haré gemir como a una gatita en celo. Ven, muñeca. No pierdas tiempo hablando con el ganso de Ignacio. Háblame. Te estoy esperando. Pienso en ti y se me pone dura.*

—Acá estoy, lo siento —dice Zoe.

—¿Ya le colgaste a Ignacio o lo has dejado esperando en la otra línea? —ironiza Gonzalo.

—Ya corté.

—Muy bien. ¿O sea que él tiene prioridad sobre mí?

Gonzalo bromea, quiere romper el hielo, pero ella mantiene un tono serio, distante.

—Sí, por supuesto. Ignacio es mi marido y yo lo adoro. Tú solo eres mi cuñado.

—¿Y a mí no me adoras?

—No.

—¡Qué pena! Porque yo sí te adoro, muñeca.

—No me digas *muñeca*, por favor.

—¿Pero al menos me extrañas? —dice, como si no la hubiera oído.

—No. Tampoco.

—¿Ni un poquito?

—Ni un poquito.

—¿Ni un piquito? —juega él.

—Ni un piquito —sonríe ella.

—Vamos, Zoe, no tienes que hacerte la dura conmigo. Yo soy tu amigo. Te conozco. Está bien que actúes con Ignacio, pero conmigo no tienes que actuar.

—¿Qué quieres, Gonzalo? ¿Para qué me has llamado?

—Quiero verte.

Es rico oír eso, piensa Zoe.

—¿Para qué? —pregunta.

—Para estar contigo.

—No conviene, Gonzalo. Mejor no.

Ahora Zoe ha detenido su auto y habla con una voz más amigable.

—¿Por qué no conviene?

—Porque Ignacio está acá. Porque es mejor dejarlo así.

—No, no es mejor. Te extraño. Quiero verte —dice Gonzalo, y Zoe permanece en silencio—. Tú también quieres verme. No mientas —insiste.

—No sé. Me da miedo. Tú no me quieres de verdad. Solo estás jugando conmigo.

—Eso no es cierto, muñeca. No digas tonterías.

Dime «muñeca», háblame así, me gusta sentirme tu amante aunque ya no me atreva a acostarme contigo, piensa ella.

—No son tonterías, Gonzalo. De verdad prefiero que no sigamos jugando con fuego. Esto va a terminar mal.

—Ven a verme. Solo media hora. Estoy en el taller. Te espero.

—No, Gonzalo. No insistas.

Se muere de ganas, piensa él. *Su voz la delata.*

—Ven. Te ruego que vengas. No seas mala.

Zoe se calla dos segundos, piensa, agoniza, lo imagina de nuevo a su lado y se llena de dudas. Siente miedo, pero también deseo.

—¿Me prometes que no va a pasar nada?

—Te prometo.

—¿Nada de nada?

—Lo que tú quieras, muñeca. Yo solo quiero estar contigo.

—Ni un beso, Gonzalo. Prométeme que te vas a portar bien. Si no, olvídate, prefiero no verte.

—No te preocupes, Zoe. No haré nada. Me portaré como un monaguillo.

—Sí, claro —dice ella, sonriendo—. Los monaguillos son los más peligrosos.

—Entonces me portaré como un cura.

—Peor. Qué miedo.

Se ríen. *Todo está bien*, piensa él. *Necesito verlo, sentir que ya pasó la tormenta pero seguimos siendo amigos*, piensa ella.

—Bueno, ¿vienes o no?

—No. Quiero verte, pero no en tu taller.

—¿Por qué?

—Muy peligroso. No quiero que me vean entrar allí. No quiero dejar mi carro en la puerta.

—No seas paranoica, Zoe. Nadie te va a ver.

—¿Y si pasa una amiga y ve mi carro? ¿Y si vienen a verte Ignacio o tu mamá?

—Imposible. No seas loca.

—No quiero correr riesgos.

—¿Entonces dónde quieres que nos veamos?

—No sé, ayúdame, pensemos.

—¿En algún café de por acá?

—No, no quiero ningún lugar público.

—Qué exagerada eres.

—Gonzalo, soy una mujer casada, tengo que cuidarme.

—Hay un hotel cerca de mi taller, que es de lo más discreto.

Gonzalo menciona enseguida el nombre y la dirección.

—Sí, lo conozco —dice ella.

—Si quieres privacidad, es ideal. Yo me registro, subo al cuarto, te llamo, te digo el número y tú entras con el auto, cuadras en el parqueo subterráneo y subes directamente a la habitación. No te verá nadie.

—Ya veo que eres un experto en esto. ¡A cuántas amiguitas habrás llevado a ese hotel!

—¿Ahora estás celosa? —ríe de buena gana Gonzalo.

—No, tú puedes hacer con tu vida lo que quieras, pequeñín —dice ella, tratando de sonar sarcástica, pero en el fondo prefiere ni imaginarse a Gonzalo con otras mujeres porque, aunque le moleste reconocerlo, le da celos, se enfurece un poquito.

—¿Pequeñín? ¿Te parecí pequeñín la otra noche?

—Es pequeñín pero crece —bromea ella.

—Si yo soy pequeñín, Ignacio será un pigmeo, entonces.

—No seas vulgar —se ríe Zoe.

—Bueno, salgo ahora mismo. Te llamo del hotel y te doy el número de la habitación. ¿Sabes cómo llegar?

—Sí. Espero tu llamada. Pero ya sabes: no va a pasar nada.

—Yo sé, no te preocupes. Solo vamos a hablar.

Vamos a hablar después de tirar riquísimo, piensa él, y sonríe cuando cuelga el teléfono y salta de la cama, feliz.

No has debido hacer esto, Zoe, piensa ella, mientras elige uno de los seis discos que están instalados en el equipo del auto y salta a una de sus canciones favoritas. *Es un riesgo muy grande. Sabes que Gonzalo te gusta demasiado. Lo vas a tener en un cuarto de hotel, ¿y solo van a hablar? Te estás engañando. En el fondo te mueres de ganas de volver a tirar con él. Admítelo. No, no vamos a tirar. Es una cuestión de orgullo. Nos veremos, hablaremos como gente adulta, quedaremos como amigos y olvidaremos esa noche loca que nunca debió ocurrir. Júrate eso, Zoe. Nada de trampas hoy. Júrate. No seas tan sinvergüen-*

za. Haz que Gonzalo te respete. Aunque te tiente, no pierdas la compostura. Dale una lección. Demuéstrale que no todas las mujeres se derriten por él. Demuéstrale que sabes decir que no.

Veinte minutos más tarde, Zoe deja su auto en el parqueo subterráneo del hotel, sube algo nerviosa por el ascensor, respira aliviada cuando, sin que nadie la haya visto, sale de él en el piso donde la espera Gonzalo, y toca débilmente la puerta de la habitación 1003. Se echa un vistazo en un espejo cercano. *Parezco una pordiosera*, piensa. Lleva puesta la ropa deportiva que suele usar para sus clases de yoga. *No estoy nada sexy*, se dice. *Pero mejor así.*

—Pasa —le dice Gonzalo, que no demora en abrir, porque imagina que Zoe viene nerviosa, y no se equivoca.

Ella entra en la habitación, da una mirada rápida, cierra deprisa las cortinas y enciende una luz.

—No es un hotel de lujo, pero tampoco está tan mal y tiene mucha privacidad —comenta él.

—Es un burdel, no un hotel —dice ella, con una sonrisa, y se sienta en la cama, cuyo edredón rojo le parece de muy mal gusto—. ¿Cuántas veces has venido a tirar acá?

Gonzalo se cruza de brazos y la mira con cariño.

—Menos de las que crees —dice, y añade—: Te ves muy bien con tu ropa de yoga.

—No comiences —dice ella—. No puede pasar nada, ya sabes.

—Claro, ya sé. ¿Quieres tomar algo?

—Agua, por favor.

Gonzalo abre el minibar, saca una cerveza y una botella de agua y le da la botella a Zoe. Luego abre la cerveza, toma un trago y eructa.

—Perdón —dice.

Zoe se sorprende de sentirse atraída por Gonzalo cuando lo ve eructar. *Me gustan los hombres que eructan, que huelen fuerte*, piensa.

—No me has dado un beso —dice Gonzalo—. Has entrado a este cuarto como si estuviéramos negociando drogas.

Zoe sonríe, cruza las piernas, se alegra de saber que tiene esas piernas espléndidas que él ha mirado sin disimulo.

—Nada de besos, Gonzalo.

—Solo uno.

—Gonzalo, por favor.

—Me muero de ganas de darte un besito. No seas mala.

Tú también te mueres de ganas, piensa. *No te hagas ahora la santurrona, cuando el otro día en tu casa gemías con placer. ¿O crees que eso nunca existió?*

—No, mejor no. Siéntate y hablemos.

Gonzalo se sienta en la cama a su lado, la mira, acaricia su pelo.

—Eres salvaje —le dice—. Te veo y me vuelves loco.

—Yo también me alegro de verte —dice ella, tratando de ser solo la amiga, la cuñada, ya no más la amante.

—Ven, bésame. Solo un beso.

—No, Gonzalo.

—Te juro que un beso y nada más.

Zoe lo mira a los ojos y luego ahí abajo, el bulto entre sus piernas, y se excita.

—¿Solo un beso? ¿Me prometes?

Gonzalo no contesta. La besa de un modo lento, lleno de ternura, y ella se abandona, gozosa.

—Te he extrañado —confiesa Zoe.

Gonzalo sigue besándola, besa su cuello, sus mejillas, la abraza, la tiende en la cama.

—¿Te has acostado con Laura? —pregunta ella.

—No.

—¿Has estado con alguien más?

—No. Solo he pensado en ti.

Se besan con pasión. *Me ama*, piensa Zoe. *Me desea como a nadie. Es mío. Por poco tiempo, pero es mío.*

—Quiero hacerte el amor —dice él.

—No, Gonzalo. Mejor no.

—No tengas miedo.

—Esto va a terminar mal.

—No. ¿Por qué? Podemos ser amantes secretos todo el tiempo que quieras.

—Gonzalo, Gonzalo, estás loco —dice ella, y lo besa. Luego añade—: Pero júrame que es la última vez.

—Te lo juro —dice él, pero piensa *no seas ingenua, muñeca, vamos a tirar como conejitos; esto recién está comenzando.*

—Bésame, Gonzalo. Ven, bésame.

Veo que tus clases de yoga no te han ayudado mucho en el autocontrol, piensa él, y la besa.

Un momento después, cuando hacen el amor, ella le dice al oído:

—Eres un hijo de puta, pero tiras riquísimo.

—Me encanta que me lo digas, mi putita.

—No sabes cómo me gusta que me digas *putita*.

Siguen amándose cuando él recuerda que no se ha puesto un condón.

—¿Te estás cuidando?

—No.

—¿Puedo terminar adentro?

—Sí. Tranquilo. Hoy no hay peligro.

—¿Segura?

—Segura. Hoy es un día seguro. No pares. Termina adentro.

—Lo que tú quieras, mi putita.

Después de hacer el amor, Gonzalo y Zoe, desnudos, tendidos en la cama del hotel, separados uno del otro, mirando ambos el techo, se quedan un momento en silencio, como si no quisieran romper, con palabras, dudas, temores y promesas, la felicidad de ese instante. *No quiero pensar en el futuro*, piensa ella. *Solo quiero gozar de la calma maravillosa que me invade después de venirme en sus brazos. Ha estado mejor que la primera vez*, piensa él. *He durado más. Espero que no se arrepienta y se ponga a llorar y jure que no volverá a ocurrir y me odie porque ha tirado rico conmigo. Quédate en silencio, Zoe. No digas nada. Deja que tu cuerpo hable por ti. No seas histérica. Aprende a conocerte. Te estoy ayudando. Conmigo en la cama vas a saber quién eres de verdad. No digas nada. Cállate, respira, disfruta. Esto es lo único que de verdad importa en la vida. Lo demás, la plata, el éxito, las joyas que te pones para impresionar a tus amigas, la casona en la que vives con tu marido, todo eso es una buena mierda. Lo único que importa es saber qué te hace feliz y tener el coraje para buscarlo y conseguirlo. Hay gente que nunca lo sabe. Hay otra que lo sabe pero no se atreve a pelear por eso y se rinde sin siquiera intentarlo. Hay pocas personas que aprenden a conocerse, reconocen dónde está su felicidad y se juegan todo por conseguirla y se acercan bastante a esa vida ideal que soñaron. Tú puedes ser una de ellas. Pero primero tienes que saber qué quieres, quién eres, qué te gusta, cómo te gusta tirar en la cama, qué fantástico es tener un orgasmo salvaje. Juraría que eso no lo has vivido nunca con Ignacio y, a estas alturas, tampoco lo vivirás. Yo quiero ser el hombre que te ayude a descubrir el camino de tu felicidad. Por eso me gusta tirar contigo. Porque siento que estás naciendo de nuevo, cambiando de piel, redescubriéndote. Porque en cada expresión de placer que veo en tu rostro creo ver a una mujer distinta, más libre y feliz, no a la esposa aburrida de mi hermano, sino a una Zoe que quizás nunca te atreviste a mirar a los ojos. No te llenes de miedo. Manda la culpa al carajo.*

Convéncete de que mereces ser feliz. La felicidad que yo te doy en la cama, que no te dé vergüenza. No traiciones esa felicidad hablando en este momento, que siento mágico, diciéndome que será la última vez y que no debemos vernos más. Cállate, por favor. Goza este instante conmigo.

—Tengo que irme.

Zoe ha hablado con una voz sosegada que expresa bien la serenidad interior que siente en ese momento. No está feliz, tampoco orgullosa con lo que acaba de ocurrir, simplemente está tranquila. No se deja invadir por la culpa, no se arrepiente de haber quebrado una promesa más. En realidad, le parece penoso haberse engañado a sí misma creyendo que podía reunirse con Gonzalo en ese cuarto de hotel y solo hablar, cuando ella mejor que nadie sabía el deseo violento que ese hombre le inspira, los placeres seguros que encuentra en sus brazos. *He sido una estúpida*, piensa. *No quiero ser esa mujercita asustada y tonta. Gonzalo debe reírse de mí cuando vengo al hotel y le digo que no pasará nada. ¿Por qué me estoy negando esta felicidad? ¿Por qué me da tanto miedo hacer algo que disfruto salvajemente? ¿Por qué lo trato mal cuando él me da un cariño que necesito, que me hace bien, que me llena de paz como ahora? No quiero ser esa señora culposa que se arrepiente de tener un orgasmo magnífico con su amante. Al diablo, esa señora. Quiero ser una mujer feliz y Gonzalo, por ahora, es mi mejor aliado para sobrevivir a la trampa en la que estoy metida con Ignacio. No debo negarlo. No puedo engañarme y pretender que todo está bien con Ignacio. Sí, es un hombre bueno, me da protección y estabilidad, lo quiero, pero como amante es un desastre, no es capaz de darme los orgasmos riquísimos que tengo con Gonzalo. Toda mi vida he hecho lo que los demás esperaban que hiciera, he vivido para los otros. Me cansé. Ahora voy a vivir para mí, aunque los demás no me entiendan. Y por eso voy a seguir tirando con Gonzalo todo lo que me dé la gana. Porque lo disfruto. Porque me hace*

feliz. Porque me deja así, tan tranquila, tan contenta, en ar-
monía con mi vida y con el mundo. Lo siento. Solo soy una mu-
jer. Los orgasmos que me arranca este hombre delicioso son mi
mejor terapia. Tiraré contigo, Gonzalo, hasta que me aburra.
Y seguiré siendo tu putita todo lo que quieras, mi niño.

—No te vayas. Quédate un rato más.

Gonzalo la mira a los ojos y cree ver en ella la certeza
de que lo que acaba de hacer, entregarse al hermano de su
esposo, no está mal, no puede estar mal si le ha procurado
tanto placer, y ahora la tiene así, sedada, en paz, tan distinta de esa mujer crispada que entró a ese cuarto de hotel
media hora antes, peleando consigo misma, tratando de
negarse algo que ahora, en la quietud de esa cama revuelta, resulta evidente: que, desnudos, liberados de ataduras
y formalidades, encuentran una felicidad que no conocían
y a la que les será difícil darle la espalda.

—Tengo que irme. No quiero que Ignacio llegue a
casa y no me encuentre.

—Está bien, como quieras.

—Tenemos que ser cuidadosos.

—Entiendo.

Zoe se levanta y empieza a vestirse. Gonzalo la mira
desde la cama. No cubre su sexo con la sábana. Está desnudo y se muestra a los ojos de esa mujer que lo mira con
deleite. Está orgulloso de su sexo y no lo esconde. *Sé que*
la tengo más grande y bonita que mi hermano, piensa. *No la*
voy a tapar. Me gusta que la mires con cariño. Me encanta que
pienses eso: que Ignacio puede tener mejor corazón que yo, pero
nunca un sexo mejor que el mío. Mírame, muñeca. No tengas
miedo de mirarme como te miro yo a ti.

—¿Nos podemos ver mañana? —pregunta.

Zoe se queda pensativa, sentada en la cama de espaldas
a él, mientras calza las zapatillas deportivas con rayas fosforescentes. Luego voltea, lo mira a los ojos, sonríe y dice:

—No es una mala idea.

Esta es la mujer que quiero ser, piensa. *Si algo me hace feliz, no me lo niego, me lo permito. Si algo me provoca de verdad, como ver a Gonzalo, me concedo esta felicidad. Sonríe. Sé feliz. Lo mereces. Ya verás cómo estos encuentros con Gonzalo en el hotel te ayudan mucho más que los años de terapia con el pesado del psicoanalista, que te sacó una fortuna y al final nunca te sirvió de nada. El psicoanálisis es una gran estafa. La mejor terapia es tirar rico. No cuesta nada, lo disfrutas mucho más y te muestra con toda claridad quién eres y qué quieres. Tú serás mi psicoanalista, Gonzalito. Psicoanalízame mañana y todos los días que quieras. Métete tan adentro como te dé la gana. Tú dentro de mí: esa es mi idea, por ahora, de la felicidad, y por eso vendré de todos modos mañana a este hotel pulgoso pero rico para tirar.*

—Estupendo. Nos vemos mañana. ¿Te parece bien acá?

Me ha gustado esa sonrisa, piensa Gonzalo. *Se ve que le está cogiendo el gusto a esto. Quizás no deberíamos haber tirado la primera vez en su casa. Allá es más difícil para ella. Acá está más libre, es territorio neutral. Me gusta que sonrías así, Zoe. Esa es la sonrisa que quiero ver en ti.*

—Me parece perfecto. Me ha gustado este hotelito. Es discreto, nadie nos va a encontrar acá.

—Claro, es perfecto. Vienes, dejas tu carro en el parqueo de abajo y subes directo por el ascensor al cuarto. No te cruzas con nadie.

—No quiero que nadie se entere de esto, Gonzalo. Tenemos que ser muy cuidadosos.

—Como quieras, muñeca. Pero si vamos a ser cuidadosos, ¿quién se va a cuidar: tú o yo? Porque hoy no nos hemos cuidado y he terminado adentro.

—No hay problema. Está por venirme la regla. Hoy es un día seguro.

—Pero mejor no correr riesgos.

—Yo no me cuido hace años. Tú sabes que con Ignacio hemos querido tener hijos, hemos tratado todos los métodos posibles. Pero no se puede. Es estéril. Por eso no me cuido, a ver si algún día ocurre un milagro y me deja embarazada. ¿Qué sentido tendría cuidarme?

—Pero ahora es diferente. Si vamos a seguir viéndonos acá, tenemos que cuidarnos. Yo no soy estéril.

—¿Cómo sabes?

—Bueno, no tengo hijos, pero siempre me he cuidado, no he tratado de tenerlos tampoco, y supongo que no soy estéril.

—Deberías hacerte un chequeo. De repente es una cosa familiar.

—Tampoco quiero tener hijos. Si soy estéril como Ignacio, me daría igual.

Zoe sonríe, le dirige una mirada provocativa, coqueta, y dice:

—No sé si serás estéril, pero tiras riquísimo y eso me basta.

—Tú también tiras riquísimo, muñeca —sonríe Gonzalo desde la cama, y siente un cosquilleo allí abajo—. Ven acá.

—No, no me tientes. Tengo que irme. Quédate con las ganas hasta mañana.

—Como quieras. Tú te lo pierdes.

Zoe termina de vestirse, se mira en el espejo, acomoda su pelo, se permite una levísima sonrisa y cree ver en ese gesto risueño la satisfacción de saberse querida, la esperada revancha de tener a un hombre dispuesto a todo con tal de hacerla suya en la cama.

—Mañana, acá, a la misma hora —dice, con una seguridad de la que se siente orgullosa—. Si quieres cuidarte, es problema tuyo. Yo detesto las pastillas y no quiero que me metan cosas adentro. Me pone nerviosa la sola idea de tener una cosa de cobre en la vagina.

Gonzalo ríe de buena gana y se pone de pie.

—No te preocupes, me cuidaré yo.

—Pero estos días no hay peligro, créeme. Está por venirme la regla.

—Con razón andabas tan agresiva conmigo.

—Lo siento, tigrillo. Te traté mal. Pero lo merecías. Fuiste un cabrón al irte así de mi casa esa mañana. Te portaste como un perro.

Zoe no está acostumbrada a hablarle a un hombre así, decirle *cabrón, perro*, porque a su marido intenta hablarle con un sentido de la corrección y el decoro que él estimula en ella, pero ahora le gusta sacudirse de esas formas opresivas y usar las palabras sucias o ásperas que describen exactamente lo que piensa. *A Gonzalo le puedo hablar como me da la gana*, piensa. *Me gusta eso. Me gusta poder decirle en la cama todas las cochinadas que me vengan a la cabeza. Es rico eso. Una se libera.*

—No hablemos más del pasado. Te espero mañana. Estaré en este mismo cuarto. Si tienes algún problema, me llamas.

—No habrá ningún problema. El único problema puede ser que llegue antes que tú —bromea ella.

Ahora se abrazan, ella vestida, él desnudo, de pie frente a la puerta, y él la besa lentamente, y ella siente que él despierta allí abajo, entre las piernas, y se separa, ve su sexo levantándose, y goza muchísimo cuando se dirige a la puerta, le echa una mirada coqueta, lo ve así, desnudo, excitado, todo para ella, y le dice antes de salir:

—Si me extrañas mucho, tócate pensando en mí.

Gonzalo se ríe y alcanza a contestarle:

—Putita rica, te veo mañana.

Zoe sale del cuarto, cierra la puerta, llama el ascensor y sonríe con una felicidad insólita. *Qué fantástica sensación*, piensa. *Me ha encantado salir del cuarto dejándolo así, muerto de ganas por mí. Por primera vez en mi vida he sentido que tengo poder absoluto sobre un hombre que me desea a rabiar. Y ha sido una delicia sentir eso. Si mi vida fuese una película, acabo de rodar la mejor escena. Corten. Me voy. Mañana seguiremos grabando en este hotelito que me ha gustado tanto.*

Mientras regresa a casa tras un largo día de trabajo en el banco, Ignacio detiene su auto, retira el cinturón de seguridad que cruza sobre su pecho, desciende con esa elegante lentitud que preside sus movimientos y entra en una florería. Luego de echar un vistazo a los diferentes arreglos, elige unas rosas amarillas y pide al vendedor que se las prepare para llevarlas a casa. *Las flores amarillas son mis favoritas*, piensa. *He salido a mamá. Ella pinta siempre con una flor amarilla en su estudio. Adora las rosas amarillas. Dice que le traen buena suerte.* Ignacio paga, deja una buena propina al muchacho que le lleva las flores hasta el auto y las acomoda en el piso del asiento trasero, y, manejando con cautela por la autopista que lo conducirá a los suburbios apacibles donde ha elegido vivir, recuerda la primera vez que compró una flor para una mujer: fue una orquídea blanca que Zoe prendió en su vestido, a la altura del pecho, en el baile de promoción de la escuela de Ignacio. *Hace casi veinte años de eso*, piensa. *Llevo diez años casado con ella, pero la conozco hace casi veinte. Qué nervios sentí aquella noche cuando le regalé la orquídea. Qué hermosa se veía con esa flor en su vestido negro. Nunca imaginé que una mujer tan linda pudiera enamorarse de mí. Aunque han pasado los años, sigo queriéndola como al principio. Es una dama. Es tan elegante y distinguida, incapaz de odiar a nadie, con un corazón* de oro. *Volvería a casarme con ella sin ninguna duda. Si hay algo que admiro en Zoe, además de su belleza, es su bondad. No olvido que, en un momento de ofuscación, le dijo a Gonzalo mezquindades contra mí y el destino quiso que yo las oyera. Dios quiso poner a prueba mi amor por ella. Siento que he pasado la prueba. La quiero más que nunca. La perdono por ese momento de debilidad. Pero sé que, ante todo, Zoe es una mujer noble y leal, que me quiere bien y nunca me traicionaría. Me da tanta pena no haber podido darle un hijo. Sería una madre tan feliz, tan amorosa. Debo comprender que a veces se deprima y hasta se moleste conmigo, porque, quizás inconscientemente, puede que me culpe de su soledad por no haber podido hacerla madre. Tengo que acompañarla más. La pobre anda muy sola, todo el día en la casa. Si al menos me hiciera caso y escribiera, estoy seguro de que se sentiría mejor. Voy a llevarla de viaje una semana, adonde ella quiera. Tengo que quererla y engreírla más. A veces la descuido por dedicarme tanto al banco y a las cosas del trabajo. Pero es la mujer de mi vida y no quiero perderla. Voy a sorprenderla con gestos de amor que no espere. Voy a seducirla como si comenzáramos de nuevo. La emoción de la primera flor, el primer baile, qué nostalgia. Quizás la pobre Zoe se aburra un poco conmigo. Yo le doy todo lo que puedo, y más, pero ella es joven, quiere divertirse, tiene un espíritu más liviano, y yo voy a un ritmo calmado y tal vez a veces se aburra conmigo. Tengo que inventarme cosas que rompan esa sensación de rutina. Después de todo, yo tengo la culpa de que ella pueda haber sentido ganas de distraerse conversando con el pícaro de Gonzalo, que no pierde oportunidad para tratar se seducir a cuanta mujer guapa se le cruce en el camino, incluso si se trata de su cuñada. En Gonzalo, por supuesto, no puedo confiar; pero en Zoe sí, ella no sería capaz de estar con otro hombre, y mucho menos con mi hermano, y sé perfectamente que solo por aburrimiento, por sentirse descuidada por mí, ha caído en la tentación adolescente de flirtear un poquito con el inescrupuloso de Gonzalo, siempre al acecho de alguna oportunidad para vengarse de mí, como si yo le hubiese hecho algún daño en la vida. Paciencia. Con Gonzalo debo ser como un padre magnánimo que lo comprende, le perdona todo y le renueva su cariño incondicional. No es mi hermano: es el hijo díscolo que no tuve. Debo verlo así. Y con Zoe debo esmerarme para que, además de seguir queriéndome, se divierta conmigo. Esta noche la voy a sorprender.*

Al llegar a su casa, Ignacio se apresura en silbar con cariño para anunciar su presencia y llamar a su mujer, a quien busca en su habitación, en el escritorio, en el baño, sin encontrarla. Luego se dirige a la sala, al comedor, a la cocina, al área de lavandería, pero tampoco la encuentra. *Estará en el gimnasio*, piensa. Sale por una puerta trasera de la cocina que lleva al jardín, camina por un sendero empedrado y oye el rumor que viene de la piscina iluminada. *Qué diablos hace allí con este frío*, piensa, sorprendido, cuando descubre, acercándose, que Zoe se ha metido en la piscina, ya de noche. *Es la primera vez que regreso del banco y la encuentro bañándose en la piscina. Algo le pasa a mi mujer.*

—Mi amor, ¿qué haces en la piscina? —pregunta.

Zoe, nadando de espaldas a él con un bañador negro de dos piezas, voltea sorprendida, sonríe y dice:

—Está delicioso, me provocó darme un chapuzón.

No le dice, por supuesto, que, al regresar de su cita secreta con Gonzalo, se sintió tan feliz, tan joven y traviesa, tan llena de una energía nueva, que tuvo ganas de romper la rutina: tirarse al agua fría y chapotear como una niña.

—¿No tienes frío? —pregunta Ignacio, de pie, al borde de la piscina, la camisa blanca desabotonada a la altura del cuello, el nudo de la corbata desajustado, las rosas amarillas escondidas tras su espalda.

—¡No! —grita Zoe desde el agua, sonriendo, flotando, exhibiendo sin pudor su felicidad—. ¡Está riquísimo!

Nunca me has hecho el amor en esta piscina, piensa ella. *Si fueras Gonzalo, te tirarías con zapatos y corbata y me besarías con pasión. Pero tú solo piensas en que el agua está fría y te va a dar un catarro feroz. Ay, Ignacio, tú siempre tan pendiente de tu salud. Yo no me voy a resfriar porque tu hermano me calienta divinamente, Gonzalo es mi estufa, mi chalina, mi frazada. Ya tengo con quién calentarme. Por eso no siento fría el agua de la piscina.*

—Te traje estas flores —dice Ignacio, y le muestra el arreglo de rosas amarillas.

—Mi amor, qué lindo detalle —se sorprende de veras Zoe—. ¿Y a qué debo el honor?

—A nada —dice Ignacio, apenas sonriendo—. A que te quiero más que nunca.

—Yo también te quiero. Qué lindas rosas. Sabes que me haces muy feliz cuando me compras flores. Adoro recibir flores.

—Yo sé, mi amor, yo sé.

Sí, pero todavía no sabes que no soy tu mamá y que podrías regalarme flores distintas de las que también le regalas a ella, piensa Zoe, sin enojarse. *Pobre Ignacio. Soy una víbora. Yo tirando con su hermano y él comprándome rosas. Debería sentirme una cerda, debería tener vergüenza, pero no: me siento regia, feliz, no me cambio por nadie. Y las flores, las merezco.*

—¿Qué tal tu día?

Siempre me preguntas eso, piensa Zoe. *Con las mismas palabras, exactamente las mismas palabras.*

—Bien, todo bien. Me he sentido muy bien hoy día.

Gracias a tu hermano, en realidad, añade para sí misma, sonriendo dulcemente.

—¿Tu yoga, bien?

—Delicioso. Me hace mucho bien. ¿Tú qué tal?

—Todo bien, por suerte. ¿Dónde te dejo las rosas?

—Acá.

—¿Cómo acá?

—Acá. Tíralas al agua.

Zoe ríe, se siente joven, traviesa, disfruta sorprendiendo a su marido.

—¿Me estás pidiendo que tire a la piscina las rosas que te he comprado? —pregunta Ignacio, con expresión risueña.

—Eso mismo. Quiero ver las rosas flotando en el agua alrededor. Se verán lindas acá. Tíralas.

Zoe está rarísima, pero al menos la veo feliz, se consuela pensando Ignacio.

—¿Segura? ¿Las tiro?

Ay, Ignacio, tú siempre tan formal, piensa Zoe.

—Claro, tíralas.

Perplejo pero divertido por la ocurrencia de su esposa, Ignacio arroja las doce rosas amarillas al agua. Al caer, se dispersan y flotan. Zoe se acerca y huele los pétalos mojados de una; se zambulle y reaparece rodeada de esas flores amarillas.

—¿Cómo me veo? —pregunta, haciendo un mohín de coquetería.

—Como una diosa —responde Ignacio.

—Gracias, mi amor. Están lindas las flores.

Ignacio contempla con fruición esa escena que no deja de sorprenderlo: su mujer de noche en la piscina sonriéndole con una felicidad que la desborda, las flores que ha comprado y ahora flotan en el agua.

—Ahora tírate tú —dice Zoe.

—¿Estás loca? —sonríe Ignacio.

—Métete. No seas tonto. Está deliciosa.

Ignacio se agacha y toca el agua con una mano.

—Está helada —dice.

—Ven, salta, no seas tontito.

—¿Cómo quieres que salte, así con ropa y todo?

—Claro, más divertido.

—Zoe, ¿has fumado algo?

—No, solo estoy contenta.

—¿Por algo en especial?

—No, por nada. Porque sí. Tírate. No seas pavito. Ven, tírate.

Sorpréndela, haz una pequeña locura, rompe las reglas, piensa Ignacio. *El único problema es que te vas a resfriar de todos modos.*

—Bueno, ya. Solo porque tú me lo pides.

Se quita la ropa, queda en calzoncillos, tiembla de frío y se dispone a saltar.

—Sin nada de ropa —le pide Zoe—. Quítate los calzoncillos.

—No sé qué tienes hoy —sonríe Ignacio, y se baja los calzoncillos blancos.

Tu hermano tuvo más suerte que tú, piensa Zoe, al ver desnudo a su marido, el sexo pequeño, encogido por el frío.

—Vamos, salta, mi amor —lo anima.

—Te odio —dice Ignacio y salta, entrando de cabeza al agua.

Zoe ríe al ver a su marido sacar la cabeza del agua, tiritar de frío y quejarse:

—¡Está helada! ¡Me voy a resfriar por tu culpa!

—Pareces una vieja, Ignacio —le dice, y nada hasta él y le da un beso en la mejilla—. Gracias por las rosas —añade, y lo mira con cariño.

—Te quiero, mi amor.

—Yo también te quiero, Ignacio.

—No, tú no me quieres, tú me quieres resfriado. Salgo enseguida. Está helado.

Zoe se ríe porque Ignacio sale deprisa de la piscina y corre desnudo, temblando de frío, hasta la puerta de la cocina, en busca de una toalla.

—Tontito, nunca vas a cambiar —dice en voz baja, y huele una rosa.

Zoe duerme. A su lado, tendido en la cama, Ignacio no consigue dormir. Han cenado algo ligero viendo la televisión y se han acostado temprano. Zoe lucía relajada y feliz. *Hacía tiempo que no la veía tan contenta*, pensó Ignacio, mientras cenaban una sopa y unos sánguches que él había preparado. Para su sorpresa, Zoe decidió que esa noche dormiría desnuda, acercó una estufa a la cama, puso una manta sobre el edredón y se metió entre las sábanas sin el camisón y la ropa interior con los que habitualmente duerme.

—¿Vas a dormir así? —le preguntó Ignacio, sorprendido, al tiempo que se ponía un piyama de franela.

—Sí —respondió su esposa—. ¿Te molesta? —preguntó, haciendo un guiño coqueto.

—No, para nada —sonrió él—. Pero te va a dar frío.

—Me abrigarás tú —sonrió ella.

Está rarísima, pensó él. *Pero se ve feliz, así que mejor no le digo nada. Quizás ella también quiere que nuestro matrimonio deje de ser tan aburrido. Quizás quiere sorprenderme. Quizás desea hacer el amor conmigo y por eso se ha metido desnuda en la cama.*

De pronto, Ignacio dejó de ponerse la ropa de dormir y pensó que debía responder sin demora a esa invitación. Se quitó el pantalón, quedándose en medias y calzoncillos, y se metió en la cama. Tembló de frío. Zoe intentaba leer una novela de moda. Cerró el libro y miró a su esposo, que se acercó a ella y la abrazó.

—¿Qué haces tú también sin piyama, mi amor? —le preguntó, una expresión risueña dibujada en su rostro.

—Quiero hacer travesuras —susurró Ignacio, besándola en el cuello, acariciándole las piernas bajo las sábanas.

Yo no quiero hacer travesuras, yo quiero tirar como se debe, como tú no sabes, pensó Zoe, sonriendo. *Yo no quiero hacer travesuras contigo, mi amor. Yo quiero hacer cochinaditas ricas con tu hermano.*

—Ignacio, hoy no nos toca —dijo Zoe, y gozó recordándole a su esposo el calendario amoroso que él había impuesto y ella consideraba absurdo—. Tenemos que esperar al sábado. Así llegamos con más ganas.

—No seas mala, dame un adelanto —bromeó él, apretándose contra ella, sin dejar de acariciarla.

—No, mi amor. Mejor mañana sábado. Hoy no tengo ganas.

Ignacio interrumpió sus caricias y se retiró un poco.

—Pensé que te habías metido sin ropa a la cama porque querías hacer el amor —dijo, algo decepcionado, pero tratando de no enojarse.

—No, lindo —le dijo Zoe, y le acarició el rostro con ternura—. Hoy no me provoca. Quiero dormir así por puro capricho.

—Comprendo. Espero que no te resfríes.

—No te preocupes. Si tengo frío, me caliento contigo, tú eres mi peluche.

Yo no quiero ser peluche de nadie, pensó él, contrariado, saliendo de la cama, recogiendo de la alfombra su ropa de dormir. *Si tienes frío, ponte tu piyama y no me jodas, que yo no soy calentador de nadie.*

—Todo bien, mi amor, como quieras —dijo él, guardando la compostura, y terminó de vestirse con la piyama de franela.

Cuando Ignacio rezó, sentado en la cama, los brazos cruzados a la altura del pecho, el televisor apagado, ya su mujer había dejado la novela que leía y parecía dormir plácidamente. *No se ha echado sus cremas, no se ha lavado los dientes, no ha prendido la computadora para leer sus últimos correos del día*, pensó. *Es muy raro que actúe así. Pero no parece molesta conmigo. Me trata con cariño. Incluso diría que quiere perturbarme, tentarme, despertar en mí el deseo de hacerle el amor. Y cuando lo consigue, me deja con las ganas. Como quieras, Zoe. Tú ganas.* Ignacio cerró los ojos y rezó: *Señor, estoy un poco molesto, te ruego que me des paz, que me ayudes a seguir queriendo a esta mujer a la que a veces, como ahora, simplemente no entiendo. Necesito dormir. Gracias por tantas cosas buenas. Solo te pido que me des ocho horas de sueño para recuperarme bien. No quiero sentir en el corazón este desasosiego que me inspira mi mujer. Dame paz, dame sueño, Dios mío. Buenas noches.*

Ahora Zoe duerme. A pesar de sus súplicas, Ignacio continúa despierto, desvelado, dando vueltas en la cama, llenándose de rencor contra su esposa. *Juegas conmigo*, piensa. *Me tratas como si fuera tu pelele. Te traigo flores, me tiro a la piscina helada para complacerte, te metes desnuda a la cama y te pido que hagamos el amor y me rechazas, recordándome que solo debemos hacerlo los sábados. Está bien que en principio nos toque los sábados, porque eso me da una sensación de orden y estabilidad de la que yo disfruto, pero podríamos romper la rutina de vez en cuando. En el fondo, ya no me quieres. Me quieres, sí, pero como si fuera tu hermano mayor, distante, algo aburrido, que te protege y te sirve como calentador si pasas frío durante la noche. Pero no me ves como a un hombre deseable. Está claro. Supongo que tengo la culpa de eso, pero no sé qué carajo hacer para remediarlo. Por ahora, necesito dormir, olvidar que mi matrimonio es un desastre. Dios, duérmeme, no seas cruel.*

Ignacio se impacienta, sale de la cama y camina hacia el baño sin hacer ruido. Tras encender una luz débil, se mira en el espejo, que le devuelve la imagen de un hombre fatigado, ojeroso, disgustado con su vida. *No soy feliz*, piensa. *Nunca lo he sido. Probablemente no lo seré jamás. Pero no debo perder la calma. Los hombres grandes se fortalecen en los momentos más duros, se agigantan ante la adversidad. Yo soy un hombre grande. Aunque nadie me quiera, ni siquiera mi propia esposa, que duerme desnuda en mi cama, yo me quiero lo suficiente como para aguantar a pie firme las dificultades y seguir avanzando como un guerrero. Los triunfadores no suelen ser los más inteligentes, sino los más fuertes. Yo soy fuerte, soy un triunfador y no me voy a derrumbar. Pero necesito relajarme. Lo siento, Dios mío, pero si tú no me das el sueño que te he pedido, tengo que buscarlo yo solo, haciendo otras cosas.*

Ahora Ignacio cierra la puerta de vidrio del baño, baja la tapa del inodoro, se sienta sobre ella, desabrocha su pantalón de franela, humedece con saliva la palma de su mano derecha y empieza a tocar su sexo, haciéndolo crecer, endurecerse. No piensa en Zoe, su mujer. No piensa en otra mujer. Se deleita pensando en algo que no hará, que no se atreverá a hacer: besar a un hombre, poseerlo con violencia, entregarse a él. Piensa en ese hombre, un hombre cualquiera que no conoce, y goza en secreto.

Es sábado, un día soleado y prometedor. Después de leer la prensa del día y ejercitarse en el gimnasio privado con más rigor del que acostumbra, Ignacio llama por teléfono a su madre y la invita a almorzar.

—Encantada —contesta ella—. Pensaba encerrarme a pintar, pero pintaré después del almuerzo.

—Estupendo —dice él—. ¿Dónde quieres almorzar?

—En tu casa sería perfecto. Así estamos más tranquilos, ¿no te parece?

—De acuerdo. Le diré a Zoe que prepare algo rico. ¿Quieres que pase a buscarte?

—No, gracias. Mándame un taxi a la una. Así me entretengo conversando con el taxista y no te molesto.

—Perfecto. Quedamos así. ¿Quieres que invite a Gonzalo?

—Me encantaría. Tú sabes que yo gozo cuando está toda la familia reunida.

—Lo llamaré. Ojalá me conteste el teléfono. Tú sabes que él anda medio perdido, se desaparece. Hace días que no sé nada de él. No contesta mis llamadas.

—Paciencia, Ignacio. Compréndelo. Tu hermano es un artista.

—Sí, claro —dice Ignacio, y hace un esfuerzo para no irritarse, porque le disgusta sentir que su madre le perdona todo a Gonzalo, con la excusa de que es un artista—. Te mando el taxi, entonces. Nos vemos acá.

Todavía en un buzo gris que ha sudado en el gimnasio, Ignacio busca a su esposa para darle la noticia del almuerzo familiar que está organizando y consultarle si le parece bien invitar a Gonzalo. La encuentra desnuda y sonriente, sumergida hasta el cuello en la tina, rodeada de burbujas y fragancias, escuchando música clásica a un volumen que él encuentra excesivo.

—¿Qué haces acá? —le pregunta, con expresión de perplejidad, pues ella no acostumbra darse baños de tina.

—Disfrutando de la vida, mi amor —responde Zoe, sonriente.

—No te oigo —dice él, y baja el volumen de la música—. Estás rarísima, Zoe: duermes sin camisón, te bañas en la tina con burbujas. ¿Se puede saber qué está pasando contigo?

Zoe sonríe, sopla unas burbujas que flotan en el agua tibia cerca de su rostro, acaricia su muslo izquierdo.

—¿Te molesta? —pregunta risueña, con voz amorosa.

—No, para nada. Me sorprende.

—Estoy contenta. Estoy contenta con mi vida. Estoy contenta con mi cuerpo. Eso es todo.

Estás contenta porque no estoy contigo en la tina, piensa Ignacio. *Estás contenta porque otro hombre está contigo en tu cabeza. Estás contenta, cabrona, porque me engañas, aunque solo sea en tu imaginación. No soy tan tonto como para no darme cuenta.*

—Me alegro por ti —dice Ignacio, con una sonrisa que no es del todo natural—. He invitado a almorzar a mi madre. ¿Te parece bien?

—Fantástico. ¿A qué hora viene?

—Una y media.

—¿Quieres que prepare algo rico?

—Sería genial, si no te molesta. Pero si prefieres, pedimos que nos traigan la comida.

—No, yo puedo hacer una pasta y una ensalada. Me siento inspirada para cocinar.

—Estás inspirada para todo, menos para hacer el amor conmigo —dice Ignacio, y se arrepiente enseguida de haber sonado quejumbroso.

—No digas eso, mi príncipe —dice Zoe desde la tina, con una mirada cargada de ternura—. Tú sabes que yo me muero por ti.

Palabrería barata, literatura de folletín, pura demagogia conyugal, piensa Ignacio, de pie en ese baño de lujo, contemplando la hermosa desnudez de su mujer, apenas soslayada por el agua y las burbujas.

—¿Quieres que invite a Gonzalo? —pregunta él.

Zoe siente un sobresalto cuando escucha el nombre prohibido, pero finge indiferencia y responde:

—No es mala idea, si tú quieres. A tu madre le encantaría.

—¿Por qué no lo llamas tú? Porque a mí nunca me contesta el teléfono.

—No, mejor llámalo tú, Ignacio.

—No, prefiero que lo llames tú. Créeme. Si yo lo llamo, no me va a contestar, no va a venir. En cambio, si lo llamas tú, ya verás que viene.

—¿Por qué crees eso? —se sorprende Zoe, tratando de mantener la calma.

—Conozco a mi hermano más que tú, créeme.

Te equivocas, corazón, piensa ella, escondiendo una sonrisa maliciosa. *No creo que conozcas a tu hermano tan íntimamente como yo.*

—Bueno, como quieras, yo lo llamo. Pásame el teléfono, por favor.

Ignacio camina hacia el dormitorio, levanta el teléfono inalámbrico y se lo lleva a su mujer, que, tras secarse las manos con una toalla blanca, improvisa su mejor cara de despistada y dice:

—¿Cuál era el teléfono de tu hermano, mi amor?

Lo recuerda perfectamente, pero juega a esa duplicidad para no delatarse ante Ignacio, que, como es obvio para ella, desconfía por principio de su hermano.

—Me sorprende que no lo recuerdes tú, que siempre lo llamas para ir a visitarlo a su templo sagrado, a su santuario artístico; tú, que te desmayas cuando ves sus cuadros y los compras al precio que él diga.

Ignacio ha sonado más burlón de lo que hubiera querido, pero Zoe no va a caer en la trampa y mantiene una actitud serena, plácida, de un amor propio invencible, de una felicidad que es casi insultante para él, y dice:

—Ya sabes que soy olvidadiza, mi amor.

Resignado, Ignacio, que se jacta de su buena memoria, le dice el número y ella lo marca enseguida.

—Gonzalo, soy Zoe, tu cuñada, ¿estás ahí? —dice, tras oír el saludo grabado en el contestador.

Al decir *soy Zoe, tu cuñada*, ha sentido algo extraño, un cosquilleo, pero también vergüenza, la sensación de estar perpetrando, ante sí misma, una deslealtad, pues ella sabe bien, como él, que no es tan solo su cuñada y que más exacto habría sido describirse como *Zoe, tu amante, la del hotel barato; Zoe, tu putita, la que tiró ayer contigo.*

—Nunca contesta, no sé para qué tiene teléfono —se impacienta Ignacio.

—Gonzalo, contesta, soy Zoe.

—Debe de estar durmiendo.

—Señor pintor bohemio, señor artista trasnochado, conteste el teléfono por favor, queremos invitarlo a un almuerzo —insiste ella, con voz juguetona, una voz que desagrada a su esposo.

—Dile que lo esperamos a la una y media —sugiere Ignacio.

—Gonzalito, despierta, contesta, ya son casi las doce, ¿vas a dormir todo el día?

—No le digas Gonzalito, no le des tantas confianzas —se pone serio Ignacio.

—¡Acá estoy! —responde por fin Gonzalo, de un modo un tanto áspero, y Zoe pierde de inmediato el control de la situación al oír la voz recia y enfadada del hombre al que desea en secreto.

—¿Te he despertado? —pregunta ella, de pronto seria, sin permitirse el cariño que quisiera expresar.

—No, estaba cagando en el baño, leyendo mi periódico —dice Gonzalo—. Pero has insistido tanto que he tenido que venir corriendo al teléfono.

—Mil disculpas. Lo siento.

Ignacio pone cara de extrañeza.

—No te preocupes. Dime rápido. ¿Qué quieres?

A Zoe le molesta que Gonzalo le hable de esa manera atropellada y tosca. Le duele que él se permita decirle eso, *¿qué quieres?*, como si ella fuese una impertinente que ha invadido su sagrada calma matutina, la ceremonia de evacuación del vientre a la que él se había entregado. Pero oculta su malestar y aparenta el mejor humor del mundo, porque su esposo la observa, y responde:

—Estoy acá con Ignacio. Hemos invitado a tu mamá a almorzar. Nos encantaría que vinieras.

—No sé, Zoe. Qué coñazo.

—Voy a cocinar una pasta deliciosa. Ignacio está acá conmigo y te manda saludos. No nos puedes fallar.

—No me gusta esa voz de señora gansa que pones cuando estás con él.

—Vamos, anímate.

—Extraño tu voz de putita. No importa. Sigue jugando a la esposa buena y amorosa.

—¿Te esperamos a la una y media, entonces? No nos puedes fallar, Gonzalo. Mira que no vienes a la casa hace siglos.

—Hace siglos, claro. Zorra. Zorra rica. Dile al ganso de Ignacio que eres una zorra rica y que voy a ir al almuerzo para meterte la mano.

—¿Qué dice? —pregunta Ignacio, de pie, recostado contra el tablero de mármol del baño.

—Lo estoy animando —susurra ella, cubriendo el teléfono con una mano—. ¿Vienes entonces? —pregunta, siempre en su papel de señora formal y atenta anfitriona.

—Ya, está bien, iré. Pero con una condición —dice Gonzalo.

—Dime. ¿Quieres que te prepare algo especial? Pensaba hacer pasta y ensalada. ¿Te parece bien?

—No te pongas calzón.

Zoe se estremece íntimamente, siente un cosquilleo en el estómago, pero reprime la emoción y mantiene el tono apropiado a las circunstancias:

—Perfecto. Te haré una pasta con tomate fresco. Ya verás que te va a encantar.

—Pobre de ti que te pongas calzón. Ponte un vestido sexy y nada debajo.

—Te esperamos entonces. Ignacio te manda saludos.

Zoe le hace señas con el teléfono a su marido, como preguntándole si quiere hablar, pero él se niega con un gesto distante, como si no quisiera rebajarse a hablar con su hermano menor.

—Chau, zorrita. Ya te veo. Si me traicionas y te pones calzón, te jodes conmigo, me largo de tu casa.

—Chau, Gonzalo. Te esperamos. No nos falles. Tu mamá va a estar feliz de verte.

—Chau, mi putita. Ahora déjame ir al baño.

—Claro, buena idea, tráete un vino si quieres.

—Qué ganas de ver tu culito. Dile a Ignacio que voy a ir a su casa para verte el culito sin calzón.

—Tinto, mejor.

—Gansita. Gansita rica.

—Lo que quieras, Gonzalo. Pero no te preocupes en traer nada más. Te esperamos. Ignacio te manda un abrazo.

—Mamón.

—Un besito.

—Sin calzón, ¿ya?

Zoe aprieta un botón del teléfono, cortando la llamada, y luego le pasa el aparato a su esposo.

—¿Qué dice el artista? —pregunta él.

—Que viene encantado. Que hagamos pasta con tomate. Que va a traer un tinto.

—Milagro. Nunca viene cuando lo invitamos. Si lo hubiera llamado yo, seguro que no contestaba. ¿Estaba durmiendo?

—No, me dijo que estaba en el baño.

Ignacio hace un gesto de disgusto.

—Qué grosería decir una cosa así —comenta.

Será que me gustan los hombres groseros, piensa ella.

—Sí, me chocó un poquito que dijera eso —miente.

—Todo sea por mamá —dice él, resignado—. Todo sea por hacerla feliz a ella.

—Tienes razón, mi amor.

—Cualquier día se nos va. Ya está viejita. Hay que darle sus gustos. Tú sabes que ella goza cuando estamos juntos los cuatro.

—Seguro.

Ignacio comienza a quitarse la ropa para meterse a la ducha. Zoe lo observa desde la quietud de esas aguas salpicadas de burbujas.

—¿Vendrá con alguien? ¿Traerá a una de sus mil quinientas noviecitas?

—No sé. No me dijo nada.

Más le vale que se aparezca solo, piensa ella. *Si viene con Laura o con otra de sus chicas, no le abro la puerta.*

—Por si acaso, cocina para cinco —dice Ignacio, ya desnudo, abriendo el caño de agua caliente—. Lo más probable es que Gonzalo venga con alguien. Ya sabes cómo le gusta lucir sus conquistas. Yo lo conozco a mi hermanito. Sin una mujer guapa se siente inseguro. Le encanta exhibir a sus mujeres como si fueran trofeos de caza. Ya verás que viene con una niña.

No hace falta, me tiene a mí, y estaré sin calzón, piensa Zoe, acariciando su ombligo debajo del agua.

—Tienes razón, pondré la mesa para cinco —comenta, haciendo el papel de esposa obediente, tan conveniente para la felicidad de su marido.

—¿Zoe? —grita Ignacio, desde la ducha tibia tirando a fría.

—¿Sí, mi amor? —contesta ella, perezosa, sedada en la tina caliente.

—Ven a la ducha conmigo.

211

—Ay, no, mi amor, qué frío, estoy calentita acá.

—Ven, no seas mala.

—De esta tina no me sacas ni con una grúa, Ignacio. Se ríen.

—¡Esta noche me voy a vengar de ti! —grita él, juguetón, bajo un chorro de agua, jabonándose con vigor—. Hoy es sábado y te toca.

—Más te vale que te pongas al día —bromea ella.

No me desea, piensa él. *Estamos jugando. Seguro que esta noche me sale con una excusa.*

Qué rico que venga Gonzalo a almorzar, piensa ella. *No me debo vestir demasiado provocativa para no despertar las sospechas de Ignacio. Me pondré algo serio, conservador. Y abajo, nada. Te esperaré sin calzón, mi amor. Y te enseñaré el coñito cuando tú quieras.*

—¿Zoe?

—Dime.

—¿Me quieres?

—Te adoro.

—Y yo a ti.

Te quiero, pero de viaje, piensa ella y sonríe.

Suena el timbre de la puerta de calle. Doña Cristina, Ignacio y Zoe almuerzan en un comedor elegante, cansados de esperar a Gonzalo, a quien llamaron para recordarle que aguardaban su llegada, sin que contestase el teléfono. Cuarenta minutos después de que doña Cristina llegase a casa de su hijo mayor, Zoe, aburrida de pasar bocaditos, sirvió la comida y decidió que no lo esperarían más. Pero ahora, mientras disfrutan del plato de fondo, una pasta con salsa de tomate y verduras, suena el timbre y Zoe dice:

—Yo voy. Debe de ser Gonzalo, finalmente.

—No, yo voy —dice Ignacio, poniéndose de pie, sacándose una servilleta de tela que se ha amarrado al cuello, para proteger su camisa de las manchas que podrían salpicarle al comer.

—No lo regañes, no le digas nada —le pide doña Cristina, vestida con su habitual sobriedad: un pantalón oscuro, saco azul y pañuelo colorido de seda rodeando su cuello.

—Ya sé que es un artista —se burla Ignacio, con expresión condescendiente, y se dirige hacia la puerta de calle, pues ha vuelto a sonar el timbre.

—Qué impaciente Gonzalito. No cambia —comenta doña Cristina, y da cuenta de un buen bocado de pasta.

Parece que no hubieras desayunado, piensa Zoe, disgustada al ver comer a su suegra. *Qué apetito, Cristina. Ojalá que tu Gonzalito venga solo. Pobre de él que venga acompañado.*

—¿Está rica la pasta, Cristina? —pregunta, con una sonrisa.

—Deliciosa.

—¿No quieres servirte un poco más?

—Termino y voy por la repetición —sonríe doña Cristina, comiendo con buen apetito.

—Claro, come con confianza, no te sientas corta.

No te preocupes, que ya estamos acostumbrados a verte tragar como una vaca, piensa Zoe.

—Pero tú no comes nada, hija —observa doña Cristina—. Pareces un pajarito: comes dos lechuguitas y nada más.

—Tengo que cuidarme —se defiende Zoe con una sonrisa—. Tengo que cuidar la línea. Si me pongo gorda, Ignacio se va con otra.

—Eso nunca —ríe doña Cristina, y bebe un poco de vino—. Ignacio ve por tus ojos. Aunque algún día te pusieras gordita como yo, él jamás te dejaría.

213

Me dejaría yo misma, piensa Zoe. *Me mataría en el acto si pesara los noventa kilos que debes de pesar tú, cachalote de agua dulce.*

Afuera, bajo un sol tibio que anuncia la pronta llegada de la primavera, Ignacio respira profundamente, como si quisiera serenarse, como si aspirando esa bocanada de aire puro se llenase de una paciencia que sabe le hará falta para soportar los caprichos de su hermano menor, y abre la puerta de calle.

—¿Llego muy tarde? —sonríe sin aparente preocupación Gonzalo.

Lleva puesto un vaquero viejo, una camiseta blanca de manga corta y unos zapatos marrones de goma. Ignacio, en cambio, luce más elegante, con un pantalón *beige*, camisa celeste y saco azul.

—No te preocupes, todo bien —dice, y extiende el brazo derecho para darle un apretón de manos, pero Gonzalo lo sorprende, dándole un abrazo efusivo.

—¿Cómo está el hombre del dinero? —dice, mientras lo abraza, con un cariño que desconcierta a Ignacio.

—No tan bien como tú —responde, ahora caminando por el jardín, hacia la casa—. ¿Cómo va la pintura?

—Batallando, como siempre. Tú sabes que, cuando dejo de pintar, me pongo mal.

Por supuesto, tenía que olvidarse del vino que prometió traer, piensa Ignacio, pero no dice nada.

Luego se detiene, lo mira a los ojos y dice:

—Me alegra que vinieras. No es bueno que estemos distanciados, Gonzalo. Tú sabes que en esta casa se te quiere mucho.

—Yo sé, yo sé —dice Gonzalo, tratando de relajar la seriedad que su hermano le ha dado a ese momento, que él encuentra excesiva.

Yo sé que en esta casa se me quiere, piensa, con cinismo, y pone cara de circunstancias mientras Ignacio prosigue:

—Dejemos atrás las peleas y las rivalidades. Tratemos de ser buenos amigos, como antes. Te lo pido por papá. No me gusta sentir que hay celos y tonterías entre nosotros.

—Tienes razón, Ignacio. Hay que vernos más seguido. Yo debería llamarte de vez en cuando, pero sabes que ando pintando todo el día y me desconecto.

—Tratemos de almorzar juntos una vez por semana, ¿no te parece? Yo sé que eso es lo que papá esperaría de nosotros.

—Tienes razón, veámonos una vez por semana.

A ti te veré una vez, y a tu mujer, dos, piensa Gonzalo, fingiendo un cariño por su hermano que no siente de veras. *Tú siempre tan ceremonioso para estas cosas, Ignacio. ¿No puedes ser un poco menos estirado? Por eso tu mujer se aburre contigo y me busca a mí.*

—Estupendo, quedamos así. Yo te llamo el lunes y tú eliges dónde quieres que comamos. Pero, por favor, contesta el teléfono, no te escondas cuando te llamo.

—No me escondo, hombre, solo que a veces lo tengo desconectado porque estoy pintando.

—Bueno, pasa, estábamos terminando de almorzar, pero todavía te esperábamos.

Ignacio y Gonzalo entran en la casa y caminan hasta el comedor.

—Llegó el artista —anuncia Ignacio.

—Gonzalito, tú siempre tan puntual —comenta doña Cristina, y besa a su hijo menor en la mejilla.

Zoe mira a Gonzalo, sonríe. Se alegra de verlo solo y no con Laura. Lo encuentra guapo, encantador, irresistible en esos vaqueros y esa camiseta blanca.

—Tanto tiempo que no venías por acá, Gonzalo —dice, con una sonrisa.

—Tanto tiempo, Zoe.

Se besan en la mejilla. *Hueles rico*, piensa ella. *Espero que estés sin calzón como te pedí*, piensa él, mirándole las piernas al besarla. Como el día está soleado y no hace frío, Zoe se ha puesto un vestido ligero, no demasiado atrevido, que cae hasta casi las rodillas.

—Tengo el hambre de un caballo de carrera —bromea Gonzalo, sentándose a la mesa.

—Yo te sirvo —se apresura Zoe, levantándose, un plato muy fino de porcelana en la mano.

—Pero debe de estar fría la pasta —observa Ignacio—. Métela dos minutos al microondas, amor.

—Sí, tienes razón, voy a calentarla un poquito —dice Zoe, tras servir un poco de pasta en el plato.

—No, yo la caliento —se levanta Gonzalo.

—Deja nomás, no te preocupes.

—Siéntate, Zoe, yo voy a la cocina —insiste Gonzalo—. Además de que llego tarde, no vas a estar calentándome la comida. Yo me ocupo de eso.

—No seas tonto, Gonzalo —dice Zoe.

Pero Gonzalo le quita el plato con una gran sonrisa y se dirige hacia la cocina.

—Muy bien, Gonzalito, qué educado te veo hoy día —se sorprende su madre, y toma un poco más de vino.

—Yo te acompaño, no vas a saber manejar el horno tú solo —dice Zoe.

—Sí, mejor acompáñalo a la cocina —dice Ignacio, sentado a la mesa, comiendo sin apuro—. Gonzalo es capaz de volarnos el horno.

Zoe se dirige hacia la cocina tras Gonzalo, mientras Ignacio le dice a su madre en voz baja:

—Nos hemos amistado. Hemos quedado en almorzar una vez por semana.

—Qué maravilla, Ignacio —se alegra doña Cristina.

—Sí, después de todo, Gonzalo es un buen chico. Hay que tenerle paciencia, pero tiene buen corazón.

—Un gran corazón, mi amor, un gran corazón.

Entretanto, en la cocina, Gonzalo mete el plato con espaguetis y salsa de tomate al horno microondas y cierra la puerta.

—Ponle minuto y medio —dice Zoe, que viene tras él y aprieta los botones, encendiendo el horno.

Gonzalo la mira con ganas, se asegura de que nadie viene a la cocina y le dice al oído:

—Estás riquísima.

Zoe sonríe, lo mira a los ojos y se lleva un dedo a la boca, como pidiéndole que se calle, que no la tiente en esa situación peligrosa.

—¿Me hiciste caso? —susurra Gonzalo en su oído, detrás de ella, ambos mirando el horno, que emite un sonido metálico al calentar la pasta.

—Sí —dice Zoe, sintiendo la excitación de ese hombre que le habla al oído.

Gonzalo voltea, verifica que nadie viene a la cocina y dice:

—Déjame ver.

Luego desliza su mano derecha por debajo del vestido y le acaricia las nalgas.

—Esto es lo que me quiero comer —susurra.

Zoe da un respingo, sonríe, saca el plato del microondas y dice:

—Ya está calentito.

Luego regresan a la mesa del comedor, se sientan y Gonzalo empieza a comer. Zoe bebe un poco de vino para calmarse.

—Está delicioso —celebra Gonzalo, comiendo con voracidad.

Como tú, piensa Zoe, todavía sintiendo esa mano furtiva.

—¿Qué fue de tu novia, Gonzalito? —pregunta doña Cristina.

—¿Cuál de ellas? —bromea Zoe.

—La última, la jovencita, que era tan linda —dice doña Cristina.

—Laura —aclara Zoe.

—Ella, Laura —dice doña Cristina—. ¿Qué fue de Laura, que ya no la vemos? ¿Por qué no la has traído?

—Me pareció mejor venir solo —responde Gonzalo.

—¿Pero sigues viéndola o se han separado? —insiste doña Cristina.

—La veo de vez en cuando, mamá.

—Qué bueno, porque esa chica es un encanto y se ve que te quiere mucho.

—Está preparando una obra de teatro —comenta Gonzalo—. Anda muy ocupada con eso.

—Deberías ir buscando una novia para casarte, Gonzalito —dice doña Cristina—. Ya no estás en edad de seguir viviendo solo.

—¿Casarme, yo? Mamá, no seas cómica. No tengo la menor intención de casarme con nadie.

Zoe mira de soslayo a Gonzalo, se alegra en secreto, reprime una sonrisa. *No te cases*, piensa. *Ya me tienes a mí. Soy mucho mejor que una esposa. No te molesto, te doy toda la libertad que quieres y voy a tirar feliz contigo cuando tú me llamas. ¿Para qué necesitas una esposa?*

—Te haría bien tener una relación estable —se atreve a opinar Ignacio—. Te ordenaría un poco ese estilo de vida tan bohemio que llevas.

Ya comienzan los sermones, piensa Gonzalo.

—Sí, no puedes seguir viviendo solo toda tu vida —dice doña Cristina, con tono cariñoso—. Tienes que buscar una mujer que te sepa acompañar.

Ya la tiene, soy yo, piensa Zoe.

Qué ganas de joderme la vida, piensa Gonzalo.

—¿Tú no vives sola y estás contenta, mamá? —pregunta.

—Sí, pero ya soy mayor y tengo una familia, tengo dos hijos preciosos. Yo quiero que tú también puedas formar una familia algún día.

—¿Una familia? —parece extrañarse Gonzalo.

—Claro, mi amor, que tengas hijos, que me des al menos un nietecito —se enternece doña Cristina—. Ignacio y Zoe no han podido tener hijos por esas cosas misteriosas de Dios. Pero tú tienes la oportunidad de ser papá, de hacerme abuela y tener una linda familia.

—Mamá tiene razón —observa Ignacio con seriedad—. Sería lindo que le dieses la alegría de un nieto.

Gonzalo suelta una risotada que Zoe no acompaña por prudencia.

—No me hagan reír, por favor —se burla, sin enfadarse—. ¿También me van a decir cuándo tengo que casarme, con quién debo casarme y cuántos hijos debo tener?

—Y cómo se van a llamar —bromea Zoe.

—No te molestes, Gonzalito —dice doña Cristina.

—No me molesto, mamá. Me río.

—Simplemente creo que sería lindo que algún día tengas una familia, tengas un hijo.

—Entiendo tu ilusión, mamá. Pero no me presionen. Esas cosas llegan solas, si llegan. Yo no estoy pensando en tener hijos porque ni siquiera pienso en casarme. ¿Con quién, si no tengo novia?

Conmigo, si tienes los cojones, piensa Zoe.

—Con Laura, por ejemplo —dice doña Cristina—. Esa chica me encanta. Se ve que te adora. Es muy educada, sana y agradable.

Gonzalo ríe de nuevo.

—Laura es solo mi amiga, mamá —se defiende.

—Como todas —dice Ignacio—. Nunca quieres comprometerte. Acepta que, en el fondo, tienes miedo a meterte en una relación formal, a perder tu libertad.

Ay, Ignacio, no seas pesado, piensa Zoe. *Deja que disfrute de su libertad. Más aún, cuando la disfruta conmigo.*

—Lo que pasa es que Gonzalo es un romántico, un soñador, y todavía no ha encontrado a la mujer de su vida —comenta.

Gonzalo la mira, sonríe con cierta ternura. *Gracias por defenderme, muñeca*, piensa. *Por ahora, la mujer que alegra mi vida eres tú, y con eso estoy tranquilo.*

—Cuando encuentre a la mujer de mi vida, ya veremos qué pasa —dice—. Por ahora, estoy tranquilo así.

—Pero ya no eres un jovencito, mi amor —dice doña Cristina—. Y yo tampoco soy una niña. Cualquier día me traiciona la salud y me voy de acá. Y no puedes negarme la alegría de ser abuela. Piensa en mí, Gonzalito. Piensa en lo felices que seríamos todos en la familia si tuvieras un hijo.

—Yo creo que el más feliz de todos serías tú mismo —opina Ignacio.

—Primero que encuentre a su gran amor y luego que decida si quiere ser papá —dice Zoe.

—¿Quién sabe? De repente yo tampoco puedo tener hijos, como tú —le dice Gonzalo a su hermano.

—No digas eso, mi amor —interviene, el rostro adusto, doña Cristina—. No hay por qué pensar esas cosas. El caso médico de tu hermano es muy raro. Tú claro que puedes tener hijos.

—Si no los tienes ya escondidos por ahí —bromea Zoe, y todos celebran la ocurrencia.

—Conociendo a Gonzalo, puede que ya tengas cuatro nietos con cuatro diferentes madres —le dice Ignacio a doña Cristina, que ríe de buena gana.

—¿O sea que el futuro de la familia depende de mí? —pregunta, con expresión risueña, Gonzalo.

—El futuro de la familia depende del banco —aclara Zoe, y ríen.

—Sí —aprueba la ocurrencia Ignacio, mirando con cariño a su esposa—. El futuro de la familia depende de las ganancias del banco, más que de tu vida sentimental.

—Menos mal —bromea Gonzalo.

—Pero sería una pena, por mamá y por papá, que tú tampoco tuvieras hijos, porque la familia terminaría en nosotros.

—Y yo me iría a la tumba sintiendo que mi vida no fue completa porque no pude vivir la experiencia de ser abuela.

—Mamá, no seas exagerada —se impacienta un poco Gonzalo—. Si quieres ser abuela, adopta un nieto.

—No se puede adoptar nietos, Gonzalito —se pone seria doña Cristina.

—Todo se puede con plata y buenos amigos —dice Gonzalo.

—No te rías de mamá —dice Ignacio—. Es comprensible que tenga la ilusión de ser abuela. Yo no puedo darle un nieto. Dios lo ha querido así. Zoe y yo hemos hecho hasta lo imposible para ser padres, pero no hemos podido.

—Yo sé, yo sé —dice Gonzalo.

—Sería una pena que, pudiendo tener hijos, te negaras a tenerlos, solo por miedo a perder tu libertad —continúa Ignacio.

—Más que una pena, sería una ironía cruel —dice doña Cristina—. El que quiere tener hijos, no puede; y el que puede, no quiere.

—Así es la vida —dice Zoe—. Una siempre quiere lo que no puede tener.

Si yo no lo voy a saber, piensa. *Por suerte, Gonzalo, a ti sí te puedo tener. En secreto, a escondidas, en ese hotel de dudosa reputación, pero te puedo tener, al menos por ahora, mientras dure esta aventura.*

—No te preocupes, mamá, que si encuentro a la mujer apropiada y me enamoro de verdad, puede que me anime a tener un hijo —dice Gonzalo—. Pero, por ahora, no te hagas ilusiones.

La mujer apropiada, repite Zoe en su mente. *No me gusta cómo sonó eso. ¿Yo soy la mujer inapropiada? ¿Qué tengo yo que no sea apropiado, aparte de ser la mujer de tu hermano? Si de verdad me quisieras como te quiero yo a ti, considerarías pelearte con Ignacio por mí, pelear con quien sea por mí. Eso soy yo para ti: la mujer no apropiada. No importa. Por ahora, me conformo con eso.*

—Pero a Laura, ¿la sigues viendo o no? —pregunta Zoe, ligeramente contrariada, aunque disimulándolo.

Gonzalo la mira a los ojos y comprende que debe ser cuidadoso en su respuesta:

—Como amigos.

—El concepto que Gonzalo tiene de la amistad es uno muy particular —ironiza Ignacio—. Sus amigas suelen ser, digamos, muy íntimas, muy cariñosas.

—¿Me van a preguntar, en este almuerzo familiar, si me estoy acostando con Laura? —se sorprende Gonzalo, sin perder la actitud distendida.

—No —dice doña Cristina.

—Sí —dice Zoe, al mismo tiempo.

—La respuesta es: ¿qué les importa a ustedes? —bromea Gonzalo, mirando a Zoe apenas un segundo, el tiempo suficiente como para que ella se sienta desafiada—. Ya entendí que mamá quiere tener un nieto y que yo soy la última esperanza de la familia. Ya comprendí eso. Por lo pronto, dejaré una muestra en un banco de semen, por si me muero.

—Gonzalito, por Dios, no seas vulgar —se escandaliza su madre.

—Por si me pasa algo, por si muero violentamente
—se hace el travieso Gonzalo—. Ustedes le llevan la
muestra a Laura y le piden que te dé un nieto, mamá. A
ver qué cara pone la pobre.

O me la traen a mí, piensa Zoe, pero se calla. *Para
tirarla al wáter, canalla. Pobre de ti que te sigas acostando con
Laura. Si te encuentro engañándome con alguna de tus amiguitas putonas que se creen grandes artistas, ya verás lo mal
que la vas a pasar. Yo seré la primera en romper tus cuadros y
tirarlos a la piscina. Mírame, Gonzalo. Mírame aunque sea un
segundo y dime con los ojos que no necesitas a nadie más que a
mí, que soy una amante deliciosa y nadie se compara conmigo.
Mírame, desgraciado. Mírame, bombón.*

—Estoy segura de que voy a morir sin ser abuela
—se pone triste doña Cristina.

Ya no están en el comedor, ahora beben té y café en
una sala espaciosa, cómodamente instalados en unos sillones de cuero que Zoe compró en un país lejano y trajo por
barco, y de los que se siente muy orgullosa, pues considera
que nadie en esa ciudad donde viven tiene unos sillones
tan lindos como los suyos.

—No digas eso, mamá —la corrige Ignacio—. Nadie se va a morir. Estás más sana que nunca.

—Más guapa que nunca —añade Gonzalo, y se acerca a su madre y le da un beso en la mejilla.

—Mis hijos preciosos —dice doña Cristina, mirándolos con ternura—. Papá estaría tan orgulloso de verlos ahora.

Papá no estaría tan orgulloso de vernos ayer en el hotel,
piensa Gonzalo.

—Te hago una promesa, mamá —dice.

Pobre de ti que me ofendas, piensa Zoe. *Mide bien tus
palabras si quieres que vaya al hotelucho pasado mañana.*

—Dime, Gonzalito.

—No me atrevo a decirte que voy a tener un hijo, porque siempre he pensando que cuando tenga un hijo no voy a poder seguir pintando.

—¿De verdad piensas eso? —lo interrumpe Ignacio—. ¿Por qué crees que no podrías pintar con un hijo en la casa? Es una visión egoísta de las cosas.

—Déjalo terminar —interviene Zoe, mirando a su esposo con gesto de contrariedad.

—De verdad creo que un hijo me robaría tanta energía, tanto tiempo, que no podría pintar, y tengo miedo de que eso me haga muy infeliz, y si me siento miserable, ¿qué clase de padre podría ser?

—Te entiendo, mi amor. Te entiendo mejor de lo que crees, porque yo también soy artista como tú, y los años en que ustedes eran niños yo no podía pintar nada —dice doña Cristina.

—Por eso, por eso —continúa Gonzalo—. Para mí, lo más importante es pintar, seguir pintando. Me sentiría un hombre frustrado si dejase de pintar solo para tener una familia. Prefiero ser un pintor sin hijos que un ex pintor con hijos.

—Te entiendo, mi amor —repite doña Cristina.

Ignacio se irrita un poco, no puede evitarlo. *Tú siempre tan engreído y egoísta*, piensa de su hermano. *Y, como de costumbre, mamá consintiéndote todo.*

—¿Cuál es la promesa, entonces? —se impacienta.

—Si pasa un tiempo y no me animo a tener un hijo con nadie, podría adoptar uno, pero con una condición.

—¿Cuál? —se apresura a preguntar Zoe, con cierto desasosiego.

—Que tú, mamá, lo cuides. Que viva contigo.

Doña Cristina ríe de buena gana y dice:

—Eres tan cómico, Gonzalito. ¡Pero no sería mi nieto! ¡Sería tu hijo adoptivo y yo sería la nana, la nodriza!

—No tendría ningún sentido —se enfada Ignacio—. Mamá no está en edad de estar cuidando niños, y menos uno adoptado.

—Entonces no insistan con el tema. Yo no me siento para nada seguro de ser papá —dice Gonzalo.

—Yo hubiera querido adoptar un niño, pero Ignacio nunca quiso —dice Zoe, de pronto triste.

—Cambiemos de tema —dice Ignacio.

—Sí, cambiemos de tema —dice doña Cristina, al ver que Zoe se ha dejado abatir por los recuerdos de su maternidad frustrada.

—No te pongas tristona, Zoe —dice Gonzalo, con voz cariñosa que a ella le sorprende—. Tener hijos es una experiencia que la gente sobreestima e idealiza. Te pasas años sin dormir, te esclavizan, te cuestan una fortuna y, cuando crecen, te juzgan, se quejan de lo mala madre que has sido, te acusan con el psicoanalista y deciden que no deben verte más porque eres una mamá que los intoxica. Los hijos pueden ser tus peores enemigos.

—No es mi caso, por suerte —dice doña Cristina.

Zoe sonríe. Ignacio se pone de pie y dice:

—Voy a servir más café.

Al pasar al lado de su esposa, la besa en la frente. Luego se dirige a la cocina. Gonzalo y Zoe se miran con intensidad apenas un instante fugaz. *Sus besos me apenan*, piensa ella. *Los tuyos me dan vida*.

—Ya tengo la solución a este problema —dice Gonzalo, con voz pícara.

—¿Cuál es? —pregunta su madre, cómplice la mirada.

—Zoe será mi mamá y tú serás mi abuelita.

Ríen los tres.

—Así, Zoe tendrá un hijo al que podrá mimar, y tú podrás tener un nieto para darle todos los engreimientos que quieras.

—Sinvergüenza —celebra la ocurrencia doña Cristina.

—Yo, feliz de ser tu mamá, niño Gonzalito —bromea Zoe.

—Toda la vida vas a ser el niño Gonzalito, ¿no? —le dice doña Cristina a su hijo menor—. Nunca vas a crecer.

—Con una mamá tan linda como Zoe, ¿quién quiere crecer? —dice Gonzalo.

Te besaría ahora mismo y te daría el pecho, mi bebé, piensa ella, mientras ríen los tres.

—Eres un caso, mi amor —dice doña Cristina—. No tienes arreglo.

—Pero las quiero —dice Gonzalo, con expresión tierna.

—¿De qué se ríen? —pregunta Ignacio, al volver de la cocina con una bandeja con tazas y el café.

—De que Gonzalo quiere ser nuestro hijo —sonríe Zoe.

—Ya lo es —dice Ignacio, riéndose, pero nadie ríe con él.

Doña Cristina se ha marchado en un taxi que Ignacio le llamó. Languidece la tarde en ese barrio retirado de la ciudad. Se oyen a lo lejos los ladridos de un perro. Zoe bebe una copa más de champán mientras hojea viejas fotografías de Ignacio y Gonzalo, retratos en blanco y negro de cuando eran niños, mientras ellos, arrellanados en los sillones de cuero, la acompañan en ese viaje nostálgico al pasado con las imágenes que ella les va cediendo, al tiempo que recuerdan los viajes, las travesuras, las peleas y las alegrías de aquellos años, cuando su padre aún no había muerto y ellos se creían inmortales y amigos para siempre. Ignacio no ha querido llevar a su madre de regreso a casa. Sugirió llevarla junto con Gonzalo, quien, para su sorpresa, dijo que quería quedarse un rato más, beber otra copa, disfrutar de esa tarde perezosa en casa de su hermano, y entonces Ignacio, sin decir nada, para no dar la impresión de ser una persona insegura, se dijo para sí mismo que era imprudente dejar solos en la casa a Gonzalo y a su mujer, más aún cuando, como era evidente para él, Gonzalo había bebido sin mesura y Zoe parecía tan pródiga en sonrisas y efusiones de afecto con su cuñado. Por eso prefirió llamar a un taxi y enviar en él a su madre de regreso a casa. Ahora, sin embargo, se ha distendido y disfruta de esa ceremonia tan cargada de recuerdos y emociones que es la de revivir, contemplando viejas fotografías, los años más felices de su vida. No bebe vino, solo agua mineral; se alegra de que Gonzalo parezca tan cómodo en la sala de su casa; observa a Zoe y la encuentra relajada, a gusto, y esa imagen, saberla feliz un sábado por la tarde, mirando esos viejos retratos de familia, le produce una sensación de plenitud y bienestar, la incomparable quietud de saberse un hombre bueno, que ama y protege a su familia, incluyendo a ese miembro díscolo de la tribu que es su hermano menor, de quien desconfía casi por instinto. Gonzalo, entretanto, bebe más vino, ríe con las fotos, calla los recuerdos amargos de su hermano, trata de olvidar el momento en que todo se jodió con Ignacio, en que su cariño incondicional por él, su hermano mayor, su héroe, fue traicionado y se rompió de la manera más impensada y dolorosa, un recuerdo penoso del que ahora intenta sacudirse sumergiéndose en las memorias de aquellos años despreocupados y felices, cuando Ignacio era todavía su mejor amigo, el hermano perfecto. *Ninguna felicidad dura para siempre, y la felicidad de ser hermano de Ignacio me duró menos de lo que hubiera sospechado*, piensa, sin poder olvidar las escenas que evoca, en su memoria, uno de los días más tristes de su vida, la traición de la que acaso nunca se sobrepuso. Gonzalo está ligeramente borracho y se siente bien así, quiere aturdirse con alcohol, olvidar, reír, recrear esos años inocentes y buenos, confundirse en la mirada de Zoe, besarla un instante fugaz en su imaginación, perderse en esa sonrisa que ella, tan sutil, le regala de pronto, como si quisiera decirle que espera con ansiedad otra tarde furtiva, en el hotel de paso, para vengar en sus brazos toda la infelicidad acumulada de ser la esposa de Ignacio. Ella, Zoe, bebe champán y goza en secreto admirando la belleza, los ojos briosos, el porte osado y aventurero de Gonzalo cuando era pequeñín, y se sorprende en silencio de descubrir ahora, ya tarde, que en esas imágenes lejanas de Ignacio podían adivinarse el perfil, las maneras y los rasgos que luego se harían tan nítidos en su personalidad: tomarse a sí mismo muy en serio, ser condenadamente orgulloso, sentirse más inteligente que los demás, creerse superior a su hermano Gonzalo, carecer casi por completo de sentido del humor. *Ahora veo tantas cosas en Ignacio que no fui capaz de comprender cuando lo conocí y me enamoré de él*, piensa. *Como noto también muchas cosas adorables de Gonzalo que tampoco percibía entonces, cuando solo lo veía como a un chico travieso que no le llegaba ni a los tobillos a Ignacio. Pero esa fue la imagen que Ignacio me dio de su hermano: la de un vividor, un pilluelo, un bueno para nada, un tipo gracioso y listo en el que, sin embargo, no se podía confiar. He vivido tanto tiempo engañada, pensando que Ignacio era más inteligente que Gonzalo, y ahora pienso que es exactamente al contrario: que Gonzalo sabe vivir su vida con más inteligencia, que se conoce mejor, que es más seguro y estable, que sabe ser feliz a su manera, no como Ignacio, lleno de pequeños miedos e inseguridades, el miedo, por ejemplo, a no ser lo que su madre espera de él, o el miedo a no ser todo lo perfecto que su ego le exige ser. Y por ser tan perfecto, se olvida de ser feliz, porque probablemente ni siquiera sabe lo que es ser feliz de verdad. No lo sabe porque tiene miedo, no se lo permite. Pues yo no, Ignacio: yo ahora sí me permito ser feliz, y soy feliz a escondidas con tu hermano, soy feliz admirando lo lindo y guapo que siempre fue Gonzalo, soy feliz mintiéndote.* Ahora Gonzalo termina su copa de vino y pide permiso para ir al baño. Se pone de pie, bosteza estirando los brazos y, al hacerlo, levanta su camiseta y deja ver, apenas fugazmente, esa pequeña barriga de hombre sedentario y buen bebedor, y luego se dirige, con paso algo vacilante, al baño de visitas. *He tomado demasiado,* piensa. *Estoy borrachín. Pero la estoy pasando muy bien. Que se joda el estreñido de mi hermano, que solo toma agua mineral como si fuera un predicador mormón. Al menos Zoe me acompaña. Es un amor. Está para comérsela a besos. Qué lástima que Ignacio mandó a mamá en taxi y no la llevó él. Habría sido tan rico tirar en esos sillones de cuero, tomando champán. Lástima. Nada es perfecto.* Cuando está a punto de entrar al baño de visitas, luego de caminar por un pasillo alfombrado, decide ir más allá, hasta el dormitorio de Ignacio y Zoe. Camina deprisa, con una sonrisa maliciosa iluminando su rostro, porque sabe bien lo que quiere hacer. Nada más entrar al dormitorio, respira hondo, recuerda la noche ardiente que le arrancó a Zoe en esa cama cuando Ignacio se hallaba lejos, y, sin perder más tiempo, se mete en el pequeño cuarto contiguo donde ella y su esposo guardan la ropa, bien ordenada en estantes de madera y ganchos acolchados. *Este clóset es del tamaño de mi taller*, piensa, con una sonrisa. Luego abre varios cajones hasta que encuentra lo que buscaba: los calzones de la mujer que ama con violencia, todos bien doblados, blancos la mayor parte de ellos, aunque algunos negros y otros color *beige*, de marcas muy finas, suavísimos al tacto. El olor que despiden esas prendas pequeñas y sedosas le recuerda el aroma de los secretos que Zoe le ha entregado el día anterior en la cama estragada del hotel de paso. Gonzalo coge un calzón blanco, lo huele profundamente con los ojos cerrados, lo mete en el bolsillo de su pantalón y sale del *walking closet*. De regreso a la sala, se detiene en el baño de visitas. Mientras orina, saca el calzón blanco de Zoe, lo huele de nuevo, y sonríe pensando *eres mía, voy a dormir esta noche con tu calzoncito al lado de mi almohada*. Luego sale del baño y anuncia que tiene que irse. Ignacio se ofrece a llevarlo, pero él insiste en que prefiere irse en taxi. Cuando se despide de Zoe, alcanza a susurrarle al oído, aprovechando que Ignacio está de espaldas:

—Tus calzones huelen muy rico.

Zoe no entiende bien pero sonríe.

Ignacio y Zoe están en la cama, el televisor encendido. Ya es de noche, todavía no muy tarde, y, si bien Ignacio sugirió salir a cenar como todos los sábados, Zoe, agotada además de arrepentida por haber comido tanto en el almuerzo, ha preferido quedarse en casa. Aún siente los efectos sedantes del champán que ha bebido a lo largo de la tarde y por eso, con esa película romántica que ya ha visto antes en la televisión, siente los ojos pesados, el cansancio bajándole los párpados, la tentación del sueño acechándola. No olvida, sin embargo, que, siendo un sábado por la noche, será inevitable, a menos que ocurra un milagro, que su marido quiera hacerle el amor, probablemente cuando concluya esa película que él, viéndola por primera vez, sigue con atención desde su lado de la cama. *Qué flojera*, piensa ella. *Ojalá se olvide de que es sábado. Qué pesadez tener que fingir un orgasmo más, soportar sus caricias, besarlo sin ganas. Me muero de sueño y también de pena porque mi matrimonio está en coma. Me siento una planta, una muerta en vida. Con él vuelvo a mi estado vegetal. Solo Gonzalo y una copita de champán me sacan de este soponcio atroz. Duérmete, por favor, Ignacio. Sé bueno. Duérmete conmigo y no me acoses sexualmente esta noche. Hoy no voy a poder fingir. El champán me ha puesto sensible.*

—Te estás quedando dormida, mi amor —dice Ignacio.

Como siempre, él ha cumplido una minuciosa rutina higiénica antes de meterse en la cama con el buzo que lo protege bien del frío: se ha limpiado las orejas con hisopos, gozando al ver aparecer cualquier minúsculo pedazo de cera marrón en esos palitos rodeados de algodón que ha introducido con cuidado por sus oídos; se ha pasado por la cara los paños húmedos que Zoe usa para retirarse el maquillaje y él para eliminar cualquier impureza de su rostro; ha recortado los pelitos que asoman por sus orificios nasales; se ha afeitado con precisión alguna que otra ceja desaliñada; ha limpiado sus dientes con un hilo dental con sabor a menta y luego se los ha lavado con una pasta especial que los blanquea; se ha cortado y limado las uñas de las manos; ha mojado un algodón en agua cosmética desinfectante y purificadora para pasarlo enseguida por su rostro; y finalmente ha cubierto sus mejillas con una finísima capa de crema humectante y, debajo de sus ojos y en las comisuras de la boca, ha aplicado una crema que previene las arrugas y revitaliza la células de la piel. Concluida esa ceremonia de aseo personal, se ha lavado las manos con energía y sonreído frente al espejo, orgulloso de la buena cara que luce y lo limpio que se siente. *No hay nada mejor que sentirse purificado de las cochinadas de la calle y meterse impecable en la cama*, ha pensado. *Mi cara es la de un caballero y un ganador. Seguro que Gonzalo no se lava ni las manos antes de irse a dormir. Siempre fue un tipo sucio y descuidado. Zoe era más estricta en sus hábitos de higiene, ahora se ha relajado un poco: hoy, por ejemplo, ni se ha lavado los dientes, y ya está en la cama, lista para dormir. Yo no podría. Yo no puedo dormirme si no me he limpiado, paso a paso, con el rigor en que fui educado. Cuando me veo bien y huelo bien, me siento bien. Como ahora. Estoy listo para hacer travesuras. Ya toca. Una vez por semana es la medida perfecta.*

—Estoy muerta de sueño —dice Zoe, los ojos cerrados, la voz algo pastosa—. El champán me ha dado un sueño mortal.

—¿Quieres que apague la tele?

—No, no me molesta. Duermo mejor con la tele prendida.

—Está buena la película.

—Ya la vi, Ignacio. Se me cierran los ojos.

—Duerme tranquila.

—Hasta mañana, mi amor.

—Yo te despierto al final de la película.

Dios, este hombre es una pesadilla, piensa ella. *No me despiertes, tontuelo. Déjame dormir en paz. Si estás con ganas, anda a la cocina, saca una papaya de la refrigeradora, hazle un hueco y tíratela, pero a mí déjame tranquila.*

—Como quieras —dice, resignada, obediente, odiando a su marido.

—No te olvides de que hoy es sábado, mi amor.

Zoe no contesta, prefiere quedarse callada, evita decirle lo que de verdad quisiera: *No me importa que sea sábado, mequetrefe, pusilánime, señorito en buzo. Lo que quiero es dormir y no tener que fingir que me excitas y que me vengo contigo.* Ahora Zoe se echa de lado, dándole la espalda a su marido, y procura espantar los pensamientos amargos, el rencor hacia ese hombre que le recuerda que el amor está en otra parte, pero no puede sumirse de nuevo en el estado de laxitud y placidez en que se hallaba, porque ahora sabe que, un rato después, será llamada a unas tareas conyugales para las que ya no se siente apta. *No aguanto más*, piensa. *Se lo voy a decir todo. Le voy a confesar la verdad, aunque le duela, aunque llore como una niña, aunque se le derrumbe todo su mundo perfecto. No es justo que tenga que hacerme la idiota solo para que él siga siendo feliz.*

—¿Estás dormida?

Zoe no contesta, respira con más intensidad para dar la apariencia de que, en efecto, se ha quedado dormida, una coartada que, piensa ella, quizás la salvará de ciertos trajines amatorios que le despiertan una sensación de hastío y repugnancia.

Es una falta de respeto, de mínima consideración hacia mí, que se duerma sabiendo que es sábado y debemos celebrar nuestro amor, piensa Ignacio. *No es verdad que haya bebido demasiado champán. Le he contado las copas y ha tomado lo que acostumbra. Además, cuando toma más champán del que debe, simplemente se pone caliente en la cama. Es obvio que no tiene interés en mí, que ha dejado de quererme, pues ni siquiera se preocupa en guardar las apariencias. No lo voy a tolerar. Aunque no quiera, voy a hacerle el amor porque es mi esposa y yo merezco un poquito más de cariño y de respeto.*

—Zoe, mi amor, despierta —dice Ignacio, acercándose a ella, acariciándole la espalda.

Ella no contesta, sigue haciéndose la dormida.

—Zoe, mejor no esperamos al final de la película.

Este hombre no puede ser más odioso, piensa ella.

—Despierta, mi amor. No seas mala conmigo. Es sábado.

Ahora Ignacio le acaricia los pechos, la besa en el cuello, en la nuca, tratando de provocarla.

—Hoy nos toca, ardillita. No te hagas la loca.

Ignacio baja una mano, la acaricia entre las piernas por encima del calzón, se aproxima más a ella, haciéndole sentir que está excitado.

—Ven acá, dame tu coñito, no te hagas la dormida.

Me la voy a tirar aunque no quiera, piensa.

Estoy harta, no aguanto más, es un desconsiderado, piensa ella.

Cuando Ignacio comienza a bajarle el calzón, Zoe pierde la paciencia y finge que despierta con brusquedad:

—Ignacio, no seas pesado, ¿no me puedes dejar dormir tranquila?

—Pero es sábado, mi amor. Me prometiste en la mañana que lo haríamos ahora. No seas mala, pues. No te hagas la estrecha.

Zoe ha odiado esa expresión (*no te hagas la estrecha*) y lo mira con poco cariño. Ignacio le sonríe con una mueca que ella encuentra patética.

—No puedo hoy. Estoy demasiado cansada. Hasta mañana.

Pero Ignacio no se da por vencido y la toma del rostro y la besa en los labios con tosquedad, introduciendo su lengua, tocándole los pechos.

—¿Te importa un carajo que esté caliente y que me provoque hacerte el amor? —le dice.

Zoe se deja besar, se deja acariciar, intenta abandonarse al papel de esposa sumisa que está siempre disponible ante los requerimientos amorosos de su marido, pero un momento después la ira se apodera de ella y la subleva:

—¡Déjame, Ignacio! —grita, y él se sorprende—. ¡No quiero! ¡Basta!

Ignacio la mira con perplejidad. No esperaba que ella lo rechazase tan enérgicamente, que lo desafiara así.

—¿Cuál es tu problema? —le pregunta, muy serio.

—Ninguno. Tengo sueño.

—No es verdad.

—Sí es verdad.

—Lo que pasa es que ya no te gusto, ya no te provoca hacer el amor conmigo.

—Hasta mañana, Ignacio.

—Déjame que te bese abajo un ratito. Te va a encantar. Te vas a relajar.

—No insistas, por favor.

—Pero tengo ganas, mi amor. Estoy caliente por ti.

—Entonces córretela y déjame dormir tranquila.

—Tú te lo pierdes.

—Sí, yo me lo pierdo.

—Hasta mañana, Zoe. Duerme rico. Me tocaré pensando en ti.

—Piensa lo que quieras, pero déjame en paz. Hasta mañana.

Ignacio se baja el pantalón hasta las rodillas, humedece su mano con saliva y agita su sexo. *No voy a pensar en ti, cabrona. Voy a pensar en todo lo que me dé la gana. Voy a ser todo lo puto y mañoso que me apetezca en mi imaginación. Te voy a sacar la vuelta mil veces. Jódete.*

Zoe, los ojos cerrados, reprime las ganas de llorar. *Sé que no está pensando en mí*, piensa. *Que piense en cualquiera de sus empleaditas guapetonas del banco. Que piense en su secretaria tan modosita. Que piense en sus novias de la universidad. Me da igual. Pero que me deje tranquila.*

Lo que ella no sabe ni imagina remotamente es que su marido no está pensando en una mujer.

Zoe no puede dormir y la certeza de que su esposo duerme profundamente a su lado solo consigue crisparla más. *Odio estas noches eternas*, piensa. *El insomnio me mata. Es Ignacio quien me da insomnio. Es él quien me enferma. Si tuviese a Gonzalo a mi lado y no pudiese dormir, de todos modos gozaría, me pasaría horas mirándolo dormir, y eso ya sería un discreto placer. Pero Ignacio me recuerda que todo en mi vida es un error, un error gigantesco y doloroso. Por eso no puedo seguir ni un segundo más en esta cama, porque me duele saber que soy un fracaso: si una persona fracasa en el amor, ha fracasado en todo, porque nada importa tanto en la vida.*

Ahora Zoe sale de la cama sigilosamente, calza unas pantuflas y, en un camisón de seda que deja ver sus piernas, camina hasta el baño, donde descuelga una bata negra y se cubre con ella para abrigarse del frío. Luego se dirige hacia su escritorio, enciende la computadora y suspira, suspira hondo con los ojos cerrados, suspira con menos rabia que tristeza, y aquel suspiro frente a la pantalla de la computadora es la confirmación de que nada, a esa hora desolada de la noche, logrará aliviar la sensación de abatimiento y derrota que la asalta, mientras su marido duerme y el hombre al que cree amar disfruta de una soledad que ella no se atreve a interrumpir con una llamada telefónica: *Si lo despierto, se molestaría; si me contesta una mujer, lo podría matar; si le dejo un mensaje, pensaría que soy una loca obsesiva. Necesito expresar todo lo que siento,* piensa Zoe, llevándose las manos al rostro, ahogando la tristeza, tratando de no abandonarse a un llanto amargo e inútil. *Necesito decirle a alguien todo lo que tengo dentro. Se lo diré a Ignacio. Pero no lo despertaré. No le diré todas las verdades que ignora, las horribles y dolorosas verdades que tampoco me atrevería a decirle en la cara. Le escribiré una carta. Me desahogaré. Le diré por escrito que no lo amo, que vivir con él se ha convertido en una pesadilla, en una lenta agonía que me está devorando. Le escribiré la carta final, y algún día, espero que pronto, se la entregaré. Ignacio me ha animado siempre a escribir: no deja de ser una ironía que ahora le tome la palabra y me disponga a escribir, solo para decirle que nuestro matrimonio es un fracaso y que mi amor por él se ha extinguido, creo que para siempre. Supongo que una no elige las cosas que escribe y por eso ahora tengo la urgencia íntima de poner en palabras el caos que atenaza mi corazón y no me deja dormir, no me deja siquiera respirar tranquila y sentirme a gusto en mi cuerpo, en la vida absurda que me ha tocado o que he elegido para mí. Te escribiré, Ignacio, todo lo que callé. Te diré lo que quizás nunca has sospechado. Dejaré esta carta para ti, aunque no sé si tenga luego el coraje de hacértela llegar. Pero al menos me hará bien escribir a esta hora de la madrugada en que odio la vida falsa y traidora que estoy viviendo, solo por miedo a aceptar la verdad, a darle la cara al error que cometí al casarme contigo, al fracaso que me persigue. Me siento un fracaso. Me odio. Tengo ganas de subirme al auto, manejar a toda velocidad y estrellarme contra un muro para acabar con este dolor que no puedo seguir ocultando. No lo haré. Escribiré. Le escribiré una carta a Ignacio. Me hará bien. Lo sé.*

Zoe no piensa más y escribe con el teclado de la computadora esas palabras que brotan con turbulencia de su cabeza y su corazón heridos, y que al mismo tiempo va leyendo en la pantalla:

«Mi querido Ignacio:

No sé cómo comenzar a contarte todas las cosas tristes que debo decirte esta noche. No sé cómo decirte lo infeliz que me siento sin que eso te parezca un reproche, una manera de culparte del dolor que te escondo. No sé cómo confesarte que me siento la mujer más sola y miserable del mundo, aunque viva en esta casa preciosa y sepa que tú me quieres a tu manera. No sé cómo abrirte mi corazón y contarte todas mis verdades sin que te haga daño y tú me odies por eso. No quiero hacerte daño, Ignacio. No quiero que me odies. No quiero odiarte. No puedo odiarte. Pero si no te digo la verdad voy a seguir odiándome por

237

cobarde y mentirosa, y temo que también podría terminar
odiándote. Por eso te escribo ahora esta carta que no sé si
me atreveré a entregarte. La escribo temblando de miedo
y de pena. La escribo en una noche horrible que nunca
pensé que viviría. He salido de nuestra cama porque verte dormir me llenaba de malos sentimientos. No quise
hacerte el amor cuando me lo pediste porque, lo siento,
Ignacio, no puedo hacerte más el amor. No puedo fingir
que existe amor donde ya no lo hay. No puedo seguir mintiéndote. No es tu culpa, no es culpa de nadie, pero ya no
te amo. No me preguntes por qué. Solo sé que cuando me
casé contigo estaba segura de que era para siempre y te
amaba con toda mi alma. Pero ahora, diez años después,
te siento lejos, te siento como a un hermano mayor que
me cuida y engríe, no como al hombre de mi vida. Me
duele tanto confesarte esto, Ignacio: me he enamorado
de otro hombre. Es un hombre bueno, que sabe hacerme
feliz, que me entiende como tú nunca me has entendido.
No te puedo decir quién es, no vale la pena. Solo quiero
que sepas que estoy destrozada, que me siento un pedazo
de mierda porque te he engañado y me he engañado a mí
misma escondiendo la verdad, y no puedo seguir viviendo
así, Ignacio. No puedo más. Todavía te, quiero, siempre
te querré, y por eso me siento obligada a decirte la verdad: quiero irme de esta casa, quiero separarme de ti. No
quiero peleas, recriminaciones ni insultos. No quiero tu
dinero, solo lo que me corresponda y sea justo. No quiero que terminemos siendo enemigos solo porque nuestro
matrimonio llegó al final. Por eso te escribo estas líneas
llorando, temblando como una niña: porque me da pánico
que te molestes conmigo, me hagas la guerra y me aplastes
con toda la fuerza que puedes tener cuando debes enfrentar un problema. Necesito que me entiendas, aunque te
duela: ahora más que nunca tienes que demostrar que me

quieres, que eres capaz de comprender mis sentimientos, y seguirás siendo mi amigo. Si me odias por esto, Ignacio, perderemos los dos, nos haremos infelices. Estoy contándote ahora la verdad solo porque creo que ambos merecemos ser felices y he llegado al convencimiento, muerta de la pena, de que no podemos ser felices juntos, de que no debemos seguir postergando el final que el destino nos ha impuesto. No me preguntes, te ruego, quién es el hombre al que ahora amo. Eso no importa tanto. Quizás algún día me atreva a decírtelo. Lo que importa ahora es que ya no soy tu pareja, no puedo ser más tu pareja. Y ese hombre con el que quiero estar me ha demostrado, sin proponérselo, que tú no me puedes dar la felicidad que encuentro en él. Tú siempre me has dicho que las personas demuestran su nobleza cuando les toca perder, enfrentar una situación adversa: ahora debes poner a prueba esas palabras, Ignacio, y enseñarme que sabes perder con dignidad. No has perdido tú solo, por lo demás: perdemos los dos, porque en este matrimonio yo también puse todas mis esperanzas e ilusiones. Nunca imaginé que terminaría así, una noche cualquiera, tragándome estas lágrimas desesperadas mientras tú duermes y yo no puedo seguir actuando como una esposa feliz cuando llevo dentro esta pena que me agobia. Me voy, Ignacio. Te dejo. Cuando leas esta carta, quizás ya no esté en la casa. No sé dónde voy a vivir. No quiero ir donde mis padres. Quiero seguir viviendo en esta ciudad. Tampoco sé si me iré a vivir con el hombre que me ha conquistado. Lo más probable es que viva sola. No tengo nada de qué quejarme contigo, Ignacio. Sé bien que has sido todo lo bueno y amoroso qué has podido conmigo, y siempre recordaré con cariño tantos momentos felices que hemos vivido juntos. Pero, precisamente para no estropear esos recuerdos, para quedarme con una buena imagen tuya, para seguir queriéndote como amiga, me tengo de ir de esta casa y atreverme a seguir el amor. Tú harías lo mismo, estoy segura: si ya no me amases, si encontrases a otra mujer que supiera hacerte feliz, deberías decírmelo e irte con ella, porque, si lo callaras y te quedases conmigo solo por miedo a aceptar el fracaso y me engañases con ella, estoy segura de que serías muy infeliz y me harías infeliz a mí también. Gracias, Ignacio, por todo lo que me diste y gracias, sobre todo, por entenderme cuando leas esta carta y yo ya no esté contigo. Aunque no pueda seguir siendo tu mujer, siempre te voy a querer y tú lo sabes bien».

Zoe relee la carta, se emociona, la guarda en su archivo personal y decide enviársela por correo electrónico a Ignacio. No lo duda: escribe la dirección de su marido en la pantalla de la computadora, copia el texto de la carta y lo adhiere al correo y de pronto se detiene cuando tiene que apretar la pequeña tecla que enviará el mensaje. Recuerda un consejo de Ignacio: *Nunca mandes algo que has escrito violentamente y de lo que te puedas arrepentir, déjalo reposar unas horas, léelo después y entonces decide. Al diablo,* piensa. *Seré valiente y le mandaré el correo. Si no me atrevo ahora, no lo haré nunca. No tiene sentido escribirle esta carta para luego borrarla. Atrévete, Zoe. Mándasela. No tengas miedo. La verdad ante todo.*

Pero algo la paraliza y le impide apretar el botón de enviar. *Lo haré mañana,* piensa. Para su sorpresa, se ve escribiendo la dirección electrónica de Gonzalo y enviándole, sin dudas, lo que ha escrito para Ignacio. *A ver qué le parece,* piensa. *Seguro me va a entender.* Luego cierra la carta, apaga la computadora y regresa a esa cama que ya siente extraña.

—No le mandes esa carta.

La voz de Gonzalo suena sosegada pero firme a través de la línea telefónica. Es mediodía. Gonzalo ha leído el correo electrónico que le ha enviado Zoe y no ha tardado en llamarla a su casa. De haberle contestado Ignacio, le hubiera colgado.

—Bórrala. Hazme caso. Yo sé lo que te digo.

Zoe escucha en silencio, todavía en ropa de dormir, tendida sobre la cama, sin energías para nada, pues ha pasado la noche en vela. Durante la mañana ha fingido dormir mientras Ignacio se duchaba, se vestía para ir a misa y salía deprisa, sin despertarla. *Una escena más en el gran teatro que es mi vida*, ha pensado, mientras se hacía la dormida con la idea de que su esposo creyera que todo estaba bien.

—Pero tú me has dicho que es mejor que deje a Ignacio si ya no lo quiero.

Tiene ganas de llorar pero se contiene. Cuando necesita que Gonzalo le dé fuerzas y sea cómplice de sus desvaríos, él la deja sola y le da la espalda, como ahora.

—La carta es un error. No le digas que te has enamorado de otro hombre. Se va a volver loco. Va a torturarte hasta que le digas quién es. Y tú cederás y se lo terminarás contando. Y entonces todo se va a complicar muy feo. Conozco a Ignacio mejor que tú. Si le dices que te has enamorado de mí, te va a destruir y me va a destruir a mí también. No va a poder resistir esa humillación.

Zoe se defiende a duras penas:

—Pero yo no le digo en la carta que eres tú.

—No seas ingenua —escucha la voz levemente crispada de Gonzalo—. No hace falta que se lo digas. Ignacio no es tonto. Ya me tiene celos. Ya sospecha algo de nosotros. Si le dices que estás enamorada de otro hombre y le ocultas de quién se trata, pensará en mí inmediatamente y perderá el control.

—¿Tienes miedo de que Ignacio sepa la verdad?

—No es que tenga miedo. Es que por el momento no conviene.

—¿Por qué no conviene?

—Porque Ignacio es vengativo y nos va a declarar una guerra enloquecida hasta el final y tú vas a ser la primera víctima.

—En el fondo tienes miedo porque no me quieres, Gonzalo. No estás seguro de querer estar conmigo.

—No te pongas tonta, Zoe. Tú sabes que te quiero, pero hay que hacer las cosas bien, sin perder la cabeza. Ahora mismo, lo mejor es seguir viéndonos a escondidas, sin que nadie se entere.

—Eso es lo mejor para ti, no para mí.

—¿Por qué dices eso?

—Porque ya no aguanto dormir con Ignacio. No aguanto hacer el amor con él. Es una tortura. Me lleno de odio. Me siento un asco.

—Te entiendo, no te desesperes —dice él, con voz tierna, al notar que ella está a punto de quebrarse y romper a llorar—. Entiendo que estés harta de Ignacio. Lo que debes hacer es muy simple: dile que quieres estar sola un tiempo, pero no le digas que te has enamorado de otro hombre.

—Quizás tienes razón.

—Claro. No le sueltes toda la información de golpe, no conviene. Poco a poco es mejor. Dile que estás un poco deprimida, que necesitas estar sola un tiempo. Pídele que se mude a un hotel. No te vayas de la casa. No te conviene, pregúntale a un abogado, si quieres. Es mejor que se separen un tiempo y que te quedes en la casa.

—Pero no me provoca para nada quedarme en esta casa. Todo huele a él. Todo me recuerda a él. Quiero cambiar mi vida, Gonzalo. Quiero estar contigo.

—Nos podemos ver todos los días, pero no podemos vivir juntos, Zoe. Ya te lo expliqué. Quizás algún día, más adelante, pero todavía no.

—Nunca vas a querer vivir conmigo, no me engañes.

—No sé. No digas eso. Por ahora creo que es mejor que no le digas a Ignacio que estás enamorada de otro hombre y que quieres irte de tu casa. Estás cometiendo dos errores grandes. Te van a costar caro. Si no aguantas más estar con él, háblale con cariño y pídele una separación temporal en los términos más cordiales.

—¿Y si no quiere? ¿Y si no le da la gana de irse a un hotel? ¿Tú crees que va a aceptar tan fácilmente irse a vivir tres meses a un hotel solo porque yo se lo pido?

—Si no quiere una separación amigable y se niega a dejarte la casa, entonces ándate de viaje un tiempo, pero no caigas en la tentación de confesarle que estás acostándote con otro hombre, porque va a sospechar enseguida que soy yo y nos va a caer encima con todo su odio y su despecho.

—No tengo ganas de irme de viaje sola, Gonzalo. No te entiendo. ¿Me estás diciendo que quieres que me vaya de viaje sola tres meses? ¿Tienes miedo de estar conmigo, de que se sepa la verdad sobre nosotros?

—Zoe, no digas tonterías, no pierdas la cabeza. No es que tenga miedo de que se sepa la verdad. Me importa tres carajos que Ignacio se entere de que nos estamos acostando juntos. Es más: me encantaría verle la cara cuando se entere. Pero hay que hacer las cosas con inteligencia, sin precipitarnos, gradualmente.

—¿Gradualmente? ¿Qué significa *gradualmente*, me puedes explicar?

—Primero, te separas de Ignacio y estás sola un tiempo. Mientras tanto, nos seguimos viendo, pero en secreto. Después, planeas bien tu divorcio. Consigues a un buen abogado y le sacas el mejor divorcio que puedas a Ignacio, porque te puedo asegurar que él peleará para darte lo menos posible. Y ya cuando estés divorciada y tengas la mitad de la fortuna, ahí vemos qué hacemos nosotros. Pero, en el camino, nadie se debe enterar de que estamos acostándonos. Ni Ignacio ni nadie.

—¿Por qué? Te da vergüenza, ¿no? En el fondo, soy una amante más para ti, ¿no es cierto?

Ahora Zoe se ha alterado y Gonzalo intenta calmarla:

—No digas eso, tontita. Lo digo por tu bien. Si Ignacio y su ejército de abogados, que son unos tiburones, saben que te estás acostando conmigo, con tu cuñado, te van a despedazar y vas a perder todos los juicios de divorcio y te vas a quedar sin un centavo en la calle. ¡No te conviene que Ignacio sepa que lo estás engañando conmigo! ¿No te das cuenta de eso?

—Sí, me doy cuenta —parece tranquilizarse Zoe—. ¿Qué me aconsejas, entonces?

—Que borres la carta. Que no le digas nada a Ignacio. Que te calmes y hagas tu yoga y vengas a verme más tarde al hotel.

—Sinvergüenza.

—Y que le pidas a Gonzalo que te deje sola en la casa un tiempo. Pero no le digas ni una palabra de que hay otro hombre en tu vida. Te lo preguntará. Niégalo. Dile que estás confundida y necesitas estar sola un tiempo. Nada más.

—Entiendo.

—Y si se pone muy necio, que es lo que seguramente hará, porque Ignacio no puede tolerar la idea de que alguien no se muera de amor por él, entonces dile que vas a viajar sola un tiempo a pasearte por ahí. Viaja. Ándate lejos, a algún lugar bonito, y descansa de él.

—¿Y tú? ¿Y nosotros? ¿No te das cuenta de que quiero dejarlo para estar contigo?

—Si viajas, yo puedo inventarme un viaje y darte el encuentro. Pero tendríamos que hacerlo con mucho cuidado, porque Ignacio sospecharía si tú viajas y yo también. Lo conozco. Va a contratar a un detective. Te va a seguir. Se va a poner loquito. Es mi hermano y sé cómo reaccionará.

—No es una mala idea hacer un viaje juntos. Sería divertido.

—Pero no juntos, Zoe. Tú viajas sola y yo te encuentro allá.

—Yo sé, yo sé. No tienes que repetírmelo como si fuera una idiota.

—Y no le dices nada a Ignacio sobre mí. Ni una palabra.

—¡Ya entendí! ¡No seas pesado!

—Pero lo ideal no es que viajemos, porque podría verse sospechoso. Lo ideal es que, si no aguantas más a Ignacio, te separes de él, pero quedándote tú en la casa. Porque supongo que si algún día terminan divorciándose, vas a querer quedarte con la casa, ¿no?

—No estoy tan segura. Incluso ahora mismo preferiría mudarme a un sitio nuevo y rehacer mi vida. Esta casa va a ser siempre la casa de mi matrimonio con Ignacio. Si ya no estoy con él, ¿para qué me quedaría acá?

—Te entiendo. Ya resolverás eso cuando llegue el momento. Ahora solo te pido un favor.

—¿Cuál? ¿Que vaya a ese hotelucho de mala muerte y te espere?

—No —ríe Gonzalo—. Que vayas a tu computadora y borres esa carta para Ignacio. No se te ocurra mandársela y tampoco la dejes en el disco duro.

—Ya, ya, la voy a borrar, no seas tan miedoso —se burla Zoe—. ¿Quieres que vaya al hotel?

—Sí, pero más tarde. Ahora tengo que pintar.

—¿A qué hora?

—¿Puede ser como a las seis y media?

—Allí estaré.

—Yo te llamo al celular para decirte en qué cuarto estoy.

—Ya. Trata de que sea el mismo.

—¿Por qué? —ríe Gonzalo.

—Porque me trae buenos recuerdos.

—Rica. Mañosita rica. Te extraño.

—Yo también.

—Borra la carta.

—Ya. No jodas más.

—No te olvides. Bórrala. Te veo a las seis y media. Ponte guapa. Ponte sexy.

—Ya, mi potrillo. Lo que tú quieras.

Zoe cuelga, se estira en la cama y ríe sola. *Le he dicho «potrillo»*, piensa. *Soy una puta. Nunca pensé que le diría «potrillo» a un hombre. Pero suena rico y me siento bien.*

Como tiene la tarde libre y no le apetece quedarse en casa ni meterse a sudar al gimnasio, Zoe decide, en un arrebato muy propio de ella, que necesita hablar urgentemente sobre sus dudas y conflictos amorosos y que la única persona en quien puede confiar, para contárselo todo y pedirle orientación, es Rosita, la mejor vidente de la ciudad. Por eso se apresura en buscar en su agenda el teléfono de Rosita, llamarla y rogarle que le abra un espacio (*aunque sea veinte minutos; lo que tú quieras, Rosita*) esa misma tarde. Tras mucho insistir, consigue que le dé una cita a las cinco. *Perfecto*, piensa Zoe nada más colgar el teléfono. *Rosita me dice mi futuro y después Gonzalo me mejora el presente.*

A la hora convenida, con un vestido que resalta apropiadamente la belleza de su cuerpo, Zoe ingresa al consultorio de la vidente Rosita. Es un cuarto penumbroso, con olor a velas e incienso, en cuyas paredes cuelgan retratos de chamanes, hechiceros, vírgenes que lloran, niñas beatitas y curanderos pueblerinos. Rosita es una mujer gorda, de ojos achinados, vestida con una túnica blanca sobre la cual cuelga, a la altura de su pecho, un medallón con la foto en blanco y negro de una niña que fue violada y asesinada y a la que atribuye poderes milagrosos y cuya intervención suele invocar para espantar los malos espíritus y obrar el bien. Al ver a Zoe, apenas sonríe y, jugando con sus manos regordetas, sin hacer siquiera el esfuerzo de ponerse en pie, señala la silla de madera en la que debe sentarse, al otro lado de la mesa donde ella atiende con cierto aire fatigado. Sobre esa mesa, iluminada débilmente por una lámpara colgante, se derriten dos velas rojas, gruesas, sobre platos de cerámica barata, y yacen desperdigadas las cartas en las que ella cree ver el futuro de las atribuladas personas que desean conocer, en su voz, los hechos felices o infaustos que están por venir.

—Gracias por recibirme, Rosita —la saluda Zoe, con voz sumisa, y le da la mano.

—¿Qué te trae por acá, niñita? —sonríe a medias la pitonisa, y enciende un cigarrillo.

Zoe se permite una levísima mueca de disgusto, pero no se atreve a pedirle que apague el cigarrillo.

—Estoy angustiada, Rosita.

—¿Cuál es tu problema, niña?

—No sé si puedo decírtelo. Solo quiero que me leas las cartas y veas mi futuro.

—Ya, ya —dice la vidente, con leve impaciencia, como si le molestase que no confíe a ciegas en ella, y recoge las cartas de la mesa, ordenándolas—. ¿Sigues tratando de tener un hijo? ¿Eso es lo que te angustia?

—No, Rosita —sonríe Zoe—. Ya tiramos la toalla con mi marido. Es imposible. No podemos tener hijos. Ignacio es estéril.

—Ah, estéril —dice la vidente, y echa una bocanada de humo sobre el rostro compungido de su visitante, que se retira hacia atrás y procura no respirar ese aire viciado.

Me vas a matar con tu humo, piensa Zoe. *A ver si sale en las cartas que me muero de cáncer al pulmón, bruja del diablo. Me cobras una fortuna por decirme el futuro y encima me intoxicas.*

—Mi problema es que me estoy enamorando de otro hombre —se atreve a hablar, cuando se repone del disgusto—. Ya no quiero a mi marido.

—Ya, ya —dice la vidente, imperturbable, como si estuviese acostumbrada a oír esas cosas—. Ya no quieres a tu marido. ¿Y qué quieres saber, niñita? Dime qué quieres saber.

—Quiero saber si lo voy a dejar. Quiero saber si ese otro hombre me quiere de verdad. Quiero saber si voy a ser feliz con él.

—Ya, ya —la interrumpe Rosita, mirándola con sus ojos achinados, vidriosos, indescifrables, una mirada que parece lastrada por un cansancio antiguo—. Vamos a tirar las cartas a ver qué trae el futuro para ti, niñita.

Me encanta que me diga «niñita», piensa Zoe. *Ojalá vea que Gonzalo y yo nos casamos y nos vamos a vivir lejos y somos muy felices. Pobre de ti que me traigas desgracias, Rosita, que no te pago ni un centavo y te enjuicio por hacerme tragar tu maldita nicotina.*

La vidente voltea las cartas, una a una, y las va desplegando sobre la mesa, sin hacer el menor gesto que revele su opinión, al tiempo que Zoe prefiere escudriñar el rostro de esa mujer obesa en busca de alguna expresión que la delate, antes que tratar de entender aquellas cartas de figuras extrañas, que ella, Rosita, estudia con atención.

—Veo muchos problemas —resopla la mujer, y se lleva el cigarrillo a la boca.

—¿Qué ves? —pregunta Zoe, impaciente—. Cuéntame todo. Si ves algo malo, dímelo, por favor. No me escondas nada, Rosita, que para eso he venido.

—Veo muchas lágrimas, mucho dolor.

—Es cierto, he llorado mucho estos días.

—Veo que vas a sufrir bastante, niñita.

—Yo sé, Rosita, estoy sufriendo demasiado.

—Vas a tener una tremenda pelea con tu marido.

—¿Lo voy a dejar? ¿Nos vamos a divorciar?

—No se ve claro. Hay un bolondrón, pero el final no se ve claro.

—¡Tiene que verse claro, Rosita! ¡Para eso te pago!

La vidente dirige una mirada severa a Zoe y la calma.

—Veo dos hombres —prosigue—. Se van a pelear por ti. Tú estás al medio. Los dos hombres te quieren y se pelean.

—Sigue, Rosita. Cuéntame todo.

—Pero uno te quiere más que el otro y ese es el que al final se queda contigo.

—Eso es bueno —sonríe a medias Zoe, y piensa: *Gonzalo, tú te quedarás conmigo.*

—Veo mucha pelea, mucho sufrimiento; veo hasta sangre —continúa la vidente, absorta en sus cavilaciones, indiferente a los comentarios de Zoe—. Vas a tener que ser fuerte, niñita, porque lo que te espera no es fácil. Pero, al final, veo una nueva vida.

—¿Una nueva vida?

—Una nueva vida, con el hombre que te quiere más, con el que te quiere de verdad.

Una nueva vida con Gonzalo, piensa Zoe. *Qué maravilla.*

—Ay, Rosita, no sabes cuánto te agradezco —dice, emocionada, y estrecha la mano regordeta de esa mujer—. ¿Qué más ves? ¿Me voy a otro país?

—No, eso no se ve —responde, cortante, Rosita—. Solo veo la pelea muy fea entre esos dos hombres, y tú al medio. Y después, una nueva vida con el hombre que te quiere más.

—Suficiente, Rosita. No me digas una palabra más. Suficiente. Te adoro. No sabes lo bueno que ha sido verte.

—Págale a mi secretaria, niñita —dice la vidente, su rostro apoyado en las manos, una expresión ensimismada que dibujan sus ojos rasgados.

—Gracias, Rosita —dice Zoe, levantándose, y le da un beso en la mejilla.

Cómo apestas, piensa. *Hace como una semana que no te bañas, Rosita. Deberías ver tu futuro, a ver si encuentras una ducha con jabón y champú, por el amor de Dios.*

—Cuídate, niñita —alcanza a decir la vidente—. Prepárate. Va a ser un tremendo lío. Pero al final vas a estar bien.

—No te preocupes, Rosita —dice Zoe, desde la puerta, con una sonrisa.

Cuando sale del consultorio y camina hacia su auto, se siente feliz. *Qué bien*, piensa. *Tengo suerte. Me espera una nueva vida con Gonzalo. Y ahora, al hotel. Necesito sentirlo dentro de mí. Quiero cabalgar con mi potrillo.*

Gonzalo y Zoe acaban de hacer el amor con el goce y la intensidad de los amantes escondidos y ahora yacen exhaustos en la cama de ese hotel de paso.

—¿Terminaste bien? —pregunta él.

—Sí. Delicioso.

—No me puse condón.

—No pasa nada. Hoy es un día seguro.

—Me dan miedo tus cálculos.

—Confía en mí.

—Deberías tomar algo. Anda al ginecólogo y que te den pastillas.

—Detesto las pastillas. Ponte un condón y no jodas.

—Yo no puedo con los condones. Los odio.

—Yo también.

—Me parece increíble estar tirando contigo, Zoe.

—No estamos tirando. Estamos haciendo el amor.

Gonzalo se acerca a ella, le da un beso y sonríe.

—Claro, muñeca —dice, y se maravilla al mirar una vez más el cuerpo de esa mujer a su lado.

Permanecen un momento en silencio, los cuerpos extenuados sobre esas sábanas blancas cuya burda textura y olores recios no consiguen estropear la felicidad que ella siente, la dulce revancha de saberse amada. *Esta es la nueva vida con el hombre que me ama; es lo que vio Rosita esta tarde,* piensa Zoe. *No me importa que este cuarto sea un escondrijo apestoso y que la cama huela al sexo de otras parejas apuradas. No me importa que estas sábanas raspen, me basta con tenerlo a mi lado, desnudo, todo mío, para sentirme feliz.*

—¿Borraste la carta, Zoe?

—No, me olvidé.

—No seas bruta, te vas a meter en un lío del carajo. Ignacio se va a meter a tu computadora y la va a encontrar.

—Tranquilo. Él nunca lee mis cosas.

—¿Cómo sabes?

—Conozco a Ignacio mucho mejor que tú. Es incapaz de meterse a mi computadora para leer mis cosas personales. Es un caballero. No lo haría jamás.

—No conoces a Ignacio, tontita.

—¡Claro que lo conozco! ¡Lo conozco mejor que tú!

—Eso crees. Ignacio es un tipo muy raro. Está lleno de secretos. Nadie lo llega a conocer bien. No se deja.

—Pero es un tipo decente y no anda espiando mis cosas. De eso estoy segura.

—No sé si es tan decente como crees. Trata de ser un caballero, pero también puede ser un perfecto hijo de puta.

—Como tú —bromea Zoe, y le da un beso en la mejilla.

—No —la corrige Gonzalo—. Yo no trato de ser un caballero. Yo soy un hijo de puta y estoy encantado de conocerme.

Ríen. Se besan.

—¿Te gusta tirar conmigo? —pregunta él, con descaro.

—Me encanta. Me fascina.

—¿Soy mejor tirando que Ignacio?

—Muchísimo mejor. No se pueden ni comparar. Tú eres un potrillo; él es un gansito.

—La tengo más grande que él. Ignacio nunca me ha perdonado por eso.

—¡Más grande y mucho más bonita!

—Ignacio tiene una pequeñez.

—¡Una minucia, un bocadito!

Ríen mirándose a los ojos, estirándose en esa cama que solo les pertenece por dos horas.

—Ignacio me odia porque sabe que la tengo más grande que él —dice Gonzalo—. Me odia porque sabe que soy más hombre que él.

—No creo que te odie.

—Me tiene celos. Me envidia. Es la famosa envidia del pene.

—Eso de que el tamaño no importa es una gran mentira —sonríe ella—. ¡Importa, y mucho!

—¿Ignacio es bueno en la cama?

—Al comienzo cumplía, pero después se hizo aburrido y ahora es como si no tuviera ganas.

—Yo creo que nunca le interesaron gran cosa las mujeres.

—Solo le interesan el banco y la plata, y contentar a tu mamá.

—A veces pienso que ni siquiera le gustan las mujeres —dice Gonzalo.

—¿Por qué dices eso?

—No sé. Pura intuición, digamos.

—¿Qué me quieres decir?

—A veces he pensado que de repente es un maricón reprimido, ¿sabes?

Zoe lo mira con cierto disgusto y dice:

—No digas estupideces, Gonzalo. A Ignacio le gustan las mujeres, es obvio que le gustan, se casó enamoradísimo de mí y todavía me adora.

—Te puede adorar, pero no sé si le gustas sexualmente.

—¿Por qué dices eso?

Gonzalo calla unos segundos, como si escondiese algo, y se limita a decir:

—No sé, no tengo pruebas, son solo sospechas de hermano menor.

—No me vuelvas a decir esa idiotez —dice Zoe, levantándose de la cama—. Está bien que tiremos juntos, pero eso no te da derecho a faltarle el respeto al pobre Ignacio, que está trabajando como un burro en el banco para que tú puedas darte la gran vida como pintor y amante en hoteles de paso.

Ahora Zoe está enojada y se viste deprisa.

—¿Por qué te has molestado, tontita? —dice Gonzalo, echado en la cama.

253

—Porque no tienes derecho a decirme que mi esposo es un maricón reprimido. Me estás insultando a mí también.

—Cálmate, no quise ofenderte. Lo siento, ven acá.

—Me voy. Hablamos otro día.

—Zoe, dame un beso, no seas loca.

—Ignacio no será un tirador profesional y tendrá un sexo más pequeño que el tuyo, pero eso no lo convierte en un maricón reprimido. No te pases, Gonzalo. Me has molestado. Lo siento.

—Tienes razón, no debí decir eso.

—Hablamos mañana.

Zoe se marcha sin darle un beso y cierra la puerta con fastidio.

Este tipo es un patán, piensa. *Cómo se atreve a mariconear a su hermano. Ya es bastante con tirarse a la mujer de su hermano, pero que no se pase, tampoco.*

Si supiera lo que yo sé, no me haría esta escena, piensa él, tendido en la cama, con sonrisa cínica.

En la soledad de su moderna oficina, Ignacio introduce el dedo meñique en su oreja tan profundamente como puede, lo mueve con delicadeza, masajeando la cavidad del oído y procurándose una sensación agradable, y lo retira luego para oler enseguida ese dedo impregnado de minúsculos residuos de cera. *Me gustan mis olores*, piensa. *Me gusta olerme aunque mis olores sean ásperos. Me gusta cómo huelen mis oídos. Me fastidia limpiármelos con palitos de algodón. Prefiero hacerlo con los dedos. Es más rico.*

Cuando se siente abrumado por las presiones del trabajo, Ignacio pide a sus secretarias que no le pasen más llamadas, apaga los celulares, cierra con llave la puerta de su oficina y se despoja del traje, los zapatos, la camisa, la corbata e incluso las medias, para quedar apenas en calzoncillos, lo que le otorga una gran sensación de libertad, como si, al desvestirse, se sacudiera del peso abrumador que sentía sobre sus hombros. Es una breve rutina íntima que no le toma más de media hora y de la que nadie se entera. Es lo que ha hecho ahora: tras quitarse la ropa, ha encendido la radio en su estación preferida de música clásica y se ha echado en calzoncillos sobre un sillón de cuero de su oficina. Respira hondo. Cierra los ojos. Siente su cuerpo tenso, fatigado. Procura relajarse. Procura no pensar. Una vez que ha recobrado la quietud de espíritu, se entrega con fruición a examinar minuciosamente su cuerpo en busca de pequeñas imperfecciones que pueda corregir con la ayuda de una tijera de uñas, una lima, una navaja de afeitar, cremas para la piel, perfumes, palitos de algodón o paños húmedos con fragancia, artículos de aseo personal que guarda en el baño reluciente de su oficina.

Ignacio comienza recortando las uñas de sus manos, que luego lima con precisión, dejándolas impecables, y pasa a las de sus pies. Aunque las encuentra algo feas, no pierde ocasión de oler los pequeños vestigios de suciedad que retira de su parte interior, en la punta de la tijera filuda. Nunca deja que alguien le corte las uñas de los pies, ni siquiera su mujer, pues le da vergüenza tener unos pies que considera muy poco atractivos. Zoe le ha sugerido más de una vez que acuda a la peluquería y deje el cuidado de sus pies en las manos expertas de una pedicura, pero Ignacio se niega por pudor y prefiere ocuparse, a solas, robándole tiempo al banco, de recortar las uñas de sus pies. *Tengo pies feos*, piensa. *No lo puedo evitar. Tampoco tengo la culpa. Gonzalo tiene pies más bonitos que los míos. En general, tiene un mejor cuerpo que el mío. Pero el cuerpo, aunque uno lo pueda mejorar o embellecer dentro de ciertos límites, es un capricho de la naturaleza, una arbitrariedad a la que debemos resignarnos.*

Yo he ejercitado mi mente. Estoy orgulloso de la inteligencia que he desarrollado, de la capacidad que tengo para controlar racionalmente los eventos de mi vida. En ese punto, Gonzalo no me gana ni me ganará nunca. Mi cuerpo, por lo demás, tampoco está tan mal. Yo lo quiero, con todas sus imperfecciones. Yo me quiero más de lo que nadie me quiere, más de lo que permitiré nunca que me quieran. Allí radica el secreto de mi fortaleza mental: en mi amor propio, en que ninguna opinión ajena es más importante que la mía, en que yo me quiero tanto que no necesito desesperadamente el amor de los demás.

Ahora Ignacio frota sus piernas ligeramente velludas con una crema humectante que despide un olor fresco y, al hacerlo, se alegra de que el trabajo diario a que se somete en el gimnasio le permita lucir esas piernas atléticas. Luego seca sus manos cremosas con unos paños húmedos, baja un poco sus calzoncillos blancos y, sentado sobre ese sillón donde ha hecho sus mejores negocios, recorta cuidadosamente su vello púbico. Es una tarea a la que se entrega con placer, pues quiere creer que, una vez cumplida, su sexo parece más grande al no lucir empequeñecido por un vello copioso. *La única manera que tengo de que se vea más grande es cortándome los pelitos*, se consuela pensando. A veces, incluso, se ha afeitado los vellos púbicos, pero ahora prefiere no hacerlo para evitar la comezón y el cosquilleo inevitables que sobrevienen cuando vuelven a crecer. Recortada esa vellosidad, se sube los calzoncillos. Luego, con la ayuda de una pequeña navaja, afeita los pelos indeseables que han aparecido solitariamente en algún lugar de su pecho, sus brazos o su barriga endurecida por trescientas abdominales diarias. Pone énfasis en eliminar los que suelen crecer alrededor de sus tetillas, que, en su opinión, se ven mucho mejor cuando están lampiñas. *Odio que mis tetillas tengan pelitos*, piensa, vigilando con rigor que no quede un solo pelo en torno de esos círculos marrones que coronan sus pechos fornidos. *Los vellos en mi cuerpo me recuerdan que soy un animal, un descendiente de los monos, y por eso los odio tanto. Las personas muy velludas me dan asco: parecen ejemplares menos desarrollados de la especie humana. Gracias a Dios, no soy muy velludo. No hay nada más repugnante que la espalda peluda de un hombre, cubierta por una vellosidad espesa y enrevesada. No hay nada peor que las piernas velludas de una mujer, el pezón con pelos de una mujer. Dios, solo te pido que no me vuelvan a crecer estos pelitos en la tetilla. No merezco semejante castigo.*

Ignacio camina al baño y, de perfil, dándose vuelta, trata de ver si le han crecido algunos pelitos en la espalda. Encuentra uno que otro al alcance de su brazo derecho y logra cortarlos, pero se siente frustrado al no poder afeitarlos todos. Por eso sale del baño, viste el pantalón negro que había dejado sobre una de las sillas y, el torso desnudo, los pies descalzos, llama por el teléfono privado a una de sus secretarias:

—Ana, ¿puede venir un momento, por favor?

—Encantada, señor —oye la voz dulce de su secretaria.

Ignacio la espera con una navaja portátil de afeitar en la mano derecha, la estación de música clásica encendida en la radio, las cortinas cerradas para gozar de absoluta privacidad. Cuando toca la puerta, camina, abre la llave y dice:

—Pasa, Ana.

—¿No interrumpo, señor? —dice ella, casi por costumbre, a pesar de que ha sido llamada.

—No, pasa, por favor.

Ana es una mujer joven, a punto de cumplir los treinta, ya casada, sin hijos. Lleva el pelo corto y unos anteojos de lunas redondeadas. Viste, como de costumbre, un atuendo formal: falda, blusa y saco de colores oscuros, y zapatos impecables. No es una mujer cuya belleza sea llamativa, pero Ignacio la encuentra atractiva. Aprecia su eficiencia y lealtad, pero especialmente su discreción. Lleva más de cuatro años trabajando con él y nunca la ha oído chismorrear, hablar trivialidades, ni la ha pillado cotorreando por teléfono con alguien. Además de parecerle una mujer agraciada, sabe que puede confiar en ella y por eso la ha llamado a su despacho. Tras cerrar la puerta, le dice:

—Perdona que te reciba así, pero estaba relajándome.

Ana se ha sorprendido de ver a su jefe con el torso y los pies desnudos, pero sonríe con naturalidad porque se siente a gusto con él y sabe que puede confiar en su corrección y buenas maneras.

—Me parece muy bien que se relaje un poco, señor. ¿En qué lo puedo ayudar? —pregunta, con sonrisa amable.

Ignacio la mira con simpatía:

—¿Te puedo pedir un favor un poco extravagante?

—Lo que usted quiera, señor —responde la secretaria, sin dudarlo.

—No puedo afeitarme los pelitos de la espalda. ¿Me podrías ayudar?

Ana sonríe, como si le halagase ese pequeño gesto de confianza de su jefe, deja la agenda y el lapicero que llevaba en las manos y dice:

—Por supuesto, señor. Con mucho gusto.

—¿No te molesta?

—¿Cómo me va a molestar? Será un placer.

—Perdóname, Anita, pero soy un maniático de estas cosas y solo puedo pedirte este favor a ti.

—No me tiene que dar explicaciones, señor. Yo, feliz de ayudarlo.

Ignacio le entrega la navaja portátil y le da la espalda.

—Aféitame todos los pelitos, por favor —le pide, en el tono más amable—. Que no quede uno solo.

—Tampoco hay muchos, señor —dice ella.

Ignacio cierra los ojos y disfruta de cada pequeñísimo roce de esa hojita de metal con la piel de su espalda, goza imaginando los pelitos extirpados que caen en la alfombra, se deleita abandonándose a las manos seguras de esa mujer que trabaja para él y ahora, en secreto, le afeita la espalda. *Es curioso, pero nunca le he pedido a Zoe que me haga esto*, piensa.

—¿Cómo vamos? —pregunta.

—Ya casi no queda ninguno —responde ella.

El aliento cálido de esa mujer en su espalda le produce una sensación placentera.

—¿Le duele? —pregunta Ana.

—Para nada. Más bien es un placer. Perdona que te haya molestado con esta tontería.

—Yo, feliz, señor. Yo me relajo también un poquito.

Ana afeita ahora los últimos pelitos que encuentra en la parte inferior de la espalda.

—Ya estoy terminando —dice.

—No te apures, Anita.

Ella piensa: *Me encanta cuando me dice Anita.* Pero permanece en silencio, sigue afeitándolo y, a veces, para retirar algún pelito que acaba de cortar, pasa tímidamente la mano por la espalda de su jefe, como si fuera una caricia avergonzada.

—No sabes cuánto me relajas, Anita. Eres un amor.

—Me alegra, señor. Yo, feliz. Además, tiene una espalda muy bonita.

Ignacio piensa: *Si volteo y la beso, ¿le gustará?* Pero luego se dice: *Soy un caballero, un hombre casado, y ella es una chica linda, también casada, y no voy a someterla a ese trance incómodo.*

—Listo, señor.

—Mil gracias, Anita.

La secretaria le devuelve la navaja y sonríe.

—Cuando quiera.

—Solo te pido que me guardes el secreto.

—Por supuesto —sonríe ella.

—Eres un amor —dice él, y se acerca y le da un beso en la mejilla, y se sorprende al sentir que ella le pasa la mano por la espalda fugazmente.

—Y usted, el mejor jefe del mundo —dice ella, y recoge la agenda y el lapicero que había dejado sobre la mesa.

—Gracias, Anita.

Ella camina hacia la puerta y, antes de salir, voltea, le dirige una mirada llena de ternura y le dice:

—La señora Zoe tiene mucha suerte, señor. Llámeme cuando me necesite. Permiso.

Ignacio sonríe y la mira con todo el cariño que esa mujer le inspira. Luego se acerca a la puerta y cierra con llave para completar su rutina higiénica, su pequeña ceremonia de relajamiento personal. Después de girar el cuello haciendo círculos imaginarios, saca un hisopo de los que suele usar para limpiarse los oídos, lo introduce en un pequeño pomo de crema humectante y, tras quitarse el pantalón y el calzoncillo, mete el palito con la punta cremosa entre sus nalgas. *Esta es la parte de la limpieza que más me gusta*, piensa, moviendo suavemente el palito detrás de él.

Gonzalo e Ignacio se han reunido para almorzar en el restaurante de un club ejecutivo del que ambos son miembros en su condición de directores del banco. Fue Ignacio quien llamó para invitarlo, recordándole la promesa que hicieron en su casa, y Gonzalo no encontró argumentos para negarse, especialmente cuando su hermano le dijo que haría una gestión especial para que lo dejasen entrar sin corbata al club. Como de costumbre en los días de trabajo, Ignacio viste traje y corbata, mientras que Gonzalo lleva un saco azul, camisa blanca y pantalón negro, atuendo más formal que cualquiera en su rutina diaria de pintor. *Me siento un payaso en este club*, piensa. *Se come rico y yo no pago, pero el ambiente es decadente. Todos estos pavos hablando de dinero, cerrando negocios, sintiéndose unos tiburones, creyéndose poderosos porque usan saco y corbata, todos uniformados como robots. Me dan pena. No saben lo que es vivir. Prefiero almorzar en mis bares y cafés cerca del taller, con la gente normal. Este circo de ganadores no va conmigo.*

Ignacio bebe agua mineral y come sin prisa una ensalada. Los mozos del club ya conocen sus gustos y caprichos: no bebe alcohol; prefiere que no le sirvan panes para evitar la tentación de comérselos; el agua mineral con gas y sin hielo; la ensalada sin aliños excesivos y acompañada de queso, jamón serrano y pedazos de higo; como plato de fondo, pescado a la plancha con tomates y espinaca al horno, una combinación ligera de sabores que encuentra insuperable; y para terminar, los postres con helados de agua, preferiblemente fresa y mandarina, pues los helados de leche, si bien le encantan, le provocan trastornos estomacales y por eso se abstiene de probarlos. Mientras prolonga en su boca el sabor del higo mezclado con jamón, Ignacio piensa que su hermano podría tener modales más refinados, pero se resigna a la idea de que ya es tarde para cambiarlos. *Podrías haber aprendido, Gonzalo, que mover con los dedos los hielos de tu trago es de mala educación, así como remojar en tu sopa fría de tomate ese pedazo de pan que has pedido, a pesar de que sabes que no me gusta que traigan panes a la mesa. No importa. Paciencia. Todo sea por la memoria de papá, que sonreirá en el cielo al vernos juntos.*

—¿Cómo van los cuadros? —pregunta.

—Muy bien —responde Gonzalo—. Estoy pintando como un demente porque tengo exposición a fin de año.

—Qué bueno. Avísame con tiempo para no fallarte.

—No te preocupes, yo sé que tú prefieres no ir a esas cosas. Si quieres, te enseño los cuadros antes de la exposición, por si te animas a comprarme alguno.

Siempre pensando en sacarme plata, piensa Ignacio, mientras sonríe y dice:

—No es mala idea. Zoe estaría feliz si nos das la primera opción de compra.

—El mejor negocio que puedes hacer en tu vida es comprarme cuadros —dice Gonzalo, con tono socarrón—. En treinta años, cuando yo sea considerado el mejor pintor de mi generación, van a costar fortunas.

—Sí, claro —sonríe Ignacio, siguiéndole el juego—. Tú siempre tan humilde, hermanito.

Gonzalo levanta el brazo derecho y llama al camarero, que se acerca presuroso y toma nota del pedido: otro whisky con hielo.

—Yo nunca he creído en la humildad —dice, cruzando las piernas, alejándose ligeramente de la mesa—. Yo creo en el egoísmo. No se puede hacer nada en la vida sin una buena dosis de egoísmo.

—Ahora entiendo por qué nunca me has invitado a un almuerzo —bromea Ignacio—. Está bien que defiendas el egoísmo, pero tampoco seas tacaño.

Nadie en la familia es tan avaro como tú, piensa Gonzalo. *Nunca voy a olvidar cuando me compraste mi primer cuadro: te pedí un precio justo y regateaste como un mezquino cabrón y me obligaste a bajártelo, cuando además tenías toda la plata para pagarme lo que hubieras querido, pero tuviste, por principio, que negociar conmigo y obligarme a rebajar mi precio original. Yo no soy tacaño. Soy descuidado con el dinero, lo gasto en tonterías, no sé ahorrar. Tacaño eres tú, Ignacio. Sé que te duele que pida un whisky más porque estás pensando que la cuenta será más cara y que la pagarás tú. Por eso lo pido, para joderte. Por eso también he venido a este almuerzo: para que me pagues la cuenta y creas que todo está bien entre nosotros, cuando, en realidad, me estoy tirando a tu mujer.*

—Te voy a regalar un cuadro, para que no me digas tacaño.

—Regálaselo a Zoe. La harías muy feliz. Ella te admira mucho como pintor.

No solo como pintor, piensa Gonzalo.

—Pero con una condición.

—¿Cuál?

—Que no lo uses para decorar tu piscina. Queda mejor si lo cuelgas en la pared.

Ignacio ríe de buena gana y hace señas al mozo para que apure los platos de fondo, mientras piensa: *Todavía no me ha perdonado el incidente del cuadro, es un rencoroso de mierda. ¿Y yo sí tengo que olvidarme de lo que escuché por teléfono?*

—¿Quieres que te cuente por qué lo hice? —se sorprende Ignacio de haber lanzado esa pregunta.

—Supongo que no te gustó el cuadro.

—No, no fue por eso.

Ahora Ignacio lo mira con seriedad y Gonzalo mantiene una actitud distendida y levemente cínica, como si tratase de que la conversación no se torne grave. El mozo aparece con los platos: el pescado con vegetales para Ignacio; lomo con papas fritas para Gonzalo. *Me jode tu reloj de oro*, piensa Gonzalo. *¿Tienes que exhibir tan vulgarmente la plata? Tú siempre tan ordinario para comer*, piensa Ignacio. *Lomo con papas fritas, como si todavía fuésemos niños.*

—Yo sé cosas que han pasado entre tú y Zoe que tú no tienes idea.

Gonzalo se queda helado. Trata de no delatarse y de disimular el miedo que lo ha invadido al escuchar esas palabras. *No debo parecer asustado o nervioso*, piensa rápidamente. *No puede ser que sepa. Cuando rompió el cuadro, todavía no nos acostábamos.*

—¿Cosas mías y de Zoe? —pregunta, en el tono más distraído que es capaz de fingir, para despistar a su hermano y simular que no le oculta secretos.

—Sí —responde secamente Ignacio.

Se miran a los ojos, como si pulsearan quién es más fuerte, quién tiene el control, quién sucumbe al miedo. A pesar de que se siente pillado y no sabe cómo reaccionar, Gonzalo logra dar una apariencia serena.

—No hay nada escondido —miente con sangre fría y una sonrisa conveniente—. Zoe es mi amiga. Le gustan mis cuadros. Nos llevamos bien. Punto. Eso es todo.

Está nervioso, piensa Ignacio. *Cree que puede disimularlo, pero no me engaña. Está nervioso. Algo me esconde. No sabe lo que yo sé y por eso lo tengo asustado como a un conejo. Pobre tipo.*

Me ha tendido una trampa, piensa Gonzalo. *Me ha invitado a almorzar para sacarme información sobre Zoe. No voy a caer en la trampa. Lo negaré todo con una gran sonrisa. Si crees que eres más listo y que me vas a manipular, te equivocas, cabrón.*

—Zoe no es tu amiga —lo corrige Ignacio, manteniendo la voz suave y la mirada cordial—. Zoe es mi mujer.

—Claro que es tu mujer —se apresura Gonzalo—. Pero también es mi amiga.

—Tu amistad con ella ha ido muy lejos —dice Ignacio, al tiempo que dirige una mirada severa a su hermano menor.

No me mires así, piensa Gonzalo. *No me hables como si fueras mi padre. Si crees que me vas a meter miedo, te equivocas. No creo que sepas la verdad. Dios, ¿en qué me he metido? Espero que no lo sepas todo, Ignacio. Si lo sabes, estoy jodido, pero lo negaré igual, con absoluta caradura.*

—Te equivocas —contesta—. Me sorprende que digas esas cosas. Que le venda un cuadro o la reciba en mi taller para conversar como amigos no tiene nada de malo. Zoe también es una artista y es normal que venga a verme de vez en cuando. No sabía que te molestaba tanto.

Me hinchas las pelotas cuando separas el mundo entre ustedes, los artistas, y nosotros, los pobres diablos que trabajamos para ganar dinero, piensa Ignacio.

—Deja de hacerte el tonto, Gonzalo. No te queda bien ese papel. Tú sabes a qué me estoy refiriendo.

Estoy jodido, piensa Gonzalo. *Lo sabe. Lo sabe todo. Pero tengo que seguir negándolo. Ahora es cuando tengo que ser un hijo de puta hasta el final.*

—No sé de qué me estás hablando, hermanito. ¿Por qué no te pides un trago y te relajas? El estrés te está haciendo daño.

Ignacio hubiera preferido callarse, pero ya es tarde y confiesa el secreto:

—Yo los oí por teléfono, de casualidad.

Mierda, nos ha oído tirando por teléfono, piensa Gonzalo.

—¿Qué oíste? —pregunta, con cara de distraído, haciéndose el tonto.

—¿No te da vergüenza, Gonzalo?

—No. No me da vergüenza. Porque no he hecho nada malo y no sé de qué carajo me estás hablando. ¿Por qué no me dices de una puta vez qué fue lo que oíste y que te molestó tanto?

Gonzalo ha levantado un poco la voz, fingiendo que se siente ofendido por la actitud de su hermano. Ignacio piensa *si serás canalla, desgraciado; no hay un ápice de culpa en tu mirada y no recuerdas haber hecho nada malo porque hace tiempo dejaste de distinguir entre el bien y el mal, solo reconoces lo que te conviene, lo que te da placer y alimenta tu ego enfermizo.*

—Lo peor es que lo que yo oí de casualidad en mi celular seguramente es solo una pequeñez. Pero lo importante no es lo que oí, sino lo que eso revela.

—¿Qué revela?

—Que tú y Zoe me esconden cosas.

—¿Qué cosas? ¡Estás loco, Ignacio! ¡Nadie te esconde nada!

—No me tomes el pelo —dice Ignacio, fríamente, mirándolo a los ojos—. Tú no eres tonto y yo tampoco.

—Entonces dime qué carajo oíste y deja de torturarme. ¿Para eso me invitas a almorzar a este club de pelotudos? ¿Para interrogarme como si fueras el jefe de la policía?

—Oí a Zoe hablándote mal de mí. Te oí a ti hablando mal de mí. ¡Eso oí! ¿Te parece poco? ¿O debí seguir escuchando?

Qué alivio, piensa Gonzalo. *No podía saberlo: Ignacio es demasiado tonto como para saberlo todo. De todos modos, seguiré haciéndome el caradura.*

—Te habrás equivocado. Yo no recuerdo haber hablado mal de ti con tu mujer.

Ignacio termina de masticar el pedazo de pescado que se ha llevado a la boca y dice:

—Le dijiste a mi mujer que soy un huevón. Te reíste de mí. Dejaste que ella se burlase de mí. ¿Eso piensas, Gonzalo? ¿Que soy un huevón?

Sí, eso pienso, pero no te lo voy a decir, señorito, piensa Gonzalo.

—No. No creo eso. No recuerdo haberlo dicho tampoco.

—Te oí. No lo niegues. Sonó mi celular, contesté y ustedes dos hablaban. El teléfono de Zoe se marcó de casualidad y escuché la conversación con claridad. ¡Sé más hombre, carajo! ¡No lo niegues! ¡Yo escuché todo!

Gonzalo mantiene la calma, toma un trago, respira aliviado porque la tormenta pudo haber sido mucho peor.

—No recuerdo en detalle esa conversación —dice—. Quizás Zoe necesitó desahogarse conmigo y se quejó de ti y yo la escuché con cariño, como amigo. Pero no recuerdo haberte insultado.

—No me insultabas. Era peor. Te reías de mí. Se reían de mí. Me traicionaban los dos. Me hacían quedar como al tonto de la película, y ustedes eran los chicos listos que la pasaban bien.

Es que no tienes idea de lo bien que la estamos pasando, piensa Gonzalo.

—Yo no tengo la culpa de que tu mujer a veces se sienta descontenta contigo y me busque en el taller para contarme algunas cosas tuyas que le molestan —dice, y siente que se ha defendido de un modo impecable—. Yo no tengo la culpa de eso, Ignacio. Si Zoe viene a verme y está furiosa contigo y te critica por alguna estupidez, ¿qué pretendes? ¿Que la estrangule? ¿Que no la deje hablar? ¿Que la bote de mi taller por hablar mal de ti? Es normal que se queje conmigo. Soy su amigo, después de todo.

—¡No eres su amigo, Gonzalo! ¿No entiendes nada? ¡Eres su cuñado, no su amigo!

—Soy su cuñado y su amigo.

—Deberías ser primero mi hermano y mi amigo.

Se hace un silencio. Gonzalo recuerda el momento exacto en que se rompió la amistad entre los dos, pero no dice nada.

—Sí, deberíamos ser más amigos —comenta, bajando la mirada—. Pero yo no tengo la culpa de que no sea así. Pasaron cosas que nos distanciaron.

—¿Hay algo más entre Zoe y tú que yo debería saber? —pregunta Ignacio, con desconfianza.

Gonzalo lo mira a los ojos:

—No —responde—. Somos amigos y a veces me cuenta cosas sobre ti. Nada más. Pero lo hace porque te quiere y necesita hablar con alguien. Es normal. Entiéndela.

—No es normal que se desahogue contigo.

No es normal, pero es riquísimo, piensa Gonzalo.

—Nunca te hemos traicionado. No exageres, Ignacio. Puede haber venido una tarde a mi taller molesta contigo, puede haberte criticado, puedo haberla escuchado, pero nunca ha habido la intención de insultarte o de traicionarte. Me parece que estás siendo demasiado sensible.

Soy un canalla, pero un canalla con talento, piensa.

—Yo te oí decir cosas feas sobre mí —dice Ignacio, ya con tono menos crispado—. Me dolió. Me dolió mucho. Pero no soy rencoroso. Te perdono. Ya pasó. Cualquiera puede tener un momento de descontrol. Yo también lo tuve. Por eso tiré tu cuadro a la piscina.

—Ahora entiendo. No pasa nada. Si escuchaste en el celular algo que no te gustó, entiendo que reaccionases así.

—Me apena haber hecho eso. Lo lamento de veras. Pero me dolió en el alma que Zoe y tú estuviesen hablando cosas mezquinas de mí y a mis espaldas. Lo sentí como una traición. Te pido, por favor, que nunca más hagas eso.

—No volverá a ocurrir. Le diré a Zoe que deje de venir al taller. Pero yo no la invito, Ignacio. Ella viene porque le provoca, porque le gusta ver mis cuadros y hablar conmigo.

—Yo sé. Ella te admira. Pero si te habla mal de mí, si algún día está ofuscada y se queja de mí, simplemente párala y pórtate como mi hermano, como mi amigo. Tú no eres su psiquiatra: si está descontenta con nuestro matrimonio y tiene problemas, que vaya a un psiquiatra, no donde mi hermano para hablar mal de mí.

—Te entiendo. Si dije algo que te ofendió, te pido disculpas.

—Todo bien. Ya pasó. Yo también te pido disculpas por lo del cuadro.

—No fue nada. Tampoco era demasiado bonito ese cuadro.

—Por eso se lo vendiste a Zoe, cabrón.

Ríen. Se miran con cariño. Gonzalo corta esa carne que ya está fría y se lleva un buen pedazo a la boca. Ignacio llama al mozo y le pide que retire su plato, que ha dejado a medias.

—Es bueno sentir que somos amigos —dice, con una sonrisa bondadosa.

—Tú sabes que yo nunca haría nada contra ti —dice Gonzalo, sonriendo.

Es un buen muchacho, después de todo, piensa Ignacio.

Es un pelotudo, piensa Gonzalo. *Pero tengo que andarme con más cuidado. Ha estado a punto de pillarme. Me he salvado de milagro. Tengo los huevos congelados. Necesito un trago más. Si serás tonta, Zoe. Cómo se te ocurre tener el celular prendido y apretarlo de casualidad para que Ignacio oiga todo. ¡Suerte que no oyó tus jadeos en el hotel! Soy un tipo con suerte.*

A las ocho de la mañana, Ignacio está en la ducha, jabonándose sin prisa, creyendo que su mujer todavía descansa, como suele ocurrir a esa hora de la mañana en que, profundamente dormida, no siente a su marido bañarse, vestirse, desayunar y salir al banco. Pero Zoe está despierta. Aunque trata de conciliar un segundo sueño que la lleve plácidamente hasta bien entrada la mañana, no lo consigue. Unas palabras resuenan en su cabeza y la perturban: las palabras que Gonzalo le ha dicho la otra tarde en el cuarto del hotel. Desde entonces se ha sentido inquieta y ha mirado a su esposo con otros ojos, como si ahora desconfiase de él, como si tratase de descubrir un lado suyo que antes ignoraba y ahora cree posible. Zoe se enfada consigo misma porque no puede seguir durmiendo, se enoja con Ignacio por ducharse tan temprano, y tan largamente, cuando bien podría llegar al banco a una hora más civilizada, pero no: *El cuadrado de mi marido tiene que ser el primero en llegar al banco, el ejemplo ante todos sus empleados, el jefe ideal. Ojalá fueras, solo una noche, el marido ideal*, piensa, dando vueltas en esa cama que, por muy confortable que sea, ya no la acoge como antes, cuando recién se casó y creía estar enamorada. Ignacio silba despreocupado en la ducha y eso acaba de irritarla, pues no tolera la idea de sentirse tan fastidiada y que él, en cambio, esté tan gloriosamente feliz. Por eso se levanta de la cama con un camisón blanco, muy liviano, que deja descubiertos sus hombros y brazos y que cae hasta sus muslos, y camina descalza hasta el baño, muy amplio, donde Ignacio se ducha con agua tibia casi fría, nunca caliente, porque dice que bañarse con agua caliente es malo para la circulación y el buen ánimo.

—¿Qué haces despierta, mi amor? —pregunta, cuando ve a su esposa de pie, mirándolo a través de los vidrios que, algo empañados por el vapor, rodean la ducha.

—¿No te puedes duchar más tarde? Me has despertado.

Ignacio comprende enseguida que su esposa está irritada y por eso ensaya su mejor sonrisa y dice:

—Lo siento, mi amor. Tengo que llegar temprano al banco. Tengo mil cosas hoy.

—Y yo soy una cosa más para ti —se queja Zoe—. Te importa un pepino despertarme. ¿No puedes ducharte sin silbar como un canario?

Ignacio ríe, le hace gracia que su mujer se ponga tan caprichosa y gruñona cuando no puede dormir.

—No te molestes. Métete a la cama y duerme un poquito más, que te hará bien.

—No quiero. No quiero seguir durmiendo.

Zoe bosteza, se sienta sobre una silla de paja donde suele dejar la ropa que ha usado en el día o alguna toalla, mira a su esposo desnudo tras esos vidrios vaporosos, envidia la energía que él tiene a esa hora cruel de la mañana.

—¿Por qué no te metes a la ducha conmigo?

Qué poco me conoce mi marido, piensa ella, triste.

—No, gracias. Estoy muerta.

—No sabes lo que te pierdes, tontita.

—Sí sé y me lo pierdo feliz —susurra ella.

—¿Qué? —grita él, desde la ducha, pues el ruido del agua no le ha permitido escucharla.

—Nada —dice ella, levantando un poco la voz—. No me provoca.

—¿Qué te pasa? ¿Por qué estás malgeniada?

—No me pasa nada. Tú sabes que, cuando no puedo dormir, me pongo de malhumor.

—Yo soy igualito. Tómate una pastilla y duerme hasta el mediodía.

—No quiero.

Zoe observa a su marido, le dirige una mirada cargada de suspicacia, lo imagina distinto del hombre de quien creyó enamorarse diez años atrás. *¿Tendrá razón Gonzalo? ¿Me esconderá Ignacio su verdadera personalidad? ¿Será por eso que es tan frío, tan medido, tan insoportablemente racional? ¿Me será infiel? ¿Me engañará con alguien mientras yo lo engaño con su hermano? Cuando se toca, ¿pensará en mí?*

—Ignacio, quiero preguntarte algo.

Zoe lo mira, contempla en silencio, abatida, peleada con su vida y su futuro, el cuerpo del hombre que amó y que ahora le parece un extraño, quizás incluso un impostor, un cuerpo que, siendo delgado y armonioso, ya no le inspira ni el más pálido deseo. Ignacio se jabona las tetillas, el pecho, las piernas, deja que el chorro tibio caiga sobre su cara, masajea su cabeza, parece disfrutar de esos minutos bajo el agua, antes de que comience un día más de trabajo en el banco. No contesta. No contesta porque no la ha oído.

—¡Ignacio!

—¿Qué? —da un respingo, asustado, al ver que su esposa grita desde esa silla donde sigue rumiando su infelicidad—. ¿Qué te pasa, Zoe? ¿Por qué me gritas así? Si estás malhumorada, no es mi culpa, no vengas a joderme la vida, que me estoy duchando tranquilo.

—Quiero saber algo.

—Dime. ¿Qué quieres saber?

Espero que el huevón de Gonzalo no le haya contado nuestra conversación en el club, piensa. *Seguro que es eso: Zoe está molesta porque yo le conté a Gonzalo que oí de casualidad esa conversación entre ellos, dejándome como un imbécil.*

—¿Qué te ha dicho Gonzalo? —pregunta, desde la ducha, con tono deliberadamente neutro, como si nada tuviese demasiada importancia a esa hora de la mañana, en la que tiene que sentirse fuerte, seguro, ganador.

—Nada —se sorprende Zoe, y se estremece por dentro al oír el nombre de su amante—. Gonzalo no tiene nada que ver en esto.

Pero enseguida piensa *¿cómo sabe Ignacio que quiero preguntarle algo que me contó Gonzalo? ¿Sabe más de lo que aparenta? ¿Escucha nuestras conversaciones? ¿Graba mi teléfono? ¿Me sigue un detective? Ignacio es capaz de todo. Ese hombre todavía guapo que se ducha frente a mí, ¿es mi esposo o más bien mi enemigo?*

—¿Qué quiere saber usted, señora insomne? —pregunta Ignacio, risueño, tras cerrar el caño de la ducha, abriendo la puerta corrediza de vidrio.

Ella mira fugazmente el sexo mojado de su marido y siente todo menos deseo. Cruza las piernas. Se abriga con una toalla blanca, cubriendo sus hombros y brazos, mientras él coge otra toalla y se seca con energía.

—¿Alguna vez has estado con un hombre? —pregunta Zoe, mirándolo a los ojos, eligiendo cuidadosamente cada palabra.

Ignacio se queda paralizado un instante. Nunca antes ha hablado de este tema con Zoe y ahora, una mañana cualquiera, ella le dispara esa pregunta inesperada a quemarropa. Frunce el ceño, improvisa un gesto de sorpresa algo teatral, trata de sonreír para que no parezca que ha sido pillado con la guardia baja y responde con su mejor voz de banquero entrenado para mantener la calma aun en las peores circunstancias:

—Sí, mi amor. Ayer estuve con un hombre. Almorcé con Gonzalo en el club.

Luego sonríe y sigue secándose, como si nada hubiese pasado. Pero, tras esa apariencia de normalidad, piensa con desasosiego *¿qué mierda ha pasado para que ella venga a hacerme esta pregunta? ¿Qué le habrá dicho Gonzalo para que ella desconfíe de mí? ¿Habrán hablado ayer, después del almuerzo que tuvimos? ¿Qué maldades y mentiras le habrá contado ese hijo de la gran puta?*

—No te hagas el payaso —se mantiene seria Zoe, y él se preocupa, pero lo esconde—. Tú sabes a qué me refiero.

—No, mi amor. ¿Qué quieres saber?

Ignacio se seca los pies y se repite mentalmente que no debe ofuscarse, perder la paciencia.

—¿Alguna vez te has enamorado de un hombre?

Ignacio ríe, sale de la ducha, besa a Zoe en la frente, pero ella, malhumorada, no cede.

—No, mi amor, nunca. Pero me enamoré de mi perro, cuando era niño.

Zoe no sonríe, no celebra esa ocurrencia con la que su esposo trata de relajar la evidente tensión que ahora reina en ese baño de lujo.

—No me mientas, Ignacio. Dime la verdad.

—No te miento, tontita. ¿Por qué me preguntas estas cosas tan raras?

Zoe, desconfiada, insiste:

—¿Alguna vez te has acostado con un hombre?

Ahora Ignacio deja de sonreír y la mira con cierta incomodidad:

—No, nunca. ¿Qué te hace pensar eso?

—¿Te gustan los hombres, Ignacio? Dime la verdad.

En la voz de Zoe hay menos ira que dolor, y por eso Ignacio se acerca a ella, la toma de los hombros y la mira con ternura:

—No, mi amor —contesta—. No me gustan los hombres. Me gustas tú. ¿Se puede saber qué bicho te ha picado para que me vengas con esas preguntas?

Zoe no lo puede evitar y toda la rabia, la impotencia, el cansancio y el dolor se anudan en su garganta y la hacen llorar.

—¿Eres un maricón reprimido? —pregunta, llorando.

—No. ¿Qué dices? —responde Ignacio, arrodillándose a su lado, besándola en la mejilla, sintiendo el sabor salado de las lágrimas de su mujer—. ¿Por qué piensas esas cosas, mi amor? ¿Quién te ha metido esas ideas absurdas?

—Nadie. Era solo una duda.

—No es una duda. Es un disparate.

—¿Me juras que no estás mintiendo?

—No tengo que jurarte nada. Tú sabes que te digo la verdad.

—Júrame que no eres un maricón reprimido y que todos estos años me has querido de verdad, Ignacio.

—Te lo juro por la memoria de papá —dice él, solemnemente, y luego la besa en la boca.

Es el hijo de puta de Gonzalo, que me ha traicionado una vez más, piensa él.

No sé si creerle, piensa ella.

Luego regresan a la cama, se abrazan y, mirándola a los ojos, Ignacio le dice:

—Tú eres el gran amor de mi vida, Zoe. Siempre te voy a querer.

Zoe trata de sonreír pero le sale una mueca triste y dice:

—Yo también.

Pero una voz en ella le dice *aunque no seas el gran amor de mi vida*.

Cuando Ignacio se viste deprisa, mientras ella sigue en la cama, un pensamiento violento y oscuro lo asalta, roba el buen ánimo con el que se levantó más temprano: *Gonzalo me odia y no va a parar hasta destruir mi matrimonio. Gonzalo le ha dicho que soy un maricón reprimido. Gonzalo cree que soy un maricón reprimido. Gonzalo es un hijo de puta. Ahora verá quién soy. Lo voy a aplastar como a una cucaracha.*

—Duerme rico, mi amor —le da un beso en la frente a su esposa—. No te levantes antes del mediodía. Yo te llamo del banco.

—Que tengas un buen día —responde Zoe, descorazonada, como si no quisiera estar allí, en esa cama, en ese matrimonio.

—Te quiero —dice él.

No me mientas, piensa ella. *No te mientas más, Ignacio. Todo esto es una mentira. Tenemos que dejar de jugar esta farsa tan triste. Tú no me quieres. Nunca me has querido. Yo quiero a tu hermano y tú eres tan extraño y misterioso que no quieres a nadie. No sé si eres un maricón reprimido, pero sí estoy segura de que no sabes querer de verdad. Y lo único que yo quiero ahora es dormir, dormir todo el día. Ándate al banco, sé feliz y déjame dormir. Me voy a tomar dos pastillas. Quiero olvidarme de mi vida y descansar.*

Zoe oye el motor de la camioneta alejándose y siente alivio.

Camino al banco, Ignacio se desvía: al abandonar de la autopista se dirige al taller de Gonzalo. Aunque es temprano y sabe que estará durmiendo, necesita verlo. Tan pronto como salió de su casa, lo llamó desde el celular y esperó en vano que contestase. Cuando oyó la voz grabada pidiendo que dejara un mensaje, cortó y decidió que tenía que ir a verlo. Ignacio está irritado: una vez más, siente que ha sido traicionado por su hermano. Procura seguir conduciendo con la prudencia habitual, no dejarse arrastrar por el rencor que esconde contra él, mantener la calma ante todo. No es fácil, sin embargo: el recuerdo vivo de su mujer preguntándole en el baño si es verdad que le gustan los hombres lo ha sacado de sus casillas, ha roto la armonía que inútilmente intenta restaurar escuchando música clásica en la radio y lo ha llenado de rabia contra su hermano, a quien, sin dudarlo, culpa de que Zoe no solo parezca decepcionada de su matrimonio, sino hasta se permita dudar de su sexualidad. *Eres una mierda*, piensa. *Trato de ser generoso contigo, perdono las insidias que te oí decirle a mi mujer por teléfono, hago un esfuerzo supremo por seguir siendo tu amigo, pero siempre me decepcionas, me das un golpe bajo más, me haces pensar que, en el fondo, me odias, me envidias y quieres joderme, vengarte de algo que no sabes bien qué es, verme mal. Y sabes que mi lado más vulnerable es Zoe, que es allí por donde mejor puedes golpearme. Y por eso, cabrón, hijo de puta, miserable, me atacas por allí, que es donde más me duele, y le dices cosas venenosas a Zoe, abusando de su ingenuidad y de que ella te admira como pintor, intrigas contra mí, siembras cizaña, inventas mentiras que ella asume como verdades, como, por ejemplo, que a lo mejor me gustan los hombres. Solo un tipejo de callejón, una rata de alcantarilla sería capaz de hacer semejante bajeza, conspirar con mi esposa para destruir mi matrimonio, haciéndole creer que yo la engaño, que soy un farsante. Pagarás caro tu abyección, pedazo de mierda.*

No te perdonaré esto. Has caído demasiado bajo. No puedo seguir fingiendo que todo está bien contigo. No puedo perdonarte tantas veces, desgraciado.

Ahora Ignacio estaciona la camioneta en una calle poco transitada, frente a la vieja casona donde vive su hermano. Baja deprisa, cruza y toca el timbre con cierta violencia, presionando largamente el botón. *Despierta, zángano*, piensa. *Hoy no vas a dormir hasta mediodía, pusilánime. Hoy vas a despertar más temprano y te voy a decir en la cara todas las verdades que nunca te he dicho. Hoy me vas a ver por última vez. Despierta, hijo de puta. Ha venido a saludarte tu hermanito que tanto te quiere, el esposo de tu amiguita del alma, la mujer a la que estás volviendo loca, enemistándola contra mí.*

—¡Abre, Gonzalo! —grita, al no obtener respuesta a sus timbrazos impacientes.

No sabe que Gonzalo no oye el timbre porque, al igual que el teléfono, lo ha desconectado para dormir plácidamente hasta la hora en que su cuerpo, sin crisparse ante ningún ruido estridente, emerja de un sueño profundo y lo devuelva al mundo de los cuadros y las mujeres, sus dos pasiones verdaderas. Gonzalo protege sus horas de sueño porque sabe que pinta mucho mejor cuando está descansado, en paz, y no ignora que si duerme poco, se fatiga rápidamente al pintar, se queda sin aliento creativo, solo es capaz de pintar de un modo tenso, entrecortado, al borde siempre de la irritación y el desánimo. Por eso, antes de irse a la cama, bien entrada la madrugada, desconecta, como un ritual de aislamiento del que en cierto modo disfruta, los cables del teléfono, el fax y el timbre, asegurándose de que ningún aparato interrumpa con sus sonidos las horas de sueño que se ha ganado luego de batallar solitariamente con sus cuadros. Mientras en la puerta de calle Ignacio toca el timbre como un energúmeno, adentro, en su casona de techos altos y pisos que crujen, Gonzalo duerme como un bebé, libre de toda culpa y remordimiento. Pero Ignacio, por supuesto, lo imagina despierto, en pie, agazapado tras la pared, espiándolo por una rendija entre esas cortinas que impiden la filtración del más débil rayo de luz. Ignacio imagina a su hermano asustado, escondido, avergonzado, sabiéndose miserable por haberle dicho insidias y vilezas a Zoe, y ese pensamiento, la certeza de que Gonzalo no se atreve a darle la cara, multiplica su ofuscación, avinagra todavía más su espíritu y lo llena de una violencia ciega que necesita descargar contra alguien, contra algo, y ya no basta el timbre que sigue apretando con la insistencia de un demente. Por eso, porque ha perdido el control y necesita desahogar esa rabia que corroe sus entrañas, Ignacio coge una piedra del pequeño jardín al pie de la vereda, aprieta los dientes como reuniendo fuerzas y la arroja contra la ventana de esa casa antigua donde él cree que su hermano se niega a abrirle la puerta, sin saber que en realidad duerme a pierna suelta. La piedra impacta contra la ventana pero no la rompe.

—Mierda —dice, y busca otra más grande, hasta que la encuentra.

Luego la arroja con más fuerza y esta vez sí rompe el vidrio. El ruido de esa piedra abriendo un orificio y partiendo la ventana en añicos le produce en el acto la sensación deseada de venganza, pero enseguida se asusta y mira alrededor, para asegurarse de que nadie lo haya visto tirándola contra la casa de su hermano: la calle, para su alivio, está desierta.

—¡Abre la puerta, Gonzalo! —vuelve a gritar.

Ignacio alcanza a sentir vergüenza del acto de barbarie que está protagonizando a plena luz del día en una calle sosegada de la ciudad donde vive y es una conspicua

personalidad del mundo de los negocios, pero esa vergüenza palidece frente a la rabia que lo devora por dentro
y lo hace gritar aún más fuerte:

—¡Ábreme la puerta, pobre diablo!

Adentro, en su casa, tendido de costado en la cama
más grande que pudo comprar para él, vestido apenas con
una camiseta de manga larga, Gonzalo despierta refunfu-
ñando, sobresaltado por ese bullicio que alguien provoca
en su puerta y el ruido de la ventana al romperse.

—¿Quién mierda hace tanto escándalo? —dice,
como hablando consigo mismo.

Luego escucha una voz que le es familiar:

—¡No me voy a ir hasta que me abras, Gonzalo!

Se incorpora lentamente de la cama, mira el reloj, se
escandaliza al comprobar que no son todavía las nueve de
la mañana y dice:

—¿Quién es el imbécil que está afuera?

Al caminar descalzo hacia la ventana, advierte que
su sexo todavía está erguido, lo que suele suceder cuando
se despierta.

—¡Sé que estás ahí, cobarde! —oye el grito destem-
plado, y reconoce enseguida la voz de su hermano.

Luego abre apenas la cortina, ve a Ignacio afuera, el
rostro desencajado, las manos en la cintura, y, al descorrer
un poco más la cortina y mirar hacia el piso, comprende,
viendo los pedazos de vidrio sobre el suelo, el orificio en
la ventana, que es Ignacio quien ha tirado una piedra para
despertarlo, dado que el timbre está desconectado. *¿Qué
le pasa a este débil mental?*, piensa. Desde la ventana mira
con extrañeza a su hermano, quien le devuelve una mirada
virulenta, antes de gritarle:

—¡Ábreme inmediatamente!

Gonzalo corre la cortina, cegándose con la súbita
luz de la mañana, y camina, con cuidado de no pisar los

vidrios, hasta el intercomunicador, que, una vez reconectado, aprieta, abriendo automáticamente la puerta de calle. Luego camina hacia su cama, recoge un calzoncillo blanco del suelo y se lo viste sin apuro, a la espera de que Ignacio toque la puerta. Ignacio golpea la puerta con violencia y Gonzalo no tarda en abrirla:

—¿Qué mierda te pasa, se puede saber? —pregunta.

Ignacio le da un empellón y entra en la casa.

—No pensé que podías ser tan miserable, Gonzalo —le dice, clavándole una mirada llena de odio.

Ahora sí se enteró de todo y estoy jodido, piensa Gonzalo. *Zoe le ha contado toda la verdad. Puta tontita, tenías que cagarla así.*

—Si has venido acá a insultarme, te largas o te saco a patadas —contesta, sobreponiéndose al miedo, tratando de sorprenderlo.

No ignora que su hermano, por muy enojado que esté, respeta su superioridad física y debe de recordar que es él, Gonzalo, quien pelea con más ferocidad y menos escrúpulos.

—¡Eres un hijo de puta! —grita Ignacio, y le avienta una bofetada que Gonzalo encaja con serenidad y no contesta porque en el fondo sabe que la merece y porque todavía no conoce las razones de tan desaforada conducta de su hermano mayor.

—Quizás —dice Gonzalo, con calma—. Pero no más que tú.

Luego espera lo peor: que le recuerden, con los peores insultos, la traición que ha cometido. Pero Ignacio lo sorprende:

—¡Cómo puedes decirle a Zoe que soy un maricón! ¡Cómo te atreves, rata de mierda!

Ignacio camina descontrolado y patea el caballete que sostiene el cuadro que Gonzalo ha dejado inconcluso.

El cuadro cae al suelo de un modo aparatoso. Gonzalo, aliviado porque la acusación es menos grave de lo que esperaba, ahora indignado por la agresión, monta en cólera, se acerca a su hermano y lo coge con las dos manos del pescuezo, al tiempo que le grita:

—¡No toques mis cuadros, maricón! ¡No te atrevas, que te parto la cara!

—¡Suéltame! —se zafa a duras penas Ignacio, algo intimidado por esa demostración de brutalidad con la que Gonzalo le ha recordado que, en caso de una pelea física, será él quien lleve las de perder—. ¡Y no vuelvas a decirme maricón! He venido a tu casa a decirte que no quiero volver a verte, que te prohíbo que vuelvas a ver a mi esposa, que eres un miserable que busca destruir mi matrimonio y que no soy un maricón, soy más hombre que tú, tengo los cojones que tú nunca tuviste, y por eso trabajo como un burro en el banco y me rompo para que todo lo que nos dejó papá no se vaya al agua. ¿Y quién carajo te crees tú, pintorcito de pacotilla, artista patético que tiene que venderle sus cuadros a su propia familia, para venir a decirle a mi mujer que soy un maricón? ¿Quién carajo te crees que eres, traidor de mierda?

Ignacio grita y Gonzalo lo escucha dirigiéndole una mirada displicente, superior.

—Yo no le he dicho a Zoe que eres un maricón —se defiende, tratando de demostrarle a su hermano una serenidad y un aplomo que, sabe bien, son una muestra de superioridad moral en ese momento en que es tan fácil dejarse arrastrar por la ira—. Estás confundido, Ignacio. Estás haciendo un papelón. Te está traicionando tu propia conciencia.

—¡Yo no soy un maricón! —grita Ignacio—. ¡Nunca lo he sido! ¡No tienes derecho de andar diciendo esas cosas de mí!

—Yo no he dicho eso —dice Gonzalo—. Si Zoe piensa eso, es problema suyo. No me eches la culpa a mí.

—¡Zoe piensa eso porque tú se lo has dicho y ella me lo ha contado tal cual a mí! ¡No seas miserable en seguir negando la verdad!

Gonzalo retrocede un poco:

—Solo le dije que a veces pienso que de repente eres un maricón reprimido —dice.

—¡No soy un maricón reprimido! —grita Ignacio, y empuja a su hermano, que cae sentado en la cama—. ¡El maricón eres tú, que me traicionas con mi propia esposa!

—Si no lo eres, ¿por qué te molestas tanto?

—¡Porque estás destruyendo mi matrimonio, hijo de puta! ¿No te das cuenta?

Gonzalo se calla unos segundos, duda si decirle el recuerdo que lo atormenta todavía, lo mira a los ojos y descarga lentamente las palabras como si lo golpease con un martillo en la cabeza:

—Si no eres un maricón, ¿por qué me violaste cuando éramos chicos?

Ignacio se queda inmóvil, un gesto de pavor en la mirada, el rostro que de pronto ha empalidecido. No sabe qué decir, cómo responder a esa acusación inesperada. De pronto, la rabia que sentía se ha convertido en desconcierto, confusión, perplejidad.

—¿O crees que me he olvidado? —insiste Gonzalo, desde la cama.

No se arrepiente de haberle dicho por fin lo que ha callado por tantos años.

—Yo nunca te violé —balbucea Ignacio—. No sé de qué estás hablando.

—Sí sabes —contesta Gonzalo—. Lo sabes perfectamente. No te hagas el tonto.

—¡Yo no soy un maricón y nunca te violé! Deberías ir al psiquiatra.

A pesar de que lo niega, algo en Ignacio se ha roto y descompuesto, y ya no luce la desaforada agresividad con la que entró en esa casa.

—Fuiste una mierda al abusar de mí —habla Gonzalo lo que tanto tiempo ha callado—. No creas que no lo recuerdo. Me traicionaste, Ignacio. No te puedo perdonar por eso. Fue la peor bajeza que pudiste haberme hecho. Eras mi ídolo y me la metiste por el culo cuando éramos chicos. No te odio por eso: te desprecio, cabrón.

Ignacio baja la mirada, no se atreve a mirar a su hermano a los ojos.

—Y por eso creo que de repente eres un maricón reprimido. Y se lo dije a Zoe porque me da pena que la hagas tan infeliz.

—¡No te metas con mi mujer! —recupera Ignacio la seguridad en sí mismo, mirando con desprecio a su hermano—. ¡Estás inventándote una absoluta falsedad para hacerme sentir mal y para que Zoe me deje! ¿Le has dicho esa mentira: que yo te violé?

—No —contesta Gonzalo, sin exaltarse—. Pero tú sabes que no es mentira.

—¡Claro que es mentira, Gonzalo! ¡Siempre he sido un buen hermano contigo, he sido todo lo generoso que he podido, te he perdonado todas las deslealtades, he complacido tus caprichos más ridículos! Pero, ¿sabes qué? ¡Esto se acabó! ¡No quiero verte más! Desde hoy, no te considero mi hermano —Ignacio mira a su hermano con un odio del que se creía incapaz y continúa—: No quiero verte más. No te aparezcas por mi vida. No te atrevas a volver a hablar con Zoe, que te voy a destruir. Eres un miserable. No quiero volver a verte. Adiós.

Cuando Ignacio camina hacia la puerta, Gonzalo le dice:

—Violador. Maricón de mierda. Lárgate. Yo tampoco quiero verte más.

Cinco minutos más tarde, Ignacio conduce su camioneta y llora en silencio, agobiado por los recuerdos. En la soledad de su taller, todavía sentado sobre la cama, en calzoncillos y camiseta de dormir, Gonzalo se toma la cara con las manos y llora, furioso, por lo que pasó hace tanto tiempo y no puede perdonar.

Tumbado en su cama, sollozando, Gonzalo recuerda. Era un niño, no había cumplido doce años. Ignacio acababa de festejar sus diecisiete. Lo recuerda bien porque hizo una fiesta con sus amigos del colegio en la que bailaron y bebieron hasta el amanecer. Al día siguiente de la fiesta, Ignacio y Gonzalo jugaron tenis en el club. Como de costumbre, fue el mayor quien se impuso. Luego volvieron a casa. Estaban solos, sus padres habían salido a un almuerzo. Ignacio propuso que vieran el video de una película pornográfica que le había prestado un amigo. Gonzalo, algo nervioso, celebró la idea. Entraron a la habitación de sus padres, pusieron el video y, todavía en ropa deportiva, sudorosos, se sentaron sobre la alfombra a ver la película. Fue la primera vez que Gonzalo vio las imágenes explícitas de una mujer y un hombre copulando: le pareció menos excitante de lo que había imaginado, y por momentos incluso le dio asco que la cámara se acercase tan obscenamente a esos cuerpos agitados. Para su sorpresa, Ignacio empezó a masturbarse y le sugirió, con una sonrisa maliciosa, que él lo hiciera también, mientras veían, en el televisor de sus padres, algo que no podía parecerse siquiera vagamente al amor, algo que, pensaba Gonzalo, debía de ser solo sexo mecánico y, con toda probabilidad, impostado. Por complicidad con su hermano, no porque lo deseara de veras, Gonzalo, tocándose debajo del pantalón deportivo, endureció su sexo y vio sorprendido que Ignacio no escondía el suyo y lo frotaba como si quisiera que él lo viese. Gonzalo e Ignacio se habían visto desnudos en numerosas ocasiones, pero era la primera vez en que el mayor se masturbaba tan visiblemente al lado de su hermano. De pronto, Ignacio sugirió que se echasen en la cama, para estar más cómodos. Gonzalo estuvo de acuerdo. Cuando se pusieron de pie, Ignacio dijo:

—Mejor nos quitamos la ropa.

—No, así está bien —discrepó tímidamente Gonzalo.

—No, sin ropa es mejor. Te voy a enseñar algunos trucos.

—¿Qué trucos?

—Vas a ver. Te van a gustar. Cosas que tienes que aprender para después hacerlas con una chica.

Ignacio se desvistió deprisa y se echó sobre la cama de sus padres.

—Quítate la ropa —insistió.

—Bueno, ya —dijo Gonzalo.

Al verse desnudos comprobaron lo que en realidad ya sabían: que el menor estaba mejor dotado para las cosas del sexo. *Lo tiene más grande y más bonito que el mío*, pensó Ignacio, con cierta envidia. *Pero yo soy más inteligente*, se consoló.

—Échate saliva en la mano —le dijo a su hermano menor—. Es más rico. Resbala mejor.

Gonzalo le hizo caso.

—Tienes razón —dijo, mientras agitaba su sexo.

Había aprendido a masturbarse gracias a su hermano, quien, unos meses atrás, le había enseñado lo que debía hacer para darse a solas ese placer furtivo.

—Déjame que te la chupe —dijo Ignacio.

Gonzalo se sorprendió, lo miró a los ojos con cierta extrañeza, le pareció raro lo que acababa de oír.

—¿Qué? —se hizo el tonto.

—Te la voy a chupar.

—No, mejor no.

—¿Por qué? No seas tonto.

—No quiero, no me provoca.

—Solo para que sepas lo que se siente cuando te la chupa una chica. Solo para que aprendas, huevón. No te asustes.

El tono seguro y viril de Ignacio le hizo creer que era solo un ejercicio didáctico, una extraña generosidad de hermano mayor, y por eso se resignó:

—Bueno, ya, pero solo un poquito.

—Cierra los ojos, mejor. Piensa en la chica que más te guste.

—Está bien.

Gonzalo cerró los ojos y sintió algo cálido y agradable ahí abajo.

—Ahora échate boca abajo —dijo Ignacio.

—¿Para qué?

—Haz lo que te digo. No preguntes tanto. ¿Te gustó la chupadita o no?

—Sí, más o menos.

—Hazme caso, entonces. Échate boca abajo, mirando la película.

Gonzalo se tendió en la cama y sintió que su hermano lo tocaba entre las nalgas.

—¿Qué haces? —preguntó, volteándose.

—Quédate callado. No hables. Mira la película.

—No me toques el poto, Ignacio.

—Cállate. Es solo un ratito. Te va a gustar.

Ignacio echó bastante saliva en su sexo, se inclinó sobre la espalda de su hermano y trató de metérselo.

—¿Qué haces? —se quejó Gonzalo—. Duele.

—Aguanta un poquito —susurró Ignacio, con una voz extraña que le dio miedo a Gonzalo.

—No jodas. Para.

Ya era tarde: Ignacio había empujado con fuerza e introducido su sexo entre las nalgas de su hermano, que dio un grito:

—¡Duele, imbécil! ¡Sácamelo!

—Cállate —dijo Ignacio, moviéndose—. Aguanta un poquito. Ahorita termino.

Gonzalo cerró los ojos, aguantó el dolor, lloró de rabia mientras su hermano se movía detrás de él hasta terminar deprisa y sacársela.

—Me voy a duchar —dijo Ignacio, y detuvo la película—. Otro día te dejo que me la metas, si quieres.

Gonzalo no dijo nada, se mantuvo quieto, tirado en la cama, los ojos cerrados, el estupor de sentirse vejado por su hermano, la perplejidad de no entender lo que había pasado.

—Tienes que ir aprendiendo estas cosas, para cuando estés con enamorada —dijo Ignacio, y le dio una palmada cariñosa en la cabeza—. Ven a ducharte.

—Después —atinó a decir Gonzalo.

—¿Te dolió mucho?

—No, solo un poquito —mintió.

—No digas nada de esto. Es un secreto entre tú y yo.

—Ya.

Ignacio fue a ducharse. Gonzalo guardó el secreto, humillado, pero nunca lo perdonó. *Eres un perro*, pensó, mientras él silbaba duchándose. *No sabía que podías ser un perro conmigo. Algún día, cuando sea grande, me voy a vengar.*

No aguanto más, piensa Zoe. *Tengo que cambiar de vida. No puedo dormir una noche más con Ignacio. No puedo seguir fingiendo que lo quiero. Tampoco me apetece ver de momento a Gonzalo. Es un sinvergüenza. Está jugando conmigo. Me manipula sin asco. Le importo un pepino. Cree que me tiene en el bolsillo solo porque me calienta como nadie: pues te equivocas, guapo. Quiero perderme unos días. No quiero ver a ninguno de los dos. Que me extrañen, que me busquen, que se vuelvan locos sin mí. Eso: voy a desaparecer unos días. Me vendrá bien.*

Zoe piensa esas cosas mientras empaca. Elige distraídamente algo de ropa, artículos de higiene personal, un par de libros, su piyama de la buena suerte, un cuaderno para tomar apuntes, y entremezcla todo, sin demasiada paciencia, dentro de una valija grande, de cuero duro, que suele llevar consigo en los viajes largos. *Le diré a Ignacio que he salido de viaje a ver a mis padres*, piensa. *Le dejaré una nota para que se quede tranquilo. Ya veré luego si viajo y adónde viajo. No me provoca ir a casa de mamá: me hará muchas preguntas, sabrá que algo está mal con solo verme la cara. Al duro de Gonzalo, que me desea pero no me ama, no le diré nada: que me extrañe, que me llame al celular. Le voy a dar una lección. La necesita. Cree que estaré siempre a su disposición cuando quiera tirar conmigo: se equivoca. Cree que no me atrevo a dejar a mi marido: también se equivoca. Cree que no puedo vivir sin él: quizás tenga razón, pero me conviene demostrarle que puedo estar sola y bien, que soy más fuerte de lo que presume. Puede que solo necesite irme unos días de esta casa, puede que no vuelva más: no lo sé. Pero tengo clarísimo que hoy no dormiré en esta cama. No aguanto más.*

Cuando termina de hacer la maleta, mira su reloj: son pasadas las cuatro de la tarde. *Debería estar en mi clase de cocina*, piensa. *Al diablo. No quiero seguir jugando a la esposa hacendosa que muere por aprender un nuevo postrecito: si Ignacio quiere comer rico, que coma en la calle. No soy la cocinera de nadie y hoy no tengo ganas de coquetear con el profesor de cocina. No quiero sonreírle a nadie. No quiero que me miren con ojos libidinosos. No quiero estar perfecta, radiante, guapísima. Quiero, por una vez en mi vida, estar sola, sucia, descuidada y sin tener que sonreírle a nadie, todo lo triste o aburrida que me provoque sentirme, comiendo lo que me dé la gana, durmiendo hasta cualquier hora. Quiero vivir para mí, solo para mí, y no para mi marido ni para el avispado de su hermanito.*

«Querido Ignacio:

Me voy unos días a ver a mis padres. Necesito descansar. Todo está bien, no te preocupes. No me llames, por favor. Yo te llamaré mañana o pasado. Cuídate y descansa de mí. Cariños, Zoe».

Nada más escribir esa nota, duda: ¿Le digo «Querido Ignacio» o simplemente «Ignacio»? ¿Termino con «Cariños» o mejor «Besos»? Al diablo, piensa. La dejo como está. Que piense lo que quiera. Zoe deja caer el papel sobre la cama, segura de que él, al llegar del banco, ya de noche, lo leerá y sentirá un sobresalto, pues es la primera vez, en tantos años juntos, que ella se va sin avisarle, sin despedirse con un beso, de un modo tan misterioso. *No voy a llamar a mamá para pedirle que mienta si él la llama,* se dice. *Le he dicho que no me llame: si no me hace caso, es problema suyo, que sufra. Me he pasado los últimos años sintiendo que Ignacio no me escucha, no me presta atención, no me hace caso. Hoy, aunque sea por unos días, necesito sentir que las cosas han cambiado y que se harán como yo decida, sin pedirle permiso a nadie.*

Zoe llama por teléfono al taller de Gonzalo. Es un alivio para ella que él no conteste, pues prefiere no hablarle. Deja un mensaje seco: *Soy yo. Me voy de viaje unos días. No me llames. Yo te llamaré cuando tenga ganas de verte, y no sé cuándo será eso. Necesito estar sola. Todo se está complican-*

do demasiado y no aguanto más. Cuando cuelga, llora. Ha ahogado el llanto al grabar esas últimas palabras para su amante, al hombre por quien siente, a la vez, rabia y deseo. *Soy una idiota,* se dice, sollozando. *Yo tengo la culpa de todo. No debí meterme en esto, enrollarme con él. Ahora estoy más sola y confundida que nunca, y a él le importo un pedazo de mierda. No llores,* se recrimina. *Sé fuerte. Nunca has sabido estar sola. Tienes miedo, eso es lo que pasa: tienes miedo a estar sola unos días. No tengas miedo: será bueno, te hará bien, aprenderás a estar sola y entonces, quizás, te animes a dejar a Ignacio del todo.*

Tras meter la maleta en el coche, Zoe se sorprende a sí misma, entregándose a un impulso destructivo y, a la vez, liberador: camina hasta la piscina, arroja su celular al agua, lo ve hundirse rápidamente y, sonriendo, regresa al auto y enciende el motor. *No quiero que nadie pueda ubicarme, que nadie sepa dónde estoy,* piensa, mientras retrocede el coche con cierta brusquedad. *La piscina de mi casa ha terminado siendo el lugar al que uno arroja los objetos que odia,* se dice. *Solo me falta arrojar allí a los dos hermanos que han hecho de mi vida un calvario. Qué esplendida sensación la de tirar mi celular a la piscina: mucho mejor que la de ir al psiquiatra un año entero.*

Conduciendo deprisa por la autopista, prende la radio y canta una canción de moda, el lamento de una mujer que dice sentirse desesperada porque ha sido abandonada por el hombre al que ama. Cuando Zoe canta, acompañada por la radio, esas letras quejumbrosas, ríe sola de su suerte, de aquel desvío impredecible por el que discurre ahora su vida, sin saber adónde ir, pero disfrutando de una cierta levedad de espíritu y una mirada risueña que, se dice, parecerían señales de que acaso no fue del todo descabellado hacer la maleta y partir de viaje a ninguna parte. *No me provoca subirme a un avión,* piensa, al tiempo que conduce.

Quiero estar sola, dormir, no ver a nadie. No me apetece pasar por los mil trajines odiosos de un viaje. Iré al mejor hotel de la ciudad, me hospedaré en la suite más linda, no saldré tres días seguidos y me trataré como a una reina: eso me suena bien, es exactamente lo que necesito ahora mismo. Quince minutos más tarde, ingresa al vestíbulo de un hotel lujoso. Viste un pantalón ajustado, botas altas y una chaqueta negra. Apenas se ha maquillado. No obstante su aspecto informal, se conduce con las maneras suaves y distantes de una señora que sabe lo que quiere: la mejor *suite* del hotel, por tiempo indeterminado. Entrega su tarjeta de crédito y, haciéndole un guiño coqueto al caballero de la recepción, pide que la registren con su apellido de soltera:

—Me he tomado unas vacaciones de mi marido —sonríe, y se sorprende de haber dicho tal cosa.

Un momento después, el botones la conduce hasta la habitación, deja su maleta, recibe la propina y se marcha presuroso. Zoe se acerca a la ventana y mira hacia el casco viejo de la ciudad, el centro histórico que, desde allí arriba, se ve plomizo y desaseado. *El tacaño de Gonzalo pudo haberme traído a este hotel*, piensa. *Qué diferencia con la pocilga a la que me suele llevar para tirar: aquello parece el matadero de la tropa, el motel de las secretarias esforzadas y sus jefes. Una señora como yo pertenece a este hotel: me siento muy libre y muy puta, muy dueña de mi cuerpo y mi destino, sin ganas de darle mi coñito a nadie y más bien dormir tres días enteros. Disfruta, Zoe. Relájate. Estás de luna de miel contigo misma. Sé tu mejor amante.*

Lentamente, con cierta languidez, como si estuviese encantada de estar allí y de ser ella misma, cierra las cortinas, se desviste, se despoja del anillo matrimonial, lo mete debajo de la cama y, desnuda, libre, extenuada, curiosamente feliz, se mete en la cama y cierra los ojos, sonriendo.

Al llegar a casa tras un largo día de trabajo, Ignacio se siente decaído y solo tiene ganas de comer algo ligero, hablar lo menos posible con su mujer, distraerse viendo la tele y dormir temprano. Aunque quisiera, no puede sacudirse de un recuerdo opresivo que ensombrece su ánimo, la acusación feroz que le lanzó su hermano esa mañana, cuando discutieron a gritos en el taller. *No pienses en eso*, se ha dicho el día entero en el banco, tratando de reponerse del golpe que no ha sabido encajar bien. *Olvídalo. No le des más importancia de la que realmente tiene. Fueron juegos de niños, travesuras adolescentes: nunca hubo maldad en lo que hiciste, los chicos en la pubertad hacen esas cosas, eso no significa que seas una mala persona o que abusaras de Gonzalo, fue tan solo un acto de complicidad entre hermanos que él, por acomplejado, por inseguro, por perdedor, ahora quiere convertir en algo horrendo, atroz, en una violación que en realidad fue apenas un juego tonto entre hermanos*. Ignacio nunca ha hablado de ese recuerdo con nadie; lo ha ignorado deliberadamente durante años. Pero ahora no puede seguir engañándose y borrando el pasado. Ahora le duelen las cosas tremendas que le ha oído decir a su hermano esa mañana: *violador, maricón de mierda*. No puede evitar que esas palabras lo persigan desde entonces, taladrando su conciencia, minando su dignidad, robándole la confianza en sí mismo, aquella con la que ha hecho sus mejores negocios.

—¿Zoe? —pregunta, nada más entrar en casa, pero no obtiene respuesta y enseguida, sin pensarlo, coge el teléfono de la sala y la llama al celular, pero no contesta y prefiere no dejarle un mensaje.

Qué raro, piensa. *A esta hora ya debería estar acá*. Son las seis y media, todavía no ha oscurecido. Ignacio enciende algunas luces, se despoja del saco y la corbata, entra en la cocina, abre la refrigeradora y se queda mirándola como un zombi. En realidad, no quiere comer, no tiene hambre: ha abierto la refrigeradora sin pensarlo, como un reflejo nervioso, como una manera de escapar de sí mismo, de los recuerdos que lo agobian, como si mirando el contenido de la refrigeradora, las frutas y los jamones, los yogures y los jugos, pudiera, por un momento, congelar aquellos pensamientos abrasadores, las imágenes de tantos años atrás que, aunque intente menospreciar como un juego adolescente, lo llenan de vergüenza. Tras permanecer un momento inmóvil, de pie, reconfortado por el aire frío que despide la máquina, saca una manzana roja, la muerde y cierra la puerta. *No pienses*, se dice. *No pienses nada. Lo que pasó, pasó. Deja ir esos recuerdos que te hacen daño. Duerme. Lo que necesitas es dormir. Tendrás que tomar un par de pastillas. No importa. Es mejor amanecer mañana un poco aturdido por las pastillas que pasar la noche insomne, devorado por los malos recuerdos.*

Ignacio camina hasta su dormitorio y no tarda en encontrar la nota que, en un papel amarillo, le ha dejado su esposa sobre la cama. Antes de leerla, intuye que no pueden ser buenas noticias: si ella ha evitado decírselas por teléfono y ha preferido comunicárselas de esa manera más fría y cuidadosa, es obvio que solo pueden ser malas. Lee la nota, sonríe con cierta amargura, la tira sobre la cama y regresa a la cocina. *Puta*, piensa. *Bruja de mierda. Tenías que irte así, como las mujeres de los culebrones de televisión. No podías esperarme, contarme la verdad, hablar conmigo. Te vas a escondidas porque, en el fondo, sientes vergüenza por lo que has hecho, no te atreves a decirme la verdad. No me lo tienes que decir: sé que me engañas. Lo que no sé es con quién, pero tengo la firme sospecha de que Gonzalo tiene mucho que ver en todo esto. Ese cabrón consiguió lo que quería: robarme a mi mujer, enemistarla conmigo, hacerle creer que soy una mierda, un hijo de puta. ¿Le habrá dicho que lo violé cuando éramos chicos?*

—¡Mierda! —grita—. ¡Traidor de mierda!

Camina resueltamente hacia el teléfono. Llama a Zoe. Nadie contesta. Llama luego a Gonzalo. Tampoco responde. No deja mensajes. Está demasiado furioso. No tiene sino insultos en la cabeza, agravios contra su mujer y su hermano, que, piensa, han conspirado para dejarlo solo, humillado, sintiéndose, por primera vez en su vida, un perdedor, el perdedor que siempre temió ser. Angustiado, se lleva las manos a la cabeza, frota enérgicamente el poco pelo que le queda, oprime con fuerza la mandíbula, se llena de una tensión que no sabe cómo descargar. Luego abre la refrigeradora de nuevo y se queda parado, quieto, los puños cerrados, mirando las comidas y bebidas frías, tratando de hallar un poco de tranquilidad en esa ceremonia doméstica que suele repetir cuando pierde la calma: abrir la refrigeradora y mirar, solo mirar, y acaso, como ahora, comer algo, unas fresas, pero el placer de morder y saborear esas fresas se interrumpe de pronto cuando siente algo extraño en la boca, un pelo, un pelo que extrae y mira con asco, un pelo castaño que sin duda es de ella, de su mujer. Ignacio escupe el pelo al piso de la cocina y, con él, un pedazo de fresa, disgustado en el estómago por esa súbita presencia de Zoe en su boca.

—¡Puta de mierda! —grita, y patea una silla—. ¡Ojalá no vuelvas nunca!

De regreso al dormitorio, trata de serenarse. *No pierdas la calma*, se dice. *No seas como ella, como Gonzalo. Tú eres más fuerte. Tú eres superior. Respira, relájate, analiza con frialdad, no pierdas el control. Solo la gente débil se enfurece hasta la violencia. Hoy has sido débil cuando fuiste a gritarle a Gonzalo y te has debilitado aún más al escuchar las bajezas de las que te acusó. No sigas cayendo más abajo. Levántate, vuelve a ser el que siempre has sido. Zoe se ha ido. ¡Qué más da! Ya volverá. No podrá estar sola. No la llames, no la busques: es lo que ella te ha pedido. Seguro imagina que saldrás a buscarla como un demente. No le des el gusto. En realidad, esa manera de escapar es solo una forma infantil de llamar la atención, de reclamar afecto. No caigas en su juego. La mejor manera de responder es ignorándola, manteniendo la calma, preservando la rutina de trabajo y descanso, sin alteraciones. En cuanto a Gonzalo, está claro que no debes verlo: su sola presencia te intoxica, te hace daño. Aunque mamá se enoje, cortaré a Gonzalo de mi vida, no me rebajaré a una sola discusión con él, ni siquiera a una conversación banal de las muchas que hemos tenido en los últimos años, solo para disimular lo que en verdad sabíamos: que, a pesar de ser hermanos, éramos y seguimos siendo enemigos, porque él lo ha querido así. Que se joda. Que se vaya a tomar por el culo, lo que probablemente le va a gustar. ¿Y si Zoe se ha marchado con él? ¿Si ahora mismo está en el taller de Gonzalo, jugando a la víctima, refugiándose en sus brazos, traicionándome los dos como unos maleantes de esquina? Pues no hay nada que pueda hacer, nada que deba hacer, salvo esperar, respirar tranquilo, sacarme de encima toda esta rabia y esta vergüenza que llevo adentro y que ustedes, miserables, me han metido en la sangre, queriendo vengarse de mí como si fuese un canalla, cuando no lo soy, nunca lo fui, solo traté de ser un buen hermano contigo, Gonzalo, y un marido atento contigo, Zoe, puta de mierda. ¡Qué poco te conocía cuando me casé contigo y pensé que eras, ante todo, una mujer de buenos sentimientos!*

Con la intención de calmarse, Ignacio se desviste, entra en la ducha y se da un largo baño. Trata de no pensar en nada, de mantener la cabeza en blanco, relajándose, pero, una y otra vez, una imagen perturbadora lo asalta, privándolo de la tranquilidad que intenta restaurar en su cuerpo: la imagen de su mujer y su hermano amándose con una pasión que desconocían, la poderosa sospecha de que Gonzalo, en venganza por esa vieja abyección de la que lo culpa, ha seducido a Zoe, enseñándole unos placeres que ella probablemente ignoraba. *Si mi mujer y mi hermano no están acostándose juntos, ¿por qué puedo verlos en mi cabeza con tanta nitidez? ¿Por qué esa idea me atormenta con insistencia? ¿Qué debo hacer para saber la verdad? Nada: solo esperar. Esperar y dormir.*

Después de secarse y vestir el buzo que usa como piyama, se mete en la cama y enciende el televisor en las noticias. Huele en las sábanas el olor de su mujer. No la echa de menos: la desprecia, que es peor. Para vengarse en cierto modo de ella, intenta masturbarse pensando en alguien anónimo, pero no consigue excitarse. Luego cierra los ojos, cruza los brazos sobre el pecho, respira hondo y reza: *Dios mío, no me hagas esto, no me castigues así. ¿Qué he hecho yo para merecer esto? Mi hermano me odia. Yo no tengo la culpa. No le hice nada malo. Lo que pasó entonces fue un juego sucio, algo que no debió ocurrir, pero éramos chicos, hacíamos esas travesuras. Fue una estupidez, no un acto de maldad. Yo no lo odio. Nunca lo he odiado. Es más: ni recordaba eso, prefiero no pensar en los errores que puedo haber cometido cuando era casi un niño. Gonzalo, sin embargo, me sigue odiando. No me perdona nada, se aferra a recuerdos feos. No es justo, Señor. Como tampoco lo es que Zoe me haga esto: regreso cansado del banco y simplemente se ha ido y me pide que no la llame. ¿Qué se supone que debo hacer? No lo sé. Estoy perdido, confundido, me siento más débil que nunca. Te pido que me des bondad y sabiduría para salir de esta crisis. Te lo pido de rodillas.* Ignacio sale de la cama, se hinca de rodillas y dice en voz alta, los ojos anegados en lágrimas: *Perdóname, Señor. Si fui un mal hermano, te pido perdón. Si he sido un mal esposo, te ruego que me perdones. Pero no te lleves a Zoe. Por favor, haz que regrese y que podamos seguir estando juntos. No te pido más.*

Luego regresa a la cama, cierra los ojos y trata de dormir, pero no puede porque está llorando. Una hora después, harto de revolverse en la cama, levanta el teléfono y llama a su mujer. No sabe que el celular no suena porque está en el fondo de la piscina. Le deja un mensaje: *No estoy molesto. Te extraño. Por favor, llámame. Solo quiero saber que estás bien.* Cuando está tratando inútilmente de conciliar el sueño, piensa: *Quizás las claves de todo estén en su computadora.* Salta de la cama, camina hasta el escritorio de Zoe, prende la computadora, escribe la contraseña de acceso y, de un modo paciente y minucioso, revisa los documentos de su mujer (antiguas cartas, cuentos inconclusos, citas de libros, correspondencia con sus amigas, correos de sus padres, bromas en cadena, fechas de cumpleaños que debe recordar) hasta que, fatigado, extrañándola todavía más, encuentra la carta que ella le escribió una noche insomne y nunca le envió y, a pesar de los consejos de Gonzalo, olvidó borrar. Al leerla, comprende de un modo seco y abrumador lo que ya sospechaba: que Zoe ha dejado de quererlo y que ella ama ahora a otro hombre. Ignacio llora con rabia cuando dice para sí mismo: *Es Gonzalo. Sé que eres tú.*

Luego, derrotado, coge el retrato en el que aparecen juntos, cuando eran una pareja feliz, esquiando en la nieve. Lo mira largamente, con lágrimas en los ojos, y se sorprende al sentir que, a pesar de todo, no puede odiar a esa mujer que le sonríe en la foto. *Me gustaría odiarte, pero no puedo*, piensa. *A quien odio es a Gonzalo.*

—Cabrón, hijo de mil putas —dice, pero lo dice más tranquilo, sin gritar, como si, al pronunciar cada palabra, estuviese tramando su venganza.

Cuando se tumba sobre la cama y huele a su mujer ausente en esas sábanas de lujo, piensa que la vida es, después de todo, una buena mierda y que lo único que le queda por delante es ser fuerte, resistir y consolarse con las desgracias de sus enemigos. *Mi mejor venganza, ahora mismo, es dormir*, piensa. Por eso camina hasta el baño y toma tres somníferos de alto poder hipnótico. Media hora más tarde, todavía está despierto y con ganas de pegarle a alguien.

Zoe despierta feliz. Ha dormido once horas consecutivas, sin sobresaltos, soñando con la casa donde fue niña, sintiendo que volaba por encima de esa casa de jardines muy grandes y que, al hacerlo, dejándose llevar por el viento, sin miedo de caer, era feliz, inmensamente feliz. Cuando despierta, se estira en la cama, emite un gemido placentero y mira el reloj despertador: es tarde, bien entrada la mañana, y no tiene ganas de hacer nada, ni de siquiera vestirse, solo quiere quedarse en la habitación, descansar y mimarse. Sale de la cama. Está desnuda. Le gusta dormir desnuda, pero no suele hacerlo cuando duerme con su marido, porque a él le parece una vulgaridad. Camina hacia la ventana, abre un poco las cortinas, mira los viejos techos de la ciudad, iluminados por un sol primaveral espléndido. A lo lejos, se oye el bullicio del tráfico. De pronto, cede a una idea irresistiblemente coqueta: abre las puertas que dan al balcón, sale desnuda, se para bajo el sol, estira los brazos hacia arriba y se siente libre, como hacía mucho no se sentía. Enseguida recuerda que alguien puede verla, que sigue siendo la esposa del banquero más poderoso de la ciudad, y por eso regresa deprisa a su habitación, junta las puertas y cierra las cortinas. *Tendré el día más ocioso de mi vida*, se promete. *No haré nada. Comeré acá en la suite todo lo que me apetezca, veré programas tontos en televisión, no llamaré por teléfono a nadie, dormiré como una marmota en su madriguera de invierno y me dedicaré al exquisito placer de no hacer nada. Espero que Ignacio no me busque. Espero que no dé conmigo. Sería tan odioso tener que darle explicaciones. Gonzalo es otra cosa: no quiero verlo, pero si* lo extraño y necesito sexo del bueno, siempre puedo llamarlo desesperada. *Ya veremos. Por ahora, quiero estar sola y darme un baño larguísimo en tina.* En efecto, Zoe entra al baño, abre las llaves de agua, se sienta y orina, se mira luego en el espejo, de pie, bajo una luz intensa, y se alegra al comprobar que sigue siendo una mujer hermosa y que la soledad que ha escogido no eclipsa esa belleza sino que, curiosamente, parece refinarla. *No sé si es la luz del baño, el espejo o las once horas que he dormido, pero me veo más guapa de lo que me he visto en mucho tiempo. ¿O será que la sola compañía de Ignacio me hace sentir fea, verme fea? La belleza de una mujer,* se dice, levantando el mentón, tocándose los pezones, parándose de costado para verse las nalgas, *solo puede florecer cuando ha conocido el placer de un orgasmo perfecto, y yo recién he vivido esa sensación en los brazos de Gonzalo. ¿Será por eso que me veo tan linda esta mañana y que, aunque quiera negarlo por orgullosa, sigo pensando en él?* Cuando la tina está llena, entra en ella, deja resbalar lentamente su cuerpo en esa masa de agua caliente que la acaricia de abajo arriba, cierra los ojos y no extraña ni por un segundo la rutina de mujer casada que ha interrumpido bruscamente, no sabe por cuánto tiempo. *Esto es por ahora la felicidad: mi cuerpo en una tina caliente del mejor hotel de la ciudad sin que nadie sepa dónde diablos estoy. Soy una niña, no una puta, apenas una niña traviesa y por eso he escapado: para que me extrañen, para que mis hombres sepan que la vida sin mí vale poco o nada.* Zoe sonríe perezosamente hasta que recuerda que su menstruación lleva más de una semana de retraso. *Tonterías,* piensa. *Será el estrés, la tensión con que he estado viviendo últimamente. Ya me vendrá. No es nada del otro mundo atrasarme unos días. Me ha pasado antes. Ni pienses en eso, Zoe; ni lo pienses. No eches a perder este momento divino. Ya te vendrá la regla. Ahora, relájate y disfruta.* Zoe cierra los ojos y sonríe. *Todo está bien,* se repite. *Todo está deliciosamente bien. Aunque podría estar mejor si el caradura de Gonzalo se metiera a esta tina conmigo. Tontita, putita, no pienses en él. No lo llames. Solo cierra los ojos y siente tu cuerpo erizado bajo el agua.*

Gonzalo está borracho. No ha podido pintar. Torturado por los recuerdos, ha caminado a media tarde hasta un bar cercano, ha comprado un par de botellas de vino y ha regresado a su taller, donde, sentado en el piso de madera, descalzo, escuchando música de los años en que fue un muchacho, ha bebido con cierta prisa, como si quisiera espantar con el alcohol la tristeza de sentir que su hermano fue desleal con él y, también, la vergüenza de saberse él mismo un traidor. Después de beber la primera botella, orinando en un baño que no ha limpiado desde hace meses, ha sentido el deseado adormecimiento de la embriaguez, la laxitud tan conveniente que encuentra al turbarse con tantos vasos de vino. *No he pintado un carajo hoy*, piensa, mientras camina por su estudio, las manos en los bolsillos. *No me he bañado en tres días. Estoy borracho. Son las cinco de la tarde. Mi vida es una mierda. No soy un pintor, soy un borracho, un egoísta y un canalla. No quiero a nadie. No quiero enamorarme. No quiero vivir con una mujer ni tener hijos. Quiero estar solo y, si me da la gana, como ahora, intoxicarme, joderme la vida, deprimirme como el culo. Nadie tiene la culpa de eso: ni siquiera tú, Ignacio, maricón. Yo elijo ser más borracho que pintor, más hombre que buen hermano. Nunca seré una buena persona. No puedo. No me provoca intentarlo siquiera. Creo que sería demasiado aburrido. Para ser una buena persona hay que ser un poco idiota. Hacer siempre el bien puede ser muy meritorio pero, en lo que a mí respecta, un coñazo de aburrido. Yo me asumo como un cabrón, como un tipo envenenado y egoísta, como un bicho raro. Me gusta buscar mi propia satisfacción. Me gusta que mi vida siga el placer, solo el placer. Me importan tres carajos el sentido del deber y la responsabilidad: de eso que se ocupen los curas, los bomberos, los policías. Yo solo quiero pasarla bien. Y si soy un buen tipo no la paso bien, me aburro, me siento un pelotudo, me río de mí mismo. Esa es la verdad, la puñetera verdad, y tengo suficientes cojones para admitirla aunque esté borracho: soy un cabrón porque me divierto más y la paso mejor y porque me sale de las pelotas hacer las cosas que me dan placer. Nunca seré un buen tipo. No creo en los buenos tipos. Mi hermano va por la vida con bandera de hombre bueno, de ciudadano ejemplar, de hombre de negocios exitoso. Pero yo sé la clase de mierda que es Ignacio, a mí no me va a engañar. Yo sé que ese banquero que todos admiran es, en el fondo, un cobarde, un hombrecillo de poca monta, un tipejo capaz de encularse a su hermano menor solo para sentir que es más listo y que tiene el poder. Yo no poso por bueno; yo soy quien me da la gana ser, y nunca me tiraría a un hermano, aunque sí a la esposa de este maricón, y bien que le gusta. No seré nunca un buen tipo, pero sí un gran pintor y eso es lo único que me interesa en la vida. Si dejo un gran cuadro, un cuadro perfecto, una obra de arte que me sobreviva y perdure con el tiempo y sea capaz de inspirar belleza en otros ojos y mejorar así este mundo de mierda en el que solo me provoca estar borracho, entonces habré triunfado sobre los miserables como mi hermano, que quisieron destruirme sodomizándome, humillándome, haciéndome sentir un apestado solo por atreverme a ser diferente, y me habré vengado gloriosamente y mi vida tendrá un pequeñísimo sentido, después de todo. Y para eso, para ser un pintor de cojones, para pintar el cuadro perfecto, solo puedo ser yo mismo: un tipo cínico, egoísta, sin preocupaciones morales. Porque la única moral que yo acepto es la que me es útil, la que me sirve, la que se subordina al placer, a mi placer, a mi goce físico, espiritual, estético. Y si yo gozo tirándome a Zoe, viéndole la cara de puta que nunca se atrevió a mostrarle al imbécil de mi hermano, entonces debo tirármela cuantas veces quiera, cuantas veces me dé placer. Lo demás son mariconadas, escrúpulos morales de curas rosquetes y monjitas estreñidas de clausura. Ahora estoy borracho y no voy a pintar nada y me voy a seguir emborrachando hasta que reviente y voy a llamar a mi putita porque me calienta la idea de tirármela así, borracho, salvaje, animal, como a ella le gusta.*

Gonzalo se levanta del piso, camina hacia el teléfono y marca el celular de Zoe, pero nadie contesta porque el aparato sigue al fondo de una piscina quieta. Luego siente violentas arcadas, corre hasta el baño, se arrodilla y vomita en el escusado. En ese mismo instante, en una *suite* del mejor hotel de la ciudad, Zoe, víctima de náuseas inexplicables, se arrodilla y vomita en el baño lujoso, mientras piensa *¿por qué diablos estoy vomitando, si no he tomado licor ni comido nada pesado?*

Ya me siento mejor, piensa él.

No puede ser que esté embarazada, se alarma ella.

Echada en la cama, el televisor encendido, ya sintiéndose mejor, Zoe llama por teléfono a Gonzalo. Al marcar los números se avergüenza de su debilidad, de su incapacidad de estar sola, pero necesita oír la voz del hombre que ha turbado su vida, alejándola de su esposo y llevándola a esconderse en un hotel. Resignada a que Gonzalo no conteste el teléfono, deja un mensaje:

—Soy Zoe. Me he ido de la casa. Estoy en un hotel. Quiero hablar contigo. Si estás ahí, por favor, levanta el teléfono.

Semidormido sobre el sofá de cuero gastado, Gonzalo sigue borracho, escuchando música, escapando de la rutina de pintar, aferrándose al rencor contra su hermano. No duda en ponerse de pie y caminar con paso vacilante hasta encontrar el teléfono.

—Gonzalo, contesta, sé que estás ahí, no te escondas de mí —insiste ella, antes de que él pueda hablar.

—¿Qué quieres? —dice, con brusquedad, y al hablar siente su aliento avinagrado por el alcohol.

Ebrio como está, suele ponerse tosco, decir groserías, tratar mal a la gente que lo interrumpe.

—¿No puedes saludarme con un poquito de cariño?

—No. Estoy ocupado. ¿Qué quieres?

Zoe se sorprende de que, sin razón aparente, Gonzalo la trate tan mal.

—¿Estás molesto conmigo?

—No. Estoy molesto conmigo.

—¿Por qué?

—No te importa.

—Estás raro, Gonzalo. Tienes una voz rara.

—No estoy raro. Estoy borracho.

—¿Por qué estás borracho?

—Porque me da la gana.

Zoe comprende que ha llamado en mal momento, pero no puede cortar, necesita sentir un poco de afecto de ese hombre que encuentra tan extraño y, a la vez, deseable.

—¿No me extrañas? ¿No quieres verme?

—No. Quiero estar solo.

—Mentira. Sí me extrañas. Por eso estás borracho.

—Deja de hincharme las pelotas.

—Me quieres pero tienes miedo de aceptarlo.

—No te quiero. Me gusta tirar contigo. Eso es todo. No te engañes.

—Grosero —se irrita Zoe—. Debería darte vergüenza hablarme así.

A pesar de que se siente ofendida por el maltrato al que inexplicablemente la somete Gonzalo, hay algo en esa rudeza que le resulta inquietante y atractivo, y por eso sigue hablándole:

—Yo tampoco te quiero. Nunca podría querer a un pobre diablo como tú. Solo te busco porque eres bueno tirando en la cama.

—No soy bueno. Soy el mejor. Nadie te ha hecho gozar como yo, putita. Admítelo.

—No me digas *putita*. Trátame con más respeto o te mando a la mierda.

—Admítelo.

—Cállate. Tampoco eres gran cosa como amante. Lo que pasa es que tienes el morbo de ser hermano de mi marido.

Zoe no está molesta, más bien desconcertada de que Gonzalo sea tan agresivo con ella y sorprendida de que, al hablarle con esa crudeza, sienta un oscuro placer.

—¿Para qué me llamas, se puede saber?

—Estoy sola en un hotel. Me he ido de la casa.

—Te dije que no te fueras.

—No lo aguanto más, Gonzalo. No puedo seguir con él.

—Es problema tuyo. No quiero meterme en ese lío.

—Cobarde. Le tienes miedo a Ignacio.

—No me jodas. Quiero pintar. ¿Qué quieres?

—Quiero que me digas que me extrañas.

—No te extraño.

—Sí me extrañas. Por eso estás borracho.

—Estoy borracho porque me sale de los cojones. No por ti. No eres tan importante.

—Me das pena. Ven a verme. Ven a verme al hotel.

—¿Para qué?

—Para hablar.

—No hay nada de qué hablar. Regresa a tu casa. Yo no quiero estar contigo. No quiero que te enamores de mí. Solo quiero tirar cuando me apetezca. Y ahora no me apetece.

—Ven. Tírame. Quiero tirar contigo ahora.

—Yo no. Jódete.

—Borracho de mierda.

—¿En qué hotel estás?

—¿Vas a venir?

—No. Voy a llamar a Ignacio para que te recoja.

—Ven. No seas malo. Ven así, borracho como estás.

—¿Quieres tirar?

—Sí.

—¿Estás desesperada?

—Sí, Gonzalo.

—Putita. Putita rica.

—¿Vas a venir?

—No sé.

—Vete a la mierda, entonces.

—¿En qué hotel estás?

Zoe dice el nombre del hotel y el número de su habitación.

—Voy para allá.

—No te demores. Apúrate.

Zoe cuelga el teléfono, se estira en la cama, apaga la tele y piensa: *Me voy a arrepentir de haberlo llamado. Está borracho. Me va a tratar mal. No importa. Quiero sentir que se excita como una bestia conmigo. Quiero sentir que, aunque me insulte, tengo un poder sobre él que no puede resistir. Quiero sentir que, como él, soy desleal con todos, incluso conmigo misma, porque lo único que me interesa es pasarla bien. Debería llamar a Ignacio, amarrarlo a una silla y decirle «mira cómo se hace el amor a una mujer, mira cómo tiro con tu hermano y aprende».*

Ignacio no ha ido a trabajar al banco. Llamó temprano a su oficina, le dijo a su secretaria que no se sentía bien y durmió toda la mañana. No tiene fuerzas para batallar contra el mundo, cerrar negocios, avizorar los altibajos de la bolsa, vigilar sus múltiples intereses comerciales. Necesita estar solo. Se siente cansado, decaído. Las pastillas que tomó para dormir lo han dejado sedado, sin ganas de hablar ni de ver a nadie. Todo lo que quiere es quedarse en piyama el día entero, rumiar a solas la humillación que le ha sido infligida y diseñar, de ser posible, una estrategia inteligente de supervivencia. Por eso, desde la cama, llama a uno de sus abogados y, en el tono más confidencial, le cuenta que su esposa se ha marchado de la casa y le pregunta qué debe hacer para protegerse legalmente ante la posibilidad de que ella no regrese y le pida el divorcio. El abogado, un hombre joven, muy listo, de un cinismo despiadado, no lo duda: debe preparar una acusación formal contra Zoe por abandonar el domicilio conyugal, lo que, en caso de ir a divorcio, sería, para ellos, un buen punto de partida. A regañadientes, pues detesta el oportunismo de los abogados, que florece con las desgracias ajenas, Ignacio lo autoriza a preparar el escrito y le recuerda que debe guardar absoluto secreto al respecto. Luego de colgar, piensa que sería penoso acabar litigando en la corte con Zoe. Y triste además de costoso, pues el patrimonio en disputa es considerable y por ello no hay duda de que Zoe conseguiría abogados caros y competentes, que procurarían sacarle hasta el último centavo. *No me importa*, piensa. *Si ella quiere guerra conmigo, pelearé como un fanático y no le daré tregua y gastaré millones para derrotarla, humillarla y hacerle pagar su traición*. Ignacio comprende que su mujer haya dejado de quererlo, pues no ignora que él tampoco la quiere como cuando se casaron, pero lo que le indigna es que ella se haya marchado así, a escondidas, sin darle cara, y se enfurece todavía más cuando piensa que lo ha dejado para estar con Gonzalo. *Si confirmo que están juntos, dedi-*

caré el resto de mis días a vengarme, a joderles la vida paciente y meticulosamente, a aplastarlos como si fueran dos insectos repugnantes. No me queda otra alternativa; es una cuestión de honor. No puedo asistir, impasible, resignado, al entierro de mi reputación. La ciudad entera se va a reír a carcajadas de mí cuando se entere de que Zoe se ha ido con mi hermano. Porque no dudo ni un segundo de que es él quien la ha seducido, la persona maravillosa que ella describe embobada en esa carta que no se atrevió a mandarme. Idiota. Ya irás conociendo a Gonzalo. Ya verás la clase de tipejo que es. Ya te llevarás las decepciones que yo me he tragado en silencio todos estos años, soportando sus desaires, aguantando sus caprichos de artista bohemio que odia a los que lucramos del sistema. No puedo desearles todo lo mejor, apadrinar el romance que me esconden, seguir siendo el hombre generoso que se deja abofetear y pone la otra mejilla. ¡No! Esto ya es demasiado. Me vengaré. Dedicaré mi vida, mi fortuna y mi poder a vengarme de estos dos miserables, que me han humillado como nadie lo había hecho._

Tumbado sobre la cama, Ignacio llama a su madre. Hubiera querido no hacerlo, es una señal de debilidad, le gustaría ser más fuerte y callar su desgracia, pero necesita hablar con ella, sentir su cariño, oír una palabra de aliento.

—¿Qué te pasa, mi amor? ¿Por qué tienes esa voz? —es lo primero que le dice doña Cristina, cuando contesta el teléfono y oye la voz apesadumbrada de su hijo mayor.

Ella está en el pequeño jardín de su casa, regando las plantas, el teléfono inalámbrico en la mano derecha y la manguera en la otra. Viste ropa gruesa y oscura, porque la tarde se ha enfriado y, tal como le gusta, tiene el rostro limpio de maquillaje. Doña Cristina detesta maquillarse. _Eso_, piensa ella, _es para las tontas y débiles, para quienes necesitan mentir para ganarse la vida, para quienes quieren engañarse fingiendo ser más hermosas o menos feas de lo que en verdad son. Yo soy una señora mayor, con arrugas y algo subida_ *de peso, y me interesa un comino verme linda, pues lo único que me importa de verdad es sentirme bien, estar cómoda y ser feliz. Y con la cara pintada no puedo ser feliz.*

—No me siento bien. Estoy un poco enfermo. No he ido a trabajar al banco.

—¿Qué tienes?

—No sé, creo que me ha venido una gripe fuerte. Me duele mucho la cabeza.

—¿Has tomado algo?

—No, nada.

—¿Qué esperas, Ignacio? —lo rezonga con cariño su madre—. Toma unos antibióticos. Corta la gripe ahora mismo.

—Tú sabes que odio los antibióticos, mamá. Me caen mal. Me debilitan.

—Tú siempre tan terco, mi amor.

—¿A quién habré salido, no?

Doña Cristina ríe de buena gana. Sabe que es terca. Se enorgullece de su terquedad. Piensa que solo la gente terca consigue finalmente lo que se propone. Los otros, los que cambian de parecer a la primera adversidad, los que no pelean por sus convicciones, nunca llegan a nada grande.

—Toma un par de pastillas, Ignacio. Hazme caso. Tú vives resfriándote porque no tomas nada para cuidarte.

—Anoche tomé pastillas para dormir. Estoy un poco zombi por eso.

—¿Estás con insomnio, mi amor?

—No sé bien qué me pasa —miente Ignacio, porque no se atreve a confesarle a su madre la verdad: que Zoe lo ha dejado y que él sospecha que está con Gonzalo; *sería demasiado doloroso para mamá*, piensa—. No me estoy sintiendo bien estos días.

—¿Zoe está contigo?

—No, ha salido.

—Pobre mi Ignacio. Solo en su casa y enfermo. ¿Zoe no te ha dado ninguna medicina?

—No, nada. No la he visto hoy.

—Qué barbaridad. ¿Qué anda haciendo esa chica? Debería estar contigo, cuidándote.

—Se ha ido de viaje unos días —dice Ignacio, y se siente mal por haber cedido al impulso autocomplaciente de compartir esa tristeza con su madre, pues no quería decirle nada al respecto, pero está derrotado y busca el afecto de la única mujer que jamás lo abandonaría.

—¿De viaje? ¿Adónde? ¿A ver a sus padres?

—Sí, a ver a sus padres —miente él.

—Qué mala suerte. Pero está bien que viaje, para que te extrañe y sepa lo que vales, mi amor. Porque esa niña se sacó el gordo de la lotería cuando se casó contigo. Y a veces pienso que no se ha dado cuenta.

—Tú siempre tan amorosa, mamá.

—¿Cuándo vuelve Zoe?

—No lo sé. Estaba un poco tensa y quería pasar unos días con su familia. Se fue así, de buenas a primeras.

—Es que esa niña es increíblemente caprichosa. Eres un santo por aguantarle tantas cosas, Ignacio. Te admiro por eso. Has salido a tu padre, que fue un santo conmigo.

—Si tú lo dices.

—¿Quieres que vaya a verte?

—No, está bien. No te preocupes.

—No estás bien, Ignacio. Lo siento en tu voz.

—Voy a dormir un poco y estaré mejor.

—¿Has comido algo?

—Un par de frutas. No tengo hambre.

—Come, mi amor. Hazte una sopa de pollo.

—Ya, mamá. Solo quería saludarte y decirte que te extraño.

—Voy para allá. Llamo un taxi y en media hora estoy en tu casa.

—No, mamá. No vengas. No te molestes.

—Eres mi hijo y te conozco más de lo que crees, Ignacio. Estás mal. Necesitas a alguien que te cuide. Iré enseguida a tu casa y, si quieres, me quedaré a dormir contigo.

—¿Qué me haría yo sin ti, mamá?

—Nos vemos en media hora.

Ignacio cuelga el teléfono y dice para sí mismo: *Eres un ángel, mamá. ¿Cómo puedes haber parido a ese hijo de puta?*

Doña Cristina deja el teléfono sobre una banca del jardín y se queja a solas: *Esa niña caprichosa nunca me gustó.*

Tocan a la puerta de la habitación en la que Zoe, todavía algo mareada, intenta distraerse viendo televisión. Ella se levanta de la cama, siente de nuevo las náuseas inexplicables, se mira en el espejo para saberse guapa y camina hacia la puerta, descalza por el piso alfombrado. Lleva una falda *beige*, de lino, y una blusa blanca. Debajo de la blusa no lleva sostén, lo que se advierte fácilmente, pues la blusa es de textura liviana y transparente. Al abrir la puerta, se encuentra con la mirada intensa de Gonzalo, que viste vaqueros y camisa a cuadros fuera del pantalón.

—Hola —dice, y le da un beso en la mejilla, y siente el fuerte aliento a alcohol que él despide.

Gonzalo entra al cuarto, cierra la puerta, se acerca a ella, la abraza y la besa en la boca, pero ella se retira, haciendo una mueca de disgusto.

—¿Qué te pasa? —se sorprende él.

—No me siento bien. Estoy con náuseas.

—¿Has tomado?

—No.

—¿Qué tienes?

—No lo sé. Me siento rara.

Zoe no se atreve a decirle que lleva varios días de retraso en su menstruación. Prefiere callar, no quiere asustarlo. Gonzalo abre el minibar, saca una pequeña botella de vino, la destapa y bebe un trago.

—Estás borracho —dice ella—. No tomes más.

—No jodas —sonríe él.

Zoe se sienta en la cama, se recuesta sobre un par de almohadas, apaga la tele, mira a los ojos a ese hombre al que se había prometido no ver en unos días y que ahora tiene enfrente.

—No me gusta verte borracho —dice.

Gonzalo la mira a los ojos con cierto desdén.

—Me importa un carajo —contesta.

—¿Cuál es tu problema, Gonzalo? ¿Por qué me tratas mal?

—No te trato mal, muñeca. He venido a verte. He venido a tratarte bien.

Zoe lo mira con una ternura que no puede evitar. Cree ver a un niño indefenso, torturado, vulnerable, que no sabe cómo pedir afecto.

—¿Por qué te has ido de tu casa? —pregunta él, de espaldas a ella, mirando la tarde caer sobre esos techos antiguos y polvorientos.

—Ya te dije. No aguanto más a Ignacio. No puedo seguir durmiendo con él. Es una pesadilla.

—Eres una niña mimada, Zoe.

—¿Quién eres tú para decírmelo? —se enoja ella—. Tú, el niñito mimado que nunca ha trabajado porque vive del dinero de su familia. Tú, el que se da la gran vida, ¿me vas a acusar a mí de ser una niña mimada? ¡Yo, por lo menos, terminé la universidad!

—Cálmate. No te pongas loquita. No he venido para que me regañes.

—¿A qué has venido, entonces?

—He venido porque me has llamado —dice él, mirándola fijamente a los ojos, tratando de someterla a su carácter, que, cuando está embriagado, parece tornarse violento.

Guardan silencio un momento y luego ella se anima a preguntar:

—¿Estás enamorado de mí?

Gonzalo baja la mirada cuando responde:

—No. No quiero enamorarme.

—¿Qué sientes por mí?

Ahora sí se atreve a mirarla, a desafiarla:

—Ganas de tirar rico.

—Eres un grosero, Gonzalo —se queja ella, débilmente.

—Quizás. Pero digo la verdad. Y a ti te gusta.

Es verdad, me gusta, piensa ella, pero lo oculta diciendo:

—Yo no quiero volver a tirar contigo. Nunca más.

—Sí, claro —se burla él, y toma más vino, y le mira las piernas con descaro, como si se sintiera seguro de que ese cuerpo espléndido será suyo cuantas veces lo desee.

—No te he llamado para tirar, Gonzalo.

—¿Para qué carajo me has llamado, entonces? ¿Para decirme que te sientes mal?

Zoe se enfada y pierde la serenidad:

—¡Sí! ¡Para decirte que no me viene la regla y estoy con mareos y tengo miedo!

Gonzalo se sorprende, detiene su incesante caminar por la habitación, se lleva las manos a los bolsillos y pregunta:

—¿Miedo de qué?

—¡De estar embarazada, idiota!

Cuando oye esa palabra, Gonzalo da un paso atrás. Durante años, ha evitado ser padre y por eso obligó a abortar a dos mujeres que quedaron embarazadas de él. Gonzalo tiene muy claro que no quiere casarse ni tener hijos, así como tiene clarísimo que la felicidad, para él, consiste en vivir solo y pintar y gozar de plena libertad para seducir a cuantas mujeres le dé la gana.

—No digas bobadas, Zoe —mantiene la calma—. No puedes estar embarazada. Ignacio es estéril.

—¡Pero tú no! —grita ella, furiosa—. ¡Y no nos hemos cuidado!

—¡Baja la voz! —se irrita él—. ¿Hace cuánto no te viene la regla?

—Seis o siete días, no sé.

—¿Seis o siete días? —insiste.

—Siete. Creo que siete.

—Bueno, no es nada. ¿Nunca te has atrasado siete días?

—Sí, claro.

—¿Entonces? ¿A qué viene esta escena dramática? No pasa nada. Te has atrasado un poquito. Es normal. Ya te vendrá.

—¿Y las náuseas? ¿Por qué estoy mareada? Hace un rato vomité.

Gonzalo la imagina embarazada, vomitando, y pierde todo interés en tener sexo con ella. Se arrepiente de haber ido a verla al hotel, de haber sido débil y cedido al instinto ciego de poseerla en ese estado de embriaguez que intenta prolongar bebiendo más vino.

—No sé. Algo te habrá caído mal. Es problema tuyo.

Zoe escucha esas palabras y siente que son como una puñalada: *Es problema tuyo. Es un cobarde*, piensa. *En lugar de darme apoyo y ternura, me da la espalda. Solo le interesa tener sexo conmigo. No debí llamarlo.*

—Olvídalo. Tienes razón. No es nada. Ya me vendrá la regla —finge calmarse, porque ahora quiere que él se vaya.

—Toma un poco de vino —sugiere él.

—No. No me provoca.

Gonzalo se acerca y la besa. Ella lo rechaza suavemente.

—No, déjame.

Pero él insiste, continúa besándola.

—Déjame, Gonzalo.

—¿Qué te pasa? —se molesta él—. ¿No me has llamado hace una hora diciéndome que querías tirar conmigo?

—Sí —dice ella, con voz débil—. Pero ahora no me provoca.

—Quítate la ropa —ordena él.

—No quiero.

—Haz lo que te digo.

—No puedo, Gonzalo. Tengo náuseas.

—Me importa un carajo. Yo también. Pero he venido a tirar y no me vas a dejar así, con las ganas.

—Eres un egoísta.

—Sí, y tú también eres una egoísta, cabrona.

Gonzalo le da la vuelta, le baja la falda con movimientos enérgicos, se excita cuando advierte que no lleva calzón, y ahora la tiene frente a él, echada en la cama, de espaldas, resignada, entregada.

—Voy a tirarte aunque no quieras.

Ella calla, cierra los ojos, lo desea después de todo. Gonzalo la penetra sin la precaución de ponerse un condón. Está borracho. Nada le importa demasiado. Solo quiere sentir que esa mujer es suya y lo será siempre porque, a pesar de sus escrúpulos, sus remilgos y sus malestares, sabe que él le hace el amor con una destreza y una violencia que ella no conocía y ahora, jadeando avergonzada, parece agradecer.

—¿Te gusta, putita? Dime que te gusta.

—Sí, me gusta.

—¿Te sientes mal? ¿Sigues mareada?

—No, ya me siento mejor.

—¿Quieres que siga?

—Sí, Gonzalo. Sigue. No pares.

Mientras él la embiste con violencia, ella no logra abandonarse al placer y gozar como en otras ocasiones porque, extrañamente, es asaltada por la oscura inquietud de que aquel atraso de su menstruación podría ser el anuncio de que algo tremendo está por ocurrirle.

—Dime que me quieres, Gonzalo —ruega.

Pero él calla y sigue moviéndose, y ella jadea pero también solloza, porque comprende que ese hombre no la ama de veras, apenas la desea con ferocidad. Lo que ninguno de los dos sabe, cuando terminan juntos y caen rendidos sobre la cama, es que esa será la última vez que harán el amor.

El suave balanceo de la mecedora en que doña Cristina se ha sentado quiebra de un modo apenas audible el silencio que reina en la habitación de Ignacio, iluminada solo por la luz oscilante del televisor encendido sin volumen. Doña Cristina teje un chompón de bebé y, cuando se fatiga, bebe una manzanilla que ya está un poco fría. Teje por costumbre, porque lleva años tejiendo con la ilusión de que uno de sus hijos la convierta en abuela, y también porque no puede tener quietas las manos. Necesita mantenerlas ocupadas. En su casa, tiene un baúl lleno de ropa para bebé que ha tejido en los últimos años, desde que murió su esposo. Aunque comprende que su hijo mayor no puede ser padre, no ha renunciado a la ilusión de que algún día se produzca el milagro, como se aferra igualmente a la esperanza de que el menor se anime a casarse y tener un hijo. Doña Cristina piensa que sería un desperdicio y una pena si todo el esfuerzo de su marido, la fortuna que legó, los negocios que con tanto esmero cuida Ignacio, el cuantioso patrimonio familiar, no pudiese ser cedido a los herederos naturales, la siguiente generación, los hijos de Ignacio y Gonzalo. Por eso, y porque ya se siente mayor y un poco sola, le hace tanta ilusión que algún día la sorprendan haciéndola abuela, y teje con tanta dedicación ese chomponcito que irá a parar al baúl de las ropas para el futuro nieto con que ella sueña. A su lado, tendido sobre la cama, cubierto hasta el cuello por blanquísimas sábanas de seda, Ignacio permanece en silencio, la mirada fija en las imágenes del televisor, como hipnotizado. Calla lo que no se atreve a confiarle a su madre, que está devastado por la traición de Zoe, pero su sola presencia lo reconforta, le devuelve la fe en la bondad humana, le recuerda que no todos son capaces de la perfidia y la vileza de las que se siente víctima.

—¿En qué piensas? —pregunta doña Cristina, y bebe un poco de manzanilla.

No se ha cambiado, lleva puesta la misma ropa gruesa con que estaba regando el jardín cuando su hijo la llamó. A pesar de que no se ha peinado ni lleva maquillaje, su rostro, de una serenidad rara vez turbada, revela lo que ella no ignora: que no necesita pintarse para verse hermosa.

—En nada —dice Ignacio.

Está en ropa de dormir: el buzo y una camiseta blanca de manga corta. Piensa, desde luego, en ella, en lo que no puede contar, en lo que le duele y pretende disimular.

—¿Por qué no la llamas? Ya habrá llegado. Debe de estar en casa de tus suegros.

—No vale la pena. Me ha pedido que no la llame. No quiero acosarla. Es mejor esperar a que ella me llame.

—Sí, tienes razón, es mejor.

Se quedan en silencio. Doña Cristina se mece y continúa tejiendo como si tuviese miedo de quedarse quieta por un momento. Es una mujer llena de energía y vitalidad, que necesita mantenerse ocupada. Cuando no está pintando, se distrae cuidando el jardín, limpiando su casa o cocinando. Aunque cuenta con suficiente dinero para contratar personas que se encargaran de esas faenas domésticas, ella prefiere hacerlas porque se siente mejor y le disgusta la presencia de gente extraña en su casa. Ahora, contemplando de soslayo a su hijo, intuye sin dificultad que está abatido, que la culpable de esa desazón es Zoe y que él no le ha contado todo. Sin embargo, evita incomodarlo haciéndole preguntas. Sabe que su papel de madre consiste, por ahora, en acompañarlo. Por eso guarda silencio, se mece y, con una minuciosidad que por momentos irrita a su hijo, sigue tejiendo.

—¿Tú alguna vez dejaste de querer a papá? —pregunta Ignacio.

Doña Cristina esboza una sonrisa tímida y mira a su hijo con ternura.

—No —responde—. Siempre lo quise. Pero hubo momentos en que lo quise menos.

—Comprendo —dice Ignacio, tumbado, sin moverse, mirando las manos inquietas de su madre—. ¿Alguna vez pensaste dejarlo?

De pronto, una expresión de amargura parece ensombrecer el rostro de doña Cristina, pero su voz serena confirma lo que Ignacio ya sabe: que su madre recuerda con amor al esposo que perdió.

—Una vez, hace mucho tiempo, estuve a punto de dejarlo —confiesa ella.

—¿Por qué?

Doña Cristina demora la respuesta:

—Porque descubrí que me engañaba con otra mujer.

Ignacio se avergüenza de haber tocado un tema que parece lastimar a su madre y por eso dice:

—¿Prefieres no hablar de eso?

—No, mi amor —sonríe ella, y lo mira a los ojos, suspendiendo un instante el laborioso trajín de sus manos—. Han pasado muchos años. No me molesta en absoluto.

—¿Por qué no lo dejaste?

—Porque amaba a tu padre. No pude dejarlo. Además, eran otros tiempos. No era tan fácil como ahora dejar a tu esposo y romper tu matrimonio.

—¿Lo perdonaste?

Doña Cristina suspira, echando la cabeza hacia atrás, como recordando aquellos momentos dolorosos:

—Sí, lo perdoné —confiesa—. Pero me tomó un tiempo.

—¿Se puede perdonar una infidelidad así?

—Sí, se puede. Tu padre se arrepintió y me juró que no volvería a pasar. Que yo sepa, nunca más me engañó. Yo lo perdoné porque lo amaba y porque entendí que si amas de verdad a una persona, y esa persona comete un error, la manera de demostrarle que la amas no es alejándote de ella sino perdonándola y demostrándole que el amor es más fuerte que todas las adversidades.

Al escucharla, Ignacio piensa: *Si Zoe se ha acostado con otro hombre, no creo que pueda perdonarla jamás; y si se ha acostado con mi hermano, la despreciaré el resto de mis días. No soy tan generoso como tú, mamá.*

—¿Tú alguna vez estuviste con otro hombre, ya estando casada con papá?

Doña Cristina se lleva una mano al pecho, ahogando una risotada:

—¡Qué pregunta me haces, amor! —se sorprende.

—No tienes que contestarla —dice Ignacio, sonriendo.

—Nunca engañé a tu padre —dice doña Cristina, muy seria—. Fue el único hombre de mi vida, aunque parezca mentira. Por supuesto, hubo otros que me gustaron, incluso algunos que me tentaron, pero nunca caí en eso de tirar una canita al aire.

—Admirable.

—No sé si admirable, porque alguna vez estuve muy tentada de darme una escapadita con alguien que me perseguía como un loco, pero, a la hora de la verdad, no me atreví. Siempre fui fiel a tu padre, pero no tanto por virtuosa sino más bien por cobarde.

Ríen. Ignacio se alegra de haber llamado a su madre. *Con ella puedo conversar, a diferencia de Zoe, que siempre está crispada, haciéndome reproches*, piensa.

—¿Tú has sido fiel con Zoe todos estos años de casados?

La pregunta sorprende a Ignacio, quien, antes de contestar, medita en silencio unos segundos, los suficientes como para que su madre reconozca, en esa duda, la sombra de la culpa.

—Sí —dice él.

Se hace un silencio. Doña Cristina no sabe si callar, cambiar de tema, subir el volumen del televisor o seguir hablando con su hijo de estos asuntos que, sospecha, lo tienen así, lastimado y con el ánimo bajo.

—Todavía la quieres, ¿no? —pregunta, arriesgándose, porque siente que Ignacio necesita desahogarse con ella.

—Sí, la quiero. Pero digamos que estoy muy dolido y no sé si la quiero tanto como antes.

—¿Por qué? —no puede evitar doña Cristina la pregunta.

Ignacio mueve la cabeza en silencio, luego dice:

—Prefiero no contarte nada.

Ella lo mira a los ojos:

—¿Está viendo a otro hombre?

—Cambiemos de tema, mamá. No quiero hablar de eso.

Ignacio le da la espalda a su madre y se abraza a la almohada. No puede evitarlo: llora en silencio, un llanto que su madre no percibe desde la penumbra de la mecedora.

—Lo siento —dice ella, y no sabe qué más decir, pero piensa *muchachita del demonio, ¿qué te habrás creído para hacerle esto a mi hijo? A mi esposo le perdoné que me engañara con otra, pero si tú estás poniéndole cuernos a mi hijo, no te voy a perdonar jamás.*

—Sé fuerte, mi amor. Todo va a estar bien.

—Seguro, mamá. Todo va a estar bien.

Ella se echa en la cama, le acaricia la cabeza, le da un beso en la mejilla y le dice:

—Tu padre estará tan orgulloso de ti. Eres tan grande y noble como él.

Ignacio sonríe.

—¿Te quedarías a dormir, mamá?

—Claro, mi amor. Tú sabes que no hay nadie en el mundo a quien quiera más que a ti.

—¿Ni siquiera a Gonzalo? —pregunta él, con una sonrisa.

—Ni siquiera a Gonzalo —ríe ella, mientras lo abraza.

En el ascensor, sola, abrigada con una casaca, Zoe se estremece levemente de miedo. Es tarde, pero no puede dormir. Necesita caminar. Después de que Gonzalo se marchase con brusquedad del hotel, ella se ha sentido triste y vacía, arrepentida de haberlo llamado, todavía con náuseas, devastada por esa preocupación que no cesa, la de recordar que lleva más de una semana atrasada en su periodo menstrual. Aunque en un momento de debilidad ha estado a punto de llamar a su esposo, ha preferido quedarse sola en la habitación, en silencio, sin hablar con nadie, cambiando los canales del televisor, sintiéndose extraña, presa de una inquietud y un persistente malestar que no logra explicarse. Si bien está orgullosa de haberse marchado de su casa, de pronto se ha sentido abrumada por el miedo, miedo de estar embarazada, miedo de perder el rumbo, de quedarse sola y humillada, de que Ignacio la odie para siempre y Gonzalo no quiera verla más, miedo, en fin, de alejarse de tantas cosas buenas a las que ha estado acostumbrada y que ahora, desde la precariedad en que se percibe a sí misma, cree inciertas. Zoe sale del ascensor, cruza el vestíbulo del hotel, saluda con una sonrisa al hombre uniformado que le abre la puerta y, ya en la calle, siente el frío de la noche raspando sus mejillas. De inmediato, llama a un taxi, sube al vehículo y le pide al conductor que la lleve hasta la farmacia más cercana.

—¿Se siente mal? —pregunta el hombre regordete al timón del automóvil, mientras conduce, y Zoe le dirige una mirada distante, pues juzga impertinente la pregunta.

—No es nada —contesta—. Una pequeñez.

Desde el asiento trasero, Zoe observa las luces de neón que resplandecen en los comercios todavía abiertos, las marquesinas de los cines y teatros, las tumultuosas fachadas de bares y cafés de moda, el pulso agitado de la noche que discurre lenta, ajena, ante sus ojos, al otro lado del cristal del automóvil. *A esta hora, descansaría en mi cama con Ignacio, los dos en piyama, viendo las noticias en la tele*, piensa, y se estremece otra vez, y cruza los brazos como si quisiera abrigarse con ellos. *¿Qué estará haciendo Ignacio? ¿Me extrañará? ¿Habrá llamado a mis padres? ¿Se habrá*

*preparado solo la cena o habrá salido a comer algo en la calle?
¿Me odiará? ¿Me estará buscando? ¿Estará feliz porque por fin
podrá dormir solo? ¿Se sentirá aliviado porque me marché y
tomé la decisión que él no se hubiera atrevido a tomar? ¿Estará
en piyama viendo las noticias y pensando en mí o habrá salido
a bailar con una chica guapa para olvidarme? Pase lo que pase,
hice bien en irme de casa. Aunque me sienta así, golpeada, asustada, herida en mi orgullo, al menos siento algo, siento, estoy
viva, no como aquellas noches eternas en casa, cuando no sentía
nada y era una muerta en vida.*

—Allí tiene la farmacia —le indica el conductor, señalando una pequeña puerta, iluminada por una cruz verde—. Abierta toda la noche.

—¿Me espera, por favor?

—Será un placer, señora. Todo el tiempo que usted
quiera.

Zoe baja del auto, camina unos pasos por la vereda,
con cuidado de no pisar algunos excrementos que los pe-
rros han dejado tras sus paseos nocturnos, y entra en la
farmacia. Una señora algo mayor, de anteojos y pelo canoso, con las mejillas regordetas, la saluda de inmediato.
Está viendo la televisión, una teleserie de moda, y apenas
si se distrae para mirar fugazmente a Zoe y hacerle la pregunta de rigor:

—¿La puedo ayudar en algo?

Zoe se acerca a ella, aliviada de que no la acompañen
otros clientes en la farmacia, y dice en voz muy baja:

—Quiero hacerme la prueba de embarazo.

—No la oigo —se queja la mujer, al otro lado del
mostrador, la mirada fija en el televisor.

*¿Cómo me vas a oír, si tienes la tele a todo volumen, vieja
estreñida?*, piensa Zoe, pero se esmera en sonreír y dice de
nuevo, levantando la voz:

—El *test* de embarazo, por favor.

La mujer la mira por encima de los cristales de sus anteojos, al tiempo que pregunta:

—¿Cuántos días lleva atrasada?

—Ocho, quizás nueve —responde Zoe.

—Está bien —dice la mujer—. Porque antes de una semana, a veces se equivocan. ¿Qué marca quiere?

—No sé. La mejor. La más cara.

La señora de la farmacia le alcanza una pequeña caja, pero Zoe cambia de opinión:

—Me llevo todas las marcas, una prueba de cada una.

—Con una basta —discrepa la mujer—. ¿Quiere todas, me dice?

—Todas, sí —responde Zoe con firmeza.

Después de pagar, regresa al taxi con una pequeña vasija de plástico y le dice al conductor que la lleve de regreso al hotel. Todavía no puede creer que, en una farmacia cualquiera, tarde por la noche, haya pronunciado esas palabras: *Quiero hacerme la prueba de embarazo*. Le parece, por un momento, estar fuera de la realidad, pero luego atribuye esa percepción al cansancio y a los mareos que la han agobiado en las últimas horas. Al llegar al hotel se apresura en volver a su habitación, escondiendo la bolsita de plástico dentro de su chaqueta. Nada más entrar en la habitación, cierra la puerta con llave, se despoja de la casaca y lee las instrucciones de las pruebas rápidas que ha comprado en la farmacia. Curiosamente, antes de entrar al baño para hacerse las pruebas, queda en calzón y sostén y, mirándose al espejo, se sorprende al cerrar los ojos y rezar: *Dios, que sea lo que tú quieras. Si estoy embarazada, lo tendré de todas maneras.* Luego entra en el baño, orina con cuidado en una pequeña taza de plástico, introduce la tarjeta y espera con creciente desasosiego el resultado, que no tarda más de un par de minutos en aparecer con nitidez: positivo.

Zoe tira la tarjeta al piso, se mira en el espejo, se lleva las manos a la cabeza y estalla en una risotada nerviosa.

Son las nueve y veinte de la mañana. Ignacio ha acudido a un desayuno de negocios en el mejor hotel de la ciudad. No ha dormido bien, esconde unas ojeras pronunciadas tras las gafas oscuras, siente que necesita un golpe de cafeína para sacudirse del cansancio y por eso le pide al camarero un café con leche. Como de costumbre, ha llegado puntualmente a su cita, vistiendo un traje impecable que él mismo, el día anterior, ha recogido de la lavandería. Escucha a dos amigos banqueros, sentados a la mesa con él, que, al tiempo que lo animan con vehemencia a invertir su dinero en un proyecto que están desarrollando, comen huevos revueltos y gesticulan con un énfasis que a él le parece excesivo y que no hace sino multiplicar su desconfianza hacia ellos. *Hablan mucho*, piensa. *Están demasiado seguros, se creen muy listos, se creen invencibles: no me inspiran confianza.* De pronto, desde la cafetería, desvía la mirada hacia el vestíbulo principal de ese hotel de lujo y ve, sorprendido, que su hermano Gonzalo cruza con paso presuroso el salón de recibo y se dirige hacia los ascensores. Gonzalo se detiene, presiona el botón y espera a que se abra un ascensor. Desde su posición, no alcanza a ver a Ignacio, que, aunque finge interesarse en la conversación, mantiene fija la mirada más allá, donde su hermano, que, las manos en los bolsillos, la ropa descuidada de siempre, los anteojos oscuros con los que oculta la cara trasnochada, espera el ascensor que lo llevará a un encuentro que ahora Ignacio puede imaginar bien: *¿Qué diablos hace Gonzalo tan temprano en este hotel, sino visitando a mi mujer, que debe de estar alojada acá?* Aunque lo invade una rabia profunda y solo tiene ganas de ponerse de pie y seguirlo para confirmar sus peores sospechas, permanece sentado, imperturbable a los ojos de los otros, y sigue con la mirada los números que se marcan con rojo en el pequeño tablero electrónico sobre la puerta del ascensor, indicando los pisos por los que va subiendo, hasta que cree ver que se ha detenido en el sétimo piso. Los banqueros entusiastas continúan hablando y comiendo con una vehemencia que Ignacio encuentra de mal gusto y, aunque él simula que la propuesta le interesa, tiene ya muy claro que no pondrá un centavo en el proyecto que esos señores intentan explicarle, como también tiene muy claro que intentará zafarse, tan pronto como sea posible, de ese desayuno que ya le resulta un estorbo. Por eso pide excusas para ir al baño, se levanta de la mesa y se dirige hacia los servicios higiénicos del hotel, la cabeza atormentada por esa imagen que acaba de asaltarlo: la de su hermano subiendo al ascensor para ver a alguien que, piensa él, solo puede ser Zoe. Entonces, en lugar de entrar en el baño, se detiene en la recepción y, del modo más amable que puede, pregunta en qué habitación está alojada Zoe, su esposa, y miente al añadir que ella lo espera, y al mentir hace un gesto coqueto, como si tuvieran una cita de amor.

—Su esposa no figura en nuestra lista de huéspedes —le informa una mujer joven, uniformada en un traje azul, mientras sonríe con aplomo profesional.

Ignacio repara entonces en que ha dado el apellido de casada y, muy probablemente, Zoe, si está alojada allí, se ha registrado con su apellido de soltera. Enseguida dice el apellido con el que conoció a la mujer que ahora es su esposa y la señorita de recepción consulta de nuevo en la computadora. Tras una breve pausa, dice:

—Sí, está acá. ¿Le comunico?

El ánimo de Ignacio salta entonces de la sorpresa a la incredulidad y a la rabia. *Ha sido una coincidencia cruel,* piensa, *que estos gilipollas me invitasen a tomar desayuno esta mañana en este hotel a la misma hora en que mi esposa se encuentra en una de las habitaciones con su amante, mi hermano menor. La vida es una puta mierda.* Y mientras le sonríe a la chica, le dice:

—No, gracias. Quiero darle una sorpresa. ¿En qué habitación está?

—Me va a disculpar, señor, pero por seguridad no podemos decirle el número de habitación. Si quiere, lo comunico.

—Comprendo —mantiene la calma Ignacio—. Sé que está en el piso siete, no se preocupe. Ella me espera. Llevamos diez años casados y hacemos estas travesuras para escapar de la rutina, ¿comprende?

La mujer se enternece y sonríe con aire de complicidad.

—Ya me voy a acordar —prosigue Ignacio—. Ella me dijo el número, pero lo he olvidado. Recuerdo que era el piso siete. Setecientos algo, ¿no?

—713 —confirma, casi susurrando, la chica, con una sonrisa.

—Muchas gracias —sonríe también Ignacio, disimulando bien la furia que le calienta la sangre, las ganas de vengarse—. Mi esposa se lo va a agradecer.

Luego se aleja de la recepción y, en vez de entrar a un ascensor y subir hasta el piso siete, que es lo que quisiera hacer, se mete en el baño, se mira en el espejo, moja su rostro con agua fría y piensa qué diablos hacer. Al salir, tiene las cosas más claras: les dice a esos tipos que ha recibido una llamada de su esposa y que debe partir con urgencia por un asunto personal, y a continuación agrega que el proyecto le parece muy interesante, que lo evaluará y los llamará en un par de días para reunirse en el banco. Ellos se levantan deprisa, estrechan su mano y le agradecen con emoción, seguros de que él los llamará y cerrará el trato. *No los voy a llamar ni en un año*, piensa Ignacio, dándoles la mano. *Son un par de lunáticos. Deberían tomar un curso de autocontrol. Están locos por hacer dinero a toda prisa y eso es un peligro: nadie es más antipático que alguien desesperado por ser millonario.* Tan pronto como se despiden, Ignacio entra en el ascensor y, sin dudarlo, marca el piso siete. Al salir, se queda sin aliento de solo pensar que allí, a unos pasos, detrás de las paredes, se está consumando la traición que tantas veces sospechó. Camina lentamente sin saber qué hacer, se siente atrapado por tanta indignación como miedo. Recuerda antes de golpear la puerta que no debe rebajarse a perder la dignidad, sucumbir a la violencia ni protagonizar una escena de celos: es un hotel, el más afamado de la ciudad, y lo que allí ocurra, si pierde el control, podría terminar en los periódicos, dañando para siempre la reputación que con tanto esmero ha cuidado. Por eso, cuando está a punto de golpear la puerta de la habitación 713 y gritar el nombre de su esposa, se detiene, piensa, respira hondo y regresa sobre sus pasos. De nuevo en el ascensor, oprime el botón del piso subterráneo, donde ha aparcado su auto. *Eres un cobarde*, piensa. *No te has atrevido a enfrentar al hijo de puta de Gonzalo, que en este momento se está tirando a Zoe. Te corres de él. Justificas tu cobardía con el argumento de que eres superior a ellos y controlas racionalmente tu rabia. En el fondo, eres solo un cobarde.* Cuando Ignacio entra en su automóvil, se queda paralizado, pensando. No sabe si subir al piso siete otra vez, entrar como un energúmeno en la habitación de Zoe y darles una paliza; llamarla por teléfono y decirle algo breve e hiriente, solo para dejarle entender que él sabe todo lo que está ocurriendo; esperar a que Gonzalo se marche para luego subir y pedirle cuentas a su esposa; o simplemente marcharse. Lo que más le duele es que, mientras él no sabe qué hacer, su hermano probablemente sabe bien lo que tiene que hacer con ella en la cama para que sea feliz. *Hoy es el día más miserable de mi vida*, piensa Ignacio, y llora en silencio en ese estacionamiento subterráneo. Al llorar desesperado, imaginando a su mujer abriéndole las piernas a su hermano, ignora que ella, Zoe, también llora, víctima ahora de un ataque de nervios, porque, aunque parezca mentira, cree estar embarazada.

—Estoy embarazada, Gonzalo. Es un hecho —ha dicho Zoe, llorando, desde la cama, fatigada por la noche insomne que ha pasado.

De pie al lado de la cama, Gonzalo, que acaba de entrar en la habitación, respondiendo a una llamada telefónica en que ella le dijo que era absolutamente urgente que corriera a verla al hotel, se queda mudo, paralizado. Luego esboza una sonrisa cínica y dice:

—No estás embarazada, Zoe. Estás loca. ¡Cómo vas a estar embarazada! ¡Es imposible!

Zoe está en piyama, echada de lado, mirando a Gonzalo, que, con la misma ropa del día anterior, apestando a trago, con cara de resaca feroz, le devuelve una mirada incrédula.

—Estoy embarazada, Gonzalo —repite ella, con voz temblorosa, porque tiene miedo de que él la maltrate—. No estoy loca. Créeme.

—¿Cómo sabes? —dice él, y camina alrededor de la cama, las manos en los bolsillos.

Se ha quitado los anteojos oscuros y su cara revela los excesos de la mala noche.

—Me he hecho tres pruebas y todas salieron positivas —dice ella, y trata de sonreír.

—¿Qué pruebas te has hecho?

—Las instantáneas, las que compras en la farmacia.

—¡Esas pruebas son una mierda! —se enfada él—. No sirven para nada. Siempre están equivocadas.

—No, Gonzalo. No es así. Tengo más de una semana de atraso. Y las pruebas dan positivo. Y me siento rara. Tengo náuseas. Estoy segura. Si no, no te hubiera llamado.

—No estás embarazada: ¡estás sugestionada! —se impacienta él.

—Puede ser —concede ella—. Puede ser. Pero me siento rarísima. Estas náuseas no las entiendo. Tienen que ser por el embarazo.

—Para mí, no estás embarazada. Quieres estar embarazada, que es otra cosa. Pero no lo estás.

—¡No digas idioteces, Gonzalo! ¡No quiero estar embarazada!

—¡Sí quieres! —grita más fuerte él—. ¡Quieres tener un hijo conmigo porque has perdido la cabeza, te has vuelto loca! ¡Quieres tener un hijo conmigo porque no pudiste tenerlo con el maricón de Ignacio y porque crees que así podrás estar conmigo!

Zoe se cubre la cara con una almohada y solloza, devastada por la furia que él lanza contra ella, indiferente al dolor que siente.

—¡No quiero tener un hijo contigo! —se defiende, débilmente—. ¡Es un accidente! ¡Yo no lo planeé como tú dices!

—¡No te creo, cabrona! —se enerva él, y patea una silla—. Si estás embarazada, cosa que no creo, porque ni siquiera te ha visto un médico, ¡lo has hecho a propósito para amarrarte conmigo! ¡Eres una pobre tonta! ¿Crees que así voy a enamorarme de ti? ¿Crees que nos vamos a casar y vivir juntos y formar la familia feliz? ¡No te das cuenta de que eso es imposible!

Zoe comprende, tendida en la cama, el rostro cubierto todavía, humillada, que ese hombre crispado y violento no la quiere, nunca la quiso. *¿Cómo puede gritarme así cuando estoy hecha picadillo?*, piensa. *¿Cómo puede tratarme tan mal cuando necesito su cariño, su complicidad? No sé por qué me odias, Gonzalo, cuando yo solo te he dado lo que querías.*

—Quizás tienes razón —dice ella, secándose las lágrimas—. A lo mejor solo estoy sugestionada y por eso no me viene la regla. Hay que esperar unos días más. Voy a ver a mi ginecólogo.

Pero Zoe miente, porque ella no duda; sabe que está embarazada. Cuando dice esas cosas, piensa en calmarlo y abortar para luego darle la razón a ese hombre que ahora ve tan cobarde y contarle que, por suerte, qué alivio, nunca estuvo embarazada y ya le vino por fin la regla.

—Por supuesto que no estás embarazada —insiste, terco, Gonzalo—. Anda a ver a un médico y te dirá la verdad. No te engañes con esas pruebas ridículas de la farmacia, que no sirven para nada.

—Eso haré. No te preocupes.

—¡No te preocupes! —grita Gonzalo—. Me llamas a las ocho y media de la mañana, me dices que es una emergencia, que venga corriendo a verte, luego me anuncias que estás embarazada, ¡y ahora me pides que no me preocupe! Estás completamente loca, Zoe.

—Cálmate, por favor —pide ella, que ya no tiene fuerzas para enojarse y gritar.

—¡No puedes estar embarazada, además! ¡Tú me dijiste que eran días seguros!

—Parece que me equivoqué.

—Sí, claro, te equivocaste —dice él, en tono burlón—. Bien que te morías de ganas de quedar embarazada.

—Mentira. Ni siquiera pensé en eso.

—¿Entonces, por qué me engañaste?

—¡No te engañé! ¡Te dije la verdad! ¡Eran días seguros!

—¿Ah, sí? ¿Y entonces cómo diablos crees que has quedado embarazada, si eran días tan seguros? ¿Te embarazó un arcángel? ¿O has estado tirando con otro hombre?

—No me hables así. No seas vulgar.

—¿Has tirado con otro? ¡Contesta!

—Con Ignacio, por supuesto.

—Pues a lo mejor te embarazó mi hermano.

—¡Imposible! ¡Tú sabes perfectamente que es estéril!

—Estéril, claro: tremendo maricón es lo que es.

—Cállate, Gonzalo. No sigas. Me estás haciendo daño.

—¿Y tú no me haces daño a mí cuando me despiertas y me asustas con un embarazo falso? ¿Qué mierda te crees? ¿No te das cuenta de que me estás jodiendo el día, que no voy a poder pintar, que me estás llenando de angustia solo porque te encaprichas y no sabes estar sola?

—No pensé que te molestaría tanto. No entiendo por qué tienes tanto miedo de que esté embarazada.

—¡No entiendes! —vuelve a patear la silla y la mira con desprecio—. ¡Porque no quiero tener hijos! ¡Y menos contigo, que eres la esposa de mi hermano! ¿No entiendes eso?

—Sí, lo entiendo —balbucea ella—. Y me da mucha pena.

—¿Qué te da pena? ¿Qué te da pena? —repite Gonzalo, y se acerca a la cama y la mira, amenazador—. ¿Qué te da tanta pena? ¿Que no seamos la jodida familia feliz?

—No —lo desafía ella con la mirada—. Que seas tan cobarde.

—Puede que yo sea un cobarde, pero tú estás más loca que una cabra.

—Mejor vete, Gonzalo.

—Sí, me voy. Pero quiero decirte algo. No creo que estés embarazada. Pero si lo estuvieras, recuerda bien que me engañaste, que confié en ti, que no me puse un condón porque me dijiste que no era necesario.

—Lo recuerdo.

—Y quiero que sepas que si estás embarazada, lo que me parece imposible, no puedes tenerlo. Simplemente tienes que abortar.

Zoe calla, lo mira tristísima, lo odia por ser tan cobarde y egoísta.

—¿Entiendes? —sube la voz él.

—Entiendo —dice ella, abatida.

—Así que ya sabes: o me llamas para decirme que no estabas embarazada, o me llamas para contarme que ya abortaste. No hay otra opción. ¿Está claro?

—Sí, Gonzalo. Está claro. Ya puedes irte. Déjame en paz.

—Eso me pasa por tirarme a una loquita de mierda —dice él, y camina hacia la puerta—. Deja de llorar, anda al médico, hazte un examen y luego me llamas. Mientras tanto, no me jodas más y déjame en paz, que necesito pintar y olvidarme de ti.

—Te llamaré, no te preocupes. Lamento haberte molestado tanto. Anda tranquilo.

—¡Qué ganas de joderme la vida, por Dios! —se queja Gonzalo, y se marcha, cerrando la puerta con brusquedad.

¿Cómo pude pensar que este tipo me quería?, piensa Zoe, desolada, llorando. *Es peor que su hermano. Es un miserable, un cobarde. Si estoy embarazada, ¿qué voy a hacer, Dios mío?*

Ignacio ha decidido no volver a subir a la habitación donde cree que su mujer está haciendo el amor con su hermano. Durante diez o quince minutos, no se ha movido del asiento de su automóvil, en ese parqueo subterráneo, agonizando con sus dudas, peleando con su orgullo, tratando de encontrar una salida digna a la inesperada humillación que le ha traído el azar esa mañana. Por fin, ha creído hallar un plan de venganza y solo entonces ha puesto en marcha su vehículo. Conduciendo con deliberada lentitud, sin saber bien adónde ir, llama a su oficina y da instrucciones a su secretaria para que envíe, cuanto antes, un hermoso arreglo de flores, el más caro y refinado que pueda encontrar, a la habitación 713 del hotel que acaba de abandonar.

—¿Qué quiere que diga la tarjeta? —pregunta ella.

Ignacio elige cuidadosamente las palabras que encierran su calculadísima venganza:

—Querida Zoe: ¡Muchas felicidades! Cuenta conmigo para lo que quieras. Saludos a Gonzalo y un abrazo para ti con el cariño de siempre, Ignacio.

La secretaria toma nota del mensaje y, algo sorprendida, lo lee en voz alta para que Ignacio le confirme que, en efecto, debe escribir ese breve texto en una tarjeta que acompañe las flores para Zoe.

—Perfecto —dice Ignacio, cuando ella termina de leer—. Así está bien. Ni una palabra más.

—Las ordeno enseguida, señor.

—Las más lindas, las más caras, ya sabes —le recuerda Ignacio—. Y que las envíen de inmediato. Es muy urgente.

—En media hora a más tardar estarán en el hotel, señor.

—Estupendo. Muchas gracias. Yo te llamo más tarde. Tengo que hacer un par de cosas fuera de la oficina.

Ignacio cuelga el teléfono y sonríe. *Les voy a dar una lección a la puta de mi mujer y al traidor de mi hermano*, piensa. Los imagina recibiendo las flores, desnudos en la habitación, los rostros descompuestos por la amarga sorpresa de saberse pillados; los imagina nerviosos, avergonzados, leyendo una vez más el texto que Ignacio ha dictado; los imagina sintiéndose unos canallas, sabiéndose inferiores a él, reconociendo en esas flores y esas palabras cariñosas una lección de grandeza moral, inteligencia y astucia que él les ha dado en ese momento crucial. Ignacio sonríe y continúa conduciendo su automóvil. *Soy, después de todo, mejor que ellos*, piensa. *Esas flores son solo una manera de recordárselo. Me seguiré vengando así: demostrándoles que su traición no me afecta, no me roza siquiera, no me impide ser feliz. Me vengaré así: sonriendo como sonrío ahora.*

Gonzalo pinta furioso. Agobiado por un persistente dolor de cabeza, incapaz de relajarse, las manos tensas, vuelca su rabia y ansiedad sobre el lienzo, se venga de Zoe retratándola borrosamente como a una mujerzuela loca y fea. No puede estar tranquilo, camina por su taller como un poseso, siente la boca reseca y bebe por eso mucha agua. Cuando tiene ganas de orinar, no va al baño: sale a la terraza y orina en la maceta de una planta bastante descuidada. Luego regresa al cuadro y sigue pintando, al tiempo que piensa en Zoe con amargura, lamentándose de haber caído en lo que ahora ve como una trampa. *No debí acostarme nunca con ella*, se dice. *Fui un imbécil. Debí imaginar que ella podía enamorarse, perder la cabeza, soñar con tener una familia conmigo, cobrarse la revancha de tantas infelicidades con Ignacio. Zoe no me quiere: odia a Ignacio y se venga de él conmigo. Zoe no me quiere: quiere un hijo y yo soy un buen semental. Si está embarazada y se aferra tercamente a tener al bebé, estaré jodido. No podré seguir pintando. Será un escándalo tan devastador que tendré que largarme de esta ciudad, lejos, donde nadie pueda dar conmigo. Ignacio no me lo perdonaría jamás. Me destruiría. ¡No puede ser que esté embarazada! ¡Tiene que ser un error! ¡Cómo fui tan estúpido de metérsela sin condón! Nunca debí confiar en ella. Todas las mujeres son iguales. Eso me pasa por idiota.*

Ignacio cierra los ojos y disfruta intensamente del masaje que esa mujer obesa le da en la espalda. En lugar de ir al banco, ha decidido obsequiarse una mañana de pequeños placeres corporales, acudiendo a un exclusivo club privado del que es socio, como todos los directores del banco. Luego de sudar en la sauna, darse unos baños de vapor y entonarse con un chorro de agua helada en la ducha española, ha entrado al cuarto de masajes, donde, cubierto apenas por una toalla amarrada en la cintura, se ha echado sobre una colchoneta y, los ojos cerrados, el cuerpo laxo, ha esperado que las manos de la masajista recorran vigorosas su espalda. No habla con ella, no le gusta que le hagan preguntas: la mujer ya sabe que, cuando se ocupa de atender a Ignacio, debe hacerlo en riguroso silencio y esmerándose por masajearlo con más fuerza que la empleada habitualmente. Reaccionando a los dedos de esa mujer, que se hunden como punzadas en su espalda y le producen una sensación de dolor y placer a la vez, Ignacio ahoga un gemido y piensa que esos masajes pueden llegar a ser incluso más placenteros que el sexo rutinario al que solía entregarse con su esposa. Ahora la masajista retira la toalla y golpea con sus manos, de un modo acompasado, las nalgas de Ignacio, nalgas muy blancas y lampiñas, nalgas de las que él, secretamente, se siente orgulloso, pues cree que su trasero, siendo firme y sin vellos, puede verse atractivo. Mientras la masajista hunde sus dedos, suaviza la presión, frota apenas con un extremo de sus manos, junta las nalgas como si las hiciera aplaudir, Ignacio esboza una sonrisa vagamente perceptible, los ojos cerrados, el cuerpo en reposo, y piensa en otras manos recorriendo sus nalgas, y se deleita recordando que su mujer debe de estar recibiendo las flores que le envió, y dice para sí mismo *no la necesito para ser feliz, más placer me da esta gorda masajista que Zoe en la cama; me ha hecho el favor de mi vida dejándome solo.* Luego piensa: *Esta gorda es la mujer perfecta: no habla, no la veo, cobra barato y sabe dar placer.* Ignacio sonríe con una felicidad que atribuye por completo al hecho insólito de sentirse libre, feliz, deliciosamente cínico y orgulloso de sí mismo. *He convertido una mañana de mierda en una mañana feliz,* piensa. *Mi vida está cambiando de una manera extraña y sorprendente. Lo mejor que ha hecho Zoe en todos estos años conmigo es dejarme. Ahora estoy solo y me siento condenadamente bien. Si esta gorda sigue trabajándome las nalgas con tanta destreza, la voy a nombrar directora del banco.*

Han tocado la puerta. Zoe baja el volumen del televisor, se amarra una bata blanca que colgaba de la puerta del baño, comprueba mirándose en el espejo que en su cara están marcadas toda la tristeza y la angustia de las últimas horas, empieza a odiar ese hotel en el que pensó que sería tan feliz y, descalza, desnuda bajo la bata blanca, abre la puerta. Frente a ella, un botones uniformado sonríe, mostrándole la canasta de flores que le han enviado y dice:

—Son para usted, señora.

Zoe se queda sin aliento, pensando que Gonzalo se ha arrepentido por tantas cosas mezquinas que le dijo más temprano. *Qué lindo detalle,* piensa, sonriendo. *Es una manera de pedirme perdón y decirme que me quiere después de todo. A lo mejor incluso le da un poquito de ilusión que esté embarazada. No sería tan terrible. Un bebé solo puede traer cosas buenas.*

—Muchas gracias —dice, y se emociona, se le humedecen los ojos—. Adelante, por favor. Déjelas donde quiera.

—Permiso, señora.

El botones entra en la habitación, deja la canasta de flores sobre una pequeña mesa redonda, al tiempo que Zoe saca un billete de su cartera y se lo entrega. El muchacho sonríe, hace una pequeña reverencia y se retira enseguida. *Nada mejor que un chico guapo trayéndome flores de sorpresa del hombre que amo*, piensa Zoe, y respira hondo, como si quisiera prolongar ese inesperado momento de felicidad. Luego advierte que, entre las flores, cuelga un pequeño sobre blanco. No tarda en retirarlo del arreglo, abrirlo y sacar la tarjeta que, está segura, le ha escrito Gonzalo con amor. Pero se queda perpleja cuando lee:

«Querida Zoe:

¡Muchas felicidades! Cuenta conmigo para lo que quieras. Saludos a Gonzalo y un abrazo para ti con el cariño de siempre,

Ignacio».

—¡No! —grita, dolida, sin poder creérselo.

Se deja caer sobre la cama, la tarjeta todavía en la mano derecha. *No puede ser que Ignacio sepa todo*, piensa. *Ahora sí estoy jodida. ¡Cómo se ha enterado de que estoy aquí! ¿Por qué me manda flores? ¿Sabe que estoy embarazada? ¿Por qué le manda saludos a Gonzalo? ¿Sabe que me he acostado con él? ¿Gonzalo me ha traicionado y se lo ha contado todo? Maldición, esto no puede ser verdad. Estoy jodida. Ignacio me ha mandado estas flores no porque me quiera sino para decirme que está al tanto de todo y yo soy una cucaracha y él un caballero tan distinguido. Esto no puede ser verdad, no me puede estar sucediendo a mí, tiene que ser una broma: ¡esta película horrible no puede ser mi vida!*

Zoe estira el brazo, cierra los ojos y siente el hincón de la aguja penetrando en su piel.

—No se ponga tensa —le dice la enfermera.

Ella no puede evitar esa tensión, entonces se enoja y dice:

—Hágalo rápido y no me dé consejos.

La enfermera le saca una muestra de sangre en pocos segundos y retira la aguja. Zoe entreabre los ojos, comprueba que el tubo de plástico de la jeringuilla está lleno de su sangre, siente un mareo y dice:

—¿Me tenía que sacar tanta sangre?

—Es la cantidad usual, señora —responde secamente la enfermera.

Zoe se levanta de la silla reclinable, sobreponiéndose a la sensación de debilidad, y pregunta:

—¿A qué hora estarán listos los resultados?

—Venga por la tarde —dice la enfermera, mientras adhiere un papel con el nombre de Zoe al frasco que contiene su sangre.

Al salir de la clínica, Zoe toma un taxi y pide al conductor que la lleve al parque más grande de la ciudad. El día está fresco y soleado. No le apetece volver al hotel, encerrarse en su habitación, leer una vez más la tarjeta de Ignacio. Podría estar conduciendo su automóvil, pero lo ha dejado en el parqueo del hotel porque se siente débil y mareada. Baja la ventanilla, aspira el aire enrarecido por los humos del tráfico, echa de menos la calma bucólica de su casa y decide que comerá algo en el parque, pues no ha desayunado y ya le suena el estómago por el hambre. Cuando llegan al parque, le paga al conductor, desciende del vehículo y camina con la lentitud de una persona que parecería estar reponiéndose de una grave enfermedad. Pálida, ojerosa, fatigada, camina hasta llegar a un café frente al estanque, se sienta ante una mesa circular, de color rojo, y, tan pronto como se acerca el mozo, le pide un pan con queso y un café con leche. *Tengo un bebé en mi barriga*, piensa. *Estoy segura. Me siento rarísima. No puede ser otra cosa: estoy embarazada. Supongo que tendré que abortar. No puedo tener un hijo con Gonzalo. Está claro que él no lo quiere. Sería un escándalo. No creo que pueda soportarlo. Pero, ¿seré capaz de abortar? Toda mi vida he querido tener hijos. Me he pasado años tratando de quedar embarazada de Ignacio. Nunca pude. Y ahora que, por desgracia, podría tener un bebé, ¿lo dejaré ir solo por miedo? Lo sensato sería abortar, pero no sé si podré hacerlo. Y si no me quedara más remedio que tenerlo, ¿qué haría? Me tendría que ir lejos, a la ciudad de mis padres, quizás incluso a vivir con ellos, y que apartarme para siempre de Ignacio y Gonzalo. Tendría que recomenzar mi vida. No podría quedarme acá. Ignacio me haría la vida imposible. No toleraría la humillación de saberse engañado por su hermano. Su madre sería capaz de matarme con sus propias manos. No podría aguantarlo: sería demasiado. Un bebé debería traer alegría y amor al mundo, pero este bebé, si estoy embarazada, solo vendría con problemas y angustias para todos. Por eso no puedo tenerlo. Por eso no puedo estar embarazada. Dios quiera que sea solo una sugestión mía y que en la tarde me digan que no lo estoy. Sería la mujer más feliz del mundo. Tomaría un avión, me iría a casa de mis padres y dormiría una semana entera. Pero, ¿y si estoy embarazada? No puedo sino hacer una cosa: abortar sin decírselo a nadie y vivir con esa pena el resto de mis días.* Mientras come sin prisa el pan con queso que le han servido en un plato descartable y espera a que se enfríe su café, sigue con la mirada a unos niños que, cerca de sus madres, arrojan pedazos de pan a una bandada de palomas reunidas alrededor de ellos. *En unos años, yo podría ser una de esas madres*, piensa. *Parecen felices. No se ocupan de otra cosa que de cuidar a sus niños. No les interesa tanto verse guapas, ir al gimnasio, estar a la moda. Visten lo primero que encuentran a* mano. *Viven para ellos, para sus hijos, y son felices en la medida en que los saben felices a ellos. Quizás me haría bien tener este bebé. Dejaría de ser tan egoísta. No pensaría tanto en mí. Por egoísta, por buscar tenerlo todo, por soñar con el amante perfecto, rompí mi matrimonio y me enrollé con otro egoísta aun peor que yo, el cretino de Gonzalo, que nunca tendrá los pantalones para crecer, madurar, dejar de ser el bohemio incorregible y atreverse a compartir su vida con alguien. ¿Quién sabe? En unos años, vendré con mi hijo a jugar a este parque y me sentaré acá mismo y seré feliz viéndolo tirarles panes a las palomas. Y no importa quién sea el padre, cuánto me odien Ignacio y Gonzalo, solo importará saber que ese niño o esa niña vive, sonríe, es feliz en ese instante que puedo imaginar bien. No abortaré. Tendré a mi bebé, aunque deba enfrentarme al mundo entero. Nadie me lo arrancará. Sería una cobardía dejarlo ir únicamente porque es más cómodo estar sola y borrar los errores que he cometido. Pero dos errores no hacen un acierto: si fue un error acostarme con Gonzalo, sería otro aun peor castigar a una criatura inocente, que se aferra a mí, que no tiene la culpa de nada. Si me confirman que estoy embarazada, no abortaré. Lo tendré, aunque pierda media vida, aunque termine pobre y miserable, paseando todos los días en este parque. Peor sería vivir el resto de mis días con la vergüenza de haber matado a mi hijo, al hijo que siempre soñé tener y que me llegó cuando menos lo esperaba. Eso me haría más miserable y arruinaría mi vida. Ya lo tengo claro: no abortaré. Jódete, Gonzalo. Jódete, Ignacio. Soy más fuerte que ustedes dos y les daré una lección, par de niños engreídos.*

Después de pagar la cuenta, Zoe camina por las sendas empedradas del parque. Se siente mejor. De pronto, se sorprende haciendo algo que no podría haber imaginado cuando era la señora casada de la mansión en los suburbios: ve un jardín tranquilo y soleado, en medio de ese gran parque, se quita la casaca que lleva puesta, la extiende a la sombra de un árbol, y se echa sobre el césped, la cabeza apoyada sobre la casaca. La certeza de que no abortará parece haberle dado una profunda serenidad, una quietud de la que ahora disfruta cerrando los ojos, acurrucándose y entregándose al sueño que la noche le ha robado. En ese parque que no visitaba desde hacía años, Zoe duerme. Alguien que la mirase al pasar podría pensar que carece de una cama donde dormir. Nadie sospecharía que es la esposa del banquero más poderoso de la ciudad.

Cuando despierta, unas horas después, mira su reloj y se sorprende de haber dormido tanto en esa esquina sosegada del parque. Mete las manos en sus bolsillos y comprueba, aliviada, que no le han robado nada. Luego se apresura en caminar, tomar un taxi y regresar a la clínica. No se altera cuando le confirman que está embarazada. Lo toma como una buena noticia. Sonríe incluso al salir del lugar. Mira el cielo despejado y agradece a Dios. *Todo va a estar bien*, piensa, acariciando su barriga.

Tengo que decirle a Gonzalo la verdad, piensa Zoe, nadando en la piscina temperada del hotel, ya de noche. Se ha puesto una ropa de baño negra de una pieza y arrojado al agua con la esperanza de hallar allí un momento de sosiego. Desde que regresó al hotel, encerrada en su habitación, incapaz de pensar en otra cosa que no sea el bebé que lleva dentro, ha pasado violentamente de un estado de ánimo a otro: de la ilusión al miedo, del pesimismo a la alegría, de la rabia por sentirse engañada a la resignación de aceptar que las cosas no son como quisiera que fuesen sino, a duras penas, como la realidad se las impone. Dando brazadas largas y armoniosas, moviendo los pies para avanzar más rápido, girando la cabeza y sacando el rostro fuera del agua para tomar una bocanada de aire cada cuatro brazadas, Zoe nada a solas por esa piscina cuyas aguas climatizadas se mantienen convenientemente tibias. *Tengo que decirle a Gonzalo que estoy embarazada, que no es una sospecha paranoica mía, sino un hecho confirmado y que, auque le moleste, voy a ser madre de este bebé. Es más, tengo que decirle que tendré a este bebé incluso si él se niega a reconocerlo: en ese caso, llevará mi apellido y guardaré en secreto para siempre que Gonzalo es su padre. Pero no abortaré. No puedo. No me lo perdonaría jamás. A Ignacio le mentiré. Le diré que tuve una aventura con un hombre que no conoce, un hombre al que no volveré a ver, y que de esa aventura nació mi bebé. No me importa cómo lo tome, si me cree o no. Tampoco si me manda a la mierda y no me quiere ver más: no estaré sola, tendré a mi bebé y me sentiré, después de todo, acompañada por él y segura de que, al darle vida, al no ceder al impulso más fácil, el de la cobardía y el egoísmo, le di, por fin, un sentido a mi existencia, que hasta ahora ha sido tan frívola y placentera. Está claro: le diré a Gonzalo la verdad, aunque me odie por eso. Y se la diré cuanto antes.*

Zoe sale de la piscina, se seca vigorosamente, agita su pelo con las manos, se enfunda en una bata, calza las pantuflas del hotel y regresa a su habitación. Ya en el baño, se mira la barriga en el espejo y, al notarla ligeramente hinchada, se maravilla de pensar que allí adentro hay un pedacito de vida, un diminuto corazón latiendo, la promesa de una existencia que depende por completo de ella. Luego se viste deprisa sin cuidar demasiado su apariencia, mete cuatro cosas en una cartera negra y, todavía con el pelo mojado, sin maquillarse el rostro, se dirige a la casa de Gonzalo. No quiere conducir su auto, prefiere tomar un taxi y liberarse así de la tensión de manejar a esa hora en que usualmente no ha cedido aún la congestión vehicular. Durante el trayecto, agradece que el taxista no insista en hablarle y, las manos entrelazadas sobre la barriga, se aferra a una idea simple y segura: *Este es mi bebé y nadie me lo va a quitar. Y el que se oponga a darle vida se puede ir directamente a la mierda*. Media hora más tarde, duda: de pie frente a la casa de Gonzalo, no sabe si tocar el timbre o si volver en silencio sobre sus pasos, evitándose un momento que, con seguridad, será tenso y difícil. *No seas cobarde*, piensa. *La vida de este bebé depende enteramente de que seas valiente. Toca el timbre y dile la verdad. Si Gonzalo no puede dar la cara, es problema suyo, pero tú no te escondas*. Zoe mira hacia el cielo como si quisiera pedir ayuda, y toca el timbre. *Que pase lo que tenga que pasar*, piensa, resignada. *Pero mejor hazte a la idea de que Gonzalo reaccionará de la peor manera y saldrás de acá con la convicción de que tu bebé nacerá a solas contra el mundo y no sabrá nunca quién es su padre*. Zoe vuelve a tocar el timbre. No hay respuesta. Mira su reloj: son casi las ocho de la noche. Piensa: *Después de la mañana brutal que tuvo conmigo, sabe Dios dónde estará Gonzalo, en qué bar andará bebiendo, furioso*. Zoe toca el timbre por última vez y, cuando está a punto de marcharse, ve la silueta de un hombre que, desde aquella habitación en penumbras, se asoma por la ventana, y la mira sin moverse un rato. *Es Gonzalo, sin duda*, piensa ella. Pero el hombre, de pie, inmóvil, la mira, y ella le hace adiós con una mano pero él no contesta, y entonces ella siente un ramalazo de miedo y decide subir al taxi que la espera con el motor apagado, cuando oye una voz familiar por el intercomunicador:

—Pasa.

Enseguida suena un timbre metálico que abre la puerta de calle. Zoe le hace señas al taxista confirmándole que debe esperarla. Presume que será una visita corta y violenta, de la que saldrá más bien pronto; una visita que podría ser la última, si Gonzalo se niega a aceptar a ese bebé como su hijo. Sube una escalera y aguarda a que le abran la puerta. Tiembla. Tiene las manos sudorosas. Tiene miedo. No comprende todavía cómo ha hecho para terminar así, tan sola y vulnerable, expuesta a un desaire más, ella que era antes, no hace mucho, una mujer que podía jactarse de una vida confortable, predecible y bajo control.

—Pasa —le dice Gonzalo, abriendo la puerta.

Está en ropa de dormir. Tiene cara de sueño, el pelo revuelto, los ojos hinchados. Huele a sudor. Lleva los pies descalzos y un piyama viejo de color celeste. *En piyama se parece a mi marido*, piensa Zoe.

—Te he despertado, lo siento —dice ella.

—No te preocupes —dice él, y cierra la puerta—. ¿Quieres tomar algo?

Ella respira más tranquila al sentir que él le habla con voz cariñosa.

—No, gracias —contesta—. Así está bien.

Caminan hacia el sillón de cuero, él enciende una lámpara, se sientan. Él bosteza estirándose, ella mira la cama revuelta de ese hombre que ahora siente amable pero distante. Se miran a los ojos en silencio, como si supieran extrañamente que lo mejor entre los dos serán ahora los recuerdos.

—Cuéntame —dice él.

Ella quiere contárselo pero no se atreve. Él tampoco se atreve a insistir. Sospecha, al verla tan seria, que no trae buenas noticias y por eso calla.

—Dime —insiste, tras un silencio que se torna opresivo.

—No sé cómo decírtelo —baja ella la mirada, avergonzada.

—Dímelo. No pasa nada. Todo está bien.

—¿Seguro que todo está bien? —pregunta ella, dejándose llevar por la ilusión de que, al final, él demostrará nobleza, aceptará al bebé y no la dejará sola.

—Seguro. Dime.

—Me vas a odiar, Gonzalo —se quiebra un poco ella, mirándolo a los ojos.

—No podría odiarte nunca —dice él secamente.

—Estoy embarazada —confiesa, por fin—. Me hice el examen de sangre. Me dieron los resultados esta tarde.

Gonzalo calla unos segundos que ella siente eternos, brutales, injustos, y finalmente balbucea con una frialdad que lastima a Zoe:

—Te felicito. Por fin conseguiste lo que has buscado durante tantos años.

Zoe siente rabia y ganas de llorar, pero se controla y dice:

—No me felicites. Es un accidente terrible. No sé qué hacer.

—¿De verdad no sabes qué hacer?

—Sí. Estoy muy confundida. Ayúdame, por favor, Gonzalo.

Zoe se acerca a él y lo abraza, pero él no corresponde el abrazo y ella se separa enseguida, abochornada de haberse mostrado tan débil.

—Yo tengo muy claro lo que tienes que hacer —dice él.

—¿Qué? —pregunta ella, temerosa.

—Abortar —responde él, con absoluta seguridad.

Zoe siente un dolor físico en el vientre, como si la hubieran golpeado, apaleado.

—No puedo —dice débilmente, bajando la mirada—. No puedo abortar.

—No puedes tener un hijo conmigo —habla Gonzalo con una frialdad que ella no conocía y que le asusta—. Yo no quiero ser padre. No tienes derecho a obligarme a ser padre.

—No te obligaré. Si no quieres ser padre, no lo serás. Pero mi hijo va a nacer. No lo puedo matar. Me sentiría una mujer asquerosa. Terminaría suicidándome.

—¿Estás segura de que yo soy el padre?

—Claro —dice ella, sin enfadarse—. Por eso estoy acá.

—Pero has seguido haciendo el amor con Ignacio. ¿No podría ser Ignacio el padre?

—Sí, teóricamente sí, pero tú y yo sabemos que Ignacio no puede tener hijos.

—¿Y si de pronto algo increíble ha ocurrido y no soy yo sino Ignacio quien te ha embarazado? ¿Admites que esa posibilidad existe?

—Yo estoy segura de que tú eres el padre, Gonzalo. No te engañes.

—Estoy tratando de encontrar una salida. Escúchame bien, no seas tonta, no dejes de pensar porque estás con las hormonas alteradas.

Zoe lo mira a los ojos y cree estar segura de que ese hombre no la quiere, nunca la quiso.

—Yo no quiero ser padre —prosigue Gonzalo—. Tú quieres ser mamá. Ignacio ha hecho el amor contigo recientemente y, si cree tanto que Dios hace milagros, podría ser el padre. Ignacio no sabe que tú y yo nos hemos acostado. Yo solo veo dos opciones razonables, Zoe: una es abortar y eliminar el problema; la otra es decirle a Ignacio que estás embarazada, que él es el padre, y hacerle creer toda la vida que él es el padre, lo que puede ser cierto, y negarte a cualquier examen que pueda poner en peligro esa certeza, y confiar en que el bebé se parezca más a él que a mí.

Zoe permanece en silencio, asustada. *No sabía que Gonzalo podía ser más cínico que su hermano*, piensa. *Yo creí que era un artista romántico, un idealista. Ahora veo que, en el fondo, son muy parecidos: cuando les tocan sus intereses, reaccionan como bestias sin escrúpulos y hacen lo que sea necesario para salir airosos del desafío.*

—No hay más alternativas —continúa él—. Yo no voy a ser padre de ese bebé. No me puedes obligar. Sería una inmoralidad. Tú tienes todo el derecho del mundo a ser madre, pero no a forzarme a ser padre.

—Ya eres padre, Gonzalo. Esta criatura ya vive.

—No digas necedades, por favor —se enoja él, pero luego hace un esfuerzo por calmarse—. No soy padre. El bebé no ha nacido. Acá solo estamos vivos tú y yo, y tal vez mis plantas de la terraza. Nadie más.

De nuevo, Zoe siente como si él le hubiera dado una patada en la barriga. Se encoge un poco, baja la mirada y calla.

—¿Quieres ser mamá?

—Sí.

—Entonces dile a Ignacio que él es el papá y asunto resuelto.

—¿No te da pena?

—No. Sería un alivio.

—¡Pero es tu hijo, Gonzalo! ¡Ignacio no puede tener hijos!

—Me da igual. No quiero hijos. Con nadie. No es nada personal contigo, Zoe. No quiero hijos. Punto. No voy a cambiar de opinión.

Eres un cobarde, piensa ella, pero no lo dice.

—Ignacio no me va a creer.

—¿Por qué? ¿Le has dicho algo de lo nuestro?

—No.

—¿Sabe por qué te fuiste de tu casa?

—No. No he hablado con él —miente.

—Entonces no es tan difícil convencerlo. Dile que te fuiste porque no te venía la regla, que estabas muy nerviosa, que querías asegurarte de que estabas embarazada, que no sabías cómo reaccionar. Miéntele bien. Dile que ha ocurrido un milagro, que Dios les ha concedido el sueño de tener un hijo. Ignacio es más tonto de lo que crees. No tiene idea de lo nuestro. Miéntele y te va a creer.

Ignacio lo sabe todo, piensa ella, recordando las flores que le llegaron al hotel, la tarjeta con saludos para Gonzalo. Pero no dice nada porque cree que, a esas alturas, sería peor.

—Quizás tengas razón —dice ella.

Gonzalo no dice nada, cruza las piernas, se mantiene firme e imperturbable.

—Pero lo mejor sin duda sería que abortaras —dice él.

—¡No puedo, Gonzalo! —dice ella, desesperada—. ¡No insistas, por favor!

—Claro que puedes, Zoe. Si pudiste acostarte conmigo, también puedes ir a un ginecólogo y sacarte al bebé. No me jodas.

—No me voy a sacar al bebé —responde ella, con firmeza—. Nadie me lo va a sacar. Es mío y lo voy a tener. No te necesito, Gonzalo. Si no quieres ser padre, te entiendo. Me da pena pero no te voy a obligar. Eso sí: nadie me va a sacar a mi bebé.

—Entonces, que Ignacio sea el padre.

—¡No puedo mentirle!

—¡Claro que puedes!

—¡No puedo mentirle al bebé! ¡Ignacio no es su padre! ¡Cómo le voy a mentir!

—¡No me jodas, Zoe! —se pone de pie Gonzalo, que ahora ha perdido la calma—. Si lo que quieres es tener a ese jodido bebé, la única salida sensata es volver con Ignacio y decirle que ha ocurrido un milagro y que él es el padre. ¿No te das cuenta? ¿Tan tonta eres, por Dios?

Zoe también se pone de pie, busca nerviosamente su cartera, sabe que debe marcharse. Está llorando. Le ha dolido en el alma que Gonzalo se refiriera con tanto desprecio al *jodido bebé*.

—No puedo seguir —musita, llorando—. Esto me hace mucho daño. Me voy.

—El problema es tuyo, Zoe —le advierte él, con una dureza que ella no alcanza a entender—. O abortas, que sería lo mejor, o tienes al bebé por tu cuenta y no le dices a nadie que yo podría ser el papá. Ya es problema tuyo si convences a Ignacio de que él es el papá o si lo tienes sola, pero no cuentes conmigo.

—Lo tengo claro, no me lo tienes que decir una vez más.

Zoe se dirige hacia la puerta. Quiere irse de allí cuanto antes.

—Algo más —la interrumpe Gonzalo, y ella se detiene y lo mira a los ojos con menos rabia que lástima.

—¿Qué? —pregunta, asombrada de haberse enamorado de ese hombre que ahora le parece un extraño, un perfecto hijo de puta.

—Hagas lo que hagas, no quiero verte más.

Zoe respira hondo, evita decir un exabrupto, piensa bien sus palabras:

—¿Estás seguro, Gonzalo?

—Completamente seguro —dice él—. Has convertido mi vida en una pesadilla. Quiero que desaparezcas de ella.

Zoe se estremece cuando escucha esas palabras y por un instante cree que se va a desmayar.

—Buena suerte con el bebé. Buena suerte con tu vida. Te ruego, por favor, que te olvides de mí.

—Eso haré, Gonzalo.

—Y si tienes al bebé, yo no soy el padre, nunca nos hemos acostado, ¿está claro?

—Clarísimo.

Zoe camina hacia la puerta. En piyama, al lado de la ventana, Gonzalo habla:

—¿Qué vas a hacer?

—No lo sé —voltea ella, y lo mira con desprecio.

—¿Vas a decir que yo soy el padre?

—No —responde ella, con una firmeza que la sorprende y de la que luego, en el taxi, se sentirá orgullosa—. No diré nunca que tú eres el padre. Me daría vergüenza que mi hijo supiera que tiene un padre tan cobarde como tú.

Zoe alcanza a ver el rostro pálido y demudado de Gonzalo antes de salir y tirar la puerta. En el asiento trasero del taxi, de regreso al hotel, se inclina y llora sobre su barriga. *Tú me vas a salvar*, le habla despacito a su bebé.

Ignacio se ríe solo de la travesura que ha concebido para cobrarse una pequeña revancha y poner en aprietos a las dos personas que, de un modo tan ingrato, han capturado su imaginación. Desde que encontró el celular de Zoe al fondo de la piscina, supo lo que tenía que hacer. Ahora ha entregado dos sobres a su secretaria, que serán llevados inmediatamente por un mensajero en motocicleta, pues ha dado instrucciones de que procedan a llevarlos con urgencia. Reclinado sobre su sillón giratorio de cuero, las manos entrelazadas detrás de la cabeza, Ignacio mira desde aquel piso elevado el perfil de la ciudad y sonríe imaginando las caras de pasmo e incredulidad que seguramente pondrán esas personas cuando reciban los sobres. Media hora más tarde, un botones toca la puerta de la habitación de Zoe. Ella demora un poco en abrir, pues estaba hablando por teléfono. Al recibir el sobre, reconoce enseguida la letra de su esposo. Nerviosa, agradece, cierra la puerta, se sienta en la cama y se apresura en abrirlo. *Que no sea nada malo, por favor*, piensa, sobándose la barriga con miedo. *No me hagas daño, Ignacio*, suplica, las manos temblorosas. Se sorprende al hallar, dentro del sobre, un teléfono celular. No es el suyo, el que arrojó a la piscina: es un modelo más moderno, pequeño y liviano, que acaba de salir a la venta y ha visto anunciado esa misma mañana en televisión. Luego lee la nota que le ha escrito su marido en una tarjeta que lleva el nombre impreso de él:

«Mi querida Zoe:

Aquí va un celular nuevo. Encontré el tuyo en la piscina, supongo que se te cayó sin que te dieras cuenta. Este modelo es más cómodo y mejor. Espero que te guste. El número sigue siendo el mismo que el del celular que encontré en la piscina. Me imagino que así es mejor para ti. He grabado dos números en la memoria: si quieres hablar con el nuevo celular de Gonzalo, solo tienes que marcar el 1; si quieres hablar conmigo, marcas el 2. Yo hubiera preferido ser el número 1, pero, hey, no siempre se puede ganar en la vida. Ya sabes cuánto te quiero y extraño. Si en algún momento tienes ganas de verme o me necesitas, marcas el dos y estoy a tus órdenes. Te mando un beso con todo mi cariño,

Ignacio

PD: Saludos a Gonzalo».

Cuando termina de leer la nota, Zoe desahoga la tensión soltando una risotada nerviosa. No se lo puede creer: además de estar al tanto de todo, Ignacio parece encantado de que ella tenga una relación íntima con Gonzalo, pues la anima a comunicarse con él. Sale al balcón. A lo lejos, en el corazón financiero de la ciudad, puede ver el rascacielos donde Ignacio tiene sus oficinas. Lo imagina sereno, incluso contento, y eso la deprime. *No me quiere*, piensa. *Nunca me quiso. ¿Cómo puede mandarme este regalo? ¿Cómo puede estar contento? Si me quisiera, estaría acá tocándome la puerta, buscando a Gonzalo para romperle la cara.*

Pero no: Ignacio es un misterio. En lugar de molestarse, me regala un celular nuevo para que me pueda comunicar más fácilmente con su hermano, sabiendo que lo hemos traicionado. Zoe se siente humillada. Una vez más, cree que Ignacio le ha ganado la partida gracias a su astucia y a su frialdad. *Estoy perdida,* piensa. *Ignacio está riéndose en el piso más alto de ese edificio y yo no sé si tener a este bebé o saltar del balcón.*

Diez minutos más tarde, Gonzalo recibe, de manos del mensajero, un sobre blanco con el logotipo del banco de su familia. Piensa que debe de ser alguna correspondencia institucional: las memorias del ejercicio anterior, una invitación para algún evento, papeles que quizás debe firmar en su condición de director. No tarda en descubrir cuán equivocado está: encuentra un celular nuevo y la nota que le ha escrito su hermano. Lee deprisa, el corazón acelerado:

«Mi querido Gonzalo:
Te regalo este celular. Es un juguete divertido. Úsalo y verás que te gustará. Todas las llamadas te las pagaré yo acá en el banco. Si quieres hablar con Zoe, marcas el número 1 y ella te contestará desde su nuevo celular, que es idéntico al tuyo. Si quieres hablar conmigo, marcas el número 2. ¿No te parece genial? Así podemos estar comunicados los tres. Sé que no te gustan los celulares, pero te aseguro que este juguete te va a encantar. Pruébalo y me darás la razón. Muchos cariños a Zoe y un abrazo para ti de tu hermano que te quiere,

Ignacio».

Nada más leer la nota, marca el número 1. Al primer timbre, contesta Zoe y Gonzalo, asustado, cuelga. No se atreve a marcar el 2. *Estoy jodido,* piensa. *Ahora sí, Ignacio se ha enterado de todo y, por lo visto, está muy contento. Siempre pensé que no quería a su mujer, pero no imaginé que nos haría regalos por traicionarlo y que nos pagaría las llamadas para que nos hablemos todo el día por el celular. Mi hermano es un peligro. Nunca podré igualarlo. Aunque me duela, es superior a mí, mejor que yo. Siempre se las ingenia para caer parado, salir ganando y sonreír. Yo pensé que si me tiraba a su esposa me vengaría de él, pero ahora resulta que le hice el favor de su vida. Eres un grandísimo hijo de puta, Ignacio, pero te admiro porque tienes una cabeza mejor que la mía.* Gonzalo deja el celular sobre la mesa y se siente abatido. A unos kilómetros de allí, en la aséptica soledad de su oficina, Ignacio lo imagina exactamente así, derrotado y confundido, y se permite sonreír por eso.

Tengo que abortar, piensa Zoe. *No puedo tener este bebé. Sería una locura. No podré decirle quién es su padre. Sabrá algún día que es el fruto de una pasión vergonzosa. No tendrá padre. Yo no podré decírselo a los ojos. No es justo traer al mundo una vida así. Ya es muy jodido vivir en esta jungla: tiene que ser insoportablemente jodido llegar con esta desventaja, sin saber quién es tu padre, sabiendo que, quienquiera que sea, no le interesa quererte. No es un acto de amor darle vida a este bebé: sería un acto de crueldad. No merece sufrir tanto. Y es seguro que sufrirá. Aunque yo le dé todo mi amor y sea una madre dedicada, Ignacio se encargará de vengarse lenta y pacientemente, estoy segura de eso, y mi bebé sufrirá las consecuencias. Siempre soñé con tener hijos, pero no así. No puedo arrancarle un hijo a Gonzalo contra su voluntad, sabiendo además que él me odiará por eso el resto de sus días. No puedo exponer a mi hijo a todas las maldades y venganzas que caerán sobre él por ser un hijo que llegó en el momento equivocado, con el hombre equivocado. Yo cometí un error, no mi bebé, y no quiero que él pague por mí. Si quiero cuidarlo, protegerlo, asegurarme de que no sufra y viva entre ángeles, debo abortar. ¿Qué pasaría si, sola contra el mundo, tuviera al bebé y muriera unos años después? ¿En manos de quién quedaría? ¿Qué clase de vida le esperaría? ¿Estarían mis padres dispuestos a cuidarlo? Tendría para eso que contarles toda la verdad, y no voy a poder: no tengo cara para decirles que me he estado acostando con mi cuñado y que voy a tener un hijo con él, un hijo que él rechaza, un hijo que no reconocerá como suyo. No puedo, por eso, contar con mis padres. Si decidiera tener al bebé, tendría que hacerlo sola. Ni siquiera podría pedir ayuda a mis mejores amigas, porque ellas son también amigas de Ignacio, lo quieren, están casadas con amigos suyos, y no me perdonarían, estoy segura, la traición de haberme acostado con Gonzalo. Además, esparcirían el chisme por toda la ciudad, y tarde o temprano mi hijo se enteraría de que su padre es Gonzalo, porque todo el mundo acabaría por saberlo, y los niños pueden ser crueles, alguien se lo diría en la escuela, y mi hijo sufriría por eso, por saberse negado, y yo no quiero que sufra. Prefiero sufrir yo misma. No me nace abortar, sé que me haré una herida terrible y no sé si podré recuperarme de ella, pero prefiero sufrir yo, aunque ese sufrimiento acabe con mi vida, que hacer sufrir más tarde a mi hijo. Además, me da pánico Ignacio. Lo conozco. Es un hombre fuerte, que hace lo que sea necesario para ganar sus batallas, y estoy segura de que no me perdonaría nunca si tuviera a este hijo. Tampoco me perdonará por haberme acostado con Gonzalo, pero todo sería mucho peor si tuviese al bebé. Abortar sería, a sus ojos, una manera de arrepentirme, de eliminar toda presencia de Gonzalo en mi vida, todo vestigio de esa pasión. Por eso también debo abortar, porque no quiero traer al mundo a una persona que nacerá con un enemigo: Ignacio, el hombre más poderoso de la ciudad. Abortaré porque te amo, mi bebé. Abortaré para saber que estás bien, en un lugar más tranquilo y seguro, acompañado de ángeles. Abortaré para que no sufras tú, aunque el sufrimiento de perderte acabe conmigo.*

Zoe no ha desayunado. Debe acudir en ayunas a la clínica donde ha hecho una cita para abortar muy temprano por la mañana. Se siente débil, mareada. Quisiera morir esa mañana, morir con su bebé. Quisiera tener coraje para suicidarse, pero sabe que no podría. Mira su reloj, cuenta los minutos, se angustia por su bebé, a quien siente que ha condenado a muerte. Esa angustia no la ha dejado dormir tranquila. Ha soñado cosas horribles, y vuelto a la vigilia sobresaltada, sudorosa, dando gritos. Recuerda dos imágenes atroces, dos pesadillas de las que despertó llorando: una bandada de cuervos, de pie sobre su barriga, abriéndole a picotazos el vientre, comiéndose a su bebé, sacándole los ojos y las tripas; y un niño precioso, de cabellos rubios y ojos claros, vestido íntegramente de blanco, haciéndole adiós, llorando, tristísimo pero resignado a su suerte, tomado de la mano por un hombre de cara malvada que se lo llevaba lejos, sin que ella pudiese evitarlo, sin que supiese si algún día volvería a ver a ese niño que se marchaba, su hijo perdido. Zoe ha pasado una de las peores noches de su vida y ahora sabe que le aguarda la mañana más cruel, una mañana que querrá olvidar el resto de sus días y seguramente no podrá, porque la vergüenza y el dolor quedarán grabados para siempre en su corazón. *No puedo creer lo que estoy haciendo*, piensa, camino a la clínica, conduciendo como una autómata. *Tantos años he soñado con tener un hijo, y ahora que lo tengo aquí dentro, me lo voy a sacar, lo voy a tirar a un pomo con ácidos, lo voy a matar.* Zoe llora en silencio y siente que no es justo que la vida se ensañe tan cruelmente con ella solo por haber querido buscar el amor.

En la puerta de la clínica, un puñado de personas, gritando consignas contra el aborto y mostrando pancartas que afirman que es un asesinato y los médicos que lo practican, unos genocidas, intenta cerrarle el paso e impedir que entre, pero la policía reprime con mesura a los manifestantes, manteniéndolos a prudente distancia. Zoe, asustada, mirando las caras virulentas de aquellos hombres y mujeres que la insultan, se da prisa e ingresa a esa clínica donde la ley permite abortar en los primeros meses del embarazo. Todavía puede escuchar los improperios que le han gritado esos individuos crispados, que, sin conocerla, sin entender su drama personal, la han mirado con odio, con infinito desprecio, sin un ápice de compasión, al tiempo que le espetaban: *¡Asesina, cobarde, mala madre, miserable, te pudrirás en el infierno!*

Ahora Zoe, tras ser recibida por el médico que la atenderá, un hombre algo mayor, con anteojos y mirada serena, tiembla de miedo al ver la camilla en la que deberá tenderse y abrir las piernas, los instrumentos metálicos que serán usados para extirparle a su bebé, el lugar donde se despedirá para siempre de esa vida que, siendo suya, siente que no le pertenece y a la que no es justo imponer un futuro tan incierto y cruel.

—¿Está segura de que quiere abortar? —le pregunta, con aplomo, el médico.

Ella lo mira a los ojos, como si buscase ayuda, como si tuviera la esperanza de que él le dé un abrazo y la disuada de hacer eso que le provoca tanto dolor, pero encuentra una mirada ausente.

—Sí —contesta, resignada.

—Firme estos papeles, por favor.

Zoe no lee nada y firma.

—Recuéstese, por favor —dice el médico—. La dormiremos para que no sienta ningún dolor. No se preocupe, todo saldrá bien.

Zoe se echa en la camilla, cierra los ojos, acaricia su barriga, imagina a su bebé, lo imagina como lo vio en la pesadilla, rubio y bellísimo, rubio y aterrado, a punto de partir con un hombre de mirada pérfida, y se pregunta, una última vez, si realmente será capaz de cortar esa vida que es una promesa, una promesa de amor. *Perdóname, mi bebé, por hacerte esto*, piensa, desesperada. *Lo hago por tu bien. Lo hago para salvarte de tanto odio, tanta maldad que caerán sobre ti. Lo hago porque te adoro. Perdóname. Te prometo que ya pronto estaremos juntos en un lugar seguro donde podremos ser felices. Te amo, mi bebé. Por eso te dejaré ir.*

—Suba las piernas, por favor.

La voz del doctor le recuerda la inminencia de unos hechos que ella ha decidido, los últimos instantes de esa maternidad que no buscó y que ahora, apesadumbrada, permitirá interrumpir. Zoe sube las piernas, apoyándolas sobre unos parantes de fierro acolchados, y espera el momento del que, está segura, se arrepentirá. Pero algo en ella, una corazonada agónica, la detiene: abre los ojos, ve al doctor con la jeringuilla de anestesia que le va a inyectar, siente que están por arrebatarle a ese bebé que es suyo y de nadie más, y, sin buscar razones, siguiendo un instinto poderoso, baja las piernas, se pone de pie y dice:

—No voy a abortar.

El médico, sorprendido, pregunta:

—¿Está segura?

Esta vez, Zoe no duda:

—Sí —responde—. Absolutamente.

—Comprendo, señora. Como usted quiera. Si tiene dudas, tómese su tiempo.

Zoe se viste tan rápido como puede, paga el aborto que no se practicó, sale de la clínica y escucha los insultos de los manifestantes:

—¡Asesina, asesina! —le gritan.

Zoe los mira con una enorme paz interior y sonríe. Sonríe porque sabe que ha hecho lo correcto, algo de lo que no se arrepentirá jamás. *Mi cabeza me pide abortar, pero mi corazón me exige tener al bebé*, piensa. *Seguiré a mi corazón. Todos los días de mi vida que lo vea sonreír, sabré que hice lo correcto. Estás conmigo, mi bebé. Tranquilo, ya pasó el susto. No te voy a dejar ir. Te amo para siempre.*

De regreso al hotel, Zoe se siente orgullosa de sí misma. Es como si, al negarse a abortar, hubiese renacido ella también.

Zoe sabe bien lo que tiene que hacer y por eso no vacila en hacerlo: nada más entrar en su habitación del hotel, coge el celular que le ha regalado Ignacio y marca el número 2. Aunque siente miedo, está segura de que, esta vez también, está haciendo lo correcto.

Ignacio se sorprende de que suene el celular nuevo, cuyo número solo ha grabado en la memoria de los teléfonos móviles que ha obsequiado a Zoe y a Gonzalo. Mira la pantalla. Dice «Zoe». Sonríe. *No fue mala idea invitarla a jugar este juego*, piensa.

—¿Qué haces despierta tan temprano? —contesta con voz cariñosa.

—Hola, Ignacio —dice ella, más seria, al parecer sorprendida de que él supiera que quien llamaba era ella—. ¿Puedes hablar?

—Claro. ¿No está lindo el día?

—Precioso —se alegra ella al sentirlo contento—. Salí a dar un paseo muy temprano.

—¿No duermes bien en el hotel?

—La verdad, no muy bien.

Ignacio piensa decirle *ya sabes que puedes volver a la casa cuando quieras*. Pero se contiene. No lo dice porque, en el fondo, no desea que ella regrese. Por el momento, está contento así, a solas, libre, sin las tensiones desagradables de los últimos días que pasó con Zoe en la casa.

—¿Te gustó el celular? ¿No está lindo?

—Sí, llamo para agradecerte. Me encantó. Es un lindo gesto de tu parte.

—Nada que agradecerme, Zoe. Ya sabes cuánto te quiero. Yo solo quiero que seas feliz.

Se hace un silencio. Ignacio espera. Zoe habla por fin:

—¿Ignacio?

—¿Sí?

—Quiero verte. Necesito hablar contigo.

—Encantado. ¿Cuándo?

—Ahora mismo.

—¿Es urgente?

—Sí.

—Voy para allá.

—Gracias. Te espero. Habitación 713.

—Ya lo sé. ¿Pero está todo bien?

—Sí, tranquilo. Solo que necesito hablar contigo, y cuanto antes, mejor.

—En quince minutos estoy allá. Pídeme un jugo de naranja. Estás sola, ¿no?

—Obviamente —responde ella, algo disgustada por la pregunta.

—Mejor así. Voy para allá.

—Te espero.

Zoe cuelga el celular y piensa: *¿Me voy a atrever a decírselo?*

Ignacio se pone el saco y piensa: *Este juego lo voy a ganar yo, Gonzalo. Estás perdido. Puede que Zoe te quiera más a ti, pero me necesita más a mí. Yo la conozco mejor. Conozco bien sus debilidades. Ya verás cómo, al final, se queda conmigo.*

Impecablemente vestido con un traje azul, camisa blanca, corbata a rayas y zapatos negros de hebilla, Ignacio toca la puerta de la habitación donde, está seguro, su mujer lo ha traicionado numerosas veces, haciendo el amor con su hermano. Al otro lado de la puerta, Zoe espera con impaciencia, mordiéndose las uñas. Viste unos vaqueros ajustados, botas de cuero y una blusa ceñida. La habitación luce bastante desordenada (la cama revuelta, un par de toallas en el piso del baño, ropa tirada sobre una silla, periódicos dispersos en la alfombra), pero huele bien porque ella acaba de perfumarse y echar al aire gotas de esa fragancia exquisita. Las ventanas abiertas dejan oír el bullicio del tráfico ahí abajo y el sol resplandece con fuerza a esa hora de la mañana en que ella está a punto de cambiar su vida de una manera irreversible.

—Hola —dice, al abrir la puerta, y le da un beso en la mejilla a Ignacio, y se siente rara al besar a ese hombre del que estaba harta y al que ahora recibe con alegría—. Pasa. Gracias por venir tan rápido.

—Hueles delicioso —dice él, echando un vistazo a la habitación, mirando las sábanas revueltas, pensando *acá han tirado como conejos este par de canallas.*

—Gracias —dice ella, sonriendo—. Perdona que todo esté tan desordenado.

—No pasa nada —sonríe él, con cierta arrogancia—. Así es el amor, caótico, desordenado.

Ella prefiere no darse por aludida y le da el jugo de naranja que han traído para él hace unos minutos.

—Te ves muy bien. Estás guapísima, como siempre.

—Qué dices —sonríe ella—. Me veo fatal. Tengo unas ojeras de terror. Estos últimos días siento que he envejecido años.

—No me digas —se sorprende él, y bebe un sorbo de jugo, y enseguida se sienta en el sillón, cruzando las piernas—. Yo pensé que la estabas pasando estupendamente.

—No tan bien como crees—dice ella, y se sienta sobre la cama, frente a él, y como el sol le da en la cara, se pone sus anteojos oscuros.

—Para mí fue muy duro cuando te fuiste, pero ya estoy más tranquilo —dice él, mirándose las uñas, algo que a ella le irrita, pues suele pensar *cuando me hables, Ignacio, mírame a mí, no te mires las jodidas uñas.*

—¿Estás molesto conmigo?

—No, para nada. Estoy un poco apenado, no te voy a mentir. Pero te entiendo. Por eso estoy acá.

Entiendo que necesitaras unas vacaciones de mí, que tuvieras ganas de tirar con otro hombre, pero nunca entenderé que fueras tan puta de acostarte con mi hermano, piensa él. Sonríe dulcemente, sin embargo, y añade:

—Tú sabes que, hagas lo que hagas, yo siempre te voy a querer. Mi amor por ti es incondicional, Zoe.

—No digas eso —se emociona ella, y se pone de pie y camina hacia la ventana, dándole la espalda—. No lo merezco. No merezco que me quieras, después de lo que te he hecho.

—Quizás debería odiarte, pero no puedo. Estoy tranquilo, Zoe. Estoy bien. Estoy disfrutando de mi soledad. Y no quiero ser rencoroso ni vengativo. Quiero ser tu amigo y darte todo el cariño que pueda. Por eso estoy acá. Dime en qué te puedo ayudar.

Soy un maestro, piensa él. *Le digo exactamente lo que ella necesita oír.*

—Estoy mal, Ignacio. Estoy desesperada.

Zoe habla de espaldas a él. Trata de no llorar. Se pregunta si será capaz de decírselo todo, sin mentiras ni ambigüedades.

—¿Por qué? ¿Qué te pasa?

Ya la dejó el cabrón de mi hermano, piensa, reprimiendo una sonrisa cínica. *Ya se la tiró, ya se hartó de ella y ya la mandó a la mierda. Y esta tontita pensó que era el gran amor de su vida y ahora quiere tirarse por el balcón.*

No voy a ser capaz de decírselo, piensa ella.

—Tengo que confesarte algo y me da pánico.

—No tengas miedo, Zoe. Confía mí. Yo te quiero, hagas lo que hagas.

—Es que me da tanta vergüenza decírtelo, Ignacio.

—No me lo tienes que decir. Ya lo sé. Por eso te mandé las flores. Por eso les mandé los celulares. Sé perfectamente lo que está pasando entre tú y Gonzalo.

Ignacio trata de hablar con la voz más dulce y sosegada que es capaz de articular, para que no parezca ni remotamente que está celoso y ella se sienta en confianza de contárselo todo.

—Entre Gonzalo y yo no está pasando nada —dice ella, con amargura.

Está despechada, eso es todo, piensa él. *Qué osadía llamarme porque él la abandonó y ahora no resiste estar sola. Pero debo ser frío y seguir el juego.*

—Pero estás enamorada de él.

—No.

—No me mientas, Zoe.

—No te miento. No estoy enamorada de él. No quiero verlo más.

¿Cómo pudiste acostarte con mi hermano, grandísima puta?, tiene ganas de gritarle, pero se calla, se reprime, ahoga la furia creciente y juega el papel de hombre maduro en pleno control de sus emociones.

—Estás enamorada de Gonzalo, Zoe. No lo niegues. Es obvio. Yo estoy al tanto de todo. No tienes que mentirme.

—No te estoy mintiendo —ahora ella vuelve a sentarse en la cama, cruza las piernas y lo mira a los ojos.

—¿Cuál es el problema? —se enfada un poco él—. ¿Gonzalo ya se aburrió de ti y te sientes sola y por eso me has llamado?

Enseguida se arrepiente de haberle hablado con esa dureza.

—El problema no es Gonzalo —baja ella la mirada—. Olvídate de Gonzalo.

—¿Me vas a decir que tú y él no son amantes?

—No —dice ella, y en sus ojos hay la súplica desgarrada de que no siga haciéndole esa clase de preguntas, que solo reabren las heridas—. No somos amantes. Estoy sola.

—Estás sola porque te ha dejado. Estás sola pero lo extrañas. Dime la verdad, Zoe. Puedes confiar en mí. Si quieres que te ayude, tienes que contarme las cosas como son.

Ahora Ignacio habla con voz cómplice y por eso ella se siente más segura y dice:

—Tengo que contarte algo, pero no puedo, no me atrevo.

—Dime.

—Prométeme que no te vas a molestar.

¿Y ahora qué me va a decir esta sinvergüenza?, se pregunta él, asustado.

—Te prometo. Digas lo que digas, no me voy a molestar y te voy a seguir queriendo.

—¿Me lo prometes, Ignacio?

—Te lo juro.

Ahora me lo dirá: «Estoy enamorada de Gonzalo, quiero irme a vivir con él, quiero casarme con él». Si me dice eso, le daré un abrazo, me alegraré por ellos y disfrutaré de mi soledad como la estoy disfrutando ahora.

Zoe no se atreve a decírselo mirándolo a los ojos. Se levanta, camina, mira hacia la ciudad iluminada por el sol esplendoroso del mediodía y trata de decírselo pero no puede, el miedo la frena.

—¿Qué? —insiste él, impaciente.

Por fin, ella quiebra el silencio con unas palabras que nunca imaginó diría con tanta tristeza:

—Estoy embarazada, Ignacio.

—¿Qué has dicho? —reacciona él, con incredulidad.

Ella voltea, lo mira a los ojos y rompe en llanto:

—Estoy embarazada y no sé qué hacer.

Ignacio camina hacia ella y la abraza.

—Tranquila —dice—. Todo va a estar bien.

Zoe llora, apoyada en su hombro, mientras él la consuela, acariciándole la espalda, diciéndole:

—No llores. Es un regalo de Dios.

Pero al mismo tiempo piensa *¿cómo pueden haber sido tan irresponsables este par de perdedores?*

—Estoy desesperada, Ignacio. Necesito que me ayudes. No sé qué hacer. Esta mañana quise abortar pero no pude.

—¡Cómo se te ocurre abortar! —se sorprende él, y la abraza con más fuerza—. Toda tu vida has querido ser madre y ahora Dios te ha dado esta oportunidad. No puedes abortar. Te harías un daño tremendo.

—Pero no puedo tener a este bebé. No puedo. Es una locura.

Zoe llora desconsolada y él procura calmarla, diciéndole una y otra vez:

—Tranquila, todo va a estar bien.

De pronto, ella lo sorprende:

—Podría ser tu hijo.

Ignacio se separa de ella, frunce el ceño y dice:

—No digas tonterías, Zoe.

—Es verdad. Por esos días hicimos el amor.

—No me mientas. Tú sabes que yo no puedo tener hijos.

—¿Y si has cambiado? ¿Y si ha sido un milagro? Tú crees en Dios más que yo. ¿Dios no hace milagros?

—¡Tu hijo no es de Dios ni mío, Zoe! —se enoja Ignacio, levantando la voz—. Deja de jugar conmigo. Comprendo que estás pasando por un mal momento y te voy a ayudar. Pero no trates de hacerme creer que soy el padre.

No te burles de mí. No me tomes el pelo. Eso ya es demasiado.

Zoe se sienta en la cama y se cubre el rostro con las manos.

—No he dicho que lo seas. He dicho que podrías serlo.

—¿O sea que soy uno de los candidatos? —se burla él.

—No me hagas daño, Ignacio —lo mira ella, los ojos húmedos—. Necesito que me ayudes, no que te burles de mí.

—Y yo necesito que me digas la verdad: ¿quién es el padre?

Zoe calla, no lo puede decir, la vergüenza es como un baldón pesado que la hunde en el silencio.

—Gonzalo es el padre. No me lo tienes que decir.

Ignacio camina por la habitación, se lleva las manos a la cintura y, no lo puede evitar, estalla:

—¡No solo tenías que tirarte a mi hermano! —grita—. ¡Para colmo, tenías que quedar embarazada!

—No sé si Gonzalo es el padre —se defiende ella, entre sollozos—. Podrías ser tú, Ignacio.

—¡No me mientas! ¡No te mientas! ¡Sabes perfectamente que Gonzalo es el padre!

Zoe calla.

—¿Se lo has dicho a él? —intenta calmarse Ignacio.

—Sí.

—¿Y? ¿Se metió debajo de la cama?

—Sí. No quiere saber nada del asunto. No quiere verme más.

Eso te pasa por idiota, piensa él, pero evita decirlo porque no quiere dejarse arrastrar por la rabia y terminar diciendo mezquindades de las que luego se arrepentirá.

—¿Qué vas a hacer? —pregunta.

—No lo sé.

—¿Vas a abortar?

—No puedo.

Sí puedes tirarte a mi hermano y ahora te haces la mujer sensible y moralista que no puede abortar. No me jodas, piensa él.

—¿Cómo quieres que te ayude?

—Abrázame. Quiero que me abraces y me digas que todo va a estar bien.

—No puedo —dice él, enfadado, tenso, los puños cerrados, como si quisiera pegarle a alguien.

—Por favor, Ignacio. Abrázame.

—¡Cómo se te ocurre acostarte con mi hermano y encima no cuidarte! ¿Estás loca?

—¿Quieres que aborte? Si tú me lo pides, aborto.

—¡No! ¡No he dicho eso!

—No me grites. Abrázame. ¿No te das cuenta de que estoy hecha mierda?

Sentada sobre la cama, Zoe llora. De espaldas a ella, mirando la ciudad, Ignacio pelea con su orgullo.

—¿Qué quieres hacer? —pregunta.

—No sé —responde ella.

—¿Quieres tener al bebé?

—Sí. No puedo abortar. Traté esta mañana pero no pude.

—¿Quieres volver con Gonzalo?

—No. Nunca más. No quiero verlo. Me hace mucho daño.

—¿Quieres vivir sola? ¿Quieres que te compre una casa? ¿Quieres que te deje nuestra casa? Dime exactamente qué quieres hacer y yo veré si puedo ayudarte.

Ahora Ignacio habla con absoluta frialdad, como un hombre de negocios.

—No sé si quiero vivir sola. No sé, Ignacio. Solo necesito saber que tú me vas a ayudar, que no me vas a dejar sola.

—¿Quieres irte con tus padres?

—No. Prefiero no decirles nada. No entenderían.

Ignacio toma aire y dice estas palabras que le duelen en el alma, pero de las que se siente orgulloso:

—¿Por qué no vienes unos días a la casa, descansas y decides qué quieres hacer?

Zoe permanece en silencio. *Es un hombre bueno*, piensa. *Me quiere ayudar. A pesar de todo, está dispuesto a que vuelva a la casa. Nunca debí dejarlo. Es noble, tiene un corazón grande y me quiere a su manera, no con toda la pasión que yo quisiera, pero me quiere.*

—¿No te molestará que regrese a la casa unos días?

—No. Me preocupa que estés acá, sola. En la casa estarás mejor.

—Sobre todo si estoy contigo —dice ella, y se alivia la nariz con un pañuelo.

—Lo nuestro se terminó, Zoe. No nos engañemos. Te has acostado con mi hermano. Estás embarazada de él. Ahora somos amigos y punto. Pero como amigo, no quiero darte la espalda en este momento tan difícil.

—¿Y si el bebé es tuyo, Ignacio? ¿Cómo puedes estar tan seguro de que es de tu hermano?

—¡Yo no me tiré a mi hermano! —grita él—. ¡Te lo tiraste tú! ¡Tú deberías saber esas cosas! ¡Lo que yo sé es que no puedo tener hijos!

—Quizás te has curado. No te molestes. A veces pasan esas cosas raras.

—No sigas con ese rollo, Zoe, que me voy a molestar, me voy a largar de acá y no me vas a ver más. ¡No me tomes el pelo! ¡No soy un imbécil! Sé perfectamente que no puedo tener hijos y que el canalla, irresponsable y traidor de mi hermano te ha dejado embarazada. Esos son los hechos, aunque no te gusten. No intentes cambiarlos, ¿de acuerdo?

—De todos modos, me haré algún día un examen de sangre. Quién sabe si a lo mejor termina siendo tu hijo. ¿No sería precioso?

Zoe sonríe, emocionada, pero Ignacio no la acompaña:

—Cállate, por favor. No sigas diciendo estupideces.

Se hace un silencio.

—Me voy —dice él—. Vendré a buscarte al final de la tarde. ¿Te parece bien?

—Sí —dice ella—. Pero, por favor, abrázame antes de irte.

Ignacio la mira a los ojos y dice:

—No puedo, Zoe. No puedo.

Luego camina hacia la puerta, pero ella corre tras él, lo detiene y lo abraza, desesperada, llorando.

—Perdóname, Ignacio. Perdóname, por favor.

Ignacio la abraza débilmente, pero no puede decirle que la perdona.

—Te llamo más tarde —dice, y se marcha contrariado.

Pasan las horas. Zoe no sale de su habitación. No tiene hambre. No come nada. Ve televisión, echada en la cama. Se siente fatal. Espera una llamada: la voz de Ignacio diciéndole que la perdona y la va a ayudar. Pero él no llama. *No me va a perdonar nunca*, piensa. *No debí decirle que a lo mejor él es el padre. Lo tomó como un insulto. Pero, ¿y si lo es? El canalla de Gonzalo tiene la culpa de todo. Yo caí como una mansa paloma, como una de las tantas mujeres que han caído por él, porque me coqueteó y me tentó, aprovechándose de que estaba aburrida en mi matrimonio. Pero, ¿qué clase de hombre le haría eso a su hermano? Es una lagartija, una víbora traidora. Sabiendo que estoy jodida, me da la espalda, ni siquiera me llama para preguntarme cómo estoy. Te odio, Gonzalo. Tú tienes la culpa de todo. Si no fuera por ti, seguiría con Ignacio, un poco aburrida pero tranquila, después de todo. Entonces no me daba cuenta de lo placentera que podía ser mi vida: ahora que la he perdido, la echo tanto de menos. Extraño mis clases de yoga y de cocina, el jardín de mi casa, las tardes a solas en mi computadora escribiendo cualquier tontería, el silbido de Ignacio cuando llegaba a la casa, sentarnos a comer viendo las noticias en la tele, esos pequeños momentos cuando mi vida era simple y apacible, no todo lo apasionada que yo hubiera querido, pero al menos estable, tranquila, más feliz de lo que entonces me daba cuenta. Todo eso lo he perdido y no volverá porque Ignacio no me llama y probablemente no llamará más, aunque me haya dicho más temprano que seguirá siendo mi amigo. Y la culpa la tienes tú, Gonzalo, que me engañaste solo para tener sexo con la mujer de tu hermano.*

Zoe busca el celular que le regaló Ignacio y marca el número 1. Nadie contesta. Espera que suene el timbre de rigor y deja un mensaje:

—Gonzalo, eres un pobre diablo. Nunca vas a ser como Ignacio. En el fondo lo envidias porque es mejor que tú. Lo odias porque nunca serás tan inteligente y decente como él. Por eso te acostaste conmigo, para vengar tu complejo de inferioridad. Pues déjame decirte algo, guapito: tu complejo está justificado, porque eres muy inferior a Ignacio. Me has hecho mucho daño y ahora estoy sufriendo sola por tu culpa. Qué grave error fue confiar en ti. Adiós.

En ese mismo instante en que ella le habla al contestador, Gonzalo tiene el celular apagado porque está haciendo el amor con Laura. La ha llamado la noche anterior, se han reunido para tomar una copa en un bar de moda, se han dicho promesas de amor y han pasado la noche juntos en su casa. Ahora es media mañana y Laura no ha querido ir a sus clases de actuación para quedarse en la cama con Gonzalo. Se aman una vez más, sin prisa, con el deliberado propósito de prolongar todo cuanto sea posible esa ceremonia de los sentidos, diciéndose cosas encendidas al oído, erizándose ella con las rudezas que él se permite y las procacidades que le susurra, mintiendo él a sabiendas cuando le dice:

—Eres el amor de mi vida. No puedo vivir sin ti.

Ella se entrega con una ingenuidad y una nobleza que a él, en cierto modo, lo conmueven, y pregunta, sin interrumpir el goce de los cuerpos:

—¿Te vas a casar conmigo?

—Sí, mi amor, el próximo año —dice él, mintiendo con frialdad.

—Te quiero tanto, Gonzalo.

—Yo también, gatita.

Gonzalo cierra los ojos y piensa en Zoe entregándose a él con una impaciencia peligrosa, y tiene la certeza de que nunca más volverá a amar a la mujer de su hermano, y al abrir los ojos se encuentra con Laura y piensa que seguirá con ella todo el tiempo que pueda seguir engañándola con promesas vagas de matrimonio, seguirá con ella por una sola razón: el placer intenso y delicioso que encuentra cada vez que, como ahora, hacen el amor.

Mientras tanto, Ignacio conduce su auto lentamente. No quiere volver al banco. No puede concentrarse en los asuntos del trabajo. Tiene la cabeza en otra parte: en Zoe y su embarazo, en la última traición de Gonzalo abandonando a Zoe con un bebé en el vientre. Se llena de rabia contra los dos, contra ella por haber sido tan tonta, tan fácil de manipular y tan injusta con él; y contra su hermano por haber sido capaz de la doble vileza de seducir a su esposa y luego humillarla, dejándola embarazada. *Estoy seguro de que la ha embarazado a propósito, para vengarse de mí*, piensa. *No le bastaba con tirarse a mi mujer, tenía que hacerle un bebé para recordarme que yo no puedo tener hijos, para sentirse superior a mí de esa retorcida y acomplejada manera y para humillarme en público, porque cree que Zoe tendrá al bebé y, tarde o temprano, la gente acabará por saber que no es mío. Maldito hijo de puta. No puedo creer que mamá, siendo tan buena, tuviera a esta rata. Debería mandarlo matar. No merece seguir viviendo. Solo sabe pintar mamarrachos, copular con mujeres como una bestia de las cavernas y hacerle daño a la gente. ¡Y luego me culpa a mí de todo! En el fondo, Zoe ha sido usada por Gonzalo para hacerme daño a mí. Está clarísimo que el embarazo no ha sido una casualidad: él lo ha buscado con las peores intenciones de joderme la vida. Quiere destruirme. Quiere que la vergüenza de saberme traicionado por mi mujer acabe conmigo. Cree que soy débil, que me pegaré un tiro o saltaré por la ventana de mi oficina, que renunciaré al banco y me volveré un alcohólico. Te equivocas, maldito hijo de puta. Soy más fuerte y más frío que tú. Esta batalla, la más terrible de mi vida y también la más importante, la voy a ganar. No sé cómo, pero, al final, yo saldré mejor parado que tú. Ya verás, Gonzalo, ahora estarás feliz pensando que me jodiste, pero no cantes victoria, que al final te llevarás una sorpresa. Haré todo lo que sea necesario, incluso tragarme mi orgullo y perdonar a Zoe, para que tú no me ganes esta guerra miserable que has emprendido contra mí solo porque eres un perdedor, un envidioso, un acomplejado que no puede tolerar que yo, tu hermano mayor, tenga más éxito que tú, el artista bohemio que odia al mundo. Pues ya verás que sigues siendo un perdedor, Gonzalo, y que esta pelea final la ganaré también.*

Ignacio detiene su auto en un cementerio exclusivo, en las afueras de la ciudad, al borde de la autopista. Es un vasto campo verde, cercado por una red de alambre, donde yacen sepultados los cadáveres de hombres y mujeres que gozaron de fortuna o pertenecieron a familias más o menos pudientes. Ignacio camina lentamente, las manos en los bolsillos, entre tantas lápidas de mármol y piedra en las que han sido grabados los nombres de los que allí fueron enterrados. Desde lejos, reconoce sin dificultad la tumba de su padre. Recuerda bien la última ocasión en que la visitó: hace unos meses, acompañando a su madre, al cumplirse un aniversario más de la muerte de su padre. Aquella vez le dejaron flores, rezaron juntos de rodillas y se emocionaron pensando en los buenos momentos que él y su madre pasaron con ese hombre que ahora es un recuerdo cada vez más difuminado por el tiempo. De pie frente a la tumba de su padre, Ignacio cierra los ojos, piensa en él, respira más tranquilamente, deja ir la rabia, la sed de venganza, el orgullo excesivo que suele inducirlo al error. Cierra los ojos y habla con él: *Papá, he venido a verte porque estoy en serios problemas. No sé qué hacer. Necesito tu ayuda. Tú me enseñaste a ser fuerte, a sobreponerme a las dificultades, a crecerme en la adversidad, pero ahora, créeme, siento que no puedo más. Zoe y Gonzalo me han traicionado. Zoe está embarazada de él. Me pide que la ayude. No sé qué hacer. Por un lado, tengo ganas de mandarla al diablo y no verla más; por otro lado, sigue siendo mi mujer y, aunque haya cometido una bajeza tan fea, no quiero abandonarla cuando más me necesita. Ayúdame, por favor, papá, a ser un digno hijo tuyo. Aconséjame, si puedes, una última vez. Tú fuiste mi inspiración, sigues siéndolo, y por eso he venido a verte, porque sé que tú verías con claridad lo que debo hacer. Te extraño, papá. Nada es igual sin ti. Trato de seguir tu ejemplo, honrar tu memoria portándome como tú hubieras querido, pero ahora todo se ha ido a la mierda. Mi propia familia me ha apuñalado en la espalda. Solo puedo confiar en mamá y aferrarme a tu recuerdo, a las enseñanzas que me dejaste. No me dejes solo, papá. Dime algo. Dime qué debo hacer para que te sientas orgulloso de mí y para que, cuando me toque morir, tenga la paz que tenías tú en la mirada cuando te marchaste para siempre. Yo solo puedo ser feliz cuando te imagino sonriendo en el cielo, orgulloso de tu familia. Ayúdame, papá. No puedo contarle esto a mamá. Le daría un infarto, la mataría. Tú sabes cómo quiere ella a Gonzalo. No puedo decirle lo que Gonzalo y Zoe han*

*hecho. Pero debo tomar una decisión rápida y firme, porque Zoe
está desesperada, no sabe qué hacer con su bebé, y temo que pueda hacer una locura. Ayúdame, papá. Estoy perdido. Me haces
tanta falta, viejo. Todo se fue a la mierda cuando te fuiste. Mira
cómo hemos terminado en la familia. Mira lo jodido que estoy
sin ti. Ayúdame, papá, que no sé qué diablos hacer.*

Ignacio cae de rodillas, llorando. Baja la cabeza, se
lleva una mano a la frente y pregunta: *¿Qué hago con Zoe?*

Perdónala, escucha una voz que sale de su corazón.

¿Qué hacemos con el bebé?

Sé tú el padre.

No puedo.

Sí puedes. Te hará muy feliz.

¿Qué hago con Gonzalo?

Perdónalo.

No puedo. Es imposible.

*Sí puedes. Son hermanos. Enséñale que, a pesar de todo,
lo sigues queriendo. Es un pobre chico. No sabe querer. Enséñale
a querer.*

Me pides demasiado, papá. No voy a poder.

*Sí vas a poder. Perdónalos. Sé tú el padre de ese bebé. No
dejes sola a Zoe. No la dejes abortar. Ayúdala, protégela, quiérela. Tengan al niño. Vas a ser el hombre más feliz del mundo.*

Ignacio se echa de espaldas en el pasto y llora mirando al cielo. *No me dejes solo, papá,* piensa.

Un momento después, todavía tendido en el pasto al
lado de la tumba de su padre, llama al celular de Zoe.

—¿Ignacio? —contesta ella, con una voz herida y, al
mismo tiempo, ilusionada.

Está en una tienda de lujo, comprando ropa para el
bebé. No soportaba más el hotel. Salió a pasear, para respirar aire fresco, para pensar en que tiene que prepararse
para que el bebé se sienta amado, y por eso ha terminado
en esa tienda, comprando muñecos y ropas para el bebé,

reafirmando su convicción de que, en cualquier caso, aun si Ignacio también le da la espalda, nadie le sacará del vientre a su bebé, y ella será la madre más amorosa del mundo.

—¿Qué haces? —pregunta él, con la voz un poco quebrada por le emoción.

—Comprando ropitas para el bebé. ¿Y tú?

—Nada. Vine a ver a papá.

Hay un silencio que inquieta a Zoe.

—¿Estás bien? —pregunta, preocupada.

—Sí. Todo bien. ¿A qué hora estarás de vuelta en el hotel?

—Ya estoy terminando. En media hora puedo estar de regreso en el hotel.

—Ten tus cosas listas. Paso a recogerte en media hora. Quiero que vuelvas a la casa.

—¿Estás seguro?

—Sí. Absolutamente.

Zoe se emociona.

—Te adoro, Ignacio. Tienes el corazón más grande del mundo. Sabía que no me dejarías sola.

—Yo también te adoro. Nos vemos en media hora. Compra cosas lindas para el bebé.

Ignacio cuelga el celular y no puede evitar seguir llorando. *Gracias, papá*, piensa.

Sabe que es probablemente la decisión más importante de su vida. No duda, sin embargo. Al salir del cementerio y encender su camioneta, se siente reconfortado por la clara certeza de que hará lo que su padre esperaría de él, lo que un hombre bueno debería hacer en esa circunstancia inesperada, aunque le doliese en el alma y dejase media vida en el camino. Todavía está dolido, desde luego, pero, sobreponiéndose a esa aflicción, ha decidido apostar por el amor y dar una batalla sin reservas para que el bebé de su mujer pueda vivir. Acelerando por la autopista, el saco doblado en el asiento de atrás, los ojos protegidos por unas gafas oscuras, puede avizorar los eventos futuros que sacudirán su vida de un modo que nunca imaginó y, aunque se consuela pensando en que hará lo correcto y lo que dicta su corazón, tiene miedo de no ser suficientemente fuerte y generoso para salir airoso de ese desafío: el de amar a un hijo que no es suyo y es el fruto de una traición. *No lo haré por Zoe*, piensa. *No lo haré por Gonzalo. No lo haré tampoco por el bebé, que sin duda merece vivir, a pesar de haber sido concebido en tan desgraciadas circunstancias. Lo haré por ti, papá. Lo haré porque eso es exactamente lo que tú harías en mis zapatos. Lo haré para darte el regalo que tú merecías y no alcancé a darte antes de que murieras. Lo haré para que tengas la felicidad de ser abuelo, dondequiera que estés. Lo haré para que mamá pueda besar y abrazar a un nieto o una nieta, como ha soñado tanto tiempo. Lo haré por ustedes, que fueron unos padres ejemplares, pero por ti especialmente, que fuiste mi héroe, mi inspiración, y que todavía vives acá, en mi corazón.*

Al llegar al hotel, deja las llaves de su camioneta en manos de un muchacho uniformado, que se encargará de aparcarlo en un lugar cercano, y, tras cruzar el vestíbulo a paso raudo, procurando alejar de su mente el recuerdo de la mañana reciente en que sorprendió a Gonzalo dirigiéndose a la habitación de Zoe, sube a un ascensor y oprime el botón del séptimo piso. No es exactamente amor lo que siente por su esposa: es pena, compasión, lástima, deseos de protegerla en tan contrariada circunstancia, un instinto casi paternal de cuidarla porque la sabe más vulnerable que nunca. A pesar de que todavía es formalmente su esposa, Ignacio siente que la quiere, en ese momento, del modo incondicional como podría querer a una hermana menor o a la hija que nunca tuvo ni seguramente tendrá. *No sé si estoy enamorado de ella, pero eso no importa tanto en este momento,* piensa. *Quizás nunca más pueda amarla como cuando nos casamos. Aquel amor tal vez se extinguió y no volverá. Pero sé que quiero a Zoe más que a nadie en todo el mundo y que haría cualquier cosa para protegerla del dolor y de la infelicidad. En ese sentido la quiero: es mi sangre, parte de mi tribu, mi familia más íntima, mi compañera en buenas y malas aventuras. Aunque ella cayese en la comprensible debilidad de desear a otro hombre, que por desgracia era mi hermano, no puedo dejar de quererla, no podría odiarla por el resto de mis días, porque eso, lo sé, me haría condenadamente infeliz, me rebajaría al nivel de miseria moral en que ha caído mi hermano y me haría indigno de ser hijo de papá. No estoy enamorado de Zoe, pero la amo de la manera más limpia y auténtica: no espero nada a cambio, ni siquiera su lealtad, pues solo me basta saberla contenta para sentirme suficientemente recompensado y feliz. Por eso me la llevaré a casa y la cuidaré como si fuera mi hija. Seré padre dos veces al mismo tiempo: de ella y de su bebé. Y sé que eso me hará feliz, porque ahora mismo me siento emocionado de solo pensar que, a diferencia de mi hermano, el pobre tan mezquino y egoísta, soy capaz de dar amor en las más adversas circunstancias. Y ese amor, que mis padres sembraron en mí y ahora me salva de la infelicidad, me traerá, lo sé, las más grandes alegrías de mi vida. Es, por eso, un acto de supervivencia y de desesperado egoísmo el que estoy por llevar a cabo: la perdonaré y la seguiré amando porque solo así podré ser feliz.*

Quisiera sentirse menos nervioso cuando toca la puerta, pero sabe que no será fácil y tiene miedo de perder el control, de olvidar el plan que ha visto con tanta claridad en el cementerio y abandonarse a la ira y el rencor.

Zoe abre la puerta, hace un esfuerzo por sonreír, lo invita a pasar y dice:

—No sabes lo feliz que me hizo tu llamada.

Ignacio le da un beso en la mejilla, pasa a la habitación, se quita los anteojos y, tratando de parecer aplomado, pregunta:

—¿Compraste cosas bonitas?

—Lindas —se apresura en responder Zoe—. Están en la maleta. ¿Quieres verlas?

—No, ahora no —dice él, con una sonrisa.

—¿Quieres tomar algo? —pregunta ella.

Tiene el pelo mojado, pues acaba de ducharse, y lleva un vestido ligero. Aunque parece vestida para un día feliz, está a punto de regresar a la casa en la que se sentía tan condenadamente aburrida, con el hombre del que creía estar harta y al que ahora se aferra como un aliado indispensable para cumplir su sueño de ser mamá. *Ignacio es un ángel*, piensa. *No puede odiarme. Quisiera, pero no puede. Le he dado buenas razones para odiarme, pero está acá, dispuesto a perdonarme y llevarme de regreso a casa. No me equivoqué al casarme con él. Solo Ignacio es capaz de esta grandeza de espíritu. Una vez más, me ha dado una lección. Por eso lo quiero tanto, a pesar de todo.*

—No, gracias —dice él—. ¿Tienes todo listo?

—Lista para partir —sonríe ella, nerviosamente—. Tengo el auto abajo en la cochera. ¿Vamos juntos o cada uno maneja su auto?

—Mejor ven conmigo. Después mando a alguien del banco a recoger tu auto.

—Perfecto. Yo prefiero ir contigo.

Ignacio levanta el teléfono y llama al maletero, quien aparece sin demora, recoge las valijas, las deja sobre un carrito rodante y se retira con una generosa propina en el bolsillo.

—Métalas en mi camioneta —le dice Ignacio, al darle el dinero—. Que tengan lista la cuenta. Bajamos en un minuto.

Luego cierra la puerta y sale al balcón. A su lado, en silencio, Zoe se pregunta qué estará pensando ese hombre al que, sospecha, nunca llegará a conocer del todo, pues a menudo, como ahora, la sorprende revelando unos sentimientos que creía inexistentes en él. *No sé si lo amo*, piensa. *Pero lo admiro y lo respeto más que nunca. Y si me ayuda en este momento terrible de mi vida, me obligará a quererlo siempre, a perdonar sus manías y sus caprichos, a ver sus cosas buenas y pasar por alto las otras, que tanto me molestaban pero que, debo aceptarlo, no podré cambiar porque son parte de él y, por muy irritantes que me puedan resultar a veces, no llegan a ensombrecer sus grandes virtudes. No sé si te amo, Ignacio, pero amo a mi bebé, quiero darle vida y, si tú me ayudas en esta aventura, que me imagino será muy dolorosa para ti, te amaré más de lo que nunca te he querido.*

—Hay algo que quiero decirte, Zoe —dice él, mirándola a los ojos, apoyado en la baranda del balcón, de cara a la ciudad en la que se enamoraron tiempo atrás.

—Si es algo malo, no me lo digas, por favor —se asusta ella—. Si has cambiado de opinión, solo abrázame y ándate tranquilo, que yo me las arreglaré para encontrarme un sitio donde vivir.

—No he cambiado de opinión —dice él—. No voy a cambiar de opinión. Esta es la decisión más difícil de mi vida y no quiero equivocarme. La he pensado bien. Vengo de la tumba de papá.

—Dime, mi amor —se arriesga ella, pero le sale del alma decirle eso.

No me digas nada, solo abrázame y bésame, piensa, pero no se atreve a pedírselo, porque siente vergüenza de haberle dicho *mi amor*, y recuerda que él le prometió que la ayudaría, pero solo como amigo, y se estremece al pensar que ese hombre, al que ya no siente suyo, es sin duda el que más limpiamente la ha querido y es también el hombre al que ella traicionó. *Merezco que me desprecies, Ignacio*, piensa, pero escucha estas palabras que él dice lentamente, como si le costaran un esfuerzo muy grande:

—Te perdono, Zoe.

Ella enmudece, no sabe qué decir. Él la mira, los ojos húmedos, y dice:

—Te perdono porque te quiero. Te quiero más que nunca.

Ella lo abraza, deja caer su cabeza, abatida, sobre el pecho de Ignacio, que, viéndola llorar, la consuela, acariciándola con ternura.

—Este bebé que tienes acá va a nacer —le dice al oído, abrazándola con fuerza—. Voy a pelear para que puedas ser mamá, para que tu bebé pueda nacer felizmente.

—Ignacio —suspira ella, la cabeza recostada sobre su pecho—. Eres tan bueno. Cómo pude hacerte esto. Perdóname.

—Te perdono. Te quiero. Serás mamá, la mejor mamá del mundo —dice él, llorando—. Y si quieres que yo sea el padre, nada me hará más feliz.

Ella lo mira a los ojos, avergonzada por el dolor que ha provocado en ese hombre al que ahora admira más que nunca, pero al mismo tiempo ilusionada al pensar que podría ser el padre de su bebé.

—¿Lo dices en serio? ¿Estás dispuesto a ser el papá?

—Absolutamente —responde él, sin dudar—. No necesito ninguna prueba médica. Si tú quieres que yo sea el padre, será la alegría más grande de mi vida.

Zoe besa a Ignacio, llorando los dos, abrazados en la terraza, bajo el sol radiante de la tarde, y siente que, increíblemente, los mejores momentos de su vida están por venir.

—Te quiero, Ignacio —susurra.

—Yo también te quiero, Zoe. Tendremos un hijo, después de todo, y seremos muy felices, ya verás.

En la camioneta, de regreso a casa, Zoe, abrumada por esa seguidilla de días tan intensos, recuesta su cabeza sobre las piernas de Ignacio, que conduce con la parsimonia habitual, y entonces él le acaricia el pelo con una mano mientras guía con la otra el timón, como hacía años atrás, cuando empezaron a salir juntos y se enamoraron. Luego enciende el equipo de música y elige una canción que sabe que a ella le encanta. Zoe la canta en voz muy bajita. *Canto para ti, mi bebé*, piensa. *Para que sepas que nacerás gracias al amor. Esa canción me recuerda el amor. Algún día, te prometo, la cantaremos juntos.* Ignacio baja un poco la ventana, respira una bocanada de aire fresco, decide que tomará un par de semanas de vacaciones para descansar con ella y quizás llevarla de viaje y, permitiéndose una sonrisa levísima, piensa: *Nada me hace más feliz que cuidar a esta mujer. ¿Quién hubiera dicho que Gonzalo, por querer vengarse de mí, me daría la felicidad más grande, la de ser padre?* Cuando llegan a la casa, Zoe se emociona. No dice nada, solo camina y observa, se deja invadir por la quietud del lugar, se eriza recordando los momentos felices e imaginando los que vendrán, y puede ver con nitidez a su bebé riendo en esa casa, gateando, dejándose querer por ellos, que eligieron ser sus padres.

—No me iré más de acá —dice—. Puedo sentir toda la felicidad que mi bebé traerá a esta casa.

—Nuestro bebé —la corrige él.

Luego se desnudan, se meten en la cama y, abrazados, se miran intensamente a los ojos y lloran en silencio y sienten que esa es también una manera de hacer el amor.

Nueve meses más tarde, Ignacio registra en una cámara de video el momento exacto en que su hijo, el hijo que rechazó su hermano y él hizo suyo, es retirado con dificultad del vientre de Zoe y, tras ser golpeado con una leve palmadita en la espalda, rompe en llanto por primera vez, anunciando su esperada llegada al mundo.

—¡Es hombre! —anuncia el ginecólogo.

Sin dejar de grabar, Ignacio se estremece detrás de la cámara al ver que Zoe besa a su bebé, lo acomoda en su pecho y le da leche. Luego deja la cámara y besa en la frente al bebé.

—Es un ángel —dice, mirándolo con ternura.

—Es igualito a ti —le dice Zoe, conmovida, mientras da de lactar a su hijo.

Ojalá no se parezca mucho a Gonzalo, piensa él, con una sonrisa. *Ojalá se parezca más a ti, papá. Porque se llamará como tú, Juan Ignacio.*

Unos días después, Ignacio le envía un correo electrónico a Gonzalo. No se han visto ni han hablado en largo tiempo. La última vez que lo vio fue aquella mañana en el hotel, cuando su hermano se dirigía presuroso a ver a Zoe. Desde entonces no ha vuelto a verlo y tampoco ha tenido ganas de propiciar un encuentro con él, ni siquiera de llamarlo por teléfono. Pero ahora quiere compartir la alegría de sentirse padre y por eso le escribe:

«Querido Gonzalo:

Zoe y yo queremos contarte que finalmente hemos sido bendecidos con la alegría de ser padres. Hace unos días nació nuestro hijo Juan Ignacio, que, como podrás imaginar, se llama así en recuerdo de papá. Aquí te enviamos una foto de nuestro hijo. ¿No está precioso? Zoe y yo estamos felices y orgullosos de ser padres de Juan Ignacio y queremos compartir contigo esa alegría. Como siempre, te recordamos con cariño y te deseamos todo lo mejor

Ignacio».

Cuando Gonzalo lee ese correo electrónico en la ciudad lejana a la que se ha mudado, suelta una risotada y dice para sí mismo:

—El tonto de Ignacio creyó que es su hijo.

Luego oprime una tecla y borra el mensaje sin contestarlo.